リ文庫

二流小説家

デイヴィッド・ゴードン
青木千鶴訳

早川書房
7132

THE SERIALIST

by

David Gordon

Translated by
Chizuru Aoki
Published 2013 in Japan by
HAYAKAWA PUBLISHING, INC.
This book is published in Japan by
arrangement with
STERLING LORD LITERISTIC, INC.
through TUTTLE-MORI AGENCY, INC., TOKYO.

両親へ

謝辞

ここに挙げる方々に、この場を借りてお礼を申しあげたい。彼らから賜った貴重な支援なくして、本書が陽の目を見ることはけっしてなかったろう。まずはエージェントのダグ・スチュアートに、その英知と不屈の精神に対して。恐れ知らずの猛者《もさ》、セス・フィッシュマンに。編集者カレン・トンプソンの洞察力と信念に。ＰＳ６９からコロンビア大学に至るまで、すべての学び舎で出会った恩師と級友たちに、あらゆる可能性を示してくれたことに対して。ここでは名前を挙げきれないが、最初に全文を読みとおし、そのうえ二度、三度と読みかえしてくれた友人たちに。彼らの理解と広い度量には、驚きの絶えることがない。それからもちろん、同僚たちにも、その思いやりと厚情に対して。そして何より、愛する家族に。きみたちの愛と、支えと、忍耐と、寛容な心ははかり知れないほど大きい。きみたちがぼくの作品の登場人物とは少しも似ていないことを、ここで断言しておこう。

目次

二流小説家

登場人物

ハリー・ブロック……………売れない作家
クレア・ナッシュ……………女子高生。ハリーのビジネス・パートナー
ダリアン・クレイ……………連続殺人鬼。死刑囚
ダニエラ・ジャンカルロ……ダリアンに双子の姉を殺されたストリッパー
ジェイン……………………ハリーの元恋人
キャロル・フロスキー………ダリアンの弁護人
テレサ・トリオ………………フロスキーの助手
モーリス……………………ハリーの友人。花屋
T・R・L・
　パングストローム………SFを書くときのハリーのペンネーム
J・デューク・
　ジョンソン………………ミステリ、サスペンスを書くときのハリーのペンネーム
シビリン・
　ロリンド - ゴールド……ヴァンパイアものを書くときのハリーのペンネーム
トム・スタンクス……………ポルノ記事を書くときのハリーのペンネーム
モーガン・チェイス…………ダリアンのファン。大手融資銀行勤務
マリー・フォンテイン………同上
サンドラ・ドーソン…………同上。大学生
タウンズ……………………ダリアン事件担当のFBI特別捜査官
テレンス・ベイトソン………FBI特別捜査官。タウンズの部下
グレッチェン…………………ダリアンの里親

第一部　二〇〇九年四月四日〜十五日

1

小説は冒頭の一文が何より肝心だ。唯一の例外と言えるのは、結びの一文だろう。結びの文は、本を閉じても読者のなかで響きつづける。背後で扉が閉じたあと、廊下を進むあいだもこだまが背中を追ってくるように。だがもちろん、そのときには手遅れだ。読者はすでにすべてを読み終えてしまっている。

以前のぼくは、書店で新たな本を手に取るたび、最後までページを繰《く》って結びの一文を読みたいという衝動に抗《あらが》えずにいた。好奇心を抑えることができなかった。なぜそんなことをしていたのかはわからない。わかっているのは、好奇心を抑えようと思えば抑えられたということ。それができるのなら、そうしなければならなかったということだけ。まあ、よくある子供じみた衝動というやつだ。包装紙の中身を透かし見たり、ホラー映画を指の隙間から覗き見たり。ぼくたち人間は、盗み見の誘惑に抗うことができない。たとえそれが、見るべきではないものだとわかっていても。見たくないものだとわかっていても。世にもおぞましいものだとわかっていても。

　この小説を、ふさわしくも印象的な一文で始めたい理由はもうひとつある。それは、これがぼくの実名で、ぼく自身の声で世に出すはじめての作品だということだ。だからどうしても、第一声を適切な語り口で切りだしたい。読む者の心を鷲づかみにし、こちらの味方につけたい。一人称で語りかけ、親密な空気を築くことさえできれば、読者はどこまでもぼくについてきてくれる。たとえ、手遅れとなったあとでも。この作者もまた、〝信頼できない語り手〟のひとりなのではないかと訝《いぶか》りはじめたとしても。いや、心配はご無用だ。ぼくを疑う必要はない。これはそうしたひねくれた手口の小説じゃあない。ぼくはひとを殺しちゃいない。まえにも述べたとおり（言わなかったっけ？）、これは実話にもとづいた小説であり、ぼくはすべてをありのままに伝えるつもりでいる。

　これまでのぼくはただの亡霊――ゴーストライターにすぎなかった。偽りの名前、他人の名前や顔の陰に隠れてきた。じつを言えば、はじめて手がけるこの物語でさえ、ぼくが生みだしたものではない。もともとは、依頼を受けての雇われ仕事だった。出版業界で言うところの〝口述筆記〟というやつだ。ただし、語り手はもうこの世にいない。永遠の亡霊《ゴースト》となった。そして、この物語をぼくに遺していった。ぼくが好むと好まざるとにかかわらず。つまり、この物語もいまではぼくのものだ。だが、誰がわざわざそんな話に耳を傾けるだろう。亡霊が何を語ったところで、誰が気にかけるだろう。

　とはいえ、ぼくも物書きのはしくれだ。この本のジャンルは（書店の棚の分類標示によれば）〝ミステリ／サスペンス〟にあたる。ならば、古典的なスタイルでその幕を切りたい。読者を虜《とりこ》にして離さないような、汗ばんだ指が夜どおしページをめくってやまないような何かをそこに添えたい。たとえばこんなふうに——

それはある朝、ビジネス・パートナーでもある十五歳の女子高生の手を借りて亡き母の扮装をしていたとき、死刑囚監房から送られてきた手紙を開封し、ある連続殺人鬼がぼくの大ファンであることを知ったときに始まった。

2

かれこれ二十年のあいだ、ぼくはものを書く仕事で食ってきた。その間、多くの物語を綴ってきた。本当の話も、でたらめな話も。ポルノ雑誌《ラウンチー》を全盛期に愛読していた人間なら、〝アバズレ調教師〟というペンネームに聞き覚えがあるかもしれない。ぴんと来たろうか。そう、あの相談コーナーを担当していたのが、このぼくだ。女と性にまつわる悩みを解決するあのコーナー。反抗的で気性の荒いアマっ子を〝手なずけた〟うえで、従順な性の奴隷に〝躾《しつ》ける〟方法。恥じらうウブな小娘をなだめすかし、鞭や拘束帯やご褒美を駆使して、あられもない淫らな行為におよばせる方法。当時つきあっていたジェインは、日曜の朝にベッドのなかでぼくの原稿を通読しては、腹を抱えて大笑いしたものだ。ぼくはその間にコーヒーを淹れ、細長く切ったトーストにバターを塗り、ジェインの好みに合わせて卵を半熟に茹であげていた。ときおり、ジェインがぼくの代わりに原稿を書いてくれることもあった。たとえば、読者からの相談内容（親愛なるアバズレ調教師さま、同僚の女性にオシッコを引っかけてもらうには、その様子を女房に撮影してもらうには、ふたりにどうやって頼めばいいのでしょうか？）に、ぼくが頭を抱えてしまったとき。あるいは、老いぼれた億万長者があかす株式情報本や、スター御用達のカリスマ・ドッグトレーナー直伝による子犬の躾け方マニュアルなどなど、フリーランスのゴーストライターとして請け負っているあまたの仕事に忙殺されているとき。ちなみに、そのカリスマ的テクニックとやらをジェインの飼い犬で試してみたところ、バーブラ・ストライサンドが飼うシーズー犬に見られたような効果はいっさいあがらなかった。うちの駄犬はその後もずっと、「ノー！」とわめくぼくを無視して、ぼくたちの横たわるベッドに跳び乗ってきたものだ。まあ、そんなこんなはありながらも、ぼくはどうにか大量の小道具（電流の流れる首輪だの、超強力な精力剤だの、昔ながらの飴と鞭だの）を多用しつつ、倒錯に満ちたセックスに関するアドバイスを綴りつづけた。

やがて、はたと気づいたのは、すっかり手遅れになったあとのことだった。ジェインがぼくのもとを去り、べつの男と結婚したあとのこと。ブルックリンの褐色砂岩造りの建物で本物の作家と暮らすようになったあとのこと（本物の作家とは、実名で本物の小説を出版し、成功をおさめた作家のことをいう。また、インディーズ映画やオルタナティブ・ロック等のサブカルチャーに比べて、実験的技法による文学作品はなにゆえ大衆の心を引きつけないのか、なにゆえ危うい空気が漂ってしまうのか、奇抜さに欠けるわりに安定感まで欠いてしまうのはなぜなのかといった、文学的疑問を世に問う定期刊行誌《ほころびた格子縞の外套》をジェインとともに共同創刊した作家でもある）。さらにそののち、ジェインが著した一篇の小説『秋の優越』の裏表紙に、著者近影の写真をたまたま見つけたあとのこと（『秋の優越』は前と後ろの双方から始まる二篇の物語で構成されており、一章ずつ、あるいは一ページずつ交互に読めば、別個でありながら平行して進むストーリーを楽しめるという趣向が凝らされている。それぞれの物語の主人公である男女は、地下鉄の同じ車両に乗りあわせたり、互いの夢を交錯させたり、同じマッシュルーム・カルツォーネを目当てに同じピザ屋に通っていたり、風に飛ばされて女が失くしたスカーフを男がたまたま拾ったりと、幾度ものすれちがいを繰りかえしながら、ときおり道を交差させる。そしてある秋の晩、ブルックリンの街角で、一冊の本のちょうどまんなかにあたるページで、ふたりはついに出会いを果たすのだ)。末尾に添えられた広告ページを開き、ジェインの亭主が物して同じく大ヒットを記録した革新的小説『アンダーランド』が紹介されているのを見つけたあとのこと（こちらは、家庭内の問題を抱える少年が高熱に浮かされた際、ベッドの下に存在する不思議な世界を見いだし、そこに逃げこむというストーリーなのだが、その経緯がページ下の脚注に綴られているのみならず、上下逆さまに印刷されているという点がこれまでになく独創的だとされている)。ぼくがはたと気づいたのは、そのあとのことだった。大型書店〈ボーダーズ〉の書架の前にひとり立って、ジェインの近影写真を眺めていたとき、写真に写るジェインの顔を、その晴れやかな笑顔や、すぐにこんがらかってしまう褐色の細い髪や、やや大きすぎる下唇や、かすかに曲がった鼻や、あの黄金色の瞳を見つめるうちに、ぼくは気づいた。あのころジェインが鞭や首輪を前にしてくすくすと笑ったりはにかんだりしていたこと。ぼくのために原稿を代筆してくれたこと。ああしたすべての行動が発していたのは、救いを求める悲痛な叫び声だったのではないか。ぼくはそれに耳も貸さず、とりあおうともしなかった。だが、もし耳を貸していたなら、まったくちがう未来が待っていたのではないか。ジェインはいまもなお、〝ご主人さまの愛するアバズレ〟のままでいてくれたのではないか。〝裕福なくそったれの妻〟にはなっていなかったのではないか。もしぼくに、優しくも揺るぎない手を、しなやかにして揺るぎのないジェインの心の奥底にさしのべる勇気がありさえすれば。もしぼくがバーブラ・ストライサンドのように、愛情深くも揺るぎない口調で「待て」とジェインに命じていたなら。

3

これだけは誤解しないでほしい。ぼくはべつに、これまでひとつも小説を書いたことがないというわけではない。手がけた作品はたしか、二十三にものぼる。そこに至るまでの経緯を説明すると、まず、あらゆる雑誌の例に漏れず、インターネットが《ラウンチー》誌を廃刊へ追いやった。かつて、テレビや映画が書物を絶滅へ追いやったのとまったく同じように。さらに時代を溯《さかのぼ》って、ぼくの思いだせないなんらかのものが詩を絶滅へ追いやったように。いや、詩の場合にかぎっては、みずから命を絶ったと言うべきなのかもしれない。いずれにせよ、ついには世の変態どもまでもが《ラウンチー》の購読をやめてしまい、ポルノ業界におけるぼくのキャリアはそこで潰《つい》えた。そんなおり、《ラウンチー》の編集者のひとりがSF物の出版社へ転職することになった。ぼくもそこから仕事をもらい、さまざまなペンネームで小説を書くようになった（つまりは、ポルノ関係の仕事で使っていたのとはちがう名前で。《ラウンチー》時代も多くのペンネームを使ってきたが、おおかたはトム・スタンクス、女物の雅号が必要なときにはジリアン・ジェッソという名を使っていた）。その出版社で最初に手がけたのが、ゾーグ・シリーズだ。だがこれは、ぼくにしてみればほんの小さな方向転換にすぎなかった。ゾーグと呼ばれる惑星を舞台にしたこの作品は、言うなればソフトコアのポルノ小説みたいなもので、戦闘シーンのあいだに差し挟まれる性奴の濡れ場や、ライトボンデージや、エロティックな拷問シーンを呼び物としていたからだ。ぼくの頭のなかから生まれたゾーグという惑星《ほし》は、太古の趣《おもむき》を残した未来の世界に存在した。古城と宇宙船が混在し、レーザー光線と剣とを用いた戦闘が繰りひろげられる世界。腰のくびれた巨乳の女たちと、髭《ひげ》を生やしたマッチョな男たちがドラゴンに乗り、ロケットを飛ばし、角《つの》でつくった杯《さかずき》から蜂蜜酒を飲む世界。ぼくはそのシリーズをT・R・L・パングストロームというペンネームで世に出した。いちばん売れたのは『惑星ゾーグ――淫売どもの主《あるじ》』だったが、いちばん楽しんで書いたのは『惑星ゾーグ――セクサロイドの反乱』だった。そのなかに、虐げられていた女たちがほんのいっとき、形勢を逆転させる場面があったからだ。その本の冒頭には、〝Jに捧ぐ〟と記しさえもした。

その後、スラム街で生きる黒人を主人公としたシリーズを手がけるようになった。これは一般に〝都会小説〟と呼ばれるジャンルにあたる。主人公は、特殊部隊の元中尉。アフガニスタンとイラクで任務につき、傷を負ったことから、麻薬に溺れてしまう。古巣のハーレム地区へ戻ると、男はきっぱり麻薬と手を切り、まっとうな警官として再出発する。ところが、やがてその過去があきらかとなったとき、男は組織から追放される。そうしてライセンスを持たない私立探偵となった男は、日給二百ドルプラス経費の報酬と引きかえに、街に巣食う悪を正し、正義の鉄槌をくだしていく。ぼくはその主人公を、エチオピアとネイティブ・アメリカンの血を引く混血のユダヤ系黒人として描きだした。その名はモルデカイ・ジョーンズ——スラム街の陰の保安官。ぼくのペンネームはJ・デューク・ジョンソン。《ゲーム》誌の依頼で行なった自作自演のインタビュー記事を読んだ読者なら、〝J〟が〝ジョン〟の略であることは知っているはずなのだが、なぜかデュークと呼ばれるのがつねだった。

　最近になって、〝ヴァンパイア市場〟にも参入するようになった。そこにこそ、金《かね》の生る木が転がっているような気がしたからだ。どういうわけか、ヴァンパイアを信奉する連中には、書店の棚に並んだ書物をくまなくさらっていく傾向がある。ためしに〈バーンズ・アンド・ノーブル〉へ行ってみるといい。何ヤードにもおよぶ棚を埋めつくす、数々のヴァンパイア小説が目にとまるはずだ。それはいったいなぜなのか。ぼくにもさっぱりわからない。おそらくは、ヌーボー・ゴシック、ホラー、インダストリアル系クラブ・カルチャーなどが何かしら関係しているのだろう。とはいえ、全身に開けたピアス穴や黒ずくめの衣装や網タイツは、アバズレ調教師としてぼくが培ってきた知識とぴったり符合するものだった。文壇からどれだけ冷たい目で見られようとも、ぼくには、オタクや世を拗ねた連中の気にいるような、真に迫った通俗小説をひねりだすことができた。書物がフェティシズムの対象となり果てたいま、なおも小説を読みつづけるのは、呪物崇拝者くらいのものなのだろう。

　ファンタズム社でぼくを担当してくれている齢《よわい》二十六の編集者によると、ひとつ障害があるとすれば、世のヴァンパイア小説がすべて若い女の一人称で語られていることだという。だが、執筆に際してはなんの問題もなかった。《スウィート・ヤング・マガジン》に掲載するためジリアン・ジェッソの名で手がけてきた多くの作品は、たいていこんなふうに始まった。〝あれは十八歳の誕生日のこと。あたしはチアリーディング・チームのキャプテンとして……〟ところが、ヴァンパイア小説用のペンネームと著者近影写真を用意する段になると、ぼくは思わぬ障害にぶちあたった。

それまで使ってきたペンネームに関しては、さしたる問題もなかった。T・R・L・パングストロームの写真は、ぼくが自分で付け鬚をつけ、分厚い黒縁眼鏡をかけ、シャツの下に枕を仕込んだ姿を撮影した。パングストロームは（というより、ゾーグ・シリーズの読者は）、ずんぐりとした体形のオタクどもにちがいないと考えたからだ。そのうえで、冷静沈着な印象、強い志《こころざし》を抱《いだ》いている印象を少しでも加味できるよう心がけた。J・デューク・ジョンソンの場合は、近所で花屋を経営している友人のモーリスに協力を仰いだ。モーリスは完全なるゲイでありながら、完全なる巨体を誇り、漆黒の肌、豊かな長髪のドレッドヘア、王者にふさわしい威風堂々たる面立ちをしてもいた。デューク・ジョンソンなら、きっとこんな風貌をしているにちがいない。屈強にして思慮深く、いかなる辱《はずかし》めもけっして許しはしない男の風貌。ただし、撮影の際、モーリスをにやりと微笑ませることだけは差し控えた。モーリスが笑うとえくぼができるし、前歯の抜けた穴が覗くと、なんとも言えない愛嬌を醸しだしてしまうから。ぼくたちはモーリスにスーツを着せ、帽子をかぶせ、借り物の指輪をはめさせた。モーリスの恋人で、華奢《きゃしゃ》な身体つきをしたヴェトナム人、ゲイリーも呼びだし、ふたりにディナーとワインをごちそうした。酒に酔い、眠気に襲われ、こんな茶番にいいかげん飽き飽きしてきたころ、モーリスはついにそれを成し遂げた。世のなかにすっかり嫌気がさした目つき、〝おれを虚仮《こけ》にするな〟と言わんばかりの凄みを利かせた、王者の目つきをしてみせたのだ。ぼくはその瞬間を使い捨てカメラで撮影した。いずれにしても、小さなピンぼけの白黒写真が一枚あればそれで充分だった。広告用の写真を求められるたび、ぼくはその写真を送った。そもそも、広告用の写真を求められること自体、じつにまれなことだった。

だが、ヴァンパイア小説のファンをその程度で納得させることは不可能だった。彼らはより鮮明な写真を、著者とより多く交流する機会を求めていた。加えて、その著者は女でなくてはならなかった。なぜかはわからないが、ヴァンパイア小説の読者（主に女性読者）は、同胞の女性の手によるヴァンパイア小説、ヒロインが一人称で語るヴァンパイア小説のみを愛好し、心から信じこむきらいがある。その著者は、魅力的ではあるが若すぎもせず、痩せすぎでもない女であれば、いっそう望ましい。そんなわけで、いまは亡き母に一枚嚙んでもらうしだいとなったのだった。

4

その当初から母が他界していたわけではない。あのころ母は、クイーンズにある住み慣れた二寝室のアパートメントですこぶる達者に暮らしていた。そしていまでは、幸か不幸か、ぼくがふたたびその部屋でひとり暮らしている。それが不幸に思えるのは、そこに住んでいると、自分が最小限の進歩しかしていないこと、小さいほうの寝室から大きいほうの寝室へたった十フィートの距離を移動したにすぎないということを、絶えず思い知らされずにはいられないからだ。幸せに思えるのは、そこに住んでいれば、好きなときに小籠包を味わえるからだ。もともとこの界隈はユダヤ系とイタリア系とアイルランド系の集う地区だったのだが、ぼくが幼少期をすごしたころは、ヒスパニック系住民が大勢《たいせい》を占めるようになりつつあった。ところが、いつのまに事態が急転したのか、いまではほぼ完全にアジア系住民の占拠する地区となっていた。そこで登場するのが、小籠包。要はスープ饅頭だ。

で、それはいったいなんなのか。スープのなかに饅頭が入っているだけではないのか。いやいや、友よ、とんでもない。たとえば、蟹と豚肉の小籠包を六つ注文したとしよう。数分後、運ばれてくるのは、柔らかな皮に包まれた、菩提樹の実を思わせる丸っこい物体だ。それが六つ、レタスの上に鎮座している。だが、焦ってそれにかぶりついてはいけない。ひとつを慎重に取りあげて、レンゲの上に載せ、そのてっぺんをそっと齧りとる。するとなかから、熱い汁がじゅわっとあふれだしてくる。そう、そうなのだ。スープのなかに饅頭ではなく、饅頭のなかにスープが入っているのだ。これはある種の奇跡と言える。あつあつの肉汁をわれに賜《たまわ》る、しっとり柔らかな穢れなき乳首。人生を生きるに値するものとし、苦境を踏みこたえるための活力を与えてくれる。たとえそれが、小説をもう一冊書くための活力にすぎないとしても。

ただし、ヴァンパイア・シリーズに取り組みはじめたころ、ぼくが暮らしていたのはクイーンズではなかった。マンハッタンのはずれでアパートメントを又借りしていたのだ。その日、ぼくは七番線の地下鉄に乗りこみ、母がひとり暮らす実家へ向かった。母の大好物であるH&Hの塩味のベーグルと、鮭の塩漬けを土産にたずさえていた。いずれも、いまでは入手困難となった品々だ。原因は、ヨーロッパや国内各地からこの土地へ移り住んできたヤッピーと金持ちどもにある。連中は塩漬けよりも燻製にした鮭を好む。田舎風の食材や料理はいっさい口にしない。噛むとボリボリと音がして、目がしょぼつくほどすっぱいにおいを放つピクルスや、牛乳やシロップやソーダ水からつくるエッグ・クリームや、ユダヤ料理の肉《ク》詰《ニッシュ》めパイが食卓を飾る、神話の時代は終わった。ギリシアのサラミス島に、不死を誇る勇者や半神はもはや存在しない。いまこの世界には、かぎりある命の人間と、彼らの食する俗界の食材しか存在しないのだ。

ぼくがベーグルを切るあいだに、母は鮭とキャビア（母の機嫌をとるため、大枚をはたいて買ってきた）を皿に盛りはじめた。太古の昔から使っている、おなじみの皿――ディジーの模様が描かれた茶色い皿だ。しばらくすると、思ったとおり、母がこう尋ねてきた。「それで、いまは何をこしらえてるの？」

いつもなら〝たいしたものじゃない〟と答えるところだ。しかし、このときばかりはこう答えた。「じつは、新しいシリーズに取り組むことになった」

「海賊物？」

「え？」

「海賊のお話なの？」

「いや、海賊は出てこない。どうしてそんなことを？」

「テレビで誰かが言ってたからよ。いま、巷《ちまた》では海賊が大ブームだ、って。だから、あなたも海賊の話を書くんじゃないかと思ったの。そういえば、あのときメモをとっておいたんだけど。眼鏡はどこかしら」母は髪のなかをまさぐった。ウズラの一家ですら容易に隠すことができそうな、鮮やかな赤毛の茂みのなかを。

「海賊が大ブーム？　いったいいつからそんなものが始まったんだい？」眼鏡を探して寝室へ向かう母の背中に、ぼくは問いかけた。そのときようやく思いだした。こういうやりとりを数えきれないほど繰りかえした結果、〝何をこしらえてるの〟と訊かれるたびに〝たいしたものじゃない〟と答えるようになったのだということを。

眼鏡をかけた母が寝室から出てきた。鉛筆を添えて木製のホルダーにおさめたメモ帳を電話機の横から拾いあげ、「ほら、ここに書いてあるわ」と言いながら、いちばん上の紙を破りとって、ぼくに手渡す。そこにはただひとこと、〝海賊〟とだけ書いてあった。

「あいにく、いま書いてるのは海賊の話じゃなくて、ヴァンパイアの話なんだ。まあ、いいさ。気にしないでくれ」

「ヴァンパイア?」母は訝るように眉をひそめた。「ねえ、ハリー、はっきり言わせてもらうわ。あなた、そろそろちゃんとした仕事をしたらどうなの?」世の母親の例に漏れず、うちの母もまた、ぼくにとって絶対の擁護者であり、痛烈な批判者でもあった。そのくせ母は、ぼくの書いたものにはろくに目を通しもしなかった。息子の手による作品は切りぬきの一枚に至るまですべてこのアパートメントに保管されていたが、ポルノ関連の作品だけはクロゼットのなかにしまいこまれ、けっして人目にさらされることはない。その他の作品は母がいうところの〝陳列棚《エタジェール》〟におさめられ、訪れる者があれば誰彼となく誇らしげにそれを披露しつつも、貸出しはいっさい拒む(〝自分で買えばいいのよ!〟)。その一方で、遥か昔、お堅い純文学をつかのま志していたころにぼくが贈った数篇の短篇小説から以降、母がぼくの作品に目を通すことは一語たりともなかった。かつてくだしてくれた批評はつねに簡潔で、核心を突いていた。「わたしの好みじゃないわね」ざっと流し読みしたあとで、母は言った。

「これを出版したがる人間がいないのも無理はないわ。ここに書かれているのは、堕落した魂と惨めな人生だけ。うちの読書クラブじゃ、絶対にこんな作品はとりあげない」たしかにそのとおりだった。母の言うことは正しかった。

ぼくたちはそれぞれの椅子に腰をおろし、トマトや、タマネギや、レモンや、昨今のヘルシー志向を考慮して選んだフィラデルフィア・クリームチーズをベーグルのあいだに挟みはじめた。手を動かしながら、ぼくは母に説明した。ヴァンパイア小説は近ごろ再興の兆しにあり、世間ではなかなかの人気を博しているのだということ。第一作の出版契約はすでにまとまっているのだということ。

「驚いた。世のなか、わからないものねえ」地下のランドリールームで噂になっていないことが不思議でならないとでもいうかのように、母はつぶやいた。

「ただ、問題がひとつあって、女の名前を用意しなきゃならないんだ」

「エスメラルダってのはどうかしら。昔っから、いい名前だと思ってたの」

「そうじゃない。著者の名前が必要なんだ。ヴァンパイア小説ってのは、たいてい女流作家が手がけるものだから、女の名前で出版しなきゃならない。で、もしよかったら、母さんの名前を使わせてもらえないか。つまり、母さんの旧姓を。昔使ってた名前を」母の名はシビルといった。いまの苗字はもちろん、ぼくと同じブロックだ。だが、自分では一度も名乗ることがなかったが、母の本当の名はシビリンといった。そして旧姓は、父方の姓〝ロリンド〟に、母親の旧姓〝ゴールド〟を添えたものだった。シビル・ブロックでは、ユダヤ教の成人式に贈るカードに気の利いたメッセージを綴るか、そこそこの海賊小説を書くのがせいぜいだ。では、シビリン・ロリンド‐ゴールドなら？　そりゃあ、ヴァンパイア小説を書くしかない。

「いいわ。好きになさい」と母は言った。

「じつを言うと……」続く言葉を言いよどみながら、母の赤毛に目をやった。この巻き毛をまっすぐに伸ばして、マダム・ロリンドー‐ゴールドにふさわしい優美な垂れ髪をつくりあげるには、どれだけの手間と時間がかかるだろう。「……借りたいのは、母さんの名前だけじゃないんだ」

　そうして長い交渉のすえ、母の旧姓と、少しばかり手を加えた母の顔が、これまでに出版された三作のヴァンパイア・シリーズに加えて、さまざまな雑誌や新聞にも登場することとなった。シビリン・ロリンドー‐ゴールドは〝おおやけの場に姿を見せない隠遁者〟だとすることで、直接の取材に応えることだけは避けてきた。ただ、かつて一度だけ、電話でのインタビューに応じざるをえない状況に陥ったことがある。シリーズ第一弾の『闇を這う真紅の血脈』がささやかな（じつにささやかな）ヒットを記録した直後のことだ。シビリンのデビュー作は世の一部の人々（とりわけ母）に衝撃を与えた。ぼくの創造したヴァンパイア、アラムとアイヴィ夫妻の話題や、母の扮するマダム・ロリンドー‐ゴールドの画像が、マイスペースの公式プロフィールやヴァンパイア関連のあまたのウェブサイトに出現するようになった。ファンタズム社とは、次に振りだされる前払金の小切手を五千ドルあたりまで引きあげる契約までまとまった。ただし、それには条件があって、ぼくに——つまりは〝闇の世界の女主人〟たる母に、〈ヴァンパイアズ《Vampyre》・ウェブ〉なるウェブサイトの管理人と電話で歓談するくらいの協力はしてもらわなければならないというのだった。〝i〟ではなく〝y〟と綴ったその文字を見ているだけで、ぼくは物悲しい気分にさせられた。尽きることなく差別的言語を指摘するフェミニズムを連想させられた。試しにそのサイトをチェックしてみると、案の定の結果が待っていた。五芒星。山羊の頭。〝吸う側〟と〝吸われる側〟に出会いを提供する公共広場。人種、宗教、性別、同性愛に関するすべての差別的表現や性的表現、攻撃的で〝排斥的な〟言語に対する、断固たる警告。どうやらここに集うヴァンパイアたちは、永遠の時を生き、宙を舞い、農民の喉首を容赦なく引き裂く生き物であると同時に、牙が生えるまえと変わらず、ロッカールームで飛び交うような〝変態〟だの〝ホモ野郎〟だのといった誹《そし》りにはいとも簡単に傷ついてしまう、きわめて繊細な生き物でもあるらしかった。

何はともあれ、ぼくたちは電話インタビューの日取を決め、入念に準備を整えた。予定としては、ぼくが寝室の付属電話で会話を盗み聞きしながら、メモ用紙に回答を書き記し、それをわが相棒クレアに託す。クレアは受けとった紙を、ホームドレス姿でキッチンの椅子にすわっているぼくの母に届ける。そういう手筈《てはず》になっていた。

何より恐れていたことは、ただちに現実のものとなった。インタビューが始まって五分と経たないうちに、母は失言を繰りかえした。ヴァンパイアはドイツ人に比べたら恐るるに足らない存在だし、彼らの大半はペンシルヴェニア州（のちほど、この間違いに関してはぼくの字が汚いのがいけないのだと言い逃れした）に暮らしており、十字架を見ると蕁麻疹《じんましん》が出て、銀の弾で撃たれると死んでしまうなどとのたまったのだ。

「銀の弾で死ぬのは、狼男だろ！」ぼくは寝室の戸口に立ち、食いしばった歯の隙間から声をしぼりだした。一心不乱に腕を振って、胸に杭を突き刺す動作をしてみせた。

すると、母は送話口に向かってこう続けた。「ええ、そうよ。ニンニクを食べると胸焼けがしてしまうの」

それ以降、母はすべての依頼を断るようになった。取材の依頼はぽつぽつあった。マダム・シビリン・ロリンドーゴールドには多くのファンがいた。ぼくが演じた作家のなかで、いちばんの出世頭だった。ただし、ぼくの世界における〝出世〟は、三百五十ページの小説に対して支払われる四千五百ドルの前払金を意味している。原稿を一日十ページずつ仕上げていくという過酷な日常が不可欠でもある。家賃を払い、部屋に電灯を灯すためだけに自分が切り倒してきた木々のことは考えないようにしている。作品の文学性に関して言うなら、ぼくは焦熱地獄だ。けっして燃えつきることのない燎原《りょうげん》の火であり、アメリカ文学の地獄なのだ。

5

全体として見れば、仮想の著名人となったことを母はとても喜んでいた。親子でそれを分かちあえることも。ファンレターに返事を書き、髪型とメイクを整え、衣装を選んで、写真におさまることも。そんな時間を持てたのは、ぼくにとっても幸せなことだった。例のシリーズ第一弾が出版されて三カ月後、母がリンパ癌と診断されたからだ。それから一年後に母は他界した。『真紅の闇が迫る』と『闇に浮かぶ真紅の恋人』が世に出たあと、ぼくは母の看病をしたり、薬を数えたり、化学療法の予約の時間に病院へ連れていったりするため実家へ戻り、かつて使っていた部屋で暮らしはじめた。やがて、母の髪はすっかり抜け落ちてしまって、直毛の鬘《かつら》を使うようになり、写真撮影のために頑固な癖毛をまっすぐに伸ばす必要がなくなった。そうしてついにある晩、ぼくが隣の部屋で寝ているあいだに、母は静かに息を引きとった。翌日の正午近くになってようやく、ぼくは母が息をしていないことに気づいた。いまわの際にあってさえ、母はつねに早起きで、ぼくはといえば、毎朝、身体を揺り動かされてコーヒーを与えられなければ目を覚ますこともできないほどの寝坊助だったのだ。

そんなわけで、死刑囚監房にいるファンからの手紙が届いた日、ぼくはミッドタウンに位置するフォトスタジオにいた。母が遺した赤毛の鬘をかぶり、〝ロリンド装束〟の黒いドレスをまとい、アイシャドーとファンデーションと頬紅を顔に塗りたくっていた。化粧を施してくれたのはクレアだった。ちかぢか出版が予定されている『真紅の夜と霧』のため、近影写真の撮影に立ち会ってくれていたのだ。言うまでもないことだが、ぼくの面立ちはまずまず母に似ている。ただし、ぼくは赤毛ではない。いや、母もまた赤毛ではなかった。つまり、もともとの地毛は。母の地毛が何色だったのかは忘れてしまった。母自身も忘れたと言っていた。

いまクレアはぼくに顔を寄せ、風船ガム臭い息を吐きかけながら、一心に眉根を寄せて、ぼくの眉毛と悪戦苦闘していた。もちろん、脂ぎった額も青鬚の目立つ角張った顎も喉仏もすべて厄介ではあったのだが、手持ちの衣装や、鬘や、鞄いっぱいに詰めこんできた品々（ぼくには、ただむず痒いということしかわからない品々）を巧みに配置することで、これらの問題はどうにか解決してくれていた。残る問題は、この強情な眉毛だった。クレアにどれだけ諭されようと、眉毛を抜くことだけは頑なにぼくが拒んだのだ。

「どうやったらここまでぼうぼうになれるのかしら。まるで、森のなかに迷いこんだみたい」小さな鋏を小刻みに動かしながら、クレアは不平を鳴らした。

「大袈裟なことを言うな。そりゃ、女にしては濃すぎるかもしれないが」

「いいえ、人間にしては濃すぎるの。まったく、あなたのお母さんはあんなにきれいで、上品なひとだったたってのに」

念のため言っておくと、母にはもとから眉毛がなかった。うぶ毛がほんの申しわけ程度に生えているだけだった。だからいつも、買い物リストを書くのに使っているちびた色鉛筆で、みずから眉毛を描いていたのだ。

「たぶん、この眉毛は親父譲りなんだ」

「だとしたら、耳毛のぶんまで、ここに譲り受けちゃったのね」クレアは鼻に皺を寄せた。

「いっそ、主人公を狼男にしたほうがよかったんじゃない？」

結局、生い乱れる眉毛をファンデーションでどうにか塗りつぶし、その上からペンシルで女らしい曲線を描くことで、クレアはなんとか体裁を整えた。鏡のなかのぼくは、何かに（おそらくは自分の顔に）驚いたまま固まってしまったような顔をしていた。

「このまま顔を動かさないで。皺が寄っちゃうから」クレアが言った。ぼくは椅子の背もたれに寄りかかり、脚を伸ばした。写真に写るのは胸から上のみであるため、ドレスの下はジーンズにハイカットのスニーカーといういでたちだった。

「そうだ、忘れるまえに……これ、今日のぶん」バックパックに化粧道具をしまいこんでいたクレアが、郵便物の束を取りだしながら言った。ぼくが所有する鍵のスペアを、クレアもひと揃い持ち歩いているのだ。

「ありがとう」ぼくは礼を言って、それを受けとった。大半は請求書だった。それに、出版社から転送されてきたシビリン宛てのファンレターが何通か。パングストロームやジョンソンにもファンレターが送られてくることはあるが、その頻度は比較にならない。誰宛てに送られてきたものであれ、もらったファンレターにはすべて自分で返事を書いている。ただし、シビリンのサインだけは代筆を頼んでいる。以前は母、いまはクレアに。取り越し苦労だとは思いつつ、筆跡から性別が知れてしまう気がしてならないからだ。そのとき、手にした郵便物のいちばん下に埋もれた、一通の手紙が目にとまった。転送用の黄色いステッカーが、封筒に何枚も貼られている。ニューヨークじゅうで地価のさがった地域を求めて、ぼくが転々としてきた住処《すみか》を、めぐりめぐってきたらしい。

「それは？　いったい何かしら」クレアが訊いてきた。

送り先は、《ラウンチー》編集部気付のトム・スタンクス宛てとなっていた。差出人住所にはシンシン刑務所と記されていた。

6

数年まえにジェインとぼくが別れたとき、というより（いったい誰に見栄を張ろうというんだ?）、ぼくがジェインに捨てられたとき、唯一、奪いあいの的となった持ち物が本のコレクションだった。ぼくとジェインは八年だか九年だか（これもまた言い争いの的となった）の歳月をともにすごした。ぼくたちがふたりで暮らし、その後、ジェインがひとりで暮らすようになったアパートメントの壁を覆いつくす本棚を見れば、まるで地層を読むかのように、ぼくたちの同棲生活の来歴をたどることができたはずだ。まずは、おのおのが最初に持ちこんだ蔵書の数々が恥じらいがちに集う区画。そこでは、ぼくのディラン・トマス詩集がジェインのシルヴィア・プラス詩集と肩を触れあい、ぼくのロラン・バルト批評集がジェインのエドマンド・ウィルソン批評集に軽く口づけし、ぼくのホルヘ・ルイス・ボルヘスがジェインのイーヴリン・ウォーに組み敷かれている。連れ子同士の双子もいる。『フラニー』が二冊。『ゾーイー』が二冊。ナボコフの『青白い炎』も二冊。『塵に訊け!』に至っては、なぜか三冊。当然ながら、二冊あるものを半分に分けあうのはたやすい。いささかの感傷まで誘いもする。双子の本を引き離して、一冊だけ段ボール箱におさめるわけだから。

ちなみに、それらの本はいまも実家の物置部屋に、まだ箱に入れたまま放置してある。同様にたやすく分類できるのが、比較的新しい本――ベッド脇や机の上に積みあげられている本だった。書評用としてジェインに送られてきた、若き作家や前途有望な作家の新刊見本。『アジア美女百科』第七号だの『美尻大全』だのといった、ぼく宛ての献本。その下に埋もれたヘンリー・ジェイムズの小説。途中で読む気が失せて、下に伏せたまま放りだしてある本もある。まるで、別れゆくぼくらを見ていられないとでもいうかのように、力なく顔を伏せている。分類作業の最大の難関は、〝中世紀〟とも呼ぶべき区画に待ち受けていた。ふたりが一瞬たりとも分かたれることのなかった四年間、一冊の本を買ってきては交替でそれを読み、こともあろうか、ときにはベッドのなかで声に出して朗読までしていたあの四年間に集められた本のことだ。

「これを買ったのはわたしじゃなかった？」

ジェインがコルタサルの『石蹴り遊び』を取りあげて言う。

「そうとも。きみがぼくにプレゼントしてくれたんだ。忘れたのか？」とぼくは答える。ジェインはあやふやな記憶に眉根を寄せる。だが、ぼくははっきり覚えている。ペコノスにあるジェインの伯父の別荘へ向かうとき、バスのなかで読むためにジェインがその本を買ったこと。あの当時は、貧しくて無名であることこそすばらしいとジェインがまだ考えていたこと。目もくらむほどに、まばゆいばかりに、ダイヤモンドのように燦然と輝く物語を夢中で読み進めていたせいで、ぼくが車酔いをしたこと。週末をすごした別荘では、ウォーターベッドに酔ったこと。揺れるベッドの上で身を寄せあい、一章ごとに交替で続きを読んだこと。マテ茶をこよなく愛するボヘミアンが五〇年代のブエノスアイレスからパリまで放浪するさまを、ともに夢中で追ったこと。あのころのジェインの望みはただひとつ、できれば奇矯なタイトルをつけられた章のなかで、ぼくと手を取りあい、芸術のために命の花を散らすことだけだった。ぼくは鏡張りの天井に映る、汗まみれの青白い顔を見つめていた。吐き気の波に呑みこまれ、溺死しかけた人間の顔がそこにあった。そのとき、ジェインがアルカセルツァーの発泡錠をさしだしながら、プロポーズしてくれないかと言いだした。

「本気かい？」ジェインを引き寄せようと跳ね起きた。反動でマットレスが大きく波打ち、ぼくはジェインの胸に倒れこんだ。頭と頭がぶつかった。「くそっ。このベッド、水の詰めすぎなんじゃないのか？」

「わたしたちは愛しあっている。ほかに重要なことがある？」

「たくさんある。ぼくがいつまで経っても世に認められず、いつまで経っても貧乏なままだったら？」

「そんなの、かまうもんですか」

「それに、わかっているだろうが……たとえ結婚したとしても、ぼくは仕事を優先する。それでもいいのかい？」ああ、たしかにぼくはそう言った。笑いたければ笑ってくれ。あのときのぼくの、なんと愚かだったことか。あれ以来、どれほど苦渋に満ちた夜をすごしていることか。

だが、それを聞いたジェインが、どれほど恍惚《こうこつ》としたことか。その高尚にして物悲しいぼくの言葉は、ジェインの心を歓喜で満たした。ジェインはぼくの両手を握りしめた。こむらがえりを起こして潮に流されかけたぼくを、なんとか引きもどそうとでもするかのように。ともにすがりあっていなければ、水底に沈んでしまうとでもいうかのように。「ええ、わかってるわ」とジェインは言った。「それこそがわたしの願いでもある」

「気が変わったってわけか」七(?)年後、ぼくはジェインに言い放つ。なおも貧しく、無名のまま。ロシア文学と殴り書きされた箱の上に腰かけたまま。ジェインはページの角が折れた『石蹴り遊び』をぱらぱらとめくっていた。栞《しおり》代わりに挟んであった、赤く紅葉した楓《かえで》の押し葉を見つけて、それをつまみあげた。それから、ぼくの降伏によって勝ちとった小さな脆《もろ》い旗を振るように、その葉をこちらに掲げてみせた。

「そうね、認めるわ。気が変わったの。残念だけれど。わたしはもう三十一よ。夫と、家と、子供がほしい。赦して、ハリー」とジェインは言った。だから、ぼくは赦そうとした。

「それなら、そうしよう。いますぐ結婚して、すぐに子供をつくろう。そうすれば、ぼくのもとにいてくれるんだろう?」

ジェインの顔から怒りが消えた。ジェインは力なく床にすわりこみ、ぼくから顔をそむけた。見えない手に喉を締めつけられてでもいるかのように、かぼそい声をしぼりだした。

「いいえ、これ以上は無理よ。あなたとはやっていけない」

ぼくは黙りこんだ。ジェインは小さくすすり泣きはじめた。傷つけられたのはぼくのほうなのに、どうしてジェインが泣いているのか。どうしてぼくは、まるで自分が別れを切りだしたかのように、身じろぎもせず、ただ無情にジェインを見つめているのか。大きな涙の雫《しずく》が、『石蹴り遊び』にぽとりと落ちた。そのとき開いていたのは四十九ページだ。ぼくはそれを知っている。涙が乾いて縮んだ跡が、そこに残っていたから。あとになって、その涙の跡を幾度となく眺めてきたから。

「ごめんなさい」とジェインは言った。「でも、変わってしまったのはあなたのほうだわ。以前のあなたは、何に対しても情熱的だった。創作活動に対しても。人生に対しても。何に対しても。散歩をするだけのことであっても。でも、いまのあなたと生きていくことはできない。あまりに悲しすぎるから。あなたが最後に詩を書いたのはいつのことだった？」それだけ言うと、ジェインはぱたんと本を閉じた。楓の押し葉が粉々に砕けた。

7

白状しよう。ぼくは昔、詩を書いていた。ただし、たいした才能はない。才能を認められることのなかった、悲劇の天才詩人だなどと言い張るつもりはない。そういう話がしたいわけじゃあない。思春期を迎えた多くの少年と同様、言葉には長《た》けているが社交性には欠けるがゆえ、さながらニキビのように吹きだした思いが詩の形をとったにすぎない。そして、ジェインと出会うころには早くも、ぼくの詩作活動はカード・マジックやクレープを焼くコツみたいに、求めに応じてのみ披露される残存的な技能のひとつとなっていた。ぼくが詩をつくるのは年に一度、ジェインの誕生日だけだった。プレゼントを買う余裕がなかったから、けばけばしい色を塗ったマカロニをコーヒー缶に貼りつけてプレゼント代わりにする子供のように、自作の詩を贈っていた。あの詩もいまは、ブルックリンに建つ新居の地下室にうずもれていることだろう。

母が死んだあと、ベッド脇のテーブルの引出しに一通の封筒を見つけた。なかから出てきたのは、絶頂期（八歳から十九歳まで）にぼくがつくった数々の詩だった。折れ目がつき、皺が寄り、染みが散った紙。手書きの文字や、タイプ文字。そのとき思いだした。ここにおさめられているのは、母が心から気にいってくれた唯一のぼくの作品、電話口でいとこのセイディに朗読して聞かせまでした作品だった。ぼくはすべての詩を読みかえした。もちろん、どれもこれもが平々凡々たる出来映えだ。題材となっているのは、秋や、時間や、空き地。そして、ハヌカー祭。これには自分でも呆れた。まあ、ぼくの詩なんてその程度のものだ。それを楽しみにしてくれていたたったふたりの人間ですら、もうここにはいない。

だがいまも、ぼくの心の奥底には眠れる詩人がひそんでいる。その破壊活動が、いまではランチの注文を受けたあとに小声でぶつくさ文句を言う程度にまで落ちぶれてしまった、かつてのアナーキストみたいに。その穏やかな笑顔の裏では、どうやって金庫を爆破してやろうかということばかり思いめぐらせている、銀行の窓口係みたいに。辛辣な投書をいくつも書きはするものの、けっして新聞社に送りつけようとはしない一般市民みたいに。目にする女を妄想のなかでことごとく凌辱している色情狂みたいに。ぼくもまた心の奥底で、どんな目にもなぞることのできない、どんな口にも朗誦することのできない韻を紡いでいる。そしていま、ぼく自身の名前で綴る、ぼく自身の経験したこの真実の物語のなかで、ぼくは詩人の権利を行使するつもりだ。そうすべきだと判断したなら、思いきった省略もする。天気だの、ソファーの見た目だのについて、どうでもいいような細部をだらだら並べたてるつもりはない。ぼく自身を含めた誰かがそのとき何を考えていたのか、なにゆえそんな行動をとったのかを知っているふりなどするつもりもない。詩人のように、ぼくはただ、伝えるべきことを単刀直入に伝える。なぜなら、それこそが詩人の本分だからだ。最大限の情報を、最小限の言葉で伝えること。ぼくたち詩人は、自分が言いたいことを的確に言いあらわすことのできるただひとつの形で言葉にする。ゆえに、たとえばぼくが〝彼女の心は蜘蛛のように邪《よこし》まだった〟と言ったなら、その一言一句がぼくの言いたいことだ。邪ま。蜘蛛のように。そして、彼女の心。

8

話を先へ進めるまえに、ひとまずクレアのことを説明しておくべきだろう。

本職と自称している仕事のなかで、ぼくは大量の紙吹雪を世に生みだしてきた。だが、札ビラから成る吹雪のほうは、ときおりぱらぱらと降る程度でしかなかった。そうなると、そのときどきで、その他多くの副業に頼らざるをえない。そのひとつが家庭教師だった。ただし、これはさほど実入りのいい仕事ではない。さまざまな国からの帰化米国人が最低限の英語力を身につけられるよう手助けしたり、公立学校に通う〝特殊〟な生徒や、〝慣習にとらわれない才能〟を持つ生徒、あるいはただ単に落ちこぼれの生徒に勉強を教えたりすることで得られる報酬は、一時間につきたったの十から二十ドル。だが、ぼくにはふたつの武器があった。アイビーリーグの卒業証書（いいさ、かまわない。なんとでも言ってくれ）。そして、大学院進学希望者に義務づけられているGREの言語試験で、どういう風の吹きまわしかおさめた八百という高得点だ（あまり感心してはいけない。数学の得点は三百五十だったから）。そこであるとき思いたち、山の手の一流私立学校でも生徒の募集をかけてみることにした。クイーンズじゅうの金持ちの子女が通うそれらの学校は、ぼくみたいな人間には映画のなかでしかお目にかかることのできない世界だった。おおかたの学校は、単にぼくのメールを無視した。数校からは返信があったが、電話をかけてもすげなくあしらわれた。ただ一校、ブラッドリー学園からのみ、面接を行なう旨が伝えられた。気が滅入るばかりの面接の席では、理事だかなんだかを名乗る女が長広舌を披露した。わが校の生徒がいかに優秀であるか。いかにしてその大半が、正しくは〝アイビー〟ではなく〝アイビーズ〟と複数形で呼ぶべき大学へ進学しているか。学外で家庭教師を雇うことがいかに不要であるか。教師たちが子供たちの助けとなることをいかに喜びとしているか。たしかに、ぼくなどお門ちがいであるようだ。賛同のしるしにうなずいてみせながら、ぼくは心のなかで認めた。ぼくは子供が好きですらない。家賃が払えればそれだけでいい。

「わが校では、独自の指導方法を開発し、それを実践しておりますの。そちらは、独自のカリキュラムを組むという考えに興味がおありかしら？」

「ええ。それはもう。大いに興味を引かれますね」

結局、その場を辞したときには、この学校の生徒に縁はないものと思いこんでいた。そして、すべてをきれいさっぱり忘れていたころ、ピーター・ナッシュなる人物から電話がかかってきた。

「あんたがハリー・ブロックかね？」

「ええ、そうですが。そちらはどういった――」

「うちの娘が期待どおりの成績をおさめてくれないんだがね」

「それはつまり……」この男はいったい何が言いたいのだろうと、ぼくはしばし考えこんだ。

「サリー・シャーマンから紹介されたんだが？」

「ええと……」その名前にはぴんと来るものがあった。「ああ、ブラッドリー学園の？」

「そうだ。今週中に時間がとれるかね？」

「予定を確認してみましょう」ぼくはそのときキッチンにいて、これから昼食にありつこうとしているところだった。トマト・スープの皿に視線を落とした。季節は真冬。ぼくのカレンダーは向こう三十年間、まっさらの状態が続いていた。「そうだな……木曜の五時でいかがです？」

「報酬はいかほど用意しておけばいいのかね？」

頭がくらくらした。これまでどんな仕事をしようと、時給にして二十ドル以上の金《かね》を稼いだことはなかった。ぼくはごくりと息を呑みこみ、しわがれた声で告げた。「五十ドル……通常料金は五十ドルですが、もし――」幸いにも、続く言葉を口にするまえに、相手がそれを制して言った。

「かまわんよ。それが法外な料金でないかぎりはな！　日程については、クレアのほうから電話させよう。大きな問題はわたしが片づけ、瑣末《さまつ》な問題はすべて娘に任せているんでね」

「どうぞご心配なく。ただちに娘さんの学力と弱点を見きわめ、好奇心を刺激しながら、統合的カリキュラムを組むことにより……」しばらくまくしたててから、ふと気がついた。相手はすでに受話器を置いていた。

数時間後、クレアから電話がかかってきた。もしクレアが名前を名乗らなかったら、母親からと勘ちがいしたことだろう。その声は完全に落ちつきはらっていて、ティーンエイジャーに特有のおじけた様子は微塵も感じさせなかった。クレアはぼくが提案した変則的な日程にいっさい異議を唱えず、アッパー・イースト・サイドにある自宅の住所を告げて電話を切った。あとになって、アパートメントの部屋番号を訊き忘れたことに気づいたが、郵便受けを見ればなんとかなるだろうと考え、電話をかけなおすのは思いとどまった。なんといっても、五十ドルだ！　こんな思わぬ幸運を、ひょんなことから台無しにしたくはなかった。

その週の木曜、鋏の切っ先が下着を貫通しているのかと思えるほど凍てつく風に身を縮めながら、教えられた住所にたどりついたとき、何番のブザーを押せばいいのかをクレアが告げなかった理由が判明した。ブザーはひとつしか存在しなかった。五階建ての建物の全フロアをナッシュ家が専有していたのだ。約束の時間にはまだ早かった。ぼくは寒さに震えながら、ナッシュ家の窓から降りそそぐ光のもとを行きつ戻りつしはじめた。そのうち、たった五十ドルぽっちの金額を吹っかけたくらいでさんざん気兼ねしていた自分が恥ずかしくなってきた。ぼくに比べれば、世の人々がどれほど金持ちであることか。

呼び鈴を鳴らし、極寒のなかに立ちつくすこと数分ののち、紐ビキニ姿のクレアが扉を開けた。完璧なブロンドの髪は、完璧にまっすぐなストレートだった。瞳は真っ青で、唇は小ぶりで真ん丸く、ごくごく小さな鼻はそばかすの散った頬のあいだにごくごく小さな突起を成していた。ビキニの下の（いやむしろ、〝ビキニのまわりの〟と言ったほうがいいかもしれない。小さな三角形をした三つの布切れは、絶対不可欠な部位のみをかろうじて覆い隠しているにすぎなかった）肉体は、まぎれもなく十四歳のものだった。脂肪も、皺も、いかなる種類の磨耗もない。まるで、箱から取りだされたことのない人形のよう。まさに新品同様だった。

「こんにちは。なかへどうぞ。こんな恰好でごめんなさい。サンルームで紫外線を浴びているところだったの」クレアの肌は少しも陽に焼けてなどいなかった。それどころか、あまりの白さに、血管が青く透けて見えるほどだった。しかも、部分的にではなく、全身の血管が。身体は異様に痩せこけていて、脂肪がほとんどついていなかった。太腿など、片手で握れるのではないかと思えるほどだった。クレアは扉を開け放ち、痺れるほどの冷気から、身体の芯まで温めてくれそうなぬくもりのなかへとぼくを招じいれながら、こう付け加えた。「今日はなんだか悲しい気分だったから」

「それは気の毒に。何かあったのかい？」マフラーと帽子とコートを慌ただしく脱ぎながら、ぼくは尋ねた。

「季節性情動障害よ」

「ほう」

「紫外線ランプには抑鬱効果があるの。とにかく、一般にはそう信じられている」

「なるほど」扉の向こうには大理石張りの玄関ホールが広がっていた。巨大な階段がそこから階上へ伸びており、銀の大皿に盛られたオードブルのように、そこかしこに骨董品が並んでいる。落とした手袋を拾いあげようと腰を屈めたとき、輪ゴムが四つ、床の上に落ちているのが見えた。札束を束ねていたものではないかという気がした。ぼくは無意識にそれを拾いあげた。

「これを。輪ゴムが落ちてた」ばかげているとは思いつつ、クレアに声をかけ、輪ゴムをさしだした。

「ありがとう」クレアは仕方なくそれを受けとると、左手にある観音開きの扉を指さした。「あそこが書斎。服を着替えたらすぐに戻るわ。カプチーノか何かいかが？」

「いや、おかまいなく」そう答えはしたものの、本当は喉がからからだった。

案の定、書斎はジェームズ・ボンドの映画に登場する紳士クラブのようだった。聳《そび》え立つ書架を埋めつくす革装丁の書物。咆哮をあげる巨大な暖炉。飾りボタンのついた肘掛け椅子。ビリヤード台。妙に芝居がかった時間がしばし流れたあと、クレアが部屋に入ってきた。ウールのタータンチェックのミニスカートに白いタイツ、黒のエナメル靴を履き、襟付きの白いブラウスに赤いセーターを重ねていた。髪はポニーテールに結いあげられていた。眼鏡をかけて、教科書の山を抱え、怪我《けが》をしそうなほど尖った鉛筆の束を握りしめていた。要は、完璧なる〝勉学少女スタイル〟だ。クレアはぼくの傍らに置かれた机の前にすわり、背すじを伸ばして脚を揃えた。教科書を開き、まっさらな紙を一枚とりだして鉛筆をかまえると、食いいるようなまなざしでぼくを見あげた。

完全にお手あげだった。『緋文字』の読書感想文を書かなきゃならないとクレアは言った。

分量はレポート用紙にして十枚。自説を裏づけるための引用と三つの例証を添えて、明日までに提出しなければならない。なのに、レポート用紙は白紙のまま。単語のひとつも書かれていない。おおまかな下書きもない。箇条書きのメモすらない。本を読んだのかすらも定かではない。

「ええと、それじゃあ……」ぼくは言葉に詰まった。額に汗がにじんできた。これではまるで、レポートの提出期限が迫っているのはぼく自身であるかのようだ。当のクレアはと言えば、完全に落ちつきはらったまま、続く言葉を辛抱強く待っている。鉛筆の尻についた桃色の消しゴムを前歯に打ちつけながら、愛らしいブルーの瞳をしばたたかせている。「全体のあらましをどうやってまとめるかはわかるかい」ようやくぼくはそう尋ねた。

「そうだわ。ひとつ訊いておかなくちゃ。パパからいくらもらうの？」

「なんだって？」

「一時間につき、いくらもらえることになってるの？」

「五十ドルだけど？」

クレアはため息を吐きだし、目をむいてみせた。「あなた、コロンビア大学で二つも学位をもらっているのよね？　それに、GREで八百点もの好成績をおさめてる」

「ああ」

「作家として本も出してるのよね？」

「まあ……そういうことだ」

はくだらないわ」
「家庭教師の斡旋《あっせん》業者がそういう人間を紹介する場合の相場は知ってる？　まず百五十ドル
「本当に？」
「せめて百ドルは請求するべきだったのに」
「申しわけない」
「ねえ、率直に言わせてもらうわ。原則として、わたしの読解力に問題はないし、レポート
を書こうと思えばいくらでも書ける。ただ、学校の授業もあれば、フィールド・ホッケーの
練習やバレエのレッスン、卒業アルバムの制作もある。まずまずの大学に入るためには、ボ
ランティア活動にも励まなきゃならない。そんな状況で『緋文字』の感想文を書くことに意
味があるとは思えないってだけ。どうせそこそこの出来にしかならないのはわかりきってる
もの。でも、あなたなら目を閉じていたって、すばらしく見事なレポートを書きあげること
ができる」
「すばらしく見事とまではいかないと思うが」
「パパには一時間につき百ドルを請求すればいい。どうせ金額なんて覚えちゃいないわ。そ
れから、あなたには週に二回来てもらわなきゃならないってことにもしましょ。あと、もし
今回のことがうまくいったら、友だちみんなにあなたを宣伝してあげる」
「しかし、そんなことをしてもいいんだろうか。ペテンを働くようなものだろう」
「そうね。原則としては。だけど、現実的に状況を見てみましょうよ。レポートの提出期限

は明日。課題の本ならもう読んである。少なくとも、その一部は。だいたいの雰囲気はつかんでいる。必要とあらば、自分でレポートを書くこともできる。でも、自由にできる時間にはかぎりがあるし、フィールド・ホッケーの練習に出てもらうためにあなたを雇うことはできない。でしょ？」

「なるほど。たしかにそのようだ」とぼくは応じた。クレアの言うことにも一理ある。

「それに、正直に打ちあけると、このレポートをお金《かね》で買う方法はほかにも見つけてあるの。インターネットを介して。あなたに払うのよりずっと安い値段で。でも、できることなら、取引は面と向かってするほうがいい。それに、あなたはなんだか……そう、悲しげ《sad》に見える」

「季節性情動障害《SAD》に？」

「いいえ、一般的なほうの意味よ。それに、いい意味で悲しげだと言ったの。気を悪くしないでね」

「ぼくが悲しそうって、どうしてそんなことがわかるんだい」

「約束の時間より早くうちに来て、寒さに震えながら、きっかり五時になるのを表で待っていた様子から」

「なかから見てたのか？」

「サンルームからね。あなた、迷子の子犬みたいな顔をして、何度も窓を見あげてた。見捨てられたみたいな目をして」

「やれやれ、そういうことか」

それ以上、何が言えるだろう。ぼくはクレアの求めに応じた。もちろん、即座にというわけではない。うっとりするほど味わい深く、濃厚なカプチーノをふるまわれるうち、いつのまにやらいいように言いくるめられていたのだ。その晩、ぼくは半夜をかけてレポートを書きあげると、フィールド・ホッケーの練習場に忍びこみ、茂みの陰でクレアにレポートを渡した。やがて、気づいたときには課題のすべてを代作し、クレアのクラスメイト数人の〝家庭教師〟まで務めるようになっていた。まるでほころびのない完全犯罪だった。子供たちは親の前でぼくの指導法をべた褒めし、子供の成績があがると、親たちは法外な報酬を惜しげもなく支払うようになった。

とはいえ、朝飯前の仕事だったというのではない。優れた作品を練りあげるのがたやすいことなどあるはずもないし、歳相応のものに見せるには、真の職人技を要した。小刀で鉛筆の先を尖らせているヘミングウェイを、あるいは、適切な単語をひねりだそうと寝巻き姿で頭をしぼっているフロベールを想像してみてほしい。それこそが、〈もし自分がマクベス（もしくはミセス・マクベス）だったら？〉に取り組むぼくの姿だった。完全犯罪の秘訣は、直球でどまんなかを狙うこと、つまりはBプラスの成績をおさめることにある。親を喜ばせるには充分な好成績ではあるが、かといって、教師が疑念を抱《いだ》くほどの出来ではない。ラクロス部の筋肉バカやら、ドラッグとアルコールのせいでつねに頭がトリップしているパンク少年やらが、一躍トップに躍りでてしまってはちとまずい。

よって、ぼくの一存で、チャド・ヒックスリーⅢは副詞がどういうものであるかをようやく理解したものの、マリファナの吸いすぎがたたって、過去形、現在形、完了形の使いわけはできないことにした。ダコタ・スタインバーグ（父親はぼくの地元の大地主であるらしい）の場合、構成と例証の面で大いなる進歩を遂げ、〞それの〟と〞それが〟のちがいも理解したものの、あまりにくだけた口語表現を用いる癖はそのまま残すことにした。たとえば〈インターネットを除く三つ以上の出典を添えた最終レポート〉なる課題では、ブラッドベリの『華氏四五一度』は〞ずんごくいかして〟おり、オーウェルの『一九八四年』は〞なんかヘンな感じ〟で、ハックスリーの『すばらしい新世界』には〞やられた〟というふうになる。そうした仕事の受注や受渡しは、すべてクレアが管理していた。たった十五パーセントの手数料で。そうしてほどなく、〞家庭教師〟のアルバイトはぼくの収入の大部分を占めるようになった。一語あたりの報酬額を割りだしたなら、それまでのキャリアで最も割のいい仕事であることは疑いようもなかった。

家庭教師として勉強を教えることになっている時間には何もすることがなかったため、クレアとぼくは友だち同士がするようなことをしてすごした。だらだらとソファーに寝そべり、どんなことでも語りあった。ぼくが執筆中の本や、そこから得ることになる微々たる収入について話して聞かせると、クレアは驚きに目を丸くした。その当時、ぼくはゾーグ・シリーズを二作とモルデカイ・シリーズを三作出版し、のちにマダム・シビリンの作品として世に出ることとなるヴァンパイア小説の構想を出版社に売りこんでいるところだった。

「もう契約書にサインしちゃったの？」肘掛け椅子に横たわり、肘掛けに足を載せた姿勢のクレアが、首の曲がったストローでダイエット・コーラを吸いこみながら訊いてきた。

「正式にはまだ。契約書を送りかえしてないから」

「その書類、ちょっとわたしに見せてみない？」

「それはどうかな。なんと言うか、これは大人同士のビジネスだ。子供が首を突っこむ問題じゃない。それに、契約内容にはすでに同意してある。それを引っくりかえすのはよろしいことじゃない。だろう？」

クレアは優しげに微笑んだ。まるでぼくがいま、あのときのように家の前で寒さに震えながら、悲しげに窓を見あげてでもいるかのように。「そういう心配はわたしにさせておけばいいの。あなたは『アラバマ物語』の感想文に取りかかってちょうだい。それと、帰るときにはそのコートを置いていって。家政婦にジッパーを直しておいてもらうから」

こうしてクレアは、ぼくの人生という舞台におけるほぼすべてのエピソードに、共演者として何かと登場するようになった。ぼくの前にひょっこりあらわれつづけては、ぼくにとって欠くべからざる存在となっていった。いったいなぜだったのか。ぼくにもはっきりとはわからない。クレアがぼくよりもずっと友だち思いであるとは思えなかった。クレアの母親は居所すら知れなかった。父親はくそがつくほどのろくでなしだった。だから、もしかすると、クレアのなかに開いたなんらかの空隙をぼくが埋めていたのかもしれない。ぼくの世界に開いた空隙を、クレアが埋めてくれていたお返しに。ただ、ぼくには、その手の傷に深々と踏みこむようなまねはできなかった。けれどもいま、クレアが自分の舞台をみずからの高校生活に移し、そこで主演を務めようと決意したいまとなっては、ぼくも正直に認めざるをえない。いずれかならずクレアがぼくのもとを去る日がやってくるのだと思うだけで、あのころのぼくがすでにパニックに陥りそうになっていたことを。

9

例の写真撮影に話を戻そう。あのときぼくは、シンシン刑務所からの手紙をすぐに開封しようとはしなかった。トム・スタンクスやアバズレ調教師であることをやめて何年にもなるわけだし、あの当時なら〝誤って〟投獄された囚人からの投書など珍しくもなんともなかった。ポルノというのは水虫みたいなもので、女に餓えた男たちの集う場所であればどこででも繁栄する。刑務所、軍隊、漫画雑誌店、マサチューセッツ工科大学の湿気《しけ》た数学研究室。とりわけ囚人は暇を持て余している。雑誌を読むのみならず、それに反応を示せるだけの時間がある。そこに〝関与したがる〟と言ってもいいかもしれない。わざわざそんなことをしようとするのは、概して孤独な人間か、頭のいかれた人間、あるいはオツムの弱い人間だけだ。それがどれだけ昔に発行された雑誌であろうと関係ない。刑務所のなかでは、古びて捨てられるものなど何ひとつ存在しない。ポルノ雑誌はそのときどきの囚人によって秘蔵され、回覧され、物々交換されていくお宝なのだ。よって、囚人からの手紙を慌てて開封する必要性は感じなかった。そこにはなんの見返りもないはずだったから。ほかの作品にファンレターを送ってくる者たち（異星人の濡れ場や都会で繰りひろげられる暴力シーンのファン）なら、サイン入りの写真だのなんだのに感激して、続篇を買ってくれることもあった。そして、ぼくの稼ぎ頭であるシビリン・ロリンド－ゴールドのファン、熱烈なヴァンパイア信奉者のなかには、かなりの美女がまぎれていることもあった。

だからこそ、こうした手紙をめぐって、クレアとはたびたび喧嘩になった。ヴァンパイア信奉者からの手紙を手に取り、中指（クレア曰く、悪魔の指）で封を破ろうとするだけで、疑ぐるように眉をひそめるクレアの顔が視界に入る。もちろん、嫉妬に燃えているわけではない。クレアの胸中にあるのは、ただただビジネスのみだった。「どこかの女にうっかり素性が知れて、『シビリンの正体は気色の悪い中年のエロ親父だ』ってひとこと書きこみでもされたら、すべてがぱあになるのよ」というのがクレアの言である。

もちろん、クレアの言うことは正しい。いつだって正しい。かといって、悪い癖を簡単にやめられるものではない。ぼくはその後も、ファンの女たちがファンレターやEメールで知らせてくるアドレスをたどっては、ささやかなウェブサイトを訪問しつづけた。レースや血飛沫《しぶき》をちりばめたイメージ画像に目を見張り、金切り声のような、あるいは吐息のようなBGMに耳を傾け、悲運や凶運ばかりを題材にした支離滅裂な詩を読み耽《ふけ》った。ウェブサイトに貼りつけられた自画像はさまざまだった。赤と紫に染めわけた髪。思春期の未発達な乳首を貫通するピアス。歯をむきだしにして、嘲るように突きだした唇。アライグマの幽霊のような化粧の下に覗く、恐怖に見開かれた子供の目。このアンダーランドにおいて、ひとはみな不眠症患者であり、ベッドの下にひそむ怪物でもあるのだと言わんばかりに怯えた目。いったいどうして十九歳の少女が、鞭打ちや、緊縛や、ヴァンパイア信仰や、〝究極のアナル責め〟だかなんだかいうものの世界にのめりこむようになったのか。誰かに鋼《はがね》のベルトで拘束されたり、つくり物の牙で首に噛みつかれたり、銀の聖杯にみずからの血を滴らせたりすることを望むようになったのはなぜなのか。どんな暴力なり、異常者なり、性倒錯者なりが、健全であったはずの少女の心をゆがめ、そこまで過激な思想を抱《いだ》かせるに至ったのか。ぼくには皆目《かいもく》見当もつかなかったが、なんとしてでもその答えを見いだしたかった。

だが、クレアはそれを許さなかった。三度の離婚を経験した女みたいに悟りきった口調で、こう忠告した。「ファンと交流しようだなんて、とんでもないわ。ああいう連中を相手にしても、振りまわされて終わるだけ。頭が混乱するだけよ」クレアの忠告はもっともに思えた。だが、照りつける照明のもと、ドレスや鬘の下に汗をにじませながら、微調整を繰りかえすカメラマンを待つうちに、クレアの指摘はいささか的はずれな気がしてきた。ぼくがいま以上にどれだけ混乱できるというのだろう。カメラの向こうからファインダーを覗きこみ、ぼくの映りをたしかめているクレアを尻目に、鏡に映る自分の姿をつくづくと眺めた。そこに映しだされているのは、どうにも心穏やかではいられない光景だった。

こうなったら、撮影した写真にコンピューターで修整が加えられ、現像が済んだときには、どうにか見られるものに仕上がっていることを祈るしかない。厳格な雰囲気をほのかに漂わせた老婦人に見えてくれたなら、しめたものだ。煌々《こうこう》と照りつける蛍光灯のもとでこうして眺める未加工の像は、ただただおぞましいばかりだった。ひとは誰しも両親の遺伝子の結合体であるわけだが、いまのぼくはまるでフランケンシュタイン博士のつくりだした怪物だ。いかれたクローン実験に手ちがいが生じてもたらされた、失敗作にしか見えない。ぼくの母は相当な美人だった。歳をとり、身体つきが丸みを帯びてさえ、愛らしい面立ちに遜色《そんしょく》はなかった。ところが、こうしてぼくが母になりきってみると、三流コメディアンの舞台化粧みたいに、父譲りの大きな鼻や、角ばった顎や、強《こわ》い眉毛が、ただぺたりと顔に貼りついているようにしか見えない。いや、ひょっとすると、これは父の姿なのかもしれない（おそらくは、こちらのほうがなお始末が悪い。父のことはほとんど覚えていないし、夢のなかと写真のなかでしか見たことがないのだから）。若死にした歳よりも老いた姿となって、母の髪と目と口と乳房とを借り、こうして悪夢のなかに蘇ってきたのかもしれない。どうやらぼくは、父と母の遺伝子を半々に受け継いだとは言いがたいようだ。両親の霊はときおりぼくの肉体に立ち寄っては、靄《もや》のようにかすんだ魂をつかのま投影させていく。こんな扮装をしていなくても、ふと鏡の前や店先のショーウィンドウの前を通りすぎるとき、そこに映る自分の姿が目に入って、はっと息を呑むことがある。あの最期の数カ月間、ぼくが見てきた母の顔。癌細胞に女らしさを蝕《むしば》まれ、病にこわばりきっていた母の顔が、そこに映しだされていたからだ。ぼくは死に瀕した母だった。そして、父だった。若くして亡くなることなく、歳を重ねていった父だった。

「なあ、まだ終わらないのか？」鏡の深淵に吸いこまれかけていた意識をたぐり寄せながら、ぼくは尋ねた。

「もうちょっと待って。鼻にできた影をなんとか消そうとしているところなの」とクレアは答えた。

「まあ、がんばれ」とぼくは言った。ふたたび鏡へ目をやらないために（すでに両親の亡霊を目にしたのだ。次に何を目にするかはわかったものではない）、例のファンレターを取りだして封を裂いた。文章はごく短く、ルーズリーフに青いインクで記されていた。利発な小学四年生が書いたような筆跡の文字が、ところどころ罫線からはみだしていた。

「なんてこった……」ぼくは思わず立ちあがった。

「ハリー！」クレアが怒声を飛ばした。照明の微調整がようやくうまくいきかけたところだったのに、ぼくが動いたせいですべてが台無しになってしまったのだ。

「なんてこった」と繰りかえしながら、ぼくはルーズリーフを振ってみせた。「クレア、これを見てくれ」

クレアはルーズリーフをぼくから取りあげ、文章に目を通した。そこにはこう綴られていた。

シンアイなるミスター・トム・スタンクス
おれは《ラウンチー》の大ファンで、あんたの相談コーナーも、あの雑誌もサイコーだ。そこで、あんたに〝ビジネス〟の〝テイアン〟をしたい。金《かね》を払ってでもおれの話を聞きたいってやつらはマスコミにも出版ギョーカイにもたんまりいたが、ほんとのことはまだ誰にも話してない。あいつらの身に降りかかった出来事のすべて。ほんとのほんとのシンソウってやつだ!! でも、あんたになら任せてもいい。ベストセラーになること請けあいだぜ。ショウダンがしたけりゃ、会いにきてくれ。こっちにはいくつかジョウケンがある。

けいぐ
ダリアン・クレイ

「ダリアン・クレイ?」クレアは記憶を掘り起こしはじめた。やがて、その目が大きく見開かれた。「まさか、あの生首男?」

「そう、そいつだ」

「よし、用意ができたぞ!」カメラマンの声が響いたが、クレアはそれを無視して言った。

「あの事件のことははっきり覚えてるわ」

「なんでまた? きみはまだ五歳だったはずだ」

「パパがモデルをしている女と出会って、十二分くらいで結婚した直後だったから。そのひと、事件にすっかり震えあがっちゃって、夜の撮影があるときにはパパがいちいち迎えにいってたの」クレアは手にした紙に視線を落とした。「あの犯人が触れたものにわたしも触れているなんて、信じられない。しかも、あなたがあの殺人鬼の告白本を書くことになるなんて。ほんと、見なおしたわ」そう言うと、にやりと笑ってみせた。

みなけりゃ」

「書くなんて、まだ言ってない。そいつが本物かどうかも怪しいものだ。まずはたしかめて

カメラマンが煙草に火をつけながら、こちらに近づいてきた。「おとりこみ中に悪いね、クレア。それに、マダム・ロリンド - ゴールドも。いちおうお知らせしとくが、撮影は一からやりなおしだ。もう一度はじめから、鼻の影をなんとかしなきゃならん」

クレアはカメラマンにルーズリーフをさしだした。「読んでみて。ダリアン・クレイからの手紙なの」

「嘘だろ。あの写真家か?」カメラマンは煙草の煙をくゆらせながら、手紙に目を走らせた。「やつが逮捕されたってニュースが飛びこんできたとき、自分がどこで何をしていたか、いまでもはっきり覚えてる。別れた女房が住んでた屋根裏部屋で、リーキとジャガイモのスープをつくってたんだ。それに、おれのダチ公は、やつの撮影した写真を見たって人間と知りあいだった。本当かどうかは知らんが、とにかくダチ公はそう言ってた」カメラマンは手紙を返しながら、こう続けた。「それにしたって、こいつのしたことはあんまりにも悪趣味だ。まさか、引き受けるつもりじゃないだろ?」

「いいえ、ハリーは引き受けるわ。そうせざるをえないもの」ぼくに代わってクレアが答えた。

「へえ、そういうことなら、近影写真はおれに撮影させてくれるかい?」ぼくの存在をまるで無視して、カメラマンはクレアに尋ねた。

10

クレアと同じく、昨日生まれたばかりだという読者や、当時はこの街にいなかったという読者のために、あるいはぼくの母と同じく、むごたらしいニュースには目と耳をふさいでしまっていたという読者のために、ここで少し説明しておこう。ダリアン・クレイはまたの名を〝シャッター・バグ〟あるいは〝フォト・キラー〟と呼ばれ、一九九六年から一九九七年のあいだにニューヨーク市内で四人の女を誘拐し、拷問にかけたのちに惨殺した連続殺人犯だ。狂気の芸術家志望、ダリアン・クレイは、カメラの前で女たちに無理やりポーズをとらせたあと、その息の根をとめ、遺体をばらばらに切断してから、その一部――かならず頭部を除いた、胴体と四肢――をクイーンズおよびロングアイランド周辺の大型ゴミ容器《ダンプスター》に捨てた。

ばらばらに切断された遺体が発見されるたび、愚弄のためか、挑発のためか、特別捜査本部には被害者の亡骸《なきがら》を写した写真が送りつけられてきた。そうした写真が一般に公表されることはなかったが、そこに写しだされた光景はマスコミによって、〝おぞましき舞台背景〟や〝凄惨なる演出〟等の美術用語を用いて報じられた。あの何カ月かのあいだ街を呑みこんだパニックの波は、ぼくの記憶にもはっきり刻みつけられている。新たな遺体が発見されるたび、人々の恐怖と怒りはみるみる増大していった。タブロイド紙には、連日、センセーショナルな赤い大見出しが躍った。テレビの画面には容疑者の似顔絵——薄い描線で描かれた、五十歳以下の白人男性とおぼしき顔——がひっきりなしに登場し、女たちに警告を発した。捜査本部には犯人の情報を集めるための直通電話回線が設けられたが、偽の目撃情報や、偽の告発や、偽の自白が殺到し、かえって混乱を招くだけの結果に終わった。怒れる市民が方々で集会を開いては、ニューヨーク市警のサフィール本部長とジュリアーニ市長を糾弾した。市長らは、身の安全を危惧すべきはほんのひと握りの女性——若く、美しいモデル——だけであるとの声明を出して、いっそうの怒りを買った。さまざまな場で、女を売り物とする風潮が槍玉にあげられるようにもなった。ポルノ産業にたずさわるぼくらはもちろんのこと、ファッション業界や広告業界に属する人間までもが、女を切り刻むことを〝教唆《さいな》〟した共犯者との非難を浴びた。正直に言うと、あの当時、そうした罪悪感がぼくを苛《さいな》んでいたのは事実だ。ぼくの名前の載った《ラウンチー》が血飛沫《しぶき》にまみれて山積みされている光景が、幾度となく脳裡をよぎった。だが、不眠症に苦しんでいたぼくを、ジェインはこう諭した。《ラウンチー》の大部分の読者はむしろ、真夜中のトイレを見まわる孤独なガードマンや、路上駐車した車のなかでドーナツを齧りながら殺人犯を待ちかまえている警官たちのほうだ、と。しかし、いまとなっては、ジェインの言葉を疑わしく思わざるをえないようだ。

やがてついに、ダリアン・クレイは警察に逮捕された。五人目の被害者、ノーリーン・ヴエラノポリスが警察に電話をかけてきて、被写体になってくれないかと声をかけてきた不審な男がいると通報したのがきっかけとなった。法廷で、ダリアンは無罪を主張した。殺された女たちはみな、報酬と引きかえにみずから進んで被写体を務め、傷ひとつなく地下室を出ていったのだと言い張った。陪審は一様に嫌悪感を示し、被害者遺族は真っ向からそれを否定した。しかしながら、ダリアンの自宅地下室から採取された証拠品（毛髪だったか、血痕だったか）をDNA検査にかけた結果、被害者のものであることが判明し、また、複数の目撃者が二件の誘拐現場付近でダリアンを見かけた、あるいは、よく似た人物を見かけたと証言した。保釈請求はすべて却下され、ダリアンは拘置所に身柄を勾留されたまま、いつ果てるとも知れない裁判が続いた。やがてついに、すべての訴因に対して有罪の判決がくだされ、ダリアンは死刑を言いわたされた。その後十年は、上訴を繰りかえしながら、死刑囚監房でひとり長い時間をすごしていた。そしてどうやら、その〝自由〟な時間の多くは、ぼくの分身が綴った猥褻な作品の鑑賞に費やされていたらしい。

ダリアンはこれまでひとことの自供もしていなかった。被害者の頭部も、いまだ発見されていなかった。

11

フォトスタジオから戻ると、クレアはただちにいくつかの調査を行なった。そして、興奮に目を輝かせた。ぼくの行く手には、間違いなく大金が転がっていた。

「ダリアン・クレイの告白をあなたが独占入手することになれば、わたしたちは百万単位のお金《かね》を手にすることになるわ。しかもそれは、最初の前払金にすぎない。あとからペーパーバックも出されるはずだもの。これだけ話題の本なら当然だわ。タブロイド紙にも抜粋記事が掲載されるかもしれない。ひょっとしたらね。連続殺人鬼だけに、こっちもシリーズ化することになるかもしれない」

「そういうことを言うな」

「なんのこと?」

「〝連続殺人鬼だけに〟ってやつだ」

「ああ、うん、そうね。わかってる」クレアは完全に浮き足立っていた。普段の冷めた様子は見る影もなく、大いに子供じみたそぶりを呈しはじめている。両手を揉みあわせ、落ちつきなく首を振るのみならず、頰を真っ赤に紅潮させて、大きく目を見開いてもいる。まるでオーガズムに達する寸前に見えたが、ぼくは最善を尽くして、それに気づいていないふりを続けた。「映画化の話も舞いこんでくるでしょうね。そうしたら、DVD化……ケーブルテレビの放映権料……テレビドラマ化……」まるで呪文を唱えるかのように、クレアはぶつぶつとつぶやきつづけた。ぼくを見つめるまなざしに、いつにない敬意を込めているようですらあった。たとえ偶然ではあるにせよ、富と名声を得る可能性を手に入れたというだけで、霊験あらたかなるオーラがぼくからにじみだしているとでもいうかのように。立身出世を成し遂げる運命をぼく自身が引き寄せたのだとすれば、世の人々の関心と注目を集めるに足るだけの、目には見えないなんらかの神秘的な力がぼくのなかに宿っているのにちがいないとでもいうかのように。

「なあ、クレア。さっき〝わたしたち〟とか言ってたが、いったいどういうことだ？」

「いいじゃない。家庭教師の契約期間はもうすぐ終わっちゃうんだもん。この件にわたしも一枚嚙ませて」

「少し考えさせてくれ」とぼくは言った。こんなときくらい、主導権を誇示してみたかった。

「場合によっては、きみの意見を仰ぐことになるかもしれない。ひょっとしてひょっとしたらだが」

「それでオッケー。数字のほうはわたしに任せて」〝数字〟とやらが何を意味していようとかまわなかった。どうせクレアはぼくの言葉に耳を貸しっこないのだ。

次にしなければならないのは、刑務所当局に連絡をとって、面会許可を得るための煩雑《はんざつ》な手続きを踏み、指紋の採取を受け、身元の照合が済むのを待つことだった。それが終わると、持ちこんではならないものと、やってはならないことを記した注意書きが送られてきた。何より肝を冷やしたのは、〝デニム素材の衣服は着用しないこと〟という項目だった。デニムは囚人が身につける衣服であり、万が一、暴動やその他の騒ぎが発生した場合、看守たちはコーデュロイのズボンを穿いた人間を避けて発砲するというのだ。

そのあと、ダリアン・クレイの代理人を務める女弁護士キャロル・フロスキーにも会いにいった。フロスキーの事務所は、パーク・ロウに建つ裁判所から少し進んだ先に位置する、老朽化はしているもののいかにも厳めしい外観をした建物のなかにあった。軋《きし》みをあげるエレベーター。薄暗い廊下。かつてはいかにも豪奢であったのだろう玄関ロビーでは、ところどころが欠けた白と黒の八角形のタイルが、くすんだ緑色をした正方形の浴室用タイルで無造作に補修されている。フロスキーの事務所はと言えば、床から天井まで書物やバインダーが山と積まれ、天井の穴から水滴が鍋に滴り落ちては甲高い音を立て、革製や木製の大きな家具がほとんどのスペースを埋めつくしていた。それでも、まずまずの広さはあった。広場の向こうに立つ裁判所を大きく臨むこともできた。扉の向こうで出迎えてくれる、息を呑むほど美しい女もいた。

女の髪は黒く、眼鏡とヘアピンとダークスーツに覆われた身体は小柄ながらもしなやかで、均整のとれた見事なプロポーションをしていた。女は弁護士助手のテレサ・トリオと名乗り、ぼくをフロスキーのもとへ案内した。フロスキーはぼさぼさに乱れたブロンドの髪をしていた。年齢はおそらく五十代。だらしなくカーディガンを羽織り、頭の上に眼鏡をずりあげている。机の向こうに立って、煙草を吹かしながら、こちらに入れと手招きをよこしている。ぼくは片手をさしだしながらにこやかに言った。

「どうも、はじめまして」

「お断りだね！」

「え？」ぼくはその場に凍りついた。顔から笑みは消え、さしだした手は力なく宙に浮かんでいた。

「そう、そのとおりだよ」肯定の言葉とは裏腹に、フロスキーは首を横に振っていた。どうやら、ぼくに話しかけているのではないらしい。そう気づいたぼくは、イヤホンで電話の相手とのやりとりを続けるフロスキーをただじっと見守った。フロスキーはバインダーを山と盛った椅子のほうへ、もどかしげに手を振ってみせた。ぼくはバインダーの山をどかして椅子に腰をおろすと、それを膝の上で抱えたまま、室内を飾る唯一の品――雪景色に佇《たたず》む裸の木々を写した、月並みな白黒写真――に心を奪われているふうを装った。ディナープレートくらいの大きさをした特大の灰皿は吸い殻でいっぱいになっていて、室内にはあの饐《す》えたような煙のにおいが深く立ちこめていた。夜のあいだにここでハムでも燻製したかのようだ。

「でたらめを言うんじゃないよ！」フロスキーが真正面からぼくを見すえたまま、怒声をあげた。

ぼくは微笑を浮かべ、小さくうなずいてみせた。

「そのとおりだよ、この抜け作め！」

フロスキーがぼくの顔に向かって「そう！　ちがう！　でたらめだね！　ふざけるな！」と怒鳴り散らしているあいだ、ただぼんやりとすわっているのは、どうにも落ちつかない気分だった。そこでぼくは窓に顔を向け、裁判所の外階段を観察することにした。外では突風が吹き荒れており、そのせいか、ガラスを通して外界から遮断されているという感覚がことのほか強く感じられる。無声映画を眺めている気分だ。人々が突風に身をこわばらせたり、震わせたりしながら、足早に階段をのぼっていく。髪やズボンが風に煽られ、はためいている。ワンピースやスカートの裾が、主《あるじ》の太腿にまとわりついている。帽子が転がり落ちていく。デリカテッセンのビニール袋が目のまわるような螺旋《らせん》を描いて、宙に舞いあがる。

「さて、それじゃ、いくつか整理しておこうか。まったく、こんなくそったれな話があるかっての」フロスキーの声が聞こえた。

誰に向かって言ったのかはわからなかったが、ぼくは問いかけるように眉をあげながら、自分を指さしてみせた。

「そう、あんたに言ってるんだよ」フロスキーは言って、ぼくのほうへ指を突き立てた。

「そこのくそったれ《エル・スティンコ》に」

「ああ……なるほど」ぼくは当たり障りなく答えておいた。

「でも、ダリアンの望みなんだから仕方がない」フロスキーが煙草をひと振りすると、空中に小さな煙の花が咲いた。それからフロスキーは椅子に腰をおろし、何かを考えこむような表情で長々と煙を吸いこんだ。「ひとつはっきりさせておこうか。ダリアンがあんたに打ちあけようとしている話の内容について、あたしはいっさい関知していない。契約がまとまったとしても、その先のことに関与するつもりもない。つまりこれは、完全にあんたたちふたりのあいだの取引だってこと」

「わかりました」

「ただし！」フロスキーはやにわに立ちあがり、一瞬、ぼくを縮みあがらせた。「あたしとあんたとで話しあっておかなきゃならない点がいくつかある。第一に！」言いながら親指を立て、「ダリアンはあんたに対して、利益の折半を提案するつもりでいる。あんたには申しぶんのない条件であるはずだわね」

「ええ、たしかに」とぼくは応じた。五十パーセントの取り分なら、かなりの儲けものだ。クレアからは、三十五パーセントと吹っかけて、二十五パーセントで商談をまとめろと指示されていた。それから、クレアはこうも言っていた。ダリアンが受けとる金《かね》は、莫大な額になるであろう弁護費用を含めた、示談金の支払いにあてられることになる。残ったぶんは、否応なく被害者救済基金へ寄贈される。犯罪者がみずからのなした犯罪によって利益を得ることは許されないからだという。けっして自分が目にすることのない金ならば、気前よくくれてやるのはわけもないことなのだろう。とはいえ、いちおうは「ありがとうございます」と礼を言っておくことにした。

「感謝すべき相手はあたしじゃない。あたしの金じゃないんだから」とフロスキーは言った。

たしかに現時点では、とぼくは声に出さずにつぶやいた。フロスキーは続いてひとさし指を立てた。

「では、続いて条件B。ダリアンの口から出た言葉の一語たりとも、あんたが知った情報のひとつたりとも、それがなんであれ何ひとつとして、ミスター・クレイの存命中は、出版することも、公表することも、マスコミに流すことも、匿名で漏らすこともあってはならない。いかなる方法であれ、いっさい他言することがあってはならない。もしこれを破るようなことがあれば、あんたはいつまで経っても金《かね》を手にすることができなくなる。そして、あたしも然り」最後にそう言い添えながら、フロスキーは微笑んだ。

ぼくも微笑みかえそうとしたが、次の瞬間、フロスキーの顔からはさっと表情が消えていた。「もしもし？　もしもし？」言いながら、フロスキーはイヤホンを叩きはじめた。「ジャック！　このトンマ！　いったい何をしてんのさ！」

真顔に戻ってひとつ会釈をしてから、ぼくは席を立った。助手のテレサ・トリオもまた、耳栓をしたまま猛烈な勢いでキーボードを叩いており、ぼくに話しかけようともしなければ、顔をあげようともしなかった。ぼくは勝手に事務所を出て、クレアの待つ自宅へ戻った。

「やられたわね。どこかに落とし穴があるだろうとは思ってたのよ」結果を話して聞かせると、開口いちばんにクレアは言った。五十パーセントの取り分については大いに満足し、〝太っ腹〟だと感激していた。クレアが案じているのは、〝条件B〟のほうだった。もしダリアンの死刑判決がくつがえったり、減刑されたり、刑の執行がだらだらと延期されたりするようなことになれば、ぼくはびた一文手にすることができないだろうというのだ。その後、何人かの弁護士に意見を求めたうえで、ようやくクレアは気を静めた。ダリアン・クレイは、すでに死んだも同然だと、弁護士たちが口を揃えて断言したらしい。ダリアンの場合、打てる手はすべて打ちつくしている。死刑執行は秒読み段階に入っており、あと三カ月もすれば、間違いなくダリアンは世を去っている。目下のところ、ダリアンが死を逃れうる可能性はふたつ。ひとつは州知事から執行停止命令がおりた場合だが、それは政略上、とても考えられない。あとは新たに上訴を起こすしかないが、現段階では、そのための法的根拠がない。だからこそ、ダリアンは口を開く気になったのかもしれない。もしあの男に心というものがあるのだとしたら、心の重荷をおろすために。この世を去るとき、すべてをあとに遺していくために。ぼくに遺していくために。

12

ぼくは州北部へ向かう夕刻の列車に揺られていた。立入りと面会の許可を得るには、ありとあらゆる煩雑な手続きを踏まなければならないため、刑務所に早めに到着する必要があった。そこで、前夜のうちに移動を済ませ、近隣のホテルに宿をとることにしたのだ。明日、すべての手続きを済ませ、身体検査をクリアしたら、いよいよダリアン・クレイと対面することになる。

いまこのとき、シンシン刑務所へと近づいていく列車のなかで、ぼくの心に変化が生じはじめていた。先週までの不安と興奮とが薄らぎはじめたいま、いっそう大きな不安と興奮とが姿をあらわそうとしていた。自分はこれから連続殺人鬼に会いにいこうとしている。自分がこれから顔を合わせ、共同で本まで出すかもしれない相手は、邪悪な犯罪者だ。ひとことで〝邪悪〟と言っても、ぼくが十四歳のときにアルバイトをしていた健康食品店の店主、ぼくにグルテン搾り機をわざわざ手洗いさせていた性悪店主とは比べものにならない。ダリアンは心底邪悪な人間だ。おおよそ誰ひとりとして比較にならないほどに。利己心や愚劣さ、恐怖や憎悪から、いかにも人間的で、誰にでも理解しうる感情から、誤って罪を犯す人間ならいくらでもいる。だが、ダリアンはちがう。完全に異質な、別物の存在だ。その犯行の根底に何があったにせよ、ダリアンはみずから一線を踏み越えた。おのれの人間性をみずから抹殺した。そうして、みずからモンスターと化したのだ。

正直に認めよう。ぼくはいま、そのモンスターに会うことを恐れている。座席にすわったまま、落ちつきなく両手を揉みあわせている。呆れるほど恐怖に震えている。冒険心から幽霊屋敷に足を踏みいれてはみたものの、夜になって恐怖に駆られた子供のように。あるいは、水槽のなかに鮫を見つけると、万一に備えて一歩後ずさりしてしまうときのように。そしてまた、たとえ面会者としてでも、刑務所に足を踏みいれること自体が恐ろしくてならなかった。外に出られなくなる可能性は、本当にこれっぽっちもないのだろうか。さらなる恐怖も存在した。つまりは、〝汚染〟の問題だ。いかにも迷信的かつ原始的な発想ではあるが、だからこそ、かえっていや増す恐怖というものがある。邪悪な思念がなんらかの方法で伝染することもあるのではないか、モンスターと接触することで、ぼくのなかの何かが損なわれることもあるのではないか、ぼくの魂がなんらかの超自然的な影響を受けることもありうるのではないか。そうした恐怖を頭から振り払うことができなかったのだ。

本音を言えば、いっそ自宅へ引きかえしてしまいたかった。いまは書斎として使っているかつての子供部屋へ戻り、あの子供じみた詩を書きはじめた時分から使っている机に向かって、ゾーグから温暖多湿な惑星への旅を夢想していたかった。その惑星の住人はみな、頭にすっぽりマスクをかぶっており、生殖器の形状で互いを認識しているというのはどうだろう。

もしくは、いまだかつてハーレムに出まわったことのないほど大量の濃縮コカインの流入を食いとめ、その黒幕たる白人政治家たちの不正を暴くまでの筋書きを練ってみるのもいい。悪党どもの前にただひとり立ちはだかる人間――それがモルデカイ・ジョーンズだ。

窓外には夜の帳《とばり》がおりようとしていた。列車は北へ北へと疾走し、都会の街並みが田園風景に姿を変えていく。まるで冬へと逆戻りしていくかのように、眼前に雪景色が広がっていく。枯れた野辺に、静まりかえった家々に、電線の上や垣根の支柱に、いまだ雪が積もっている。痩せた木々に葉はついていない。ただ、松の木だけは例外で、暗がりのなかに黒々とした茂みをなしている。山々の頂《いただき》は氷に覆われ、澄みわたった空には無数の星がまたたいている。そして、ぼくの向かいの席には――ぼくなら吐き気を催してしまってとても耐えられない、進行方向を背にした席には――フロスキーの助手を務めるテレサ・トリオがすわっている。

テレサはダリアンの署名が必要な書類を持参しており、ぼくのあとに接見を行なう予定になっていた。そのついでに、ホテルや刑務所までの案内役や、面会手続きの付添い役を務めてくれるという。今日のテレサはビジネススーツではなく、旅支度の軽装に身を包んでいた。暖房の効きすぎた車内でフード付きのコートを脱ぐと、ジーンズの上に着たアメリカ自由人《AC》権協《LU》会のロゴ入りトレーナーがあらわれた。バックパックにつけた缶バッジは〝中東に平和を〟と訴えていた。さらにもうひとつ気づいたことがある。それは、テレサがまったく怯えていないということだ。

「きみは怖くないのかい。この旅が」軽く微笑みかけながら、ぼくはテレサに訊いてみた。

「いいえ。もしあなたが何かしようとしたら、催涙スプレーを使いますから」

ぼくは笑い声をあげた。「そうじゃない。刑務所へ行くことが、殺人鬼に会うことが怖くはないのかい」

「誤って有罪判決を受けた人物を怖がる必要がありますか？　わたしはダリアンの弁護士に雇われているんですよ」

「そうだったな。すまない。ただ、ぼくが言いたかったのは……」会話を続ける気はとうに失せていた。話の口火を切ったことが悔やまれてならなかった。いっそ目を閉じて、居眠りしているふりをしてしまいたかった。なんならいびきをかいてみせたっていい。「……ぼくが言いたかったのは、さぞかしやりがいがあるんだろうってことだ。つまり、弁護士の仕事が。大勢の犯罪者や、道徳的によろしくない連中を相手にしなけりゃならないわけだし」

「ポルノ雑誌のライターみたいに？」

「一本とられたな」ぼくはふたたび笑い声をあげた。「たしかに、ひとのことは言えない。自分がろくでなしだってことは自覚してる。否定のしようもない事実だからね。もしかしたら、同じ穴のむじなとして、弁護士のきみとは気が合うかもしれないな」

そのとき、テレサの顔に笑みが浮かんだ。心ならずも浮かべてしまった、ほんのかすかな笑みだった。

「まあ、いいさ。気にしないでくれ」そう言って、ぼくは肩をすくめた。首をまわして、窓外の景色を眺めた。木々。雪。星。見わたすかぎりの同じ光景が続いている。一ミリも先へは進んでいないかのようだ。

「じつを言うと、わたしは弁護士じゃありません。まだ見習い期間中なんです。ボランティアで助手を務めているだけで」

「へえ。それにしても、なぜフロスキーのところで？」

「死刑は野蛮だと考えているから。ダリアンであれ、死刑囚監房に入れられているほかの囚人であれ、たとえ本当に罪を犯したのだとしても、本当にひとを殺《あや》めたのだとしても、わたしたちが彼らの命を奪うのもまた罪だと考えているから。そんな蛮行を許す社会は、どこが文明化されているのかと思うから」

「われわれ人類が、いつ文明化されたっていうんだい。それこそ、議論するまでもない。いや、きみの考えに異議を唱えようってわけじゃない。ぼくも死刑には反対だ。そんな権限を持つ立場は気が重い。それから、金持ちの白人は死刑判決を受ける確率が低いってことにも納得がいかない」

「まったくだわ！」テレサが座席から身を乗りだした。ようやく会話に身を入れる気になったらしい。

せっかくのところだったが、こう付け加えずにはいられなかった。「それでもなお、こう考えずにはいられない。誰かがあの女性たちを手にかけ、あんな残酷なことをした。そいつはまぎれもない極悪人だし、邪悪なひとでなしは万死に値《あたい》するのではないか、と」

「あら、もしあなたが本当にそう考えているのだとしたら、もしダリアンが極悪人で、万死に値するのだとしたら、善人であり、文明人であるはずのあなたが、どうしてあんな仕事を引き受けようとしているの？」

「ちょっと待った。ぼくが善人だと、誰が言ったんだい。ぼくはただの物書きだ。だいじょうぶ。いずれ弁護士となった暁《あかつき》には、きみにも理解できるだろう」

テレサはまなじりを吊りあげた。顔から笑みが消え去り、なけなしの好意までもが霧散した。会話は打ち切られた。テレサはハンドバッグから眼鏡を取りだしてかけると、シビリン・ロリンド－ゴールドの『真紅の闇が迫る』を読みはじめた。

ぼくの本を読んでいる人間を見るのは、生まれてはじめてだった。それを読んでいる人間がどこかにいるはずだということはわかっていた。まえに打ちあけたとおり、わざわざ書店まで出かけていって、書架に並ぶ自分のペンネームを見つけだし、バードウォッチャーみたいに物陰にひそんでは、なかなか正体をあらわさない珍種――ぼくの読者――が飛来して、ぼくの本を選びとる瞬間を目撃しようと待ち伏せしたこともあった。だが、目的を果たせたことは一度もなかった。ただの一度も。ぼくがぼくの本の読者として頭に描くイメージは、おぼろな影のままだった。みずから生みだした登場人物よりも、現実味のない存在だった。

最初に感じたのは、ぼくの正体を打ちあけたいという衝動だった。だが、ぼくはすぐさま考えなおした。テレサにも、テレサの雇い主にも、ダリアンにも、ぼくの素性を知られてはまずいのではないか。どのみちテレサは、ぼくの言うことなど信じないのではないか。たとえ信じたとしても、シビリンやその作品を内心、鼻で笑っているかもしれないではないか。

ひとつ咳払いをしてから、可能なかぎり何気ない態度を装って、ぼくは尋ねた。「少しは面白いのかい」

「何がです?」テレサの表情はいかにも煩《わずら》わしげだった。

「その本が。少しは面白いのかい」

テレサはうなずいた。首を振られるよりはましだったが、それしきで満足はできなかった。

「どんな内容なんだい」

「は?」テレサは大きく眉根を寄せた。だが、煙たがられるのは承知のうえだった。

「その本、どんな内容なんだい」

テレサは鋭くぼくを睨《ね》めつけてから、ため息をついた。「ヴァンパイアの話。これでいい?」

「そいつは面白そうだ」

「いいこと、アバズレ調教師さん。わたしの本の好みについて、あなたからとやかく言われるすじあいはないわ」

「いや、そんなつもりで言ったんじゃない。その作家の小説がすごく面白いって話を聞いたものだから」

テレサは顔をあげ、ぼくの目を見つめかえした。からかわれているのかどうかを見きわめようとしているらしい。

「すばらしい作家だと、わたしも思っているわ」

　顔が真っ赤に紅潮している気がした。うつむいてそれを隠すべきだとはわかっていた。テレサは本物だ。本物のファンだ。ぼくのファンだ。それを知ったいまとなっては、小説の結末を盗み見るのをやめられないのと同様に、何でもないふりをすることもできなかった。あいつのことを考えずにはいられなかった。考えるべきでないのはわかっている。それでもどうしようもなかった。それは、作家なり詩人なりにかならず備わっている本能だった。たとえ二流の物書きであろうと変わりはない。さっきは冗談のように言ってみせたが、作家や詩人が野蛮な生き物であることはまぎれもない事実だ。文明人とは、みずからを律する者をいう。だが、ぼくら作家はつねにあいつのことを考えている。どんなに考えてはいけなくとも、どんなに口にしてはいけなくとも、その作品のなかで、作家はひそかに問いかけている。ぼくもまた、こうしてテレサ・トリオを見つめながら、心のなかで問いかけていた。そのぶかぶかのトレーナーとジーンズの下で、薄紅色をした柔らかな何かが、かすかな疼きを感じてはいまいか。敏感な何かが小さな刺激を欲してはいまいか、と。

　テレサがページをめくるのに合わせて、ぼくも頭のなかでストーリーをなぞった。テレサが微笑んだり眉根を寄せたりするたび、それが何に対する反応なのかと推測をめぐらせた。物語の序盤では、大学で考古学を専攻するヒロインのサーシャがニューヨークでの夏期研修に誘われて、俗世間との接触を絶って暮らす裕福な夫婦のもとを訪れ、その収集品の目録作成にあたるまでが描きだされている。なんとも光栄なことに、テレサは眉間に皺を寄せ、指先で髪をねじりながら、その部分を夢中で読み耽っていた。一度など、大いに感情移入するあまり、肉づきのいい下唇をぎゅっと嚙みしめさえもした。それはちょうど、ニューヨークを訪れたその日の晩にサーシャがセントラル・パークで暴漢に襲われ、レイプされそうになったとき、一匹の狼があらわれて暴漢を切り裂き、からくもヒロインを救いだすという場面だった。ところが、謎めいた夫婦の暮らす豪邸の外階段にぼくたち（テレサとサーシャとぼく）がたどりついたまさにそのとき、耐えがたいほどに緊張が高まっているはずのそのとき、テレサはとつぜん本を閉じ、ほっそりとした指を読みかけのページに挟んだまま、黒い睫毛に縁どられた目蓋を閉じて居眠りを始めてしまった。やがて、列車はオシニングに到着した。地面を真新しい雪が覆いつくしていた。

13

シビリン・ロリンド・ゴールド著、『真紅の闇が迫る』第三章より

お屋敷にたどりついたのは、指定されたとおり、日没直後のことだった。小雨がぱらつきはじめていた。スーツケースの持ち手を握りしめて石段の上に立ったとき、周囲を包みこむすべてのものが——高級住宅街サットンプレイスを覆いつくす霧のなかで、ぼんやりとした光を放つ街灯や、暗い空に浮かびあがる家々の輪郭や、川面《かわも》に音もなく吸いこまれていく雨粒が——この世のものとは思えないほど美しく感じられた。わたしはサーシャ・バーンズ。小さな田舎町の出身で、アラムとアイヴィ・ヴェイン夫妻が所有する私蔵品の調査のため、このお屋敷に招かれた。そのときとつぜん、州東部の町スケネクタディが途方もなく遠い存在に感じられた。恐怖が全身を貫いた。いますぐ逃げだしてしまいたかった。このままペンシルヴェニア駅まで駆けもどり、いちばん最初に来た列車に跳び乗ってしまいたかった。だいじょうぶ。緊張しているだけだわ。そう自分に言い聞かせながらも、それだけではない何か、どこか原始的な、野性の本能のようなものを感じていた。そう、まるで、父の飼う猟犬

がピューマのにおいを嗅ぎとったときみたいに。そのとき、呼び鈴を鳴らしてもいないのに、目の前で錠がカチリと音を立て、がっしりとした重厚な扉が開け放たれた。わたしはおずおずと戸口をくぐりぬけた。

「ようこそ。どうぞなかへ」かすかな異国訛《なまり》の残る低い声が、どこからともなく語りかけてきた。

扉の向こうには、ため息の出るような空間が広がっていた。天井は高く、縦長の部屋の両側では、暖炉の炎が赤々と燃えさかっている。頭上では、シャンデリアの光がきらめいている。天井まで聳《そび》える書棚には、背表紙に古代文字が刻まれた稀少な書物が並んでいる。数枚のペルシア絨毯と、丹念に手入れをされた数点の古美術品を除くと、目につく家具はほとんどない。唯一、グランドピアノが部屋の片隅に座を占めていて、その蓋の上にヴァイオリンが載っていた。そのとき、物陰からひとりの男が姿をあらわした。長身で、鞭のようにしなやかな痩軀《そうく》。全身黒ずくめの服装。凜々《りり》しく端整な顔立ちは三十代半ばより上には見えないというのに、髪は見事なまでの白髪《はくはつ》だった。額は広く、肌は浅黒く、鼻すじの通った美しい鼻は威厳に満ちあふれていた。けれど、ふっくらとした女性的な唇と、左のこめかみから顎にかけて走る傷痕、そして、ひとすじの光も届かない鉱山の奥底に眠る宝石のように、眼窩《がんか》のなかで濃緑色の光を放つ瞳には、どこか妖しく、不可思議な印象を覚えずにはいられなかった。

「おれの名はアラム」男は言って、わたしの手を取った。「きみを迎えることができて、じつに光栄だ。妻を紹介させてくれ」

アラムの視線の先に目をやったわたしは、はっと息を呑んだ。まるで霧か煙のように、どこからともなくあらわれたひとりの女性が、わたしの隣に立っていた。しかも、ただの女性ではない。わたしがこれまで目にしたなかで、最も美しい生き物がそこにいたのだ。わたしだって、まわりのひとたちから美人だと褒められることはある。細身で、髪はブロンド、瞳は青く、陸上部の誰よりも速いタイムを誇る。けれど、自分のことをグラマーだとも、セクシーだとも思ったことはない。このひとに比べれば、わたしなんて男勝りのお転婆娘にすぎない。彼女はすらりと背が高く、艶《あで》やかな色気を漂わせていた。黒い薄衣のドレスをぴったりと密着させた、豊満な肉体。腰まで垂れ落ちた、漆黒のつややかな髪。完璧な卵形をした青白い顔と、血のように赤い唇。そして、いまにもこぼれ落ちようとしている黒い涙のような、最も悲しげで、最も美しい瞳をしていた。

「こんばんは」とそのひとは言った。「わたしはアイヴィ。長旅でお疲れでしょう。お部屋へご案内するわ」


続く数日を、わたしはおぼろげな霞のなかですごした。それは夢のような時間だった。昼のあいだはひとり書庫で古書の山に囲まれ、その目録を作成した。これほど貴重な品々を目にするのははじめてのことだった。シュメール語、エジプト語、アラム語、ヘブライ語、アフリカ各地の言語のみならず、中国、日本、インドのものまで網羅していた。変わり者だと思われるかもしれないけれど、そうした品々の包みを解き、黒貂《クロテン》の毛でつくった小さな刷毛《はけ》で埃を払うのは、わたしにとって、至福のひとときだった。ただふたつだけ、気になる点があった。ひとつは、値のつけようもないほど稀少なこれらの品々が、どうしてこれまで人目に触れることも、記録に残されることもなかったのか。そしてふたつめは、どうしてわたしが選ばれたのか。たしかにわたしは名門の公立大学で考古学を専攻しているけれど、こういった実習にいちばん近い経験は、イロコイ族の居住地で矢尻の重さをはかる程度のものでしかなかったから。

アラムはその理由をこう説明した。まずは、自分たちのプライバシーを守り、私蔵品に関する情報がひとことたりとも外部へ漏れることのないようにしたかった。加えて、純真にして無邪気な若い娘は、そこにいるだけで気分を一新してくれる。自分たちは生きることに退屈しきっているから。最後にアラムはそう付け加えた。たしかに、彼らはテーブルに並ぶ途方もないごちそうを前にしても、トリュフやキャビアをむさぼるわたしの姿を見守るばかりで、自分たちは少しも口にしようとせず、ワインで唇を湿らせるだけだった。一方のわたしはと言えば、退屈なんてしている暇もなかった。アラムとアイヴィにすっかり心を奪われていたから。彼らは十以上もの言語を解し、世界チャンピオンに匹敵するレベルでチェスの腕前を競いあった。ピアノとヴァイオリンでお互いの伴奏を務めあい、その日の気分によってバッハからシェーンベルクまでなんでも弾きこなした。シェイクスピアをどちらが多く暗誦できるか張りあっては、なかなか決着がつかぬまま、いつも夜明けまえに勝負をあきらめた。

告白すると、わたしはひと目見たときからアラムに惹かれていた。けれど、アラムがわたしに関心を寄せるなんてことは、万にひとつもありえないと思っていた。アイヴィに対する思いは、さらに複雑だった。自分が同性に恋愛感情を抱《いだ》くだなんて、これまで考えたこともなかったのに、アイヴィはあまりに美しく、あまりに優雅で、あまりに聡明だった。どこか謎めいた、悲愴な雰囲気を漂わせてもいた。それでいて、強さと威厳をも併せ持ち、世の男たちよりよっぽど雄々しい一面を覗かせることもあった。それがわたしの心を惑わせた。

そして、ある晩のこと。アイヴィがワインのボトルを片手にわたしの部屋へやってきて、唐突に、いまアラムが外出しているのだと言いだした。アイヴィもアラムもいっさい外には出ないものと思いこんでいたわたしは、いったいどこへ出かけたのかと尋ねた。

「狩りに」アイヴィはそうひとこと答えると、喉の奥でくつくつと笑った。わたしはなんだか怖くなって、それ以上は訊くことができなかった。狩り？　このニューヨークで？　ひょっとして、どこかの女の子を籠絡しにでもいったのだろうか。だから、アイヴィがこんなにも悲しげに見えるのだろうか。だとしたら、アラムの誘惑に抗うことのできる女がいるとは思えない。わたしにだって、できるかどうかわからない。かえってそれを望んでいるのかもしれない。ふと、セントラル・パークで暴漢に襲いかかった狼のことを思いだした。あの獣《けだもの》も、緑色の瞳をしていたのではなかったか。

「少しお邪魔してもいいかしら？」アイヴィの声で、物思いが断ち切られた。ばかな想像を振り払おうと、わたしは頭を振った。

「ええ、もちろん」とわたしは答えた。扉を支えたまま道を開けると、アイヴィはいとも軽やかな足どりで戸口をすりぬけた。

その晩、わたしたちは大いに語り、大いに笑い、音楽に耳を傾けながらのワインを楽しんだ。少なくとも、わたしはそうだった。そして、いつのまにか眠りこんでいたらしい。目を覚ますと、真っ暗闇のなかにいた。やがて、意識が覚醒するのにつれて、誰かが横にいると気づいた。両の頰に触れる力強い手の平を感じた。唇に吹きかかる吐息を感じた。アラムなの？ いけないとは知りながら、抗うことができなかった。わたしは唇を開いて、貪《むさぼ》るような口づけを受けいれた。腕を背中にまわしたとき伝わってきた感触は、長い髪と、柔肌のぬくもりだった。そこにいたのはアイヴィだった。

これはきっと夢なんだわ。アイヴィと抱きあいながらも、わたしは自分に言い聞かせつづけた。朝になってみると、それが現実に起きたことだとはとても思えなかった。けれど、それは夢ではなかった。来る日も来る日も、日中は書物と埃まみれの私蔵品に囲まれ、夜になれば、柔らかなクッションとシューベルトの調べに満たされた。そしてアイヴィが音もなくわたしの寝床にすべりこみ、わたしの唇にひとさし指をあてて、すべての質問を制した。「今夜はだめよ、愛しいサーシャ。何も訊かないで。お願いだから、今夜だけは……」耳もとでささやく声が言う。すると、頭がくらくらとして、しっかりものを考えることができなくなってしまう。まるで魔法にかけられているみたいだった。アイヴィとアラムのような人間にはひとりも会ったことがなかった。けれども、彼らがどれほどの比類なき存在であるかを、本当にはわかっていなかった。あの晩、ふたりが応接間で刃《やいば》をまじえているのを目撃するまでは。

ふたりはフェンシングをしていた。真剣を用いての決闘をしていたのだ。わたしはモーツァルトの調べに耳を傾けようと、部屋を出て階下へおりていった。すると、ふたりがそこにいた。髪を振り乱し、汗を飛び散らせながら、あの細く鋭い剣を振りまわしていた。あたりを駆けまわり、ソファーを跳び越えては攻撃を繰りだしていた。剣を突きだし、攻撃をかわし、椅子を薙《な》ぎ倒しては、また相手に跳びかかっていた。ある疑問が脳裡をよぎった。もしやふたりはわたしをめぐって争っているのではないか。けれども、戸口に立っているわたしのことなど、いっさい眼中にないようでもあった。やがて、獣じみた咆哮をあげながら、アラムがピューマのように前方へ身を躍らせた。次の瞬間、わたしは恐怖に慄《おのの》いた。アラムは剣の切っ先をアイヴィの胸に突き刺していた。あの雪のように白い乳房のあいだに、わたしがほんの数時間まえに口づけた美しい乳房のあいだに深々と刃を沈めたのだ。アイヴィは胸に剣をうずめたまま、ドレスを引き裂き、苦悶の声をあげ、ふらふらと後ろによろめいた。アラムは唇をゆがめて残忍な笑みを浮かべながら、冷静にそれを眺めていた。衝撃のあまり、わたしは身動きひとつできなかった。アイヴィはネオバロック様式の小ぶりな脇テーブルに蹴つまずき、そのまま床に倒れこんだ。

「アイヴィ！」わたしは泣き叫びながら、アイヴィに駆け寄った。するとそのとき、最期の喘鳴《ぜいめい》を吐きだすとともに、アイヴィが脇テーブルの引出しから拳銃を取りだし、その引鉄《ひきがね》を引いた。放たれた銃弾はアラムの心臓を貫いた。アラムの胸に穴が穿《うが》たれ、床に倒れこむのと同時に、アイヴィが吐息をついた。そして、値のつけられないほど貴重な絨毯の上で、わたしの目の前で、アイヴィは息絶えた。わたしは膝から床にくずおれた。涙が頬を伝った。そのとき、アイヴィがとつぜん首を起こして、わたしに唇を押しつけてきた。大きな音を立てて、唇に唇が触れた。ねっとりとした、濃厚な口づけだった。わたしははっと息を呑んだ。目の前に横たわる、死んだはずのアイヴィが、さもおかしげにくすくすと笑いだした。

「アイヴィ？　あなた……生きてるの？」

「もちろんよ」アイヴィは胸の谷間に剣を突き刺したまま、身体を起こした。「ただし、これはかなり効いたわ」言いながら剣を引きぬくと、傷口をそっと撫でた。すると、傷が見るまに小さくなり、やがては完全に消えてしまった。

「でも、あなた、アラムを撃ったわ。アラムを殺してしまったのよ」

「当然の報いよ」とアイヴィは言った。

「負け惜しみはやめておけ」アラムが言って、身体を起こし、銃創に指先を触れた。「おまえには潔く負けを認めるということができないのか」微笑みながら立ちあがり、こちらに歩み寄ってくる。「だが、心配は無用だ。この返報はいずれさせてもらう」わたしは衝撃に言葉を失っていた。自分の目が信じられなかった。これは何かのトリックなの？　大掛かりな手品か何かなの？　でも、だとしたらどうやって？

「怖い思いをさせてごめんなさいね」アイヴィがわたしに語りかけてきた。「でも、ごらんのとおり、わたしたちはこの生活にいささか飽き飽きしているの。わたしたちくらい長く夫婦でいると、ときには張りつめた緊張を解き放つ必要がある。あなたにもいつかわかるわ。わたしたち、一緒になってどれくらいになるのかしら、アラム?」

アラムはひとつ肩をすくめ、「永遠のようにも感じられるが、まだほんの九百年だ」と答えると、急に激しく咳きこんだ。そして、「失礼」とひとこと詫びてから、さらにひとつ咳払いをすると、手のなかに何かを吐きだした。微笑みを浮かべながらこちらへさしだした手の平の上には、弾丸がひとつ転がっていた。わたしは驚きに目を見張った。息をするのもままならなかった。このまま失神してしまいそうだった。するととつぜん、アラムとアイヴィが狂ったように笑いだした。神経の昂ぶった子供みたいに、異様なまでの歓喜に顔を輝かせて、互いの背中を叩きあった。

そのロに輝く牙に気づいたのは、そのときだった。

14

「あんたがトム・スタンクス？　あのアバズレ調教師か？」そう問いかけてきた男は、穏やかで、少ししわがれた低い声をしていた。そして、ぼくと同じクイーンズ訛の英語を話した。クレアが選んであらかじめ結び目をつくっておいてくれたネクタイに喉を締めつけられながらも、礼儀正しく笑みを浮かべて、ぼくは面会室の奥へと進んだ。看守が扉を閉ざし、その音が背後で響いたとき、肩がびくっと小さく跳ねた。ぼくは独房に通されたわけではなかった。室内には鉄格子も、軋みをあげるゲートもなく、小さな小窓のついた普通の扉があるだけだった。コンクリートの壁に悪趣味な緑色のペンキを塗りたくり、テーブルと椅子を置いただけの部屋だった。

「本名はブロックといいます。ハリー・ブロックです」

「ああ、そうだったな。最近、物忘れが激しくてね。おれはダリアンだ」

「お会いできて光栄です」ぼくが片手をさしだすと、ダリアンはくつくつと笑いだした。

「そんなことを言われるのはひさしぶりだ」ダリアンは腕を持ちあげて、手錠をかけられた両手をぼくに見せながら言った。「すわってくれ」

ぼくは椅子を引こうとしたが、それはびくとも動かなかった。

「ここにあるものはみんな、動かせないように固定してあるんだ。おれも含めてな」

「なるほど」ぼくは言って、椅子に腰をおろした。

「それはそうと、おれの外見はあんたが予想していたとおりだったか？」

ぼくは軽く肩をすくめて、こう答えた。「そういうことは、まったく考えてなかったもので」だが実際には、そのことばかりをノンストップで考えつづけていた。それこそは、多くの作家が遅かれ早かれ直面する問題だったから。狂気の殺人マニアはいかなる風貌をしているべきなのか。ある種の怪物として描きだすべきなのか。たとえば、かのおぞましきサド侯爵のような極度の肥満体で、肉欲の監獄にとらわれた男であるとか。あるいは、車椅子に乗っているしなびた老人であるとか。デヴィッド・リンチが好んで用いる、悪の化身の小人であるとか。ぼさぼさの髪を振り乱し、おかしな眼鏡をかけ、巨大なスイッチを操作しているマッド・サイエンティストであるとか。『羊たちの沈黙』のレクター博士から、果てはドラキュラ伯爵や堕天使ルシファーにまでさかのぼり、洗練された物腰と天才的な頭脳を持つ悪魔のような人間や、悪魔のように美しい青年にしてみるというのはどうだろう。あるいはかえって、物静かで、蝿一匹殺せそうにない人間——どこにでもいそうなありふれた人間のほうが、読者には受けるのかもしれない。

だが、じつを言うなら、これまでにない容姿の殺人鬼を生みだそうという試みは、より深刻なジレンマを覆い隠すためのかこつけでしかない。なぜなら、おそらくは鏡のなかを除いて、〝悪意〟には顔がないからだ。たとえば、いまこの本を通勤列車のなかで読んでいるなら、いったん顔をあげて、周囲を見まわしてみてほしい。そこにいる人々のうち、誰に虚言癖があり、誰に浮気癖があり、誰に盗癖があるかわかるだろうか。放火魔や、殺人鬼や、人肉を食らう人間が見わけられるだろうか。現実には、それが誰であってもおかしくない。人類の歴史には、さしたる理由もなく身の毛のよだつようなことをやってのける、ごく普通の人々があふれている。しかしながら、小説のなかでそうした無粋な真実を押しとおそうとしたところで、誰も納得させることはできない。そんな小説を買う人間はいない。少なくとも、エンタテインメント小説として成立することはない。ゆえに、小説家は矛盾を孕《はら》んだ任務を背負いこむこととなる。宗教にも、心理学にも、日々のニュースにも成し遂げることのできなかった任務――現実に現実味を与えるという任務を。

だからこそぼくはここで、自分の知った事実のみを伝えるつもりだ。それをどう受けとるかはきみの自由だ。ぼくにはダリアンが好感の持てる人間に見えた。鬼のような形相でもなければ、ブラッド・ピットほどの甘いマスクでもない（ただし、ブラッド・ピットにならなく映画化権を売りわたしてもいい）。言うなれば、ダリアンは誰かの〝自慢の叔父さん〟に見えた。健康管理に気を遣い、テニスを嗜《たしな》み、レストランでは魚料理を注文しそうな人間に見えた。おそらくは刑務所暮らしのおかげなのだろう。ここにいれば、運動する時間はたっぷりある。分厚いつなぎの上からでも、腕や首や肩、すべての筋肉が、ぴんと張ったワイヤーのように引きしまっているのがわかる。刑務所に収監される以前から端整な顔立ちではあったが、そのころは、いかにも油断のならない雰囲気を漂わせていた。裁判中は細身の黒のスーツと黒いシャツを着て、脂ぎった長髪をひとつに縛り、前歯が何本か虫に食われていた。それがいまでは、州当局によって、歯科治療と散髪が施されていた。歳月が生え際の毛を白髪に変え、表情から灰汁《あく》を抜いていた。肌には皺が刻まれていた。褐色の瞳は明るい輝きを放っていた。クリスマス・カタログに載せる保温下着の広告写真のために、このままポーズがとれそうだった。燃えさかる暖炉の傍らで、ブロンドの妻と見つめあう姿がさまになりそうだった。

ぼくはいま、悪の権化ダリアン・クレイからほんの二フィートの距離にいた。この男が極悪非道の犯罪を働いたことはもちろん知っていたが、その事実を外見から窺《うかが》い知ることはできなかった。ぼくが目の前にしているのは、ごく普通の人間だった。ぱっと目を引くほどでもないし、特に違和感を覚えることもない。もしきみがダリアンを目の前にしたとしても、おそらく恐怖に慄くことはないだろう。それどころか、好感すら覚えるかもしれない。この男が女たちの首を切り落とし、残る遺体をゴミ屑のように遺棄したのだということを思いだすまでは。

「しかし、あんたはおれが想像していたのとはちがうな」お勧め料理を注文したことを後悔している客のように渋い顔をして、ダリアンは上から下までじろじろとぼくを眺めた。

「というと?」

「想像より若い。ずいぶん若い。それに、小柄だ。背も低いし、痩せっぽちだ。あんた、本当にアバズレ調教師なんだな？」

「ええ、まあ。あの相談コーナーを書いていたのはたしかにぼくで――」

「あんたは女を思いどおりにしたがるタイプには見えん。しかし、それなりの場数は踏んでるんだな？」

「それは、まあ」

ダリアンはぼくの目を覗きこんだ。その奥に秘められた本心まで見透かそうとするかのように。「つまり、大勢の雌犬どもを手広く躾けてきたってわけだな？」

「いや、その、ぼくの本職は作家なわけで……」言いながら後ろに身を引こうとしたが、床に固定された椅子はびくとも動かなかった。仕方なく、腕と脚を組みながらぼくは続けた。

「当然、そのことはすでにご存じかと思いますが……それに、言うまでもなく、作家としてぼくが行なうリサーチの一部は、あくまでもリサーチの形態をとって行なっています。もちろん、実体験を盛りこむこともあれば、推測や想像力を働かせることもある。いずれにせよ、これまで長年にわたって、ぼくは数多くの作品を手がけてきた。あなたと仕事をするにあたっては、その間《かん》に培《つちか》ってきた能力を遺憾なく発揮するつもりでいます。きっとあなたにも満足してもらえるかと……いや、まあ、そういったところです」

自嘲気味に微笑みながら、ジェインに首輪をはめようとする自分を想像してみた。ひょっとして、手に噛みつかれるだろうか。それとも、鼻に拳骨を食らうだろうか。ふたりでベッドにいるとき、はからずも肘鉄を食らってしまい、鼻血を流したあのときみたいに。いや、ジェインならきっと面白がるだろう。その気持ちを隠そうともしないだろう。あの日、ぼくの鼻の穴に笑いながらトイレットペーパーを詰めこんでくれたときのように。

「まあ、ちょっと訊いてみただけだ。このプロジェクトは、ふたりで協力しあってこそ成り立つ二車線道路だからな」ダリアンが煮えきらない口調で言った。

「ええ、たしかに」とぼくは応じた。話題を変えられることがありがたかった。「いただいた手紙によると、何か条件があるとのことでしたが？」

「ああ、こいつを見てくれ」ダリアンはテーブルの上に置いてあったマニラ紙のフォルダーをこちらへ押しやった。ぼくはフォルダーを開いた。

「手紙のようですが」

「ファンレター。おれの信者から送られてきたラブレターだ」

「信者？」

「その手紙をよこした女たちは、おれに恋い焦がれてるのさ」ダリアンは曖昧に手をひと振りした。「なかにはけっこうな別嬪《べっぴん》もいる。年齢はさまざまだ。何人か、亭主持ちの女もいる。手紙は全国から送られてくる。もちろん、地元でのほうが、ずっと名前は知れわたってる。こんな北の僻地《へきち》じゃなく、ニューヨーク市内のことだがな。さて、どれか一通、声に出して読んでみてくれ」そう言うと、ダリアンは椅子の背にもたれて、耳を傾ける体勢に入った。

フォルダーのなかには、大量の手紙がおさめられていた。色付きの便箋に綴られた文字の筆跡はさまざまで、なかにはタイプされたものもあった。ひとつに束ねられた分厚い束もいくつかあった。長年やりとりの続いている相手がいるらしい。だがおおかたは、ピンぼけのポラロイド写真を添えて、内側に淫らなメッセージを書きこんだカードがほとんどだった。ぼくは周囲を扇型の模様で飾った藤色の便箋を選んで、丸みを帯びた不揃いな文字を読みあげはじめた。

「〝こんなのはいつものわたしじゃない。こんなにも激しく、ひとりの男性を求めてしまうなんて。本当のわたしはごく普通の、どこにでもいるような女の子なのに〟」ぼくはいったん言葉を切り、ひとつ咳払いをした。いったいなぜ、自分はこんなものを朗読しているのだろう。「〝なのにいまは、あなたとひとつになれたならと、そんなことを考えずにはいられないの。あなたに命じられるままに、あなたの欲望のすべてを満たすことができたならと。わたしは身長五フィート二インチ、体重百二十七ポンド。ブラジャーのサイズは三十六のC。乳首はちょっと大きめで、とっても万感です……〟」そこまで読んだところでぼくは口を閉ざし、ページをめくるのをためらった。

「で、どう思う？」ダリアンが訊いてきた。

「おそらく、万感ではなく敏感と言いたかったのだろうと」

「そうじゃない。女のことだ」

「すばらしい。男冥利《みょうり》につきますね」

ダリアンはばかを言うなとばかりに鼻を鳴らし、腕をあげて、手錠の鎖をジャラジャラと振り鳴らした。「そんな紙きれがなんの役に立つ。おれにはそいつらの髪にも肌にも触れることができないんだぞ」

「なるほど。たしかにそれはきつい」

ダリアンは肩をすくめた。「運命ってのは皮肉なもんだ。おれがここに閉じこめられた途端に、大勢のアマっ子がおれをほしがりはじめた。あのころだって女に不自由したことなんてなかったが、それとこれとじゃ話がちがう。あんたも有名人になってみればわかる」

「なるほど。たしかに」

「あんたも女にちやほやされてるのか？　作家ってのはモテるんだろ？」

「いや、それほどは」ぼくは正直に答えた。

「自慢できる話のいくつかくらいはあるだろう」

「まあ、それなりには」

「あっちに戻れば写真もある」

「写真？」

「大勢の女がおれに写真を送ってくる。もちろん、おれが撮るようなやつじゃない。ずぶの素人が撮ったピンぼけばかりだ」そう言うと、ダリアンは片目をつむってみせた。ぼくはフォルダーを閉じて、テーブルの向こうへすべらせた。

「それで、ミスター・クレイ……ダリアン、あなたはいったいぼくに何をさせたいんです？」

ダリアンの顔に笑みが浮かんだ。州の金《かね》で治療を受けた歯が不気味なほど白く輝いた。

「あんたに執筆を依頼したいのさ。あんたは作家なんだろ?」

「ええ、まあ……」

「おれがここを出ることは未来永劫ありえない。それはおれにもわかってる。もう二度と女に触れることも、写真を撮ることもできやしない。いまのおれに残されてるのは、この頭だけってわけだ」扉をノックするかのように、ダリアンはこめかみを三度叩いてみせた。「だが、このなかでなら、何をしようとおれの自由だ」

「わかります」そう応じはしたものの、何もわかってはいなかった。わかっているのは、室内の空気がやけに蒸し暑くて息苦しいこと。首を締めつけるネクタイが煩わしいこと。そして、どういうわけか、いま会話している相手が連続殺人犯なのだという事実をすっかり忘れていたということだ。相手は、きみを部屋の隅に呼びだして、一緒に女をたらしこみにいこうだのとしつこく誘ってくる、ただの下卑た同僚ではない。その誘いをむげに断っておきながら、その後、そいつが職場でいちばんセクシーな女をモノにしたことを知り、内心恨めしく思ってしまったりするような、そういうただの女たらしではないのだ。そのとき、ダリアンが椅子から身を乗りだし、手錠をかけられた手をフォルダーの上に置いた。その爪は嚙みしだかれて、下の肉が紫に変色していた。甘皮はぼろぼろに食いちぎられ、白すぎる歯を縁どる歯茎と同じくらい真っ赤な肉が覗いていた。

「あんたには、おれに代わって、この女たちに会いにいってもらいたい。近場に住んでる女たちをリストにあげておいた。了解もとってある。あんたは連中に会って、話を聞いて、おれとその女を主人公にした小説を書いてくれ。おれの指示した内容を、あんた自身の文体で」

「ぼくの文体？」

タブロイド紙がコブラのようだと描写したまなざしを、ダリアンはいまぼくにそそいでいた。けれどぼくには、それが子犬の目に見えた。少し潤んでいて、感情豊かで、何かを訴えかけているようだった。「あんたを選んだのはそれが理由だ。おれはあんたの文体が気にいってるんだ」

ぼくは言葉に詰まった。目を逸らさずにいるのが精一杯だった。格式張ったディナーの席で、腐った料理を呑みこもうとしているような気分だった。ダリアンは辛抱強くぼくの反応を待っていた。

「整理させてください」ようやくぼくは口を開いた。「あなたが言いたいのは、その女たちに取材をして、そのあと、あなたとその女の情交を小説にしろってことですか？　あなたの妄想を形にしろということですか？」

「そうだ」

「あなたひとりのためだけに、ポルノ小説を書けと？」

「そうだ。独房のなかで、おれひとりが楽しむために」

「いやはや、それは……」

「それから、マスターベーションの材料にするために」

「それはそれは、わかりきった説明をどうも」

「ただし」と、ダリアンはぼくにひとさし指を突きつけた。「それ相当の見返りはやる。何を言いたいかはわかるな?」

「おおよそのところは」

「小説を一篇書くごとに、あんたは一章ぶんのネタを手に入れる。おいしいネタをそっくりまとめて引きわたすつもりはない。まずはそもそもの始まりから、ガキのころの話から取りかかることになるだろう。だが、心配はいらん。本はちゃんと出させてやる。こいつはかならずベストセラーになるぞ。間違いなくな」

「すばらしい」ぼくは腕時計をちらりと盗み見た。帰りの列車は何時に出るのだろう。「……しかし、どうでしょう。正直なところ、少し考えさせてもらったほうがよさそうだ」

「もちろんだ。じっくり考えてみるといい。焦ることはない。おれにはあと八十八日も残ってる」

15

最悪の気分だった。いまにも反吐《へど》を吐いてしまいそうだった。検問所を通過し、書類にサインをして携帯電話と鍵束を返却してもらい、もどかしくネクタイをほどきながら門の外へと向かうあいだも、ずっと吐き気は続いていた。ホテルに帰りついたとき、ようやく胸のむかつきがおさまった。ぼくは手早く荷物をまとめ、フロントでチェックアウトを済ませて、ホテルを出た。テレサ・トリオを待つのはやめた。テレサはぼくに続いてダリアンとの接見を行ない、そのあと一緒にニューヨークへ戻る予定になっていたが、もはや知ったことではない。クレアに電話をかけて結果を報告する約束にもなっていたが、その手間も省くことにした。フロント係に頼んでタクシーを呼んでもらい、薄すぎるジャケット姿のまま外に出て、車がやってくるのを待った。おかげで、肺のなかを澄んだ空気で満たし、顔に風を感じることができた。風は冷たかったが、春のにおいがした。湿りけを帯びた土壌と、解けた雪のにおいがした。駅に着いたとき、次の列車が出るまでには、あと一時間もあった。切符を買い、時刻表を屑かごに投げ捨てた。二度とここへ戻るつもりはなかった。

男子便所に行って、水で顔を洗い、送風機で手を乾かした。無人の待合所へ戻り、あたりを行きつ戻りつしはじめた。やがて、一台の車が近づいてきて、搬入車専用ゾーンにとまるのが見えた。そこから四人の男女がおり立ち、駅構内に入ってきた。開いた自動ドアの隙間から、そのときを狙ってでもいたかのように、冷たい空気がどっとなだれこんできた。四人全員が帽子をかぶり、コートにくるまっているせいか、どこか混沌として、それぞれの輪郭や境目すらあやふやにぼやけて見えたが、眼鏡をかけた老人がひとりいて、杖を手にした老女の肩を支えていること、もうひとり老人がいて、白髪まじりの見事な顎鬚を生やしていること、きれいに髭を剃った四十代とおぼしき男がひとりいることだけ、かろうじて見てとれた。四人はまっすぐぼくのほうへ向かってきた。脇へどいて道を開けようとしたとき、四十代の男がぼくの名を口にした。

「ミスター・ブロックだな？」

「そうですが」

男は、目をみはるほどではないにせよ、そこそこ整った顔立ちと、引きしまった身体つきをしていた。それに、ジェルで撫でつけた短髪。季節はずれの陽焼けした肌。入念に磨きあげられた爪。おそらく、歯科医か、商品先物トレーダーといったところか。「わたしはジョン・トナーだ」

「というと？」

「サンディ・トナーの夫だ」

「ああ……なるほど」

「こちらはジャレル夫妻。あちらはミスター・ヒックスだ。われわれのことは知っているな？」

「ええ、存じあげています」

四人は被害者の遺族だった。ダリアンに殺された女たちの家族だった。構内のコーヒーショップに場所を移そうかと誘ったが、すげなく断られた。仕方なく、待合所のプラスチック製の椅子を勧めた。なんともきまりの悪い気分だった。横一列に並んだ椅子は、固定されていて動かない。ぼくはひとり、審査員に向きあうかのように、四人の前に立ったままでいることにした。最初に、顎鬚を生やしたヒックスが口を開いた。喋りながら帽子を脱ぐと、白髪まじりの髪がぼさぼさに乱れていた。

「どこからとは言えんが、あなたが手がけようとしている本の話を聞きつけましてね。そこで、あなたとじかに会ってお話しし、わしら遺族がその本の出版に断固として反対である旨をお伝えしたいと思ったわけです。つまり、出版を思いとどまっていただけるよう、直接あなたにお願いしたく、ここまで足を運んできた。あの獣《けだもの》に――」

ジャレル夫妻は丸々と羽をふくらませたつがいの鳥のように椅子に埋もれたまま、ヒックスの話に耳を傾けていた。しかし、残るトナーは自分を抑えることが難しいらしく、手を揉みしだいたり、ため息をついたり、高価そうなダイバーズ・ウォッチのダイヤルをねじったりを繰りかえしてから、やにわにヒックスの言葉を遮った。

「〝お願い〟なんぞするつもりはない。こちらはすでに弁護士を雇い、いつでも出版の差しとめを請求できる手筈になっている。一流の弁護士を使ってな」トナーはひとさし指をぼくの胸もとに突きつけた。その手には結婚指輪が輝いていた。死んだ妻と交わしたものか、あるいは再婚した妻と交わしたものか。「金《かね》なんぞ、いくらかけたってかまわん。ただ、あんたには警告を与えておいてやろうと思っただけだ。ここに集まった憐れな人々を見るがいい。古い傷口をこじ開けてなんになる?」

ジャレル夫妻は、まるでぼくらが天気を話題にでもしているかのように、穏やかなまなざしでぼくを見つめていた。手に手をとりあっていた。ヒックスはからっぽの手の平をじっと見おろしていた。その顔には、戸惑ったような表情が浮かんでいた。

「ちょっとよろしいかな、ミスター・ブロック」ヒックスがふたたび口を開いた。「あなたに悪意がないことはわかっている。生きていくためには働かなきゃならんということも……」

ふたたびトナーがその声を遮った。「そんなことは問題では——」

「ジョン、すまんが、これだけは言わせてくれんかね」ヒックスはトナーを諫めた。

「この寄生虫め」ぼくにひとこと毒づいてから、トナーは顔をそむけた。

ヒックスはぼくのほうへ身を乗りだした。その瞳は淡い水色をしていて、金魚鉢の底に敷かれたガラス玉を思わせた。「わしらの苦しみはわしらにしかわからん。しかし、あなたにも想像はできるだろう。うちの家内にはその苦しみを乗り越えることができなかった。娘の死に打ちのめされた。生きる気力を失った。いまはジャネットの隣に埋葬されている。だからこそ、お願いしたい。わしら遺族のために。わしらの娘や、妻たちのために。どうか、わしらをそっとしておいてはいただけんか」

ぼくはおおよそのところでそれに同意した。ダリアンに会ったのは今日がはじめてであり、本を出すつもりもないし、あなたがたのご意向を尊重したいとも思うと告げた。法律うんぬんを持ちだすことはしなかった。クレアが相談した弁護士から聞かされて、こちらにはなんら法的な落ち度のないことは知っていた。それから、トナーが金持ちであることも（一流の弁護士とやらは、トナーが雇ったのにちがいない）、トナーの経営する工場でかつてダリアンが働いていたことも、それがきっかけでダリアンがトナーの妻と知りあったことも知っていた。犯人と被害者とを結びつける役割をみずから果たしてしまったことにより、トナーが多少の罪悪感を抱《いだ》いているのだろうことも。それがトナーの憤《いきどお》りの根底にあるのだろうことも。さらには、ヒックスの妻の死因が心臓病と肝硬変であることも。そうしたことはすべて事前の調査から把握していたが、いざ面と向かってみると、ある疑問を抱かずにはいられなかった。もしもそれと知らず出会っていたなら、彼らが被害者の遺族であることがわかっただろうか。誰かが彼らを前にしたとき、はっきりそれとはわからなくとも、何かがおかしいということくらいは感じるものだろうか。何か恐ろしいことがその身に降りかかったのだと、気づくことができるだろうか。悲劇というものは、邪悪な魂よりも色濃く表層にあらわれるものなのだろうか。そして、殺された四人の女のうち、三人の遺族しか姿をあらわさなかったのはなぜなのか。四人目の被害者の遺族はどこにいるのだろうか。

16

自宅に戻ると、留守電に五件のメッセージが残されていた。そのうち二件はクレアからだった。携帯電話に残されたメッセージをすでに聞いていたから、この二件はそのまま飛ばした。続く一件はモーリスから。一杯引っかけにいかないかとの誘いの電話だった。次の一件はジェインからだった。あいだにどれほどの歳月が流れていようと、たったひとことで、ほんの一瞬で、ある人間の声が識別できてしまうというのは不思議なものだ。

残されたメッセージによると、《ほころびた格子縞の外套》春号の刊行を祝うパーティーが二日後に予定されているらしい。なんだか顔を合わせづらい気がして、ぼくを誘うべきかどうかぎりぎりまで迷っていたのだが、やっぱりぼくに会いたいと思っていることに気づいたのだという。もしも、ぼくの気が向いたら。もしも、いやでなかったら、とジェインは言った。もちろん、いやに決まっていた。顔を合わせるなんてつらすぎる。だが、それをジェインに知られるのも耐えがたい。となれば、パーティーには出席せざるをえなかった。こんなものは見せかけだけの愚かなプライドだ。それはわかっている。しかし、ひとにはときとして、それしか守るものがない場合もある。

最後のメッセージの声と名前には、まったく心あたりがなかった。

「はじめまして、ミスター・ブロック。わたしはダニエラ・ジャンカルロ。自宅にまで図々しくお電話してごめんなさい。できれば明日、何時でもかまわないから、あなたにお会いできないかと思って。折りかえしの電話をください」女は電話番号を告げてから、こう続けた。「ああ、いけない。わたしはドーラ・ジャンカルロの妹よ。それじゃ、また」

ドーラ・ジャンカルロは、ダリアン・クレイに殺された女のひとりだった。ナンシー・ジャレル。ジャネット・ヒックス。サンディ・トナー。そして、ドーラ・ジャンカルロ。ぼくは教えられた番号に電話をかけた。呼出し音が途切れると同時に、まるでパーティー会場にでもいるかのような喧騒がうなりをあげた。ぼくはダニエラに、心配はいらない、ほかの遺族から話は聞いたから、と告げた。だが、ダニエラはとにかく会って話したいと言って譲らなかった。

「もう、本は書かないと決めたんだ」ぼくは大声で繰りかえした。「彼らにもそう話した」

「だめよ！」ダニエラのわめき声が受話口に響いた。「そんなのだめ。お願い、本を書いてちょうだい」

17

「いいえ、本は書くのよ」とクレアは言った。タートルネックのセーター、格子縞のミニスカートに黒いタイツといういでたちでぼくの机の前にすわり、両手を揉みあわせながら部屋のなかを歩きまわるぼくを眺めつつ、ブラックベリー・フォンをいじくっていた。「情け知らずなことを言うようだけど、遺族がそれを望んでいないからって、なんだというの？　あなたは作家なのよ。物語を伝えるのが仕事でしょうに。そんなことに左右されるべきじゃないわ」

「それだけじゃない。ダリアンが出してきた条件のこともある。頭のいかれた信者どもに会いにいって、やつのためにポルノ短篇集を書けってのか？　そんなぞっとする話があるか？」

クレアは肩をすくめた。「あなたの書いた『駆引きの才能』のなかにも、似たような場面があるじゃない。極悪非道な白人刑務所長の尻尾をつかむという、より崇高な大儀のために、キング・ピンプの脱獄を手伝うことをモルデカイが了解するって場面よ」

「いいや、それとこれとじゃ話がちがう。あれはぼくの作り話だ。こっちは現実の話だ。しかも、ありとあらゆる事情がもつれあってる。引き受ければ、死ぬまで傷痕が残る」

「死ぬまで残る傷なら、すでに負ってるじゃない。以前の職業はポルノ雑誌のライターだった。いまは高校生の期末レポートを代作してる。亡くなったお母さんの扮装をして、ソフトSMのヴァンパイア小説を書いている。ちなみに、現実世界の恋人をつくらなくなって、もうどれくらいになる？」

ぼくは肩をすくめた。いったいなんの話をしているのか、だんだんわからなくなってきた。

「こう言っちゃ悪いけど、いまのあなたは負け犬よ。だからこそ、今回のことはあなたにとって大きな転機になる。おそらくは最後の転機にね。そのことをよく考えてみて。その妹とやらに会うのは考えなおしたほうがいい。わたしが代わりに会ってくるわ」

「いや、いいんだ。ぼくにはそうする義務があるような気がするから」

「好きにすれば」クレアはため息を吐きだした。「それで、ジェインに誘われたパーティーには出席するの？」

「どうしてそれを？」

「いないあいだに、留守電をチェックしておいたの。仕事関係の連絡が入っていたら困るでしょ？　パーティーには出席して、顔を売っておくといいわ。ひとの縁ってのも、ばかにならないもの。でも、そのまえに髪を切ってあげる。それと、いま着てるのじゃないほうの黒いセーターを着ていくこと」

「あれは生地がちくちくするんだ。これのどこがいけないんだ？」

バスルームまで歩いていき、鏡の前で腕をあげた。たしかにクレアの言うとおりだった。

「脇の下に穴が開いてる」

「ハリー?」戸口からクレアが顔を覗かせた。「今夜、ここに泊まってもいい?」

「親父さんの許可はとってあるのか?」

「パパなら、ガールフレンドとバカンスに出かけたわ。出がけに、『楽しんできてね。でも、彼女とは結婚しないほうがいい』って言っておいた」

「そうか。だったら、ソファーに寝床を用意するといい。それが済んだら、デリバリーの中華料理を注文しよう」

「やった! ああ、そうだ。そのセーターをよこして。いちおう穴を繕ってみるから」

ジェインがいまの亭主であるライアンとつきあっていることを知ったのは、われらが母校コロンビア大学の恩師の自宅で毎年催されるクリスマス会に出席した際、偶然ふたりに出くわしたときのことだった。その集まりにはほとんど参加したことがなかったのだが、その年はクレアと母に促され、しぶしぶ足を運ぶことになった。そこでジェインに再会するとは思ってもいなかった。ジェインは小説のインスピレーションを得るため、ヒマラヤ山脈で山ごもりをしているとの噂を聞いていたからだ。ところが、会場に入ってコートを脱ぐやいなや、チベットのショールを肩に巻きつけたジェインの姿が、まばゆいばかりのオーラをまとったジェインの姿が目に飛びこんできた。ぼくもジェインも、しばらくは互いの生き霊でも目にしたかのように、呆然と立ちつくしていた。そのあとは作り笑いを浮かべながら、ごく軽い抱擁を交わした。ライアンを紹介されたときには、はじめて名前を聞いたふうを装った。ライアンの書いた冗長で賢《さか》しげな小説はまだ三ページと読み進んではいなかったものの、当時、その顔と名前は至るところで目にしていた。ふたりはぼくに、出会いのエピソードを披露した。山の頂に建つ修道院で催された喉歌《ホーミー》コンサートの最中に、ふたり（あるいはふたりの目）がどうやって出会ったか。

「その週のあいだ、ぼくらは沈黙の誓いを立てていた。だから、瞑想の合間に、こっそりメモのやりとりをしなきゃならなくてね」ライアンは滔々《とうとう》とぼくに語った。おおかたの幸せなカップルの例に漏れず、ライアンもまた、ぼくがその一部始終を知りたがっているものと思いこんでいた。

「その週が終わるまで、メモのやりとりを何度繰りかえしたことかしら。マクスウィーニーズ社から書簡集が出せるかもしれないわね！」そう言って、ジェインは笑った。

「へえ。そりゃすごい」とぼくは言った。

ライアンは満面の笑みを浮かべた。「ようやく空港にたどりつき、声を出してもかまわなくなった。だが、ぼくは何も言わなかった。何も言わず、彼女にキスしたんだ」そう言うと、ライアンはその場面を再現してみせようとした。ジェインは頬を赤らめ、顔をうつむけた。ライアンの唇はジェインの髪に着地した。

「それって、昔ぼくが書いたあの話に似ていると思わないか？」叫びだしたい衝動を抑えるため、とにかく何か言おうとして、ぼくはジェインに問いかけた。「ほら、ヒマラヤ山脈に暮らすシェルパ族の女ふたりと登山家の話だ。吹雪で身動きがとれなくなり、裸で抱きあって暖をとるってやつ」そのポルノ小説は、『ヒマラヤの淫らな修道女』というタイトルで《ラウンチー》誌に掲載された。当時、それを読んだジェインは顔を真っ赤にして笑い転げたものだった。

ところが、このときはちがった。パルス信号を送ろうとでもするかのようにライアンの手を握りしめたまま、「よく覚えてないわ」と声をしぼりだし、即座に話題を変えようとした。

「そうだわ、何か飲み物をとってきましょう。よく冷えたワインパンチがあるみたい」

「そいつはすばらしい。きみらふたりで味わってみてくれ。ぼくはもう失礼するから」とぼくは言った。そして最後に、赦されざる口実を付け加えた。「母の体調が思わしくないんでね」

「お母さまによろしくお伝えしてね」とジェインは言った。

おそらく、しこりを残したくなかったのだろう。後日、ジェインはぼくに電話をかけてきて、ライアンと婚約しているのだと打ちあけた。お互いの家族とぼく以外にはまだ誰も知らないのだとも言った。そのことを報告すると、母はただ肩をすくめて、例のごとく、ぼくに残されたなけなしの自尊心を粉々に打ち砕いた。

「かえってよかったじゃないの。そのほうがあなたのためだもの」

「けど、母さんはジェインを気にいってたじゃないか。あの娘《こ》は賢いし、器量もいいって言ってたろう？」

「たしかにあの娘は賢かった。器量もよかった。成功も約束されていた。スタイルもよくて、色気もあった。だけど、あなたには似つかわしくなかった」

「なるほど」

クレアも母に賛同した。「ああいう女《ひと》って、有名人なら誰でもいいのよ。わたしにはわかるわ。うちのパパがそういうタイプと少なくとも三回は結婚したから。わたしのママも含めてね。あの女もおんなじ。不良債権みたいにあなたを放りだした。損失の少ないうちに手を引いて、今度はあのなんとかって有名人にとりいった。ねえ、ハリー。あなた、ポルノ女優とつきあったらどう？　そのほうがよっぽど得るものがあるわ」

いずれにせよ、あれ以来、ジェインとは顔を合わせていない。母が他界したあとに、心のこもったカードを受けとったきりだ。ちなみに、母が死に際に遺した言葉は、「あと数年待って、クレアと結婚なさい」だった。

18

クレアを居間のソファーに泊めてやったあの晩、ぼくはある夢を見た。悪夢というほどのものではない。ダリアンとの面会が関係しているわけでもない。ぼくは夢のなかで、ぼく自身を見ていた。自宅アパートメントにいる自分を眺めていた。家のなかは、かつて母が生きていたころの様子に戻っていた。そして、その夢のなかでは母がまだ生きていた。病に伏していた。ぼくはキッチンで母のためのスープをつくりながら、廊下を挟んで、寝室にいる母と大声でやりとりをしていた。母はそうやって会話をするのが好きだったのだ。ただ、その夢はさながら、音声を消した映画のようだった。まるでその場にいるかのように、ぼくにはすべてが見えている。自分や母の唇が動くのも見えている。なのに、その声だけが聞こえない。

そのとき、何かがおかしいことに気づいた。夢のなかのぼくが、右手でスープを搔きまわしていたのだ。それがどうしたとお思いだろうか。だが、ぼくは左利きなのだ。生粋《きっすい》の左利きなのだ。右手では何ひとつ満足にすることのできない人間なのだ。ところが、夢のなかのぼくは、本来なら使い物にならないはずの右手を使って、スープを搔きまわし、塩を加え、胡椒を挽いていた。まるで鏡を覗いているようだった。不意に、ある疑問が頭をもたげた。これまでにスープを右手で掻きまわしたことは、本当に一度もなかったろうか。一度くらいあってもおかしくないのではないか。そのとき気づいた。夢のなかの自分が、右利きの人間のように、左手に腕時計をしていたのだ。これには譬《たと》えようのない違和感を覚えた。両手の甲が、少しではあるが実際より毛深いような気までしてきた。それと同時に、パニックという名の鋭い針が徐々に心臓へ迫りくるような、異様な感覚を覚えはじめもした。それから、夢のなかの自分が紺色の靴下を履いていることにも気づいた。これは絶対にありえないことだった。靴下は白と黒しか持っていないはずなのだ。しかも、その素材は見たところウールであるらしい。これもまたありえないことだった。つま先が汗ばんでしまうため、ウールの靴下を履こうだなんて考えたこともなかったのだ。ズームレンズでクローズアップするような要領で、自分の顔にじっと目を凝らした。そこには、実際にはないはずの皺があった。額の皺が消えて、その代わり、口の左右に深い縦皺が刻みこまれていた。さらには、右のこめかみから生え際の奥へと、あるはずのない青すじまで走っていた。その瞬間、気づいた。あれはぼくではない。あの男はぼくではないのだ。

気づいたときには手遅れだった。男はすでにキッチンを出て、母の寝室へ向かっていた。皿に載せたスープ・ボウルのバランスをとりながら、ナプキンとスプーンを脇の下に挟んでいた。どれだけ味つけをしていようとかならず母に求められるため、もう一方の脇の下には塩の小壜を挟んでいた。そして、無音の口笛を吹いていた。突如として、ぼくは悟った。あれは母の命を奪いにやってきた死神なのだ、と。大声を出して母に知らせようとした。だが、そこは音のない世界だった。まるで水中にいるかのように、ぼくの声は発するなり虚空に吸いこまれていった。ぼく自身を除いては、誰の耳にも届いていないようだった。そして、目が覚めた。かつて母の寝室だった部屋のなかで、ぼくは汗だくで目を覚ました。鏡に走り寄り、右のこめかみに手を触れた。完全に意識が覚醒し、目が光に慣れるまえの一瞬、鏡に映る像は左右逆さまなのだと思いだすまえの一瞬、気も狂わんばかりのパニックに陥っていたその一瞬、右のこめかみを走る青すじが見えたような気がした。

19

翌日の午後、ぼくはソーホーのコーヒーショップでダニエラ・ジャンカルロを待っていた。扉が開くと同時に、冷たい風が店内を吹きぬけた。ダニエラはすこぶるつきの美人だった。店内を見まわす顔には笑みがたたえられていた。なのに、ぼくはなんだか悲しい気分にさせられた。ダニエラはロングブーツのなかにジーンズの裾をたくしこみ、ケーブル編みの白いセーターを着て、バックパックとハンドバッグのほかに、革製のばかでかいショルダーバッグまでさげていた。長くてまっすぐなブロンドの髪をしていた。それが唯一の相違点だった。髪の色を除けば、褐色の長い髪をしていた双子の姉にまるで生き写しだった。ぼくは椅子から立ちあがって、声をかけた。

「ミズ・ジャンカルロ？　こっちです」

ダニエラは一瞬、驚きの表情を浮かべ、それから笑顔に戻って、はにかんだように手を振ってから、テーブルに近づいてきた。ダークレッドのマニキュアだけが、全体の雰囲気から妙に浮いて見えた。

「はじめまして」ダニエラは言って、ぼくのさしだした手を握りかえすと、あいた椅子の上に荷物をおろした。「こんな大荷物でごめんなさい。学校から職場へ向かうあいだに、家へ戻る時間がとれないものだから」

「何を学んでいるんです？」

「心理学かしら。たぶん」ウェイトレスがやってくると、ダニエラはカフェイン抜きの豆乳カプチーノを注文した。

「職場というのは、バーかクラブ？」

「ええ」ダニエラは驚きに目を見開いた。「どうしてそれを？」

「電話で話したとき、周囲が騒がしかった。パーティーでもしているみたいに。それにいま、ウェイトレスに注文を伝えるとき、接し方がやけに丁寧だった。こういった仕事のたいへんさを身に沁みて知っているんだろう。それから、その大荷物からして、仕事のまえに着替えをしなくちゃならないらしい。しかも、かなりめかしこまなくちゃならないようだ。髪と化粧が念入りに整えられている様子からするとね」

「驚いた！」そう言って、ダニエラは笑い声をあげた。「あなた、探偵になるべきだわ。作家だって観察力が必要なんだと言われてもうなずけるけれど」

「いや、ぼくの作品の大半はつくりごとだから。それに、さほど現実味のある内容でもない」

ダニエラはまたも、例のはにかんだような笑みを浮かべた。「《ラウンチー》の仕事も？　あの雑誌のライターも務めていたんでしょう？　あのひとたちがそう言ってたわ」

「あのひとたち？」

「トナーほか数名」

「それじゃ、彼らがぼくに会いにきたことも知っているわけだ。告白本の出版に、断固反対の意思表明をしたことも」

「ええ、知ってるわ」

「正直に打ちあけると、トナーには少なからずむかつきを覚えている」

「でしょうね。本当にいけ好かないやつだもの」ダニエラは無意識にハンドバッグに手を伸ばし、マールボロ・ライトのパックを取りだしはしたものの、手つかずのままテーブルの上に置いた。まがい物のミルクが入ったコーヒーをすすって顔をしかめると、砂糖を加えて掻きまぜてから、スープのようにスプーンですくって味見をした。ぼくは自分のカップを取りあげてから、中身がなくなっていることに気づき、ぎこちなくテーブルに戻した。

「ところで、単刀直入に訊かせてもらうが、なんのためにぼくを呼びだしたんだろう？」

そわそわと動かしつづけていた手をとめて、ダニエラはぼくの目を真正面から見すえた。

「どうしてもあなたに本を書いてもらいたいから。直接会って、それを伝えたかったからよ」

「それを聞いて驚いたと言わなくちゃならないな。理由を訊いてもかまわないかい」

ダニエラはふと黙りこみ、物思いに沈んだ表情で、いかにもまずそうな液体をそっと掻きまわしはじめた。やがて不意に手をとめると、抑揚のない穏やかな声で語りはじめた。「…

…姉とわたし、子供のころは本当に仲がよかったの。でも、姉が死んだときには、互いに疎遠になっていた。いいえ、わたしのほうが距離を置くようになっていた。両親にとって、姉は自慢の娘だった。頭がよくて、美人で、将来は女優になりたがっていた。大学への進学も決まっていた。わたしはそのころすでに家を飛びだして、とある悪習にのめりこんでいた。ドラッグだのなんだのに。話せば長くて退屈な話よ。姉が死んだあと、母はすっかりふさぎこみ、二年後に自殺した。あるいは父が言っているように、誤って致死量の睡眠薬をがぶ飲みした。父のほうはいま、アリゾナで暮らしている。新しい奥さんと、子供がふたりいる。そのことに不満はないわ。父はいまも、学費だのなんだのを助けてくれている。ただ、ドーラの死についてはいっさい口をつぐむようになった。でも、わたしにはそんなことできない。姉の身に何が起きたのか、人生最後の数時間にいったい何があったのか、それを突きとめなきゃならない気がするの。それから、そう、残る遺体を見つけだして、きちんと埋葬してあげたい。ほかの遺族のことも、父のことだって責めるつもりはないわ。世のなかには、真実を知りたがらない人々もいるものだと思うから」

「でも、きみはちがう」

ダニエラはうなずいた。

「ドーラときみは双子だった」

「ええ、ごらんのとおりよ」ダニエラは微笑んだ。「だからこそ、ひと目でわたしがわかったんでしょ」

「ああ。さっき、姉さんのことを美人だと言ったね。きみだってそっくり同じ顔をしているのに。ちがうのは髪の色だけだ。その色は染めているのかい？」

「ええ」ダニエラは髪を掻きあげた。手を放すと、その髪が艶やかにきらめいた。「本当はこんな色、好きじゃないわ。でも、仕事のためだから」

「チップを多くもらうため？」

「まあね。ただし、乳房のおさわりは拒んでるわ」そう言うと、ダニエラは笑い声をあげた。「あなたになら打ちあけてもいいかな。あんまり驚かないような気がするから。じつは、わたしの仕事って、ウェイトレスじゃなくてストリッパーなの」

ぼくも釣られて笑い声をあげた。「じつを言うと、最初からストリッパーじゃないかと思っていた。遠慮して言わなかっただけで」

タクシーに乗りこむダニエラを見送ってから、地下鉄の駅へ向かった。クイーンズ行きの列車は例のごとく、やってくるまでに永遠にも等しい時間を要した。プラットホームのベンチにすわっているあいだ、ダニエラのことを考えた。ダニエラには、記憶の片隅に引っかかる何かがあった。どこかで会ったような気がしてならなかった。だが、ぼくの知るなかに、ほんのわずかにでもダニエラに似た人間はひとりもいなかった。あんなにも美しく、あんなにも強迫観念に取り憑かれている知りあいなど、ひとりもいなかった。髪をブロンドに染めていても、顔に笑みをたたえていても、くすくすと笑っているときでさえ、ダニエラは褐色の髪をした姉の亡霊でしかなかった。自宅に戻り、書斎の机に向かっているとき気づいた。

ダニエラに似た知りあいなど、現実にはいるはずもない。ダニエラは、ぼくが夢想し、作品のなかで描きだしてきたようなタイプ——主人公の寝込みを襲ってナイフを突き立てるような、主人公の手をすりぬけて屋根から落下し、そのまま息絶えてしまうような、そんなタイプの女だったのだ。

20

《ほころびた格子縞の外套》の刊行祝賀パーティーは、ヴァージニア州ウィリアムズバーグのバーで催されることになっていた。列車を三本も乗り継いで、ようやく会場にたどりつきはしたものの、数十台の自転車がチェーンでつながれた扉の前に立ち、ガラス越しになかを覗きこんで、高級ジーンズや、嫌みにしか見えない着古したTシャツや、風変わりな眼鏡のオンパレードを目にした途端、急に膝が笑いだして、このまま引きかえしたくなった。だが、運のいいことに、会場では詩の朗読が行なわれている最中だった。ぼくはこっそり戸口を抜けて、誰の注意も引くことなく店の奥までまわりこみ、最後列の椅子にすわることができた。演壇では、赤毛のソバージュヘアをしたそばかす顔の若い女流詩人が、例によってもったいぶった抑揚をつけながら、自作の詩を読みあげていた。

いまもなお思いだす。
朝の光は
澄みきって揺るぎなく、

シーツはぱりぱりに乾いている。
チャウ・バクがパンの実を
庭からもいできて、
ナイフを使って
それを開いた。
あなたもわたしの心を開いた。
熟れたパンの実を割るように。
どんな男《ひと》にもできないやり方で。
甘き夏の女よ。
忘れえぬ思い出よ。

女が朗読を終えると、一斉に拍手が沸き起こった。ジェインが演壇に進みでて、口を開いた。
「ありがとう、マーガレット。とても美しい詩だったわ。みなさん、マーガレットのそのほかの作品は、《格子縞の外套》最新号でごらんになれます。あら、いけない。これって宣伝のしすぎかしら」数ヵ所から小さな笑い声があがった。ジェインもまたぎこちなく笑いながら、ひと房の髪を耳にかけた。青いドレスを着た姿がいつになく美しかった。その顔は緊張にこわばりながらも、充実感に満ちあふれていた。「続いて作品を披露してくださる方も……

…その方の作品も、同じく最新号に掲載されております。短篇作家のマイケル・ブランボーンです。マイケルの短篇集『最強の部族』は今秋に刊行の予定だとか。マイケル？」

ぼさぼさの髪をして、黒縁の分厚い眼鏡をかけ、〝ハッピー・デイズ〟とプリントされた古着のTシャツの上に革ジャンを羽織った若い男――少なくともぼくよりは若い男――が演壇にあがり、ジェインを軽く抱きしめてから、熱烈な拍手に応えはじめた。どうやら、この仲間うちではかなりの人気者であるらしい。そのとき、最前列の椅子にジェインの夫、ライアンの坊主頭を見つけた。赤いプラスチック・フレームの眼鏡をかけ、クレイ・アニメのキャラクター、ガンビーのTシャツを着ている。その隣にすわる女にも、どこか見覚えがあった。もしかしたら、《チャーリー・ローズ・ショー》に出演したことがあるのかもしれない。

「やあ、どうも。これから披露させてもらうのは、最新刊に収録する予定の作品だ。物語の舞台となるのは、高級住宅街スカーズデイル。タイトルは『エイリアン襲来――スカーズデイルの逆襲』」その途端、会場が呆れるほど熱狂的な笑いに包まれた。ブランボーンも一緒に笑いだした。「ぼくはその昔、トランスフォーマーって玩具《おもちゃ》が大のお気にいりだった。誰か、トランスフォーマーを覚えているひとはいるかい？」笑い声のなかに歓声とわめき声が加わった。「それはよかった。さて、事件は一九九〇年の夏に発生する。覚えているひともいるだろうが、その年は、トランスフォーマーの日本版アニメ・シリーズが打ち切りになった年でもある」

「そのとおり！」誰かがわめくと、ブランボーンはふたたび笑い声をあげた。

「ありがとう。きみたちは最高だ。ははっ。それじゃ、そろそろ始めようか」ブランボーンはブルックリン・ビールをひとロラッパ飲みしてから、朗読を始めた。「〝ジョシュは全速力で私道を走りぬけると、五段変速のシュウィン・レーサーをいきなり横すべりさせて、急停止した。ジョシュがあの自転車を誕生日プレゼントにもらったときから、ぼくにはそれが羨ましくてならなかった。クロム鍍金《めっき》のハンドルも、あのバナナみたいなサドルも〟」

またも周囲から笑い声があがった。これ以上は耐えられそうになかった。ぼくは席を立って、地下へ伸びる階段をおりた。洗面所に入り、罪悪感に苦しむ痴漢みたいに長々と手を洗いながら時間をつぶした。鏡を覗きこんで充血した目を調べ、白髪を数えあげてから階上へ戻ったとき、ブランボーンの朗読は終盤にさしかかっていた。

「〝そうしてついに……〟」ブランボーンは原稿を目の前に掲げ持ち、ビール瓶を宙高く突きあげながら、派手な抑揚をつけて結びの文を読みあげた。「〝……ぼくらはわが家の芝生に抱《いだ》かれた。その夏、スカーズデイルで、いちばん緑色をした緑の腕に〟」

万雷の拍手が沸き起こった。刺青《いれずみ》を入れたショートヘアの女が、耳にいくつもピアスをぶらさげた女に耳打ちした。「いまのとこ、すごく気にいったわ。〝いちばん緑色をした緑〟ってとこ」

ぼくはふたたびその場から逃げだした。今度はバーカウンターに向かった。さっさとずらかろうと心に決めて、胃薬のペプト・ビズモルは置いていないかと尋ねようとしたとき、誰かに肩を叩かれた。

「やあ、ジェイン」ぼくたちは互いの頬にぎこちないキスを交わし、軽く肩を抱きあった。

「元気だったかい？」

「それはもう、最高に元気よ。そっちは？」

「夢のようにすばらしく元気だ」

ジェインはくすくすと笑い声をあげた。「朗読は気にいってもらえた？」

「信じがたいほど超絶に」

「はい、はい。もういいわ。とにかく、これをもらってちょうだい」言いながら、ジェインは《ほころびた格子縞の外套》をさしだした。当然ながら、表紙には全面に格子縞がプリントされていて、今季号はそれがクレヨンのようなタッチになっている。その一部にぎざぎざの裂け目が刻みつけられており、そこから一枚目のページが覗いていた。

「ありがとう」ぼくは礼を言って受けとった。ふとあたりを見まわすと、作家やら芸術家やらの小さなひとだかりがぼくらの周囲に、というよりはジェインの周囲にできはじめていた。そしてあっというまに、ぼくはその輪の中心に閉じこめられた。ジェインは歌うような口調でひとだかりに呼びかけた。「こんばんは、テッド、カイリー、ジェレミー、スローン。こちらは友人のハリーよ」最後の言葉に、ぼくは落ちつきを失った。

「どうも、はじめまして」ぼくは手を振りながら周囲を見まわしつつ、通りぬけられそうな隙間を探した。一団がぼくを品定めするあいだ、しばしの沈黙が垂れこめた。やがてジェインが、縮れ毛をした長身の男を指さして言った。「テッドの小説は最近、ベストセラーの仲間入りをしたのよ」

「そいつはすごい」とぼくは言った。

テッドは両の手の平を合わせると、顎鬚を軽くさげてお辞儀をした。

「ハリー、あなたも気にいるんじゃないかしら」とジェインは続けた。「成人年齢をテーマにして、九〇年代のミシガン州アナーバーで暮らす風変わりな一家を描いた作品なの」

「そいつはすごい」とぼくは繰りかえした。「じつに興味を引かれるね」

「あまり図に乗せないでくれ」とテッドは言った。「本を売るのは簡単だ。しかし、それを書くのはひと苦労でね」それから、そっと耳打ちするまねをして、「もうまもなく、みずからを島流しの刑に処するつもりなんだ」と付け加えた。

輪のなかが笑い声に包まれた。

「およしなさいな。そこまですることないじゃない。あたしはチェルシー地区に部屋を借りて、そこにこもりきりで本を書きあげたわ」カイリーと呼ばれた女が前髪の隙間から煙を吐きだしながら、物憂げに言った。『痩せさらばえて』というタイトルで、拒食症に苦しんだ時期の回想録を出版した女だ。表紙を飾るヌード写真を見たから、顔は知っていた。ただし、金《かね》を払って購入したわけではなく、店頭に並んでいるのをじろじろ眺めただけのことなのだが。

「そうそう、たしか、バスルームにこもってな。おれなんて、いまじゃ、ブルックリンを離れもしないぜ」パーカーにだぶだぶのズボンを穿いたジェレミーが茶々を入れた。こちらの男は、コネティカット州の裕福な家庭に生まれながら、著名な作家の息子として、周囲の期待と重圧に苦しんだ半生について綴った自叙伝を出版していた。そして今度はぼくを振りかえり、「ところで、あんたは何をしてるんだい？」と訊いてきた。

「足の専門医をしている。クイーンズで。申しわけないが、もう失礼しないと。急患が入ってね。気の毒な子供がつま先を失うことになるかもしれない。それじゃ、失礼」言いながら、ぼくは後ずさりをはじめた。ところが、ようやく輪を抜けだし、出口へ向かおうと振りかえったとき、ライト・ビールを手にしたライアンが目の前に立ちはだかった。なぜぼくは自分の部屋を出たりしたのだろう。言うなれば、この人生を通じて。

「やあ、ハリー。久しぶりだね」

「どうも、ライアン。お元気でしたか」ぼくたちは力強い握手を交わした。

「それで、いまはどんな作品に取り組んでいるんだね、ハリー」ライアンが笑顔で問いかけてきた。

「毎度おなじみのくだらない作品ですよ」ぼくは大袈裟に笑ってみせた。

「冗談は抜きにして、いったいいつになったら、きみは実名で、本物の作品を書くつもりなんだ？」

「それなら、いま取り組んでいる。成人年齢をテーマにした作品で、タイトルは、『クイーンズははみだし者の天下なり』」

「冗談は抜きだ、ハリー」さらに熱のこもった口調でライアンは繰りかえした。ふたつのレンズの向こうから、ふたつの慈悲深い目がぼくを見つめていた。

　なぜかはわからない。もっともな理由などなかったのかもしれない。憐れみに満ちたそのまなざしを追い払いたいだけだったのかもしれないし、どうしても好きになれない人間を前にして抱《いだ》きかけた、人間的な感情を押しこめたいだけだったのかもしれない。とにかく、ぼくはそのとき、とっさにこう答えていた。「じつを言うと、ダリアン・クレイの告白本を共同出版することになってる。ほら、例の連続殺人鬼ですよ」

「まさか。本当なのか？」ライアンは一歩後ずさった。

「おいおい。それって例の、もうすぐ死刑が執行されるっていう男だろう？」ジェレミーがライアンを押しのけ、話に割りこんできた。

「たしか、遺体の写真を撮ってたのよね。切り刻んだ女たちの写真を」カイリーが言いながら、会話に加わってきた。

「被害者の頭部はまだ見つかっていないんだろう？」顎鬚の隙間からテッドが言った。

「もしかしちゃうと、マジでその男に会ったの？」口語表現の達人、ブロンドのスローンが人垣を掻き分けてぼくの隣に立ち、ぐっと顔を寄せてきた。「それってば、すんごいぞっとしちゃわない？」

「それはまあ、そうかな」ぼくは言いながら、あっけらかんとした笑みを浮かべてみせた。

「近いうちにまた、取材に戻ることになってる。八十何日後だかに、刑の執行が迫っているもんでね」

しばしの沈黙が垂れこめた。しかし、このとき、居心地の悪さを覚えていたのはぼくのほうではなかった。ぼくの心は平安のなかにあった。ひょっとすると、たったいま、死神が頭上を通りすぎていったのかもしれない。あるいは、それぞれが胸に誇る作品と、その成れの果てである紙屑の山とに、全員が思いをめぐらせていたのかもしれない。ジェインは手にした《格子縞の外套》に視線を落とし、人工の破れ目に目を凝らしていた。ライアンはビール瓶を唇にあてがっていた。全員が無言のまま、天井なり床なりを見つめていた。あたかも、このぼくがいまこの場でとっさに決意したこと――ダリアンの本を書こうといまこの場で決意したこと――に、感謝の意を表するかのように。この室内にようやく本物の作家が誕生したことを、神に感謝するかのように。

別れの挨拶にひとつうなずいてみせてから、戸口へ向かいはじめたとき、ジェレミーがジェインにささやくのが聞こえた。「それじゃ、足専門医は副業なのか？」

駅に向かって歩きながらダニエラに電話をかけ、本の執筆を引き受けることにしたとメッセージを残した。フラッシング駅で地上に出ると、留守電に折りかえしのメッセージが届いていた。今日も職場にいるらしく、またもや喧騒がその声を圧倒していたが、ダニエラが興奮《おこ》しているということだけは充分に伝わってきた。「よかったら、店に来て！　一杯奢るわ！」ダニエラはそうわめくと、さも嬉しげな笑い声をあげた。「もしそれが不自然な行為でも、不適切な行為でもないならの話だけれど！」

いったい何に対して不適切だというのか。そう思いはしたものの、折りかえしの電話はかけずにおいた。韓国料理店に寄ってビビンバを食べ、自宅へ戻って、ひとり寂しくベッドに横たわった。けれど、顔は自然と微笑んでいた。

第二部　二〇〇九年四月十六日〜五月五日

21

『真紅の闇が迫る』第六章より

わたしの心は決まっている。この身をアラムに捧げる覚悟はできている。生まれ変わる覚悟はできている。そこにはいかなる疑問も、いかなる選択肢も、いっさい存在しないかのように。アラムやアイヴィが望めば、いつでも力ずくでわたしを奪うことができたはず。そのことは充分にわかっている。わたしがなかなか認められずにいたのは、もしそうなったとしても自分は抵抗しなかっただろうという事実だ。わたしはそうなるのを願っていた。心待ちにしていた。

けれど、ふたりはわたしの生を奪おうとはしなかった。残酷にも、わたしに自由を、選択の余地を与えた。それがどうして残酷なのか。なぜなら、ついにこらえきれなくなったわたしにみずから懇願させたほうが遥かに屈辱的だと、ふたりがわかっているからだ。獲物を狩る者にとって、それこそが究極の力の誇示なのだろう。獲物を降伏させ、その牙の前にみずから喉首をさしださせること。蜘蛛も、コブラも、蛾を引き寄せる炎もそうではないか。わたしたちのことをわたしたち以上に熟知しているのは、果たして、命を奪う相手なのか、それとも愛する者なのか。それに、望まぬ相手をヴァンパイアに変えることは許されざる行為なのだろう。

念のため言っておくと、わたしはまだヴァージンだ。笑いたければ笑ってくれてかまわない。友だちはみんなさっさと経験を済ませて、更衣室のわたしのロッカーにコンドームを放りこんでいったりする。悪ふざけのつもりか、気色の悪い出会い系サイトにわたしの名前を登録したりもする。でも、べつにわたしはお上品ぶっているわけでもないし、男性恐怖症というわけでもない。少なくとも、まわりが思っているようなことではない。わたしが恐れていたのは、自分自身だった。それこそが、誰にも打ちあけたことのない、わたしの秘密だった。ヴァージンでありながら、わたしは誰かに穢され、凌辱されることを夢見ていた。わたしの純潔は、闇を求めて悲鳴をあげつづけていたのだ。父からはいつも、それだけの価値のない相手に〝かけがえのない花〟を明けわたしてはならないと諭されてきた。これまでずっと、わたしの心は声にならない懇願の悲鳴をあげつづけていた。きっとパパにはわからない。わたしは、見たことも会ったこともない冷酷な人間に繊細な花弁を無理やりむしりとられ、不浄のなかに撒き散らされるときを、こんなにも待ち焦がれているというのに！

アイヴィとアラムがみずからの正体をあかしてからの数週間、ふたりは少しの策も弄さず、脅しをかけてくることもなかった。アイヴィに至っては、わたしの部屋を訪れることまでやめてしまった。その代わり、ふたりは自分たちのすごしてきた過去を少しずつわたしに語りはじめた。それがわたしの決断の助けになるとでもいうかのように。

アラムは九百年以上も生きているというけれど、四十三歳より上にはとうてい見えない。その歳のときに、アイヴィによってヴァンパイアに変えられたからだ。一方のアイヴィは千歳を超えているはずなのに、どう見ても二十五歳としか思えない。アイヴィはヴァンパイア王家の一員で、古代にまでさかのぼる〝直系〟と呼ばれる一族の末裔であるらしい。つまりは生まれながらの純血のヴァンパイアであり、だからこそ、このうえなく強く、たぐいまれなる存在でもあるのだという。ところが、アラムに出会ったアイヴィは救いようのない恋に落ちてしまった。当時のアラムは十字軍の騎士として聖地奪還のための遠征に加わっており、エジプトを訪れた際、アイヴィの経営する娼館に立ち寄った。そこで働いている女たちは、じつは全員がヴァンパイアだった。ハンサムでチャーミングな騎士にすっかり心を奪われたアイヴィは、アラムをヴァンパイアとして生まれ変わらせた。ふたりはエルサレムで結婚し、アラムはさながら疫病を持ち帰るかのように、ひとならぬ花嫁を連れてヨーロッパへ戻った。

ふたりはその後、傭兵や山賊や海賊として財をなした。学者や修道士にまじって、ギリシア語、ラテン語、数学、哲学を学んだ。村々から子供たちを連れ去っているのがこのふたりだとは、誰ひとりとして疑わなかった。流浪の民やユダヤ人の仕業だと誰もが思いこんでいた。やがてふたりはウィーンへ移り住み、音楽学校に通った。インドから中国へと旅するあいだにサンスクリット語を学び、何年も洞窟にこもって、瞑想に耽った。その後、日本で十年のあいだ、書道、華道、剣道の習練に励んだ。

ふたりは世界中を旅した。アフリカ、南米、北極まで訪れた。生ける獲物を船に詰めこみ、鎖につないで船倉に閉じこめた。二度の世界大戦にも、双方の軍にも参加した。ニューヨークには数十年まえに移り住んだ。大恐慌の直後に不動産を買い漁ることで、さらにひと財産を築いた。偽の名前と会社名とをさまざまに絡みあわせて、ナイトクラブや、麻薬密造工場や、バーや、高級レストランや、有名な画廊を経営してきた。最高級の衣服を纏《まと》い、手にするすべてを最上のもので揃え、世界中で最も美しい少年や少女たちを堪能してきた。

それでも、ふたりは退屈していた。絶え間なく、このうえなく退屈していた。アイヴィは快楽と肉欲のかぎりを経験しつくしていた。男であろうと女であろうと、出会う相手がひとりの例外もなく自分に心服し、ひれ伏すこともわかっていた。いまではおおかた自室にこもり、もっぱら詩集を読んですごしていた。アラムはと言えば、麻薬中毒者のように血を欲してやまないみずからの餓えと渇望に、怒りにも似た苛立ちを覚えていた。日暮れが訪れるたび、餓えに駆られて獲物を狩っては、家で待つアイヴィに戦利品を持ち帰った。ふたりは心から愛しあっていた。神々しいまでに、悪鬼のごとくに、絶望的なまでに互いを愛していた。けれど、そんなにも激しく愛しあうふたつの魂が永遠の時をともにすごすためには、半年ごとに恋人との別れを繰りかえしているわたしたちには想像もつかないような結果に行きつくしかなかった。ふたりは生死を賭しての決闘を始めたのだ。互いに銃弾を浴びせ、剣を突き刺し、首を絞め、水に沈めた。そうすることで、倦怠を晴らし、緊張を解き放つことができた。闇に秘めた真実を隠しつづけることができた。いまもなお、ふたりの胸を躍らせもすれば、怯えさせもするもの――それはこの世にただひとつ、〝ともに迎える死〟を夢想することだけだという真実を。

だから、ふたりはわたしに選択の余地を与えたのだろう。最初の一歩を踏みだすまえに、その先に伸びる長い長い道の先を見せるために。けっして引きかえすことのできない道の先を見せるために。だからこそアラムは、あれほど多くの時間を割いて、目録作成の作業につきあい、私蔵品をひとつひとつ手にとりながら、自分の過去をわたしに語って聞かせたのだろう。だからこそ、狩りから戻ったときの姿をわざとわたしに見せつけたのだろう。泥にまみれ、鉤裂きのできた服を。振り乱した髪を。血に濡れた牙を。濃緑色の瞳に宿る、勝利に酔いしれた捕食者の光を。だけど、なぜわたしなのか。なぜ選択の余地を与えたのか。これまでふたりは、全身の血を奪われて干からびた死体を、おびただしい数の死体をあとに残してきたというのに。わたしにわかっているのは、自分自身の餓えと渇きがみるみるいや増していくということだけだった。アラムから警告を与えられれば与えられるほど、アラムがほしくてたまらなくなった。アラムのものになりたくてたまらなくなった。口には出さずとも、ありとあらゆるやり方で、アラムはわたしに警告を与えようとしていた。まだそれができるうちに逃げだせ。そう伝えようとしているのはわかっていた。けれど、それとはべつの力が

——恐怖よりも深遠なる力が、どうしようもなく、逃れようもなく、わたしをとらえて離さなかった。

そうしてついに、二十一歳の誕生日を迎える前夜、わたしの我慢は限界を迎えた。そのときアラムは、一四〇〇年ごろにつくられたという戦斧《バトルアックス》をわたしに見せてくれているところだった。ヴァイオリンを優しく奏でることもできれば、気管を握りつぶすこともできるその手で、アラムは斧を掲げ持った。その瞳には、遠くを見つめるような虚ろな色が浮かんでいた。

「おれはこれを使って、多くの命を奪ってきた」物思いに沈んだ表情で、アラムはつぶやいた。

わたしはアラムに手を伸ばし、その手首に指先を触れた。「アラム、わたしを奪って……」

食いいるように見つめる視線を感じた。強靭でありながら驚くほど細くて繊細なその手首を、わたしは指先でなぞった。「その斧でじゃないわ。あなたの唇で。あなたの腕で。あなたの牙で。わたしの命を奪って。わたしを奪って」持てる勇気を振りしぼって、わたしは顔をあげ、アラムの目を見つめかえした。「お願い、アラム……」

アラムは何も言わなかった。ただ、わたしを見つめかえしていた。それから床に斧をおろし、わたしを腕に抱いた。首を傾け、軽く唇に口づけてから、わたしの喉に唇を押しあてた。

突き立てられた牙の感触に、わたしは大きく喘いだ。この感覚をどう表現できるだろう。歓喜に満ちた苦痛。恐怖によって研ぎ澄まされた快感。身体から血が抜けていく。それにつれて、恐怖までもが溶けだしていく。わたしはわれを忘れて、ただただ、全身にアラムの存在を感じていた。すべての神経、すべての血管に……

「アラム！」とつぜん声が響いた。そこにいたのは、アイヴィだった。アラムはわたしから身体を離し、唇に血をにじませたまま笑みを浮かべた。それからアイヴィを引き寄せ、唇に唇を押しつけた。口移しに、わたしの血をアイヴィに与えはじめた。アラムの唇を貪りながら、アイヴィの目は鋭くわたしを見すえていた。

わたしは息を殺して待った。変化が起こるのを。何かが起こるのを待った。けれど、何も起こりはしなかった。

「どういうことなの？　何がいけなかったの？」わたしはふたりに問いかけた。

笑みをたたえ、唇についた血を舐めとりながら、アラムはアイヴィに顔を向けた。「きみのほうから説明するか？」

アイヴィはわたしに顔を寄せて言った。「お母さまの本当の名前は知っている？」

「母の名前？」母はわたしを出産した際に命を落とした。わたしの名は母にちなんでつけられた。「母の名はサーシャ・スミスよ。でも、なぜ？　母は孤児《みなしご》だった。本当の名前なんて知るわけもなかった」

「あなたのお母さまの本当の名は、サーシャ・ディヴィーナ・ダイアモネデス・デ・トゥロス。トゥロス王家の王女で、わたしのいとこにあたるわ」

「そんな……」わたしは言葉を失った。夢を見ているような気分だった。笑いだしたい気分だった。

「あなたのお母さまとは、子供のころ一緒に遊んだり、狩りをしたりしたものよ。彼女もまた、わたしと同様、人間に恋をした。ただし、わたしとはちがって、あなたのお父さまをヴァンパイアに変えるのではなく、自分が人間となることを選んだ。そのせいで命を落とした」

「それって、どういうことなの？　わたしもある種のヴァンパイアだということ？」

「あなたは混血のヴァンパイア。きわめて珍しい存在だわ。生きのびる者はほとんどいない。そのうえ王族の血を引く者となれば、この世にあなたひとりしかいない。わたしたちはあなたを探して、世界中を旅してきた。遠くからあなたを見守り、庇護してきた。そして、ときが熟すのを待って、あなたをここへ呼び寄せた」

「でも、なぜ？　なぜいまなの？」

アラムがわたしの手をとって言った。「おれが血を吸っても、きみに変化が訪れなかったのは、きみ自身が持つヴァンパイアの血のせいだ。ヴァンパイアの血に対する免疫があるせいで、影響を受けなかったんだ。だが、二十一歳の誕生日を境に、ヴァンパイアとしての成長と変化が始まる。新たな力が発現しはじめる。混血のヴァンパイアとして、ほかに並ぶ者のない特異な力が。おれたちのもとで鍛錬を積めば、きみはおれたちをも凌ぐ力を持つようになる。そのときが来たら……」アラムは続く言葉をためらった。アイヴィがわたしのあいたほうの手をとった。

「そのときが来たら、あなたの覚悟が整ったら、愛しいサーシャ、あなたの糧《かて》として、わたしたちの血を捧げましょう。あなたにわたしたちの血を飲んでもらう。そうすれば、あなたはわたしたちのようになる。未来永劫のときを生きることになるわ」

22

ダリアン・クレイのリストにあげられた一人目の女はモーガン・チェイスといった。ウェスト・ヴィレッジのホラティオ・ストリートに建つ古風なアパートメントに自宅をかまえ、大手融資銀行に勤めていた。だからこそ、近年のヴィレッジで芸術家かぶれの暮らしを送ることができるのだろう。歳のころは三十代。長身で、ほっそりと痩せた身体つき。黒髪は流《はや》行《り》のスタイルにカットされており、身体にぴったりフィットした地味な色あいのスーツはおそらく、プラダかジル・サンダーのものだろう。自宅の居間には趣味のいい内装と飾りつけが施され、埃のひとつも、染みのひとつも見あたらなかった。本棚には、顔なじみの懐かしき友たちがずらりと並んでいた。黒髪のブロンテ姉妹が、太りじしの『パミラ』や『クラリッサ』、ばらばらに散らばったアントニー・トロロープの傍らでうなだれている。納骨堂やら地下牢やら苔むした場所やらを好んで描いた、陰鬱なゴシック小説の元祖、ウォルポールやラドクリフまで顔を揃えている。もしパミラのスカートの背後を覗きこんだなら、そこにひそむ『O嬢の物語』を間違いなく発見していたことだろう。モーガンの淹《い》れてくれたコーヒーはじつにかぐわしく、本物のクリームを使っていた。要するに、モーガンは高い教養と魅力的な容姿を持ち、流行にも敏感な女だった。もし状況がちがっていれば、ぼくだって喜んで彼女をデートに誘ったことだろう。いや、その場合でも、デートに誘うことはできなかったかもしれない。モーガンはあきらかに、ぼくには高嶺《たかね》の花だった。

　何人もの女を殺害した殺人犯にラブレターを送ったのがこういうタイプの女性であることに、きみは驚いているかもしれない。では、ここでちょっとひと息入れて、その事実について考えてみよう。というのも、これはのちのちそこかしこで持ちあがってくる問題であり、そのたびにいちいち頭を悩ませることで時間を無駄にはしたくないからだ。まず、ぼくはけっして、キャラクターの設定や動機の大家《たいか》というわけではない。そうしたことについて深く考えたことはない。ぼくの小説に登場するヴァンパイアにしても、魔術師にしても、殺し屋にしても、色情狂《ニンフォマニア》にしても然り。本来ならそうあるべきなのだろうが、作家を離れたひとりの人間としてすら、誰かの行動の動機に興味を持ったこともない。自分を含めた誰かがなんらかの行動をとったとき、なにゆえそのような行動をとったのかということは、ぼくにとって永遠に解ける見込みのない謎なのである。

　だから、モーガン・チェイスとはじめて顔を合わせたとき、ぼくは大いに驚きもし、大いに納得もした。思いだしてほしい。ぼくは長年にわたって、ポルノ雑誌向けの原稿を作成することに多くの時間を費やしてきた。拡大鏡を片手に校正刷《プルーフシート》を凝視することにも、果てしない時間を費やしてきた。ぼくの見てきた校正刷は、途方もない妄想や倒錯に満ちていた。にもかかわらず、ある事実のたしかな証拠《プルーフ》を示してもいた。つまり、ある種の人間にはどんなことでもできてしまう、という事実だ。そして、もし、編集部宛ての手紙や、読者が撮影した写真や、〝パーティーで泥酔したすえの秘めごと〟報告を目にする機会がきみにもあったなら、秘めたる一面は誰のうちにも存在しうるのだということ、その内なる一面が表層の見てくれとは真逆の性質を帯びる場合もあるのだということが、かならずやわかってもらえただろう。たとえば、人種差別の撤廃や女性の解放を声高に唱える黒人女性が、白人男性に尻を叩かれたいと心ひそかに願っていることもある。企業の社長を務める五十がらみの白人男性が、体重三百ポンドの黒人女性にハイヒールで背中を踏みつけられたがっていることもある。そこまで極端ではなくとも、ぼくらが労働者なり、市民なり、誰かの友人なり、恋人なり、赤の他人なりとして社会に存在するとき、あるいは、本来の自分としてひとり存在するとき、ぼくらはそれぞれに異なる〝顔〟を呈している。それらの〝顔〟がたとえ正反対の性質を帯びていたとしても、そこにはなんらかの関連性がかならず存在する。そうした〝顔〟は、サイコロの面に似ている。面と面とが対極の位置にあろうとも、辺と辺とが接していようとも、一度にすべてを視野におさめることは絶対にできない。少なくとも、この地球上においては不可能だ。さらに言うなら、コインの表と裏に刻まれた顔がそれぞれを眺めることもできない。いかにゾーグの大魔術師であろうと、そればかりは叶えようがないのだ。

23

モーガン・チェイス（本書においては、素性をあかしかねない顕著な特徴や名称に修正を加えさせてもらっている）からダリアン・クレイに送られた、二〇〇八年九月六日と日付をふった手紙は、淡い薔薇色の厚手の便箋に紫色のインク（万年筆）で綴られていた。

親愛なるダリアン・クレイさま

わたしにはわかっています。わたしがこうして自宅のベッドに横たわり、あなたが独房のなかに横たわっていても、わたしたちがつねにひとつであるということ。たとえ判事があなたを犯人と決めつけようと、あなたが本当は無実であること。はっきりいつとはわからないけれど、近いうちに死刑が執行されるだろうといくら新聞が報じようとも、あなたがいずれ自由の身となり、わたしをその腕に抱いてくれるのだということ。そしてそのときが来たら、わたしはわたし自身を、身も心もすべて、愛するあなたに捧げるでしょう。いまだかつて、どんな女もひとりの男に、どんな恋人も愛する者に、どんな奴隷もその主《あるじ》に捧げたことのないやり方で。どうか、どうか、返事をください。その日が来たら、わたしに何をしてくれるのかを教えてください。わたしに何をさせたいのかを教えてください。

永遠にあなたのもの
モーガン

24

「はじめまして。ハリー・ブロックです」

「モーガン・チェイスよ」

「無茶なお願いを聞きいれてくださって、ありがとうございます」

「もちろん喜んでお迎えするわ。こちらのほうこそお礼を言わなくちゃ」

「そんな、とんでもない」

「コーヒーか紅茶はいかが？」

「いや、そんなお手間をとらせるわけには……」

「気になさらないで。ちょうどコーヒーを淹れたところなの」

「そういうことなら、ええ、遠慮なくいただきます」

「クリームとお砂糖は？」

「クリームだけお願いします」

「もし紅茶のほうがお好きなら……」

「いや、コーヒーのほうがありがたい」

「ちょっとお待ちになってね」

「ええ」

ぼくはダイニングのテーブルに向かっていた。ついさっき到着したばかりだったが、早くも愛想笑いに疲れ果て、顔の筋肉がこわばりだしていた。モーガンがキッチンにいるあいだに、玄関からこっそり出ていってしまいたかった。失敗続きの初デートの終了まであと五分というときに見舞われる感覚、罠を踏みつけた瞬間のウサギが抱《いだ》くにちがいない感覚、敗北感とパニックの入りまじった感覚に襲われていた。

だが、逃げだすには遅すぎた。ぼくは仕方なく、小型のテープレコーダー、マイク、ノート、ペン、資料をおさめたマニラ紙のフォルダーをテーブルに並べ、取材の用意を整えた。モーガン・チェイスが湯気をあげるマグカップふたつを手に戻ってきて、コースターの上に置いた。ぼくは礼を言ってから、コーヒーをひと口味見した。持参した資料をもう一度たしかめてから、口を開いた。

「それでは、あなたがダリアンと一緒にいるとしましょう。ダリアンはあなたをベッドに縛りつけ――」

モーガンの身体が激しく震えはじめた。手のなかで弾むマグカップから中身がこぼれ、テーブルに飛び散った。広がる液体に濡れぬよう、ぼくはノートやレコーダーを引き寄せた。フォルダーには星形の染みがいくつか散っていた。

「ごめんなさい！」モーガンは慌てて詫びると、足早にテーブルを離れ、スポンジとペーパータオルを手に戻ってきた。「本当にごめんなさい」謝罪の言葉を繰りかえしながら、猛烈な勢いでテーブルをぬぐいはじめる。「こんなことになるなんて、本当に申しわけないわ……」

「気にしないでください」ぼくは本心からそう言った。だって、これはぼくのテーブルではないわけだから。

「いいえ、ちがうの。本当に申しわけないのだけれど、やっぱりわたしにはできそうにない。わたしには無理だわ」モーガンはスポンジに視線を落としたまま言った。

ぼくは椅子から立ちあがった。「謝らないでください」声が少し刺々《とげとげ》しすぎた気がした。そこで、さらにこう言い添えた。「お気持ちはよくわかります。こちらとしても、あなたを困らせたくはありません」

「わざわざいらしていただいたのに、本当に申しわけないわ」

「とんでもない。そもそも、こんなことが間違っていたんです」

内心、大いに胸を撫でおろしながら、ぼくは鞄に荷物を詰めこんだ。そそくさと玄関を抜け、軋《きし》む階段を駆けおりて、すがすがしい外気のもとに飛びだした。ダリアンには、きっと馘《くび》を言いわたされるだろう。告白本の企画はお流れになるだろう。クレアはかんかんに怒り狂うことだろう。そしてぼくは文無しのまま、誰からも愛されぬまま生きていくことになる。だが、それがどうしたというのか。ぼくはようやく人心地がついていた。木々の葉が芽吹きはじめている。近くを流れる川のにおいがする。そこに、車の排ガスと、誰かが吸っているマリファナの甘ったるいにおいとがまじりあっている。

「待って」誰かに肘をつかまれた。振りかえると、モーガンがいた。「お願い。戻ってきて」

その背後に目をやると、アパートメントの表玄関が開けっ放しになっていた。モーガンは息を切らし、片手にはなおもスポンジを握りしめていた。

「本気ですか？」

おずおずとぼくの目を見あげながら、モーガンはうなずいた。ぼくはモーガンのあとについて、来た道をすごすごと引きかえした。あたかも、苦渋の決断を余儀なくされたのが自分のほうであるかのように。部屋に戻ると、ぼくたちはふたたびテーブルを挟んで向かいあった。モーガンはやけに慎重な手つきでマグカップにコーヒーを注ぎ足した。テーブルのどまんなかにコースターをずらし、その上に自分のカップを置きなおした。そのとき、ふと気づいた。白いソファーのきっちりまんなかに、大きな白いクッションが置かれていること。暖炉の上には、角形をした磁器製の白い花瓶が、これまたきっちり中央に配置されていること。モーガン自身もまた、椅子をテーブルの中央に据え、まっすぐ前に身体を向け、まっすぐにぼくを見すえていること。

ぼくは鞄から荷物を取りだして、さっきよりも整然とテーブルに並べ、資料の束はテーブルの端に揃えて置いた。マグカップを取りあげてコーヒーをひと口飲んでから、モーガンのカップの真正面に戻した。

「率直に言わせてください。あなたには品位がある。聡明で、美人でもある」ぼくはそう切りだした。モーガンの頬がかすかに赤らむのが見てとれた。「女性としての慎みもある。なのに、なぜこんなことを引き受ける気になったんです？」

モーガンははにかむように微笑んだ。鼻に皺が寄り、ファンデーションで隠されていたそばかすが覗いた。モーガンは一瞬だけぼくと目を合わせると、すぐにまた視線を落とした。それから、本棚に並ぶ小説のヒロインになりきったかのような口調で、こう問いかけてきた。

「ねえ、ミスター・ブロック。あなた、恋に落ちたことはないの？」

ダリアンの事件発生当時や裁判が行なわれていたころ、モーガンは大学に通っていた。もちろん、専攻は英文学だ。中西部で生まれ育ち、シカゴの大学に進学したから、事件に関する細かい点は覚えていなかったが、激化する人狩りや、女子学生クラブの仲間たちとニュースを見ているときにこみあげてきた恐怖や、そしてもちろん、端整な顔立ちの被告人のことははっきりと記憶していた。そして数年後、文学の道をあきらめ、ニューヨークで経《M》営学修《B》士《A》号を取得したあとになってはじめて、地元紙に掲載されたダリアンの記事を偶然見つけ、果てしなく上訴が繰りかえされていることを知った。そのときすでに、モーガンの私生活は破綻を来たしていた。陰気なバイロン研究家との早すぎる結婚は最悪の結果に終わり、その後の数年は仕事漬けの毎日が続いた。出世はしたものの、同僚とのデートは退屈きわまりなかった。この汚れなきアパートメントの内側で繰りひろげられる淫らな妄想ばかりがどこまでもふくらみ、徐々に常軌を逸していった。

モーガンは言葉を紡げば紡ぐほどに、みるみるリラックスしていった。コーヒーをワインとチーズに変え、白一色のソファーへ場所を移すと、いっそう舌のまわりがなめらかになった。見知らぬ人間に囲まれているとき、ひとはときどきこんなふうになる。こういう現象は、以前にも取材の席でまのあたりにしたことがある。ぼくが無言のまま相槌だけ打っていると、相手がその沈黙を埋めようとして、突拍子もないことまで喋りだすことがしばしばあるものなのだ。モーガンはまえにも述べたとおりの魅力的な女性だ（いくぶんジェインを彷彿《ほうふつ》とさせるところもある。文学好きに特有の、お堅い雰囲気を漂わせたところとか）。とはいえ、しだいになめらかになっていく舌を、親近感のあらわれと勘ちがいしてはいけない。どちらかと言えば、そうした効果をおよぼしているのは正反対の理由――アルコールと匿名性――なのだから。ダリアンの使い走りであるぼくに何を話したところで、モーガンの名前にも評判にも傷がつくことはない。心理療法士や司祭に打ちあけるより、よっぽど安心でもある。ぼくからは診断も審判もくだされることはない。ぼくが何をどう思おうと、いったい誰が気にかけるだろう。ぼくはただのゴーストライター――亡霊にすぎないのだ。

「結婚しているあいだでさえ、性的に満たされたことは一度もなかった……」グラスにワインを注ぎ足しながら、モーガンは言った。張りぐるみの椅子にすわって、はだしの足を太腿の下におさめ、先の尖った黒のレザー・パンプスは床の上にきちんと揃えられていた。ぼくはゆっくりとソファーに沈みこんだ。「……わたしはずっと悩んでいた。オーガズムに達することがどうしてもできなかったの」

反応を窺うように、モーガンはちらりとこちらを見やった。ぼくは指に挟んだブリー・チーズを見おろしたまま、思慮深げにうなずいてみせた。「わかります」

「ひょっとして自分は同性愛者なんじゃないかと考えたこともあったわ。でも、そうじゃなかった。同性に惹かれたことは一度もなかったから。次に、器質的な問題があるんじゃないかと考えた。ホルモンの異常とか、性欲低下症とか、そういう原因があるんじゃないか、って」試しに、何人かの同僚とつきあってみた。なかにはかなりの二枚目もかなりの金持ちもいたが、どんな相手にも心からの性欲を覚えることができなかった。唯一それを覚えるのは、みずからつくりだした妄想のなかだけだった。新聞やテレビで目にした支配欲の強い危険な男たちが登場する妄想を、微に入り細にわたり練りあげるようになっていった。

「そのうちに妄想が頭を離れなくなってしまったわ。ひとりになるとかならず、いろんな筋書きが思い浮かんでくるの。でも、それを誰かに打ちあけたことはなかった。自分は異常なんだと思っていたから。そんなとき、インターネットの海に広がる世界を発見した」

「ポルノですね」ワインに落としたチーズを拾いあげながら、無関心に聞こえないよう努めつつぼくは尋ねた。「失礼しました」小さくひとり笑いしてから、チーズを口のなかに放りこんだ。「いまおっしゃったのは、ポルノサイトのことですね」

「ええ。わたしはそうしたウェブサイトを頻繁に訪れるようになった。探しうるかぎりで、最も悪趣味なウェブサイトを。フォーラムやチャットルームを。ひどくおぞましいものばかりを。それから、怪しげなテレフォン・サービスに電話をかけて、見知らぬ男たちに脅し文句を並べてもらったり、雌豚だの売女《ばいた》だのと罵ってもらったりしたこともある。その罵声を聞きながら、わたしは……いいえ、言わなくてもわかるわね。もちろん、そんな恥ずかしいことはできればしたくなかった。でも衝動を抑えきれなかった。頭のなかがそのことでいっぱいになっていた。だけど、誰かと実際の行為におよんだことも、誰かに打ちあけたこともなかったし、そのつもりもなかったわ。ダリアンに出会うまでは。どういうわけか、ダリアンはわたしのなかに秘められた欲望をすぐさま感じとってしまったの」

モーガンは、無実を信じていると綴った手紙をダリアンに送った。ダリアンはそれに返事をよこした。手紙のやりとりはその後も続き、そこで語られる内容はしだいにロマンチックに、情熱的に、官能的に変わっていった。ダリアンはモーガンの写真と、香水を振りかけた紙と、陰毛を手紙に添えるよう要求した。モーガンのなすべきことを手紙で命じるようになった。

多くの点で、ダリアンは理想の恋人だった。とりわけ、過去に傷ついた経験を持つ臆病な女にとっては。ダリアンは、モーガンだけに注ぎこむことのできる無限の時間と精力を持て余していた。情熱的で、献身的で、モーガンに強い関心を寄せてくれた。ほかの女の影に怯える必要もなかった（とモーガンは信じこんでいた）。実生活が理想を打ち砕く恐れもほとんどなかった。ダリアンなら、便座をあげっぱなしにすることも、いびきをかくことも、おならをすることも、ベッドでモーガンをがっかりさせることもない。ダリアンが相手なら、セックスを拒まれることも、相性の悪さに悩むことも、愛情を疑うこともありえないというわけだ。ぼくの見るかぎり、モーガンはダリアンより遥かに知的だった。だが、多くの女にとって、そんなことは問題にならないのではないか。それに、モーガンがダリアンを対象にして大いに妄想をふくらませているのと同じことを、多くの男どもも日常的に行なっているのではないか。会ったこともない相手ではないにせよ、すぐそばにいる女たちを餌にして、日々、妄想を繰りひろげているのではないか。そうして考えてみると、性倒錯者ですら、理解するのがたやすくなってくる。もちろん、モーガンには普通の女より、もっと過激で、もっと暗い領域へ妄想を走らせる傾向がある。だが、その妄想が現実のものとなる見込みはこれっぽっちもないのだ。

「しかし、あなたとダリアンが一緒になることはありえないわけでしょう。つまり、現実の世界では」話を本題に進めようと、ぼくは言った。

モーガンは微笑をたたえたまま、手のなかでグラスをまわし、ワインが側面をすべるさまを眺めながら答えた。「ダリアンのことは、これまでに出会ったほかの誰よりも近く感じることができるの。それに、いつの日か彼が自由の身になると信じてもいる。長い別離に耐えている人々なら、世のなかにごまんといるわ」

「たしかに。もし彼らが再会を果たしたなら、きっと何かが起きたでしょうね。戦争なりなんなりが。しかし、あなたたちはまだ一度も会ったことすらない。実際に身体を重ねたこともない」

モーガンはふたたび微笑んだ。どうやらその目はこう伝えているらしかった。あなたは誰かを心から愛したこともなければ、誰かに心から愛されたこともないのね。

「突きつめれば、快楽とは頭のなかで感じるもの。肉体なんてどうでもいいのよ」そうモーガンは言った。

25

トム・スタンクス著、「アバズレの調教」より

男を目にするまえから、モーガンはその存在を感じとっていた。雑誌のページから顔をあげると、そこに男はいた。地下鉄の車両のなか、扉の脇に立っていた。長身で髪は黒く、野性味あふれる整った顔立ちをしていた。黒のスーツに、黒のコート、黒のブーツという、全身黒ずくめの服装をしていた。見つめていたことを悟られると、たいていの人間は目を逸らすものだが、男はそうしなかった。落ち窪んだ黒い瞳でモーガンの目を見つめかえしてきた。鋭い光を放つ知的で情熱的な目、それでいて雄々しく力強い二対の目に、芯まで燃やしつくされてしまう気がした。心の奥底にひめた秘密を見透かされているような気がしてならなかった。頬がかっと熱くなった。モーガンは顔をうつむけた。突如として、ワンピースの丈が短すぎるように思えてきた。裾から覗くほっそりとした長い脚を、いっそうぴたりと引き寄せた。けれども、健康な肉体をぞくぞくと震わせる悪寒にも、こみあげる怒りにも、すらりと伸びた脚の付け根からあふれだす欲望の泉をとめることはできなかった。モーガンは横目

で男を盗み見た。男はなおもこちらを見つめている。そのときモーガンは確信した。わたしが興奮を覚えていることを、あの男は知っている。ジャージー編みの薄いセーターを押しあげる豊満な乳房のまんなかで、乳首が硬く屹立していることも知っている。モーガンは羞恥心に震えた。自分の肉体であるはずなのに、それを制御することができなくなっていた。自分を制御し、支配しているのが、あの男であるような気がしていた。

列車が駅に到着するなり、モーガンは車両を飛びだした。ピンヒールの靴音を響かせて階段を駆けあがり、改札を抜け、夜の闇に沈んだ通りを走りぬけた。後ろを振りかえるのが怖かった。夜が落とした影のように、男がすぐ後ろをついてきているのではないか。それを恐れながら、それを望んでいる自分もいた。

ホラティオ・ストリートに建つ瀟洒《しょうしゃ》なアパートメントに駆けこんだときには、欲情を抑えきれなくなっていた。楓の幹の亀裂から流れでる樹液のように、愛液が内腿を滴り落ちていった。モーガンは寝室へ飛びこみ、いつもの隠し場所からバイブレーターを取りだした。激しく息が乱れた。目を閉じると、口から喘ぎ声が漏れだした。そのとき、それが聞こえた。悪魔のような笑い声。モーガンは顔をあげた。あの男がいた。地下鉄の車両で見かけた、黒髪の見知らぬ男。扉に鍵をかけ忘れたのか。それとも、男のためにわざと鍵をかけずにおいたのか。

「わかっていたぞ」と男は言った。「おれを欺くことはできない。おれをほしがっている女はにおいでわかる」

「誰？　誰なの？」

「おれはダリアン」言いながら、男は前へ進みでた。「だが、おまえには〝ご主人さま〟と呼んでもらおうか」

26

「なかなかいい」ぼくが朗読を中断すると、ダリアンは言った。「だが、肝心な場面にたどりつくまでに、なんでこうも長くかかる？　ポケットナイフでパンティーを切り裂くくらい、おれなら地下鉄のなかで済ませてた」

「現実味を出すためですよ。こうすることで、緊迫感が生まれる。あなたがすべてをわかっていながら、彼女を尾《つ》けまわし、徐々に距離を詰めていくことで」

「ああ、そのとおりだ。おれにはいつもわかる。ほんのひと嗅ぎで、女が欲情してるのがわかるんだ。そこんところはすごくよかった」

「それはどうも」

「そりゃそうと、女が引っぱたかれるシーンはどういうことだ？　女はイク寸前だった、って書いてたな。なんで寸前なんだ。叩かれた瞬間にイクべきだろうが」言いながら、ダリアンはパチンと指を鳴らした。

「一ページ目からそんな展開になったら、小説になりません」大学時代に戻ったかのように、小説制作セミナーで自説を擁護するかのように、ぼくはむきになって論駁《ろんばく》した。まったく、この男は何様のつもりなのだろう。正しく単語を綴ることもできないくせに。「要は、あなたが興奮できればいいんでしょう。構成についてはぼくに任せてください」

ダリアンは曖昧にうなずいた。「で、続きは？」

「ちょっと待った。これを全部読んで聞かせるわけにはいかない。面会時間は一時間しかないんだ」苛立ちが募りはじめていた。ぼくはもう怯えてはいなかった。今日、この取材を進められなかったら、長ったらしい小言《こごと》の刑を受けることになる。原稿をマニラ封筒に戻して、ぼくは言った。「これが済んだら、原稿を独房へ持ち帰って、続きを読めばいい」

「ああ、ああ、わかったよ。それじゃ始めるとするか。ちっこいテープレコーダーを出したらどうだ」

ぼくは言われたとおりにした。レコーダーを作動し、質問事項をまとめたメモを探すのに少し手間どったが、ダリアンは口もとに虚ろな笑みを浮かべて、気長にぼくを待っていた。

「あなたは母親に捨てられたそうですね？」ぼくはまずそう尋ねた。

「ちがう」鋭い口調でそれだけ言うと、ダリアンは身じろぎもせずにぼくを見つめかえした。

「すみません。新聞で読んだことをとっかかりにしようと思ったんですが」

「そいつは誤報だ」ダリアンはまたも鋭く言い捨てた。

「だとしたら、いまがそれを訂正するチャンスです」

「あんたが自分の母親について話してみちゃどうだ」

「母はもう亡くなりました」

「すまない。悪気はなかった」ダリアンはむっつりと眉根を寄せた。自分に腹を立てている。ぼくにはそんなふうに見えた。

「かまいませんよ」ぼくはテープレコーダーを停止した。「いいですか、もし気乗りしないのであれば、こんな話をする必要はない。ただ、子供時代から取りかかると言いだしたのはあなたです」

「そのとおりだ。契約は契約だしな」ダリアンはテープレコーダーに顎をしゃくって、ぼくに録音ボタンを押させた。それからひとつ、大きく息を吐きだした。「おれのおふくろか……まず、おふくろはおれを捨てちゃいない。警察がおれからおふくろを取りあげたんだ。そのあとは、州当局がおれをおふくろから遠ざけた。おれの子供時代を無惨なものにした。行政当局。いまおれをここに閉じこめているのと同じ連中がな。世間じゃ、おれが女を憎んでるってことになってるんだろう？　いいや、おれが憎んでるのは警察だ。もし児童福祉局のソーシャルワーカーがバラバラ死体になって発見されたなら、おれの話を聞きにくればいい。だが、おれほど女を愛している人間はいない。それがおれの天命だからな」

「母親のことに話を戻しましょう。もしかしたらこれも事実ではないのかもしれない。ただ、新聞にはこう書いてあったんですが……あなたの母親の……仕事というのが……」

「売女だったって？」ダリアンは手錠をはめられた両手を膝のあいだに垂らしたまま身を乗りだし、にやりと笑ってみせた。「そいつが、あんたの言いよどんでた言葉かい。そうとも、おふくろは売女だった。何も言いよどむ必要はない。それがなんだってんだ？　人間は誰だって食ってかなきゃならない。この国のあちこちで、ゆうべどれだけ多くの女が好きでもない男を相手に股座《またぐら》をおっぴろげたと思う？　世間じゃ、そういう連中を〝夫婦〟と呼ぶんだ。親父はおふくろとおれを捨てた。どこのどいつかも知らないが、とんでもないろくでなしだ。おれなんぞおよびもしない。だから、おふくろは家賃を稼ぐために、親父じゃなくほかの野郎どもとファックした。だが、それがなんだってんだ？　おふくろは売女だった。ウェイトレスもしていた。工場で人形の服を縫う仕事もしていた。いまどきそんな仕事までする人間がどこにいる？　少なくともここにはいない。工場はブルックリンにあったがな。そういや、縫った服を何枚か持ち帰ってくれたこともあったな。おれはそいつをGIジョーの人形に着せたっけ。おふくろはおれの服もそこで縫ってた。たぶん、許可はもらってたんだろう」

「あなたの服を？　つまり、ズボンとかそういうものを？　それは難しいかと思いますが」

「いいや、ほころびを縫いなおしてたってことさ。継ぎをあてたりなんかしてな。うちは貧乏だったから」

「ああ、なるほど」

「おれが言いたいのは、おふくろがいい母親だったってことだ。おれたちは毎日一緒に朝食をとっていた。メニューはシリアルだけだったが、おれはコーヒーに目がなくってな。まだほんの子供のくせに――」

「ぼくもです！」考えるより先に口を挟んでいた。

「だから、おふくろが牛乳のなかにほんの少しコーヒーを垂らしてくれたもんだ」

「そうそう！　砂糖をたっぷり加えて。ぼくもですよ！」

「いまでもときどき、無性にそいつが飲みたくなる」

「ここでも飲めるんですか？」

「はん？　コーヒーとミルクをか？　あたりまえだろ。ただ、そういう気分になるのは本当にときたまだってだけだ」

「ああ、そりゃあもう。もちろんです」ぼくは自嘲気味に笑ってみせた。「ばかだな。何を勘ちがいしたんだろう。てっきり、どこかから取り寄せるか何かするのかと」

「ああ、そうとも。スターバックスからな」そう言って、ダリアンも笑った。口からあの真っ白な前歯が覗いた瞬間、ぼくはようやく、自分がどこにいるのかを思いだした。とつぜんの自己嫌悪に襲われた。自分が恥ずかしくてならなかった。殺人鬼を前にして、冗談を笑いあっているなんて。とはいえ、いまの会話にはてきめんの効果があった。少なくとも、ぼくにはそう思えた。ふたりのあいだに小さな絆が芽生えたことで、ダリアンが見るからに警戒心を解きはじめたのだ。椅子の背もたれに寄りかかると、ぼくに促されるまでもなく、みずからその先を喋りだしていた。

「ところがある日のことだ。おふくろがおれを残して出ていったきり、いくら待っても戻ってこなかった。そのままひと晩が過ぎた。以前なら、近所の住人が何かとおれの世話を焼いてくれていた。ところが、それが起きたのは、前の家を引き払ったあとのことだった。たしかコロナのホテルだったと思う。いや、オゾン・パーク地区だったか。はっきりとは覚えてない」

「あとで調べてみます」

「おれはひと晩じゅうひとりぼっちですごした。食うものもなかった。キャプテン・クランチのシリアルが箱の底にほんの少し残っているだけだった。粉々に砕けた屑だけがな。もちろん、牛乳もなかった」

「怖かったでしょうね」

「ああ、とんでもなく。まだたったの五歳だったからな。おれはクロゼットに隠れることにした。そのほうが安全な気がしたんだろう。翌朝、トイレに行きたくてたまらなくなった。だが、部屋の向こう側にあるトイレが途方もなく遠く思えた。かなり早い時刻だったはずだ。つけっぱなしにしておいたテレビで、《トゥデイ・ショー》をやっていた。そのあとアニメ番組が始まると知っていたから、扉を少しだけ開けて、隙間から見るつもりだったんだ」

ダリアンは虚空を見つめていた。椅子から身を乗りだした姿勢で、身じろぎもせず固まったまま。褐色の瞳には何も映していなかった。ぼくも同じ姿勢を保ちつづけた。病院か男子便所のようなアンモニア臭の漂う窓のない部屋のなかで、頭上の管状蛍光灯が低いうなり声を発している。蛍光灯の光が落とすぼくたちの影は、ひどく平坦に見える。ノートの上に落ちた、ぼくが握る鉛筆の影。テーブルから床の上に広がる、地名が記入されていない地図みたいなダリアンの肩と頭の影。この色はなんと呼べばいいのだろう。灰色でもないし、黒でもない。影が触れたもの――ベニヤ板や、灰色のリノリウムや、陽に焼けた紙や、薄紅色に染まった肌——が押しなべて見せる、一段暗い色あいだ。

「そのときとつぜん、扉が開いた。部屋に入ってきたのはおふくろじゃなかった。警察だった。あっというまに、部屋じゅうが警官だらけになった。いや、そんなふうに思えたってだけで、実際にはふたりしかいなかったのかもしれん。制服を着て、ホルスターに銃をさげたやつらってのは、やけにばかでかく見えるものだからな。それに、ソーシャルワーカーも警察に同行していた。おれはそいつらに連れていかれた。まあ、そういうこった」

ダリアンは急に黙りこんだ。ぼくはしばらく待って、こう尋ねた。「それから母親には会っていないんですか？」

「ああ、一度も。それっきりだ」

27

面会室を出ると、長椅子と自動販売機の置かれた待合室に、フロスキー弁護士と助手のテレサ・トリオが待っていた。

「やあ、どうも」ぼくはふたりに微笑みかけた。頭上の壁にでかでかと掲げられた〝禁煙〟の文字を無視して、憤然と煙草を吹かしながら、フロスキーは顔をそむけた。テレサは黒髪を後ろで結っていたため、青白い顔ににじむ疲労の色がたやすく見てとれた。ぼくを見ると、ブリーフケースから一冊の紙挟みを取りだし、こちらにさしだしてきた。

「署名済みの契約書です」

「ありがとう。それより、何かあったのかい」

「最後の上訴が棄却されたんです」テレサは小声でそう答えると、肩越しに背後を振りかえった。視線の先では、フロスキーが冷水機に煙草の灰を落としていた。気落ちした様子を見せているのは、テレサのほうだった。フロスキーのほうはただ、いつもより少し多めに鶏冠《とさか》に来ているらしいだけだった。

「それは残念だ」何を言うべきかもわからずに、ぼくは言った。ダリアンを知るようになったいま、あの男がほどなく死んでしまうことを、ぼくは本当に残念がっているのだろうか。いや、とりわけそうとは思えない。「それじゃ、もうこれで終わりなのかい？」

「何も終わっちゃいない。心配は無用だよ」フロスキーがとつぜん口を挟んだ。

「いや、そんなつもりで言ったわけじゃ……」ぼくは慌てて否定した。

フロスキーは冷水機の水で煙草を消すと、自動販売機に一ドル札を入れ、ダイエット・コークのボタンを押した。一ドル札はそのまま返却口から吐きだされてきた。

「このポンコツ！」フロスキーは自動販売機を殴りつけ、蹴りを浴びせた。つま先の尖った靴を販売機のへりにぶつけて、後ろによろめいた。「ポンコツめ！　この靴はおろしたてだってのに！」片足で跳びはねながら、フロスキーはさらに毒づいた。

「ぼくがやってみましょう」ぼくは自分の財布からできるだけ皺の少ない一ドル札を選んで、投入口にさしこんだ。あちこちに残る傷痕からすると、この販売機が多くの面会者の鉄拳に耐えてきたことはあきらかだった。ダイエット・コークが取出し口に落ちてくるのと同時に、看守が待合室にやってきて、声を張りあげた。

「キャロル・フロスキー？」

「あたしよ」

「面会の準備ができた」

「了解」フロスキーはブリーフケースをつかむと、ただならぬ威厳を漂わせて片足を引きずりながら、面会室の扉へ向かった。目の前を通りすぎていくフロスキーを見ていて、ふと気づいた。自動販売機を殴りつけたとき、指にはめた太い指輪で皮膚を切ったらしく、境目にうっすら血がにじんでいたのだ。だがあのとき、フロスキーは痛みに顔をゆがめもしなかった。もしぼくがなんらかの面倒に巻きこまれるようなことになったなら、是非ともフロスキーに弁護してもらいたいものだ。

「ここで煙草を吸ったのか？」看守が鼻をひくつかせながら言った。

「ぼくが？　いや、ぼくは煙草を吸いませんから」

看守はこちらを睨みつけてから、大いなる気まずい静寂とテレサをぼくに残して、待合室を出ていった。

「これ、もらってくれないか。ダイエット・コークは好きじゃないんだ」ぎこちなくぼくは尋ねた。

テレサは首を振った。「ダリアンはまだ知らないんです。いまから伝えることになっている」

「ああ、わかってる。ぼくと話しているときには、いつもと変わりなかったから。おかげで、取材が順調に進んだ」

テレサは長椅子に腰をおろし、おびただしい数の黄色い付箋紙をはみださせた分厚い法律書を取りだした。眼鏡ケースを開けて、取りだした眼鏡をかけた。セクシーな司書タイプの女にどうしても惹かれてしまうのは、ぼくだけだろうか。読書をしている女より色っぽいものがこの世に存在するなら、教えてほしいものだ。

「そうだ、あの作家のことを知ってるかい。きみが読んでいたヴァンパイア小説の作家のことだ。少し調べてみたんだが、なかなか魅力的な人物だった」

「ええ、そうね」テレサは顔もあげずに応じた。

「最新刊がもうすぐ出版されるらしい」

「それならちょっとまえに出てる。もう買ったわ」

「本当に？」これにはぼくが驚いた。「そいつはすぐにたしかめてみなけりゃ。それじゃ、きみはさっそく手に入れたってわけだ。本当に大ファンなんだな」

テレサはぼくの問いかけを無視して、法律書に没頭しつづけた。顔をうつむけているせいで浮きあがったシャツの襟首から、青白い肌と、黒い刺青《いれずみ》の一部が覗いた。巻きひげのような模様が背中を上下に這っていた。ぼくの内にひそむヴァンパイアが、牙の疼きを感じはじめた。

「そうだ、興味があるかどうかわからないが、その作家がネット上で何かイベントを企画しているらしい」このイベントは出版社が企画したものだった。何をどうすればいいのやら、ぼくにはよくわかってもいなかったが、クレアが力を貸してくれる手筈になっていた。「なんでも、ファンサイトのチャット会に参加する予定だとか」極度に警戒しすぎて不自然に聞こえないよう努めながら、ぼくは説明を加えた。

「ええ、そのようね。知ってるわ」法律書に向かって、テレサは言った。

28

帰りの列車に揺られながら、取材でのやりとりを文字に起こす作業に取りかかった。ヘッドホンでテープを聞きながらノートパソコンに文章を打ちこんでいくというのは、いちばん憂鬱な作業だった。一言一句をキーボードに打ちこまなければならないとなると、誰もが――自分自身までもが――途方もなくくどくどと長話をしているように思えてくるから不思議だ。取材というものをするようになってしばらく経ったころ、まずは、相手の話を遮ってまで自分の話をするのはやめたほうがいいということに気づいた。その後、テープで自分の声を聞くうちに、自分が退屈な逸話をいかに得々と披露しているかにも気づかされた。自分の声が思っていた以上に耳障りであること、クイーンズ訛に特有の、鼻にかかった憐れっぽい響きを帯びていることも自覚した。いまもまた、ダリアンと話す自分の声を聞いていると、その耳障りな響きや、なるほど、なるほどと際限なく繰りかえす相槌が耳にとまるたび、ぼくは自分に辟易した。世間では、ごく自然な会話を書ける作家や脚本家がすばらしいとされているが、実際の会話をそのまま文章にしたら、我慢ならないほど退屈なものになってしまうのがオチなのだ。

それはダリアンも同じだった。内容としてはきわめて悲惨な子供時代なのだが、聞いているうちにこちらの気が遠くなりそうなほど、冗長にして取りとめのない独白が延々と続いた。児童福祉法が定める制度のもとで、ありとあらゆる手続きを踏まされたこと。里親の家をいくつも転々としたこと。どの家でもなおざりにされ、いたぶられ、殴られたこと。性的虐待まで受けかけたこと。里親のなかには、少年に対する性的虐待の容疑でのちに逮捕された夫婦もいたというが、その被害者のなかにダリアンとおぼしき人物はあげられていなかった。ぼくがその点を確認しようとすると、ダリアンはそれを打ち消した。また、ダリアンの話は多くの点で記録と食いちがっていた。とりわけ、母親の情報に関しては。

ジェラルディン・クレイは悪夢のような母親だった。病的なまでに無責任な母親だった。クレイ親子の実情は、ダリアンから聞かされた貧困状態や育児放棄の程度を遥かに越えていた。ジェラルディンは長年にわたる逮捕歴を持つ売春婦だった。窃盗や、麻薬所持や、公共の場での飲酒などによる逮捕歴も数多く記録されていた。ダリアンの裁判に証拠として提出された児童福祉局の記録によれば、ジェラルディンは長時間にわたって幼い息子をひとり置き去りにしたのみならず、客をとるあいだクロゼットに閉じこめてもいたという。最初のうち、ダリアンは暗闇に怯えて泣き叫んだ。すると、静かにしていなければならないのだということを思い知るまで、口に布を詰めこまれた。クロゼットのなかでおもらしをすると、あとでこっぴどく殴られた。ジェラルディンが警察に逮捕されて、署内にいた巡査のひとりに、息子が家にひとりでいることを告げ知らせたあと、ダリアンがソーシャルワーカーに連れ去られたのは事実だが、その後も州の保護下に置かれつづけたのは、単に、ジェラルディンの怠慢が原因だった。売春目的の客引きによる軽罪で六十日間の刑期を終え、拘置所から釈放されたのちも、息子の監護権をめぐる聴聞会の席にジェラルディンは一度も顔を見せなかった。息子をほっぽりだしたまま、サンフランシスコ、ロサンゼルス、デトロイトと、さまざまな都市での逮捕歴を重ねつづけた。ところがその後、あるときを境に素行を改めたらしい。一九九六年以降、前科の記録がいっさい残っていないのだ。当時のジェラルディンは四十から四十五歳くらいであったと考えられるから、多くの常習的犯罪者の例にもれず、歳をとりすぎて犯罪漬けの毎日に嫌気がさし、みずから足を洗ったのかもしれなかった。あるいは、誰かに殺されたのかもしれなかった。

29

ヘッドホンをつけてテープをまわしたまま、やがてぼくは眠りに落ちた。内容は思いだせないが、とにかく薄気味の悪い夢を途切れ途切れに見たあと、息苦しさに目が覚めた。列車が駅に着いたときには、へとへとにくたびれ果てていた。だが、長い一日はまだ終わっていなかった。地下鉄の駅を出て通りを歩いていると、覆面パトカーとおぼしき車から、私服警官とおぼしき男がおりてきた。車は黒のシボレーだった。男は黒いコートを羽織っていた。その下は、紺色のスーツに、白いシャツ、赤いネクタイといういでたち。屈強なタイプには見えなかった。縁なし眼鏡や、引きしまった口もと、深い皺の刻まれた顔からは、切れ者という印象を受けた。白くなりかけた黒髪は刑事にしては少し長めで、オールバックに撫でつけられていた。そのとき不意に、わけもなく恐怖がこみあげてきた。何も悪いことはしていないとどれだけ自分に言い聞かせても、いつのまにやら取りかえしのつかない罪を犯していたのではないかと思えてならなかった。

「ブロックだな？」男に名前を呼ばれた。

「ええ。そちらは？」ぼくは小さく問いかえした。

「タウンズ特別捜査官だ」

「ご用件は？」タウンズがこちらに身分証明書を向けていたが、ぼくはちらりと一瞥《いちべつ》しただけで視線を戻した。インターネットで調べ物をしているときに目にしたから、タウンズの名前は知っていた。そしていまは、その顔にもなんとなく見覚えがある気がしていた。タウンズはダリアン・クレイを捕らえたＦＢＩ捜査官だった。

「少しいいかね」タウンズが言った。

「ええ、もちろん。うちでコーヒーでもどうぞ」ぼくは努めて低い声を出した。

「そんな時間はない。今夜、メンフィスに発たねばならん。もしかまわなければ、車のなかで話そう」ぼくの返事も待たずに、タウンズは後部座席のドアを開けた。もちろん気乗りはしなかったが、仕方なくぼくは車に乗りこんだ。タウンズがぼくの隣にすわってドアを閉めると、プライバシーを守るためか、はたまた拷問の目撃者となるのを避けるためか、運転席にいた捜査官が車をおりた。

「告白本の執筆は進んでいるのかね？」タウンズはそう切りだした。まるでドライブイン・シアターで映画でも見ているかのように、ぼくもタウンズもまっすぐ前を見すえたままだった。

「ええ、おかげさまで」

「被害者の遺族に、執筆の依頼は断ると約束したものと思っていたが？」

「何も約束はしていません。それに、すべての遺族が同じ考えだというわけでもない」

「ダニエラ・ジャンカルロのことか。あの小娘はまともじゃない。ヤク中でストリッパー。あの娘のほうこそ、ブタ箱の一歩手前にいる。わたしが言っているのは、それ以外のまともな遺族のことだ。ジャレル夫妻。ミスター・ヒックス。ただそっとしておいてもらいたいと、それだけを望んでいる善良にして実直なる人々。そして、ミスター・トナー。彼は弁護士を雇っている。この界隈で工場を経営しているからな。ロングアイランドにも広大な地所を所有している」

「何をつくっているんです？」

「つくる？」

「トナーの工場ですよ」

「ポリ袋だ。ドライクリーニング店で洗濯済みの服にかぶせてくれる、あのポリ袋を製造している」

「ダリアン・クレイもそこで働いていた？」

「ああ、そのとおりだ。ミスター・トナーの胸中はきみにも察しくらいつくだろう。残虐な異常者が自分の女房に目星をつけるきっかけを、みずからの経営する工場がつくってしまったんだ。ならばせめて、彼らの意向を尊重してやるべきではないのか。それが、きみにできる最低限の礼儀というものだろう」

ぼくは肩をすくめると、声がうわずらないよう気をつけながら言った。「ダニエラ・ジャンカルロはゴミ袋の工場を経営してはいないかもしれないが、家族を失ったことに変わりはない」

タウンズは首をまわし、ぼくの横顔をしげしげと見つめた。ぼくだって、伊達に作家を職業としているわけではない。モルデカイ・ジョーンズを主人公としたミステリ小説『残虐な殺し屋、冷酷なポン引き』を書いた経験は無駄ではなかったようだ。

「いいかね、ブロック。あの娘は姉の死に取り憑かれている。事件が起《お》きた当時は、頭のなかに靄《もや》のかかったヤク中だったわけだからな。罪悪感なりなんなりを抱くのも無理はない。しかも、あの姉妹は双子だった。陰と陽とをつかさどる関係だった。きみは自分があの娘の存在を利用していると考えたことはあるかね？」

「そんなの、あんたの知ったことではないと考えたことは？」言いかえしたそばから、すぐに後悔した。こぶしが飛んでくるものと覚悟して、タウンズの側にある右目を無意識にぎゅっとすがめた。とっさに口から飛びだしてしまった言葉は、さきほどわけもなく感じた恐怖の反動でもあり、同じくらいわけもなく噴出した不屈の反抗心のあらわれでもあった。

だが、タウンズはまばたきひとつしていなかった。「殺人犯を捕まえるのがわたしの仕事だ。そして、蛆虫のように被害者の亡骸《なきがら》にたかるのがきみの仕事のようだ」

それだけ言うと、タウンズは片手をさしだしてきた。ぼくがその手を取っても、軽く握りかえしてくるだけだった。ぼくは颯爽《さっそう》と手を振りながら車をおりた。ところが、アパートメントへと向かう段になると、外壁に片手をついて身体を支えなければならなかった。膝ががたがたと震えていた。いまにも地面に倒れこんでしまいそうだった。

パニックと誇らしさというふたつの感情に駆りたてられながら、FBIの捜査官から圧力をかけられた経緯について報告すると、クレアはさもおかしげにくすくすと笑った。レオタードにレッグウォーマーといういでたちで、携帯電話にヘッドホンをつなぎ、ぼくの家の居間でヨガだかなんだかのポーズをとっているところだった。

「タウンズなんて、わたしの左乳首でもしゃぶらせとけばいいわ」クレアは言いながら、伸ばした脚に上半身をぴたりとくっつけた。「タウンズがあなたを追い払いたがるのも当然よ。ちょっと調べてみたんだけど、つい最近、タウンズはとある出版社と回想録の出版契約を結んでるの。だけど、出版はFBIを退職するまで待たなきゃならない。早期退職したら、年金の満額支給も、歯科治療費の支給も、何もかもあきらめることになるからよ。でも、そうしているあいだにあなたに出しぬかれたら、映画化権も、世間の注目も、すべて横からかっさらわれてしまう」クレアはそこで言葉を切ると、片腕だか片脚だかの下から微笑みかけてきた。「たしかに手ごわい相手ではあるけど、ジッパーに睾丸を挟まれてるのは、あなたじゃなくてタウンズのほうってわけ」

「本当なのか？　回想録を出すってのは」ぼくはソファーに腰をおろした。目の前であがったりさがったりしている成人まえの平べったい尻に目をやらないよう努めながら、こう問いかけた。「誰がゴーストライターを務めるんだろう？」

30

『真紅の夜と霧』が、かすかな、あるいは無音のファンファーレとともに上梓された。ルーズヴェルト・フィールド・モール内にある〈バーンズ・アンド・ノーブル〉への儀式的な訪問までもが、寂しい結果に終わった。シビリン・ロリンド＝ゴールドの最新刊がどこにも見あたらなかったうえ、ほかのペンネームで出している作品までもがてんでばらばらに、誤ったジャンルの棚に置かれていたのだ。ぼくはこっそりと、それぞれの本をそれぞれのあるべき場所に戻しておいた。それからやむをえず若い店員をつかまえて、シビリン・ロリンド＝ゴールドによる待望の最新刊は今日の発売ではなかったかと尋ねてみた。店員はひとつ肩をすくめると、コンピューターを操作して、陳列棚に四冊出ているはずだと告げた。しつこくぼくにせっつかれると、ようやく重い腰をあげて店の奥に消え、すでにうちにあるのとそっくり同じ装丁の本を持って戻ってきた。表紙のイラストは、漆黒の山並に血を滴らせている真紅の空。こちらとしては、血のすじをエンボス加工で浮きあがらせて、本物の血が流れているように見せたかったのだが、それでは採算が合わないと出版社に却下されたものだった。ぼくが礼を言うと、店員はふたたび肩をすくめて、ぶらぶらと棚の向こうへ消えていった。

ぼくは受けとった本を"ホラー/アーバン・パラノーマル"と分類された棚の目立つ位置に置いてから、こそこそと店を出て、バス乗り場へ向かった。

だが、ありがたいことに、この近隣はともかくとして、この世界のどこかには少ないながらもシビリンのファンがたしかに存在しているはずだった。その晩ぼくは、電脳世界の片隅に集うひと握りのファンたちのチャット会に参加し、著者として最新作について語りあう予定になっていた。

ぼくはクレアと直前まで、チャットのあいだシビリン用の鬘をかぶってはどうかだの、黒い蠟燭を灯したなかで赤ワインをすすってみてはどうかだのと、さんざん軽口を叩きあっていた。けれども結局選んだのは、いつも執筆中に用意している装備一式だった。スウェットパンツに、Tシャツに、タオル地のバスローブ。氷を入れたグラスとコーラの一リットル瓶。なぜ二リットル瓶ではいけないのか。ここに、創作活動の極意がある。大きな瓶で置いておくと、すぐに炭酸が抜けてしまうということだ。気の抜けたコーラで小説は書けない。それからもうひとつ。中身をそそぎ終わったら、ふたたび瓶にキャップをするのを忘れてはならない。さもないと、すべてが水の泡と化してしまう。

真紅を意味するクリムゾン1のハンドルネームでウェブサイトにログインしてから、こみあげる吐き気とともにすごした十分という時間のあいだ、ぼくはその電脳空間にただひとり佇んでいた。暗く、冷たい場所だった。やがてひとつ、またひとつと、小さな光が画面上でまたたきはじめた。ダークリルエンジェルにバーニングエンジェル23、ブラッドラヴァー

78、ブリード4U、サタンガールにデーモンアトリックス。ぼくはキーボードに文字を打ちこみはじめた。ところが、クレアが真後ろから覗きこんでくるので、どうにも気持ちが落ちつかない。そこで、チャットのやりとりを大声で読みあげるからと言い聞かせ、どうにかソファーへ引きとらせた。
「参ったな。サタンガールが、作品の着想をどこから得たのかと訊いてきてる。こんなのどう答えればいいんだ。尻の穴からひねりだしたとでも答えるか」

「ちょっと、ほんとにそんなこと書いたの？」

「いいや、こう書いた。〝夢と、恐怖と、日常から。ただし、何が何と結びついたかは、はっきりわからないわ〟」

「よろしい。合格よ。ほかには？」

「ブラッドキッズがこう訊いてきてる。〝グリオ夫人とシャルロス・ヴォン・フォーブール・サンジェルマン男爵は最終的にどうなったのか〟」

「自分で本を買ってたしかめなさいな、ケチンボのしみったれ」

「了解」ぼくは言って、前半の部分だけをキーボードに打ちこんだ。エネルギー補給用に準備しておいたナッツ缶を、クレアが横からかっさらっていった。

「お次は誰？」カシューナッツを選びとりながら、クレアはぼくに訊いてきた。

そうしてぼくらの共同作業は続いた。ぼくが画面上のやりとりを読みあげ、クレアが大声で回答を指示し、それをぼくがキーボードに打ちこんでいく。やがて、画面にひとつ、新たなハンドルネームが登場した。ぼくはふと黙りこみ、無言のまま画面を見すえた。ヴァンプT3と名乗るその参加者は、戸口に立ちつくす客人のようにいっさい口をつぐんだまま、ほかの参加者がヴァンパイアの神秘や、作者本人までもが忘れていたような端役の人物の末路についてぼくを質問攻めにするさまをひっそり傍観しつづけていた。ぼくはそうした質問を大声で読みあげながら、目の端では、その物言わぬ参加者を視界にとらえつづけた。恋人にバレないよう気をつけながら、べつのテーブルにいる妖婦とひそかな目配せを交わしあってでもいるかのように。そうしながら、心のなかでは自問を続けた。ヴァンプT3の〝T3〟が意味するのは、〝テレサ・トリオ〟ではあるまいか。この街のどこかで、あの美しき弁護士助手が、スクリーンを通してぼくを覗き見ているのではないか。だとしたら、テレサはいまもあのセクシーな眼鏡をかけているのだろうか。

そのとき、ヴァンプT3がとつぜん言葉を発した。こんなことを訊いては失礼かもしれないけれど、あなたのような気品に満ちた老婦人の作品を多くの読者が〝官能的〟だと感じていると知ったら、気を悪くされるでしょうか。ちなみに自分は同性愛者ではないけれど、わたしよりずっと年上で、聡明で、経験豊かな女性であるあなたにだけは、どういうわけか、わたしの心のいちばん奥底に秘めた最も暗い欲望――誰にも打ちあけたことがなく、自分だけのものだと信じきっていた妄想に触れられてしまう。そんな気がしてなりません。そういったことを、あなたはどうお考えになりますか。ひとりの作家として。あるいは、ひとりの女性として。

「今度は何？」続きを促すクレアの声がした。振りかえると、ソファーの上に仰向けに寝そべって物憂げに天井を見つめながら、ピーナッツを口に放りこむ姿が目に入った。

「なんでもない。似たり寄ったりの戯言《たわごと》ばかりだ。A型とAB型の血液の味のちがいが本当にぼくにはわかるのかと、ダークチャイルドってやつが訊いてきてる。自分にはできなかったそうだ。それから、ブラッド4Uがぼくに自分の血を飲んでほしいと言いだした」

「頭のいかれた連中はほっときなさい」

「おいおい、気をつけてものを言えよ。そのナッツ缶を買った金《かね》は、そんないかれた連中の懐《ふところ》から出ているんだぞ」

31

ダリアン・クレイのリストにあげられた二人目の女はマリー・フォンテインといい、ニュージャージー州リッジフィールド・パークのアパートメントに暮らしているという話だった。ところが、曲がり角でバスをおりた瞬間、その部屋はアパートメントというより、実家のガレージの上に建て増しされただけのものであることがすぐさま見てとれた。母家はスキップフロアで交互につながった造りになっているらしく、外壁は風雨にさらされ、陽に焼けていた。白い羽目板の継ぎ目からは、黒いすじが無数に垂れ落ち、生えたての痩せた芝からは、むきだしの土が点々と覗いている。覚えておいでだろうが、その年は異常気象が続いていた。ありがたくもあり(十二月にTシャツ一枚で出歩けることに感激しない人間がどこにいるだろう?)、気がかりでもある(こうした異常気象が最後の審判にはつながらないと、人類が地球を破滅に追いやってなどいないと、誰に言いきれるだろう?)暖かな冬が終わりを告げたかと思いきや、四月になると急激な冷えこみに見舞われ、明るい陽のさす午後に雪まじりの突風が吹きすさぶ始末だった。いま、フォンテイン家の前庭では、ハナミズキが早くも白と桃色の花を散らしている。おそらく、春を思わせる冬のあいだに花をつけてしまったのだろう。その花弁が点々とぬかるみのなかに埋もれていた。あらかじめ受けていた指示に従って、ぼくはガレージの脇から外階段をのぼり、木製の薄い扉の前に立った。扉の向こうでは、たたみかけるようなインダストリアル・ミュージックのリズムが大音量で轟いていた。

ぼくは強く扉をノックした。マリーはぼくの到着を待ち侘びていたのだろう。間髪をいれずに音量がしぼられ、ほとんど間を置くことなく扉が押し開けられた。マリー・フォンテインはずんぐりとした小柄な体形をしていて、大きな目と、大きな口と、大きな乳房の持ち主だった。地中海に暮らす人々のように、髪は黒く、肌は褐色。服装はゴシック調のボンデージ・ファッションにまとめられている。

「いらっしゃい。あたしがマリーよ」マリーは言って、小さな手をさしだした。ぼくはそれを握りかえした。

「ハリー・ブロックです。取材にご協力いただき、ありがとうございます」

ぼくは部屋に通された。簡易キッチンを備えた仕切りのない空間のなかに、小さく窪んだスペースがあって、そこにベッドが据えられていた。そうした造りはドラマ《ハッピー・デイズ》のフォンジーの部屋とそっくりなのだが、ここではそれに、おびただしい量の黒いレースや黒い蠟燭が添えられていた。壁には、ロックバンドのザ・キュアー、ナイン・インチ・ネイルズ、マリリン・マンソンらのポスターのほか、悪名高き殺人鬼チャールズ・マンソンの写真はもちろんのこと、〝ハネムーン・キラーズ〟や〝荒野の殺人事件〟など、男女二人組で連続殺人事件を起こしたカップルの写真までもが所狭しと貼りつけられていた。簞笥の上には、ダリアン・クレイを祀《まつ》った小さな祭壇が設けられていた。何かの骨を六角形につなげたオブジェ。リスの頭蓋骨。使いかけの黒い蠟燭に、黒いお香。新聞から切りぬいて、鏡に貼りつけられたダリアンの写真。そして、手紙の束。おそらく、ダリアンから送られてきた手紙だろう。赤いリボンで束ねられ、貝殻を貼りつけた箱のなかにおさめられている。いかにも意図的に誇張された禍々《まがまが》しさのなかで、ただひとつ残された乙女心の痕跡を眺めていると、やけに物悲しい気分にさせられた。マリーがダリアンに送った手紙はいま、その裸体を写したポラロイド写真とともにマニラ封筒に押しこめられ、ぼくの鞄におさめられている。それをぼくに手渡すとき、ダリアンが下卑た忍び笑いを漏らしていたと知ったら、マリーはどんな気持ちになるのだろう。

いや、おそらくマリーなら、そんなことは気にしないと言うだろう。モーガン・チェイスが秘密を打ちあけることに大いなるためらいを見せたのとは対照的に、マリー・フォンテインはみずから嬉々として胸の内を語りだした。モーガンを取材したときは、いやがる相手を無理やり口説いているようなばつの悪い思いをさせられたのに対して、マリーの場合はしょっぱなから極度になれなれしい態度をとったり、誘うようなそぶりを見せたりと、かえってぼくを四苦八苦させた。マリーはけっして美人ではなかった。とりたてて品があるというわけでも、色気があるわけでも、利発というわけでもなかった。けれども、マリーにははちきれんばかりの若さがあった。一生のあいだで最もみずみずしく、最も生気に満ちた若い肉体の魅力があった。そして、壁に貼られた写真のなかの女たちよりは遥かにかわいらしかった。

ハネムーン・キラーズの片割れ（むしろ、〝四分の三割れ〟というべきか？）であるマーサ・ベックは、体重二百五十ポンドの肥満体だった。尻がでかすぎて電気椅子におさまりきらなかったため、刑の執行を延期しなければならなかったという。荒野の殺人事件を起こしたマイラ・ヒンドリーはと言えば、ブロンドに染めた髪とナチス風のいでたちを〝反語的セックス・シンボル〟と表せなくもないが、女らしさの欠片《かけら》もない凡庸な容姿とＩＱ百七の凡庸なオツムでは、ああした悪行さえしでかさなければ、人目を引きもしなかったはずだ。にもかかわらず、マリー・フォンテインが理想に掲げる最高にロマンチックな運命の恋人たちが、無差別にひとを殺《あや》めたカップルたちであるのはあきらかだった。ぼくに言わせれば、そうした犯罪を犯すのは、善悪の概念が欠落した人間か、発育不全の弱い人間でしかない。あまりに弱すぎるがために、子供や老女を餌食《えじき》にすることでしか、世に名を広めることができないのだ。

賢明なる読者諸君なら、いまこそぼくを呼びとめ、こんなふうに言うことだろう。おいおい、ハリー。ずいぶんと善人面をしているが、あんたこそ、そうした犯罪者の妄想に肥やしを撒いている張本人じゃないのか。ほかにどんな目的があって、あんたの小説にはあっちのほうの描写が出血大サービスのてんこ盛りにされているのか。どうしてああまで卑猥な描写をしなくちゃならないのか、と。では、お答えしよう。何はさておきいちばんの理由は、もちろん、生きていくためだ。そして、世界中のウェイターやストリッパーが証明してくれているように、誰かがサービスとしてさしだすチップは誰かの家賃となるからだ。だが、もうひとつ、もっと重要な、ひょっとすると矛盾にしか聞こえないかもしれない理由がある。露骨な性描写をひねりだそうとするとき、ぼくが使っているのはこのすかすかでトカゲ並の脳味噌ではなく、それを超越した芸術的感性ではないかと考えているからだ。少し説明させてほしい。

暗澹たる恐怖と、ぞっとするほどの戦慄を求める読者へ——心配はいらない。そういう場面はこれからたっぷり登場する。それから、ぼくには、きみたちのことをとやかく言うつもりはない。次に、血飛沫《しぶき》のあがる場面になると顔をそむけてしまうという、肝っ玉の小さい読者へ——そういう人間はきみだけじゃない。本当だ。そうした作品を読むのがつらいと感じるなら、是非とも書き手にまわってみるといい。じつを言うと、ぼくのなかの眠れる詩人が目を覚まし、舌舐めずりを始めるのは、まさにそういう場面なのだ。もし、作家を夢見て鉛筆を削っている者たちに対してぼくが述べ伝えることのできる掟《おきて》がひとつあるとしたら、これがそうだ——読者のいやがる場面を書くとき、いや、何より自分自身が不快に感じる場面を書くときにこそ、作家はどこより力を入れるべきなのだ。

32

取材原稿——マリー・フォンテイン、二〇〇九年四月二十二日

マリー・フォンテイン（以下ＭＦ）：殺人を犯したとされている男を愛するのが怖くないかって？　いいえ、ちっとも。誰にもあのひとを正しく裁くことなんてできない。何をどう言ったって、結局はみんな、彼を殺したいだけなんだもの。だから、あたしは怖くない。遠く離れて愛しあうのじゃなく、面と向かって会ったとしてもね。だって、もし彼が本当にひとを殺したのならの話だけど、少なくとも、彼は自分で手をくだしたわけでしょ？　あたしにしてみれば、それって究極にエロティックな行為なの。死とエロスは切っても切れない仲だから。紙一重の差だから。だけど、たいていの人間は、怖くて一線を越えることができないのね。最高のセックスっていうのは、あたしたちを深淵の縁《ふち》へ連れていく。オーガズムはあたしたちをそこに突き落とす。ほんのちょっとだけ、死を味わわせてくれる。だから、殺人犯とセックスするのが怖いわけない。かえって燃えちゃうわ。

ハリー・ブロック（以下HB）：本当に？
MF：ええ、本当に。驚いたでしょ？
HB：いや……
MF：あたしの望みはただひとつ、あのひととファックすることなの。
HB：なるほど。
MF：アナルで。
HB：なるほど。
MF：お尻の穴であのひとを感じたいってこと。
HB：ええ、わかってます。それじゃ、もし、誰かを殺すのを手伝ってくれと言われたら？
誰かを罠におびき寄せてくれとか、誰かを羽交い締めにしてくれと頼まれたらどうするんです？

MF：もちろん、なんだってするわ。

HB：自分の手で殺人を犯すことも辞さない？

MF：ええ、もちろん。

HB：相手が誰でも？　友人や、自分の家族でも？

MF：もちろんよ。友人や家族がなんだっていうの？　そんなものは抽象概念にすぎないわ。あたしの本当の家族は、あのひとただひとりだもの。あのひとはわたしの友であり、兄であり、恋人でもある。あたしと彼は、ふたりだけのモラルに従って生きているの。ニーチェみたいにね。だからほかのひとたちには、あたしのことも、彼のことも理解できない。あたしたちは、世間のモラルには従わないから。くだらない価値基準にも、消費者主義にも従わないから。あたしの家族とされてる人間たちは、ぼうっとテレビを眺めてばかりいるわ。マスコミから与えられた餌をなんでもかんでも鵜呑みにして、牛みたいにいつまでも嚙み砕いてる。そう考えてみると、いったいどっちが囚人なのかしらね？　イラク問題だってそうよ。でも、かっと目を見開いて、その奥に隠された真実を見ぬくことさえできれば、いつでもわたしは自由になれる。たとえどこに閉じこめられようともね。これでわかったでしょ？　だから、あのひとは自由なの。頭のなかで自分を解き放ったから。仕事からも、家からも、学校からも、家族からも。この腐りきった州からも。この腐りきった町からも。こんな町、くそ食らえだわ。だけど、救いはある。この不正に満ちた夢から目を覚ましさえすればいい。そうすれば、現実は跡形もなく消える。すべてが可能になる。あたしを縛りつけるのは、〝汝の望むことをせよ〟という掟だけだから。

HB：クロウリーの言葉ですね。

MF：そう。あなたも読んだの？

HB：ええ、ずいぶん昔に。たしか、あなたぐらいの歳のころ……十代のころに。いま、学校には？

MF：まさか。あたし、二十二よ。

HB：それじゃ、何か仕事を？

ＭＦ：事務の仕事。ただし、秘書じゃない。

ＨＢ：クロウリーの教えを信じている？

ＭＦ：そうね、彼の本はよく読みかえしているわ。

ＨＢ：つまり、魔術や悪魔を崇拝している？

ＭＦ：そうかもしれないし、そうではないかもしれない。

ＨＢ：もし相手が子供だったら？　ダリアンに命じられたら、子供にも手をくだせる？

ＭＦ：あなたでも理解できるように、順を追って説明するわ。まずは、あたしがどんなに邪悪な女であるかをわかってもらわないと。たとえば、あたしの究極の夢を教えてあげましょうか。

ＨＢ：伺いましょう。

MF：あたしの夢はね、あのひとが誰かを殺して、腸《はらわた》を引きずりだすところを見守ったあとに、血の海のなかであのひとに犯してもらうことなの。
HB：本当に？　本当にそんなことを望んでいるんですか？
MF：もちろん。それが燃えちゃうの。血。汗。苦悶する生け贄。屠《ほふ》りの儀式。ああ、考えるだけで濡れてきちゃう。なんなら、たしかめてみる？　あたしならかまわないわ。
HB：いや、遠慮しておきます。あなたの言葉を疑ってなんていませんから。
MF：ほら、スカートのなかを覗いてみて。触ってもいいのよ。誰になんと思われようと、かまいやしないわ。
HB：いや、じつは、そろそろお暇《いとま》しないと……
MF：ほらね？　覗いてみて。遠慮しなくていいわ。

33

ぼくは可能なかぎりすみやかに脱出をはかった。さて、紳士淑女たる読者諸君、ああいった状況ではどうふるまうのが礼儀に適っているのか。さすがのアバズレ調教師にも確答はできない。即興喜劇クラブや、いとこが出演するライブの最前列からどうしても抜けだせないときみたいに、マリーのパフォーマンスが終わるまでしかつめらしい表情を保つことしか、ぼくにはできなかった。マリーがスカートの下に手を突っこんでいるあいだは、丸太のような笑みをたたえたままそれを見守った。だが、フィナーレを迎える瞬間だけは、乾ききった目を逸らさずにいられなかった。マリーの毒気に耐えられなかったとか、醜悪さに胸が悪くなったとかいうわけではない。けっしてそんなことはない。彼女がどれだけ悪ぶってみせようと、ぼくから見れば、マリーはごく普通の女の子にすぎなかった。それがぼくには耐えがたかった。マリーはいまの生活から、自分の家族から、逃げだしたくても逃げだせないでいる。おそらく、友人はいない。惨めな仕事を嫌悪している。自分を醜いと思っている。心のいじけた、不器用で、内気な少女。それがマリー・フォンテインだった。もしマリーがもう少し利口で、もう少し裕福だったなら、アートスクールに逃げ場を見つけていたことだろう。

だが、現状はちがった。逃げ場はどこにもなかった。そう、ダリアン以外には。

もうひとつ、白状しなければならない。もしマリーがあんな誘いをかけてこなかったら、おそらく、ぼくのなかのサディストが目を覚ましていたことだろう。あの寸前まで、ぼくはマリーに強烈な荒療治を加えてやりたいと思っていた。他人を見くだす人間や悪ぶった言動をする人間には、昔から吐き気を覚えた。本物の苦しみ――児童虐待や国家による迫害、癌、大量殺戮、現実世界に蔓延するありとあらゆる本物の恐怖――を目の前に突きつけてやりたかった。マリーを真っ向から嘲笑い、マリーがこれ見よがしに信奉するちっぽけな悪魔に唾を吐きかけてやりたかった。おまえの恋焦れる男は人間の屑で、単語も満足に綴れないボンクラだと言ってやりたかった。あの男にとってはおまえなど取るに足りない存在、単なる笑い種《ぐさ》だと言ってやりたかった。マリーを執拗なまでに罵ってやりたかった。

もちろん、行動には移さなかった。だが、そうしてやったほうが、本当はマリーのためになったのかもしれない。憐れみを示されたり、中途半端に理解を示されたり、同情を示されたりするほうが、マリーにとってはよっぽど残酷な仕打ちであったろう。あの邪悪な夢想を取り除いてしまったら、あの部屋のなかに何が残るというのか。だからぼくは、自分がショックを受けていると思わせておくことにした。ひとことふたことの挨拶だけ済ませて、足早に部屋を出た。閉じた扉の向こうから、けたたましい哄笑が背中を追ってきた。あれ以上あの部屋にいるよりは、寒風《かんぷう》のなかでバスを待つほうがずっとましだった。

バスに乗りこむと同時に、侘しさを覚えた。運転手の真後ろの席にすわり、窓ガラスに額を押しあてた。ため息を漏らしたり、鼻息を荒くしたりするブレーキの音に耳を傾けた。外は雨が降っていて、目に見えるすべてのものがかすかな光を放っている。木の葉が風に吹きあげられては、窓ガラスに体当たりしてくる。どうにか車内に忍びこんで、この町から抜けだそうとでもしているかのようだ。道行く車のぴかぴかに磨きあげられたボディには、雨粒が鳥肌のように浮いている。伸びた芝生のなかに、玩具《おもちゃ》や、自転車や、小人の石像や、トナカイの人形が埋もれている。鉄錆の浮いたブランコが茶色のまだらになっている。黒や緑色をしたプラスチック製のゴミバケツが道端で列をなしている。破れた傘がその傍らに転がり、銀色の骨を覗かせている。どの町にいるどんな人間でも、マリーやぼくのように満たされない何かを抱えているのだろうか。バスがトンネルに入ると、ぼくは座席に沈みこんで目を閉じた。

クイーンズにたどりつくころには、気分がむしゃくしゃして仕方なくなっていた。花屋の前を通りかかったとき、完全なる同性愛者でありながらJ・デューク・ジョンソンの替え玉を務めてくれているモーリスの姿が目に入った。気分転換になるかもしれないと思い、ちょっと立ち寄ることにした。ところが、モーリスはボーイフレンドと喧嘩をしたとかで、ぼくに輪をかけて不機嫌だった。

「一杯でも六杯でもいいから、ちょっと引っかけにいかない？　こんなときに素面《しらふ》でいられるかっての」とモーリスは言いだした。

「そうだな。それじゃ、どこにする。〈ジャッキーズ〉はどうだ？」ぼくは通りの角にあるバーをあげてみた。

「ごめんだね。ここいらの店はだめ。知りあいに出くわして、七面倒臭い話なんてしたくない。ゲイのたまり場もいや。まわりが気になってしょうがない」

「やれやれ、そいつはありがたい」

「言いたいことはわかるでしょ？」

「ああ。だったら、ぴったりの店を一軒知ってる」

「知りあいに鉢合わせする可能性は？」

「まずありえない」

「ゲイのたむろする店でもない？」

「それについては、ほぼ完璧に保証できる」

34

ダニエラの働くストリップ・クラブ〈RSVP〉は空港の近くにあった。ダニエラの携帯に電話をかけ、留守電にメッセージを残しておくと、数分後にメールが届いた。今夜も店に出ているから、フロントにぼくの名前を伝えて、ドリンク・チケットをあずけておいてくれるという。それを聞いたモーリスは一気に浮かれ立った。

「ばかでかいオッパイをしたゴージャスなブロンド美女にまたがられて、そいつを顔にこすりつけてもらいたい」タクシーに乗りこみながら、モーリスはまくしたてた。「ただし、想像もつかないくらい、途方もなく巨大なオッパイじゃなきゃだめ。それから、乳首もでかくて、ピンク色のやつがいいわ」

その店はコンクリートの箱型をしていた。窓もなければ、ネオンサインもない。間口が狭くて奥行きの長い平屋造りの建物が、工業用地（これまたなんと侘しい場所だろう！）にぽつんと建っている。通りに並んだ街灯がオレンジ色のまばゆい光を放っている。ときおり頭上を飛行機の轟音が通りすぎていく。ぼくとモーリスは回転ゲートを抜けて、明るく照らされた夜から暗闇へと移動し、目が暗がりに慣れるのを待った。

はじめのうちモーリスは、居並ぶ女体にただただ呆然としていた。ところが、何杯もの日本酒を呷《あお》るうちに気分が乗ってきたらしい。二本目の徳利をからにするころには、泥酔したサラリーマンのように札ビラを花道へ投げいれたり、踊り子のパンティーの紐にみずから挟みこんだりしはじめた。ただし、この大男のことを、羽目をはずしにきたノンケの男子学生だと勘ちがいする者はひとりもなかった。モーリスは「すてきよ、ねえさん！」などと大声ではやしたてては、どこの美容院に通《かよ》っているのか教えろと黒人の踊り子に迫り、尻を叩けと促されれば、「何よ、いやらしい娘《こ》ね。そんなにお仕置きがされたいの？」とささやいた。当然ながら、踊り子たちはその珍客を大いに面白がった。ぼくらのすわるボックス席はみるみるうちに注目を集め、つねに二、三人の踊り子がまわりに寄ってきては、腰をくねらせながらくすくすと忍び笑いを漏らした。そのなかにひとり、巨乳の大柄なブロンドがいた。

「これって、本物？」モーリスは手の平に女の乳房を載せたまま訊いた。腹のなかに詰め物をしたチキンの手ごたえをたしかめるかのように、その重みをはかったり、つついたりしている。

「あんた、偽物のオッパイを触ったことないの？　お仲間のなかに何人かはいるでしょうに」

「まあね。けど、こっちのほうがずっといい。乳首がぴんと立ってる」

「そりゃあ、あんたが引っ張ってるからよ」

若くてセクシーな赤毛の女が、ふたりのあいだに身体を割りこませて言った。「あたしのは詰め物なしの本物よ。触ってみて」赤毛の女の乳房は小ぶりながらもつんと上を向き、淡いそばかすが散っていた。モーリスは深く考えこむような表情で赤毛の乳房を揉みしだいてから、「う〜ん、軟らかい」と感想を述べた。それからは、やってくる女、やってくる女に声をかけ、乳房で頬を撫でてもらった。そのたびに女たちはキャーキャーと黄色い悲鳴をあげた。

ふと気づいたときには、ぼくらのボックス席に新たな来客が近づいてきていた。モーリスにも劣らぬほど大きながたいをつなぎの上下に包み、威風堂々たるアフロヘアに山羊鬚を生やした黒人の大男が、下着姿の小柄なアジア系の女の手を取ったまま、テーブルの前に立ちはだかったのだ。

「よう、ちょっといいかい」

「あの、何か?」ぼくはおずおずと尋ねた。もし喧嘩にでもなった場合、モーリスもぼくと同じくらい戦力にならない気がした。

男はモーリスを指さした。「そっちの男。ありゃあ、J・デューク・ジョンソンだろ。小説家の」

「いや、ひとちがいだ。よく言われるんですよ。他人の空似ってやつで」

「ああ、わかってるよ。下手に騒がれたくないってんだろ?」男はミットのように巨大な手の平でぼくの手を握りしめると、さらに腕を伸ばして、その奥にいるモーリスの肩を叩いた。

「失礼、ミスター・ジョンソン。ミスター・ジョンソン!」

モーリスは笑みを広げながら、きょろきょろとあたりを見まわした。自分もまた、ミスター・ジョンソンなる人物がどこにいるのかと興味を引かれているかのように。男はモーリスとステージのあいだにぐっと身を乗りだした。踊り子たちが後ずさりして、手の平で乳房を覆った。「おれはただ、あんたの大ファンだってことを伝えたいだけなんだ。あんたの作品にはいつも刺激を受けてる」

「それはその……どうも」モーリスはとつぜんのことに面食らっていた。だが、酔いのせいか、自分のつくるブーケのファンに出会えたことがさぞかし嬉しかったのか、次の瞬間には余計なひとことが飛びだしていた。「だいじなのは、形と色よ」

ぼくはテーブルの下でモーリスの向こう脛を蹴飛ばした。

「このひとはあんたの小説のファンなんだよ。モルデカイ・ジョーンズの」

「ああ……そう、そうだった！　ええと、どうもありがとう」モーリスは男の手を取って握手を交わした。

「一杯奢《おご》らせてもらえるかい」と男は言った。

「もちろん。アツカンをお願い！」モーリスは男の申し出に飛びついた。

男は自分用にクルボアジェのコニャックを注文した。ぼくはコーラを頼んだ。

「いや、その、アルコールは飲めないんだ」ぼくはぎこちなく言いわけした。「彼のボディガードだから」最後に付け加えた言葉に、全員が笑った。ぼくがいちばん大声で笑った。

「あんたも、そこのかわいらしいお連れさんも、ここに合流したら？」モーリスが誘うと、ふたりは小さなボックス席に尻を割りこませてきた。ぼくはふたりの大男に挟まれる恰好となった。踊り子たちも周囲に集まってきていた。

「こいつはメイ・リンだ」男は連れの女を指さして言った。

「こんばんは、かわいらしいお嬢さん」モーリスは言って、女と握手を交わした。

「そんでもって、おれはＲＸ７３８」

「え？　いまなんて？」モーリスは男に訊きなおした。

「ＲＸ７３８」男はそう繰りかえすと、名刺を二枚取りだして、ぼくとモーリスに一枚ずつ手渡した。そこにはたしかに、電話番号やＥメール・アドレスと並んで〝ＲＸ７３８〟との文字が印刷されていた。

「ＲＸ？　もしかして、ロレックスの鑑定家だとか？」モーリスは眉根を寄せた。

「いや、ＤＪでプロデューサーだ。ラップも少しやる。ドラムも」

「そりゃすごい」

「だが、あんたには何より、作詞の部分で影響を受けてる」

「そりゃどうも。それはそうと、その髪型も最高。独立戦争時代の面影が漂ってる」

「ああ、そのとおり。そう見せようと意図してるんだ。それこそが、モルデカイの唱道する精神だろ。黒人よ、結束せよ。銃口を互いに向けあうのはよせ。真の敵、白人を狙え。おっと、気を悪くしないでくれよ」ＲＸはぼくに向かって付け足した。

「いや、かまわない」ぼくはすかさず言って、コーラをひと口飲みこんだ。

「なあ、結束を深めるのに手っとり早い方法があるんだが。ひとつ頼みごとをしてもいいか?」RXはモーリスに向きなおって問いかけた。

「言ってみて」モーリスは熱燗をすすりながら先を促した。

「おれの曲にラップを吹きこんでくれないか。ちょこっとレコーディング・スタジオに寄って、思いつくままにラップを刻んでくれりゃあいい」

「もちろん! そりゃあもう、喜んで!」モーリスは喜び勇んで承諾した。

その瞬間、これまでの人生が走馬灯のように脳裡を駆けめぐった。最後のシーンに映しだされたのは、録音ブースでしどろもどろのラップを披露しているモーリスの姿だった。ぼくは慌ててモーリスの耳もとにささやいた。「いいかげんにしろ。ぼくとふたりで心中する気か?」

だが、ぼくの声はモーリスの耳に届いていなかった。モーリスの目はステージに釘づけになっていた。「見てよ、あの娘《こ》……」モーリスはぼそりとつぶやいた。

そこにいたのはダニエラだった。だが、そう気づくまでにはしばしの時間を要した。《汚れなき愛》のメロディーが流れるなか、ダニエラはポールから逆さまにぶらさがっていた。ヘルメスの杖に絡まる二匹の蛇のように両脚をポールに巻きつけ、スポットライトのなかで長いブロンドの髪を揺らめかせていた。ぼくらの頭上高くを浮遊していた。目を閉じたまま、ゆるやかに回転していた。まるで自分ひとりのためだけに踊っているかのようだった。やがて、するするとポールをすべりおりると、けばけばしい色彩を放つステージの上を這って、ネクタイをゆるめて結婚指輪をはずし、餌のように札ビラをさしだす男たちのもとをまわりはじめた。

「すごい！　最高にセクシー！」手にした杯《さかずき》から日本酒を飛び散らしながら、モーリスがわめいた。

「まったくだ」ＲＸが相槌を打った。

降りそそぐスポットライトのなか、ダニエラは額に手をかざして、ぼくらのほうに目を凝らした。にっこりと笑って、手を振った。ぼくも手を振りかえした。

その直後、ダニエラは「ＲＸ！　ＲＸ！」と声を張りあげた。

十五分後、満足げな笑みをたたえたダニエラはテキーラをすすりながら、ＲＸの膝の上におさまっていた。メイ・リンはＲＸの手を両手で包みこみ、手の甲を優しく撫でていた。大柄なブロンドと赤毛の踊り子がモーリスにぴたりと寄り添って、シャンパンを口に運んでいた。ぼくはまたもや、そのあいだに挟まれる恰好となった。ひとり寂しくコーラをすすりながら、半裸のダニエラにぽかんと見とれることだけはしないよう、懸命に努めていた。ダニエラの裸体は、腕も、脚も、なめらかな腹も、すべてがすらりと引きしまっていた。バレリーナを思わせる小ぶりで張りのある乳房と、奇跡のような丸みを帯びた見事な尻をしていた。ダニエラはマールボロをくわえて火をつけると、周囲を見まわし、誰も見ていないことをたしかめてから、ぼくに問いかけた。

「執筆のほうは進んでる？」

「いちおうは。ただし、歩みはのろい。本音を言うなら、かなり気が滅入る作業でもある」

「あんたも作家なのか？」ＲＸが訊いてきた。

「ええ、まあ……」ぼくはもぞもぞと尻を動かしながら答えた。

「あんたもって、どういうこと？」ぼくが肩をすくめるのを見て、ダニエラはＲＸに説明を始めた。「このひとはダリアン・クレイに取材をしてくれているの。姉さんの事件の真相を暴こうとしてくれているのよ」

「なんてこった！　本当なのか？　そいつは筋金入りの大仕事だぜ。正真正銘、本物のな！」

「それはどうも」ぼくは素直に礼を言った。

「あいにく、あたしは本物じゃない。ただの替え玉だもの……」モーリスが出しぬけに言いだした。ぼくがほかへ気を取られているあいだに、浮かれ気分がすっかり消え去り、ふさぎの虫に取り憑かれてしまったらしい。両脇にはべらせていた女ふたりを払いのけると、モーリスはすっくと立ちあがった。その頬を涙が流れ落ちた。「あたしはドクター・マーチンじゃない。ただのしがない花屋よ。でも、この仕事を愛してる」

「いったい何を言ってるんだ？」ＲＸが眉根を寄せた。

「ドクター・マーチンって誰のこと？」ダニエラが訊いた。

「デューク！　デューク、すわれ！　今夜は酔いすぎだぞ、デューク！」ぼくは慌ててモーリスに呼びかけた。

モーリスはぼくの隣にどさっと腰をおろし、大声でわめきだした。「デュークって何よ？

それじゃ、ドクター・マーチンはいったい誰なのさ？」

「あんたの名前はデューク・ジョンソンだろ。ドクター・マーチンはブーツをつくってるメーカーだ」ぼくは小声でまくしたてた。汗が背すじを伝った。

「ああ、そうだったわね」モーリスはそれだけ言うと、ぼくを指さし、「デューク・ジョンソン！」と吠えた。

「どういうことだ？　あんたはデューク・ジョンソンなんだろ。ちがうのか？」RXはモーリスを問いただそうとした。

「ちがう！　ちがうとも！」押しとどめようとするぼくを振り払い、ふたたび椅子から立ちあがろうとしながら、モーリスはわめきたてた。「あたしはモーリス！　〈至福の生花店〉の主《あるじ》よ！　それに、くそったれよ！　くそったれの、くそ野郎よ！」

「しかし、あんたがちがうってんなら、いったい誰がデューク・ジョンソンなんだ？」

「そいつよ、そいつ」言いながら、モーリスはぼくを指さした。「そいつがそう」

「あんたが？」

「どうやらそのようだ」ぼくは言って、息を殺した。

「ハリーはすばらしい作家よ。ポルノも手がけたことがある」ダニエラが言った。

「ちくしょう。デューク・ジョンソンが白人だってのか？」RXがつぶやいた。ぼくは飛んでくるこぶしを待ち受けた。だが、RXの表情は、腹を立てているというより、むしろ気抜けしているように見えた。

「すまない。誰かを傷つけるつもりはなかった」とぼくは詫びた。それ以上、何を言うべきかわからなかった。

「ちくしょう。まさか、白人だなんて……」RXはそうつぶやくと、ふつりと黙りこみ、驚愕の事実を黙考しはじめた。モーリスはブロンドの踊り子のばかでかい乳房に顔をうずめてむせび泣いていた。赤毛の踊り子が優しくその頭を撫でていた。RXはグラスの中身をひと息に呷《あお》った。

「ああ、あんたはたしかに優れた作家のようだ」そう言うと、笑いながら、軽く触れる程度に、ぼくの腕をひっぱたくふりをした。「ったく、どういうこったろうな。おれたちはみんな秘密を抱えてやがる。おれもひとつ打ちあけよう」RXはぼくのほうへ身を乗りだした。

「おれは郊外で生まれ育った。ロングアイランドの出身だ。高級住宅街グレート・ネックのグレート・ネック・サウス高校に通ってた」

「わたしもよ」とダニエラが言った。「二年生のとき、ホリス高校から転校したの。両親がもっとレベルの高い学校に移れって言いだしたから。それでRXに出会ったってわけ」

「ただし、校内じゃマリファナとコカインをさばいてた。流血沙汰もしょっちゅう起こした」

「なるほど。そりゃそうだ」ぼくはすかさずうなずいてみせた。

「ちくしょう。白人か……」RXはまたも繰りかえした。それからぼくに向きなおって言った。「なあ、デューク・ジョンソン。それでもやっぱり、おれはあんたと握手がしたい」

ぼくたちは固く手を握りあった。「ありがとう、ＲＸ７３８」とぼくは言った。こんなにも自分を誇らしく思えたことは、これまで一度もなかった。

35

J・デューク・ジョンソン著、『四十二番街の裏切り』第一章より

「あなたがモルデカイ・ジョーンズ？　おかしいわね。どう見てもユダヤ人には見えないけど」

いたずらっぽく微笑みながら、女は事務所に入ってきた。おれには耳慣れたジョークだった。おれの身長は六フィートニインチ。体調のいいときで、体重は二百ポンド。そして、体調が良かろうが悪かろうが、肌の色はつねに濃褐色。さて、今日の体調はどちらか。まだどちらとも決めかねる。なまめかしい姿態と、冷たいブルーの瞳と、ウィットに富んだ心を持つブロンドの女が持ってきた依頼の内容しだいだ。

「母親がエチオピア系のユダヤ人だったものでね。それでうちでは代々、ユダヤ教を信仰してきた。だからいちおうはユダヤ系ということになる。食の戒律はあまり守っていないがね」そう説明しながら、おれは片手をさしだした。「で、そちらは？」

「チェリー・ブレイズよ。〈プレイヤーズ・クラブ〉で踊り子をしている。バーテンダーの

ホルヘスからあなたのことを教えてもらったの」チェリーはいったん言葉を切り、マールボロ・ライトの一〇〇ミリ・パックを手に取って、そこから一本振りだした。その仕草から判断するに、どうやら決心がつきかねているらしい。ライターを探してハンドバッグのなかを引っかきまわしながら、チェリーはこう続けた。「行方不明の人間を探してほしいの。わたしの父を。ジュニパー・ブレイズを」

「親父さんを最後に見たのはいつだ？」マッチを取りだしながら、おれは訊いた。

「十年まえ」

おれはマッチの炎をさしだして、煙草に火をつけてやった。「見つけだすのは簡単じゃないが、不可能でもない。そのとき、親父さんはどこにいた？」

チェリーはまっすぐおれの目を見すえ、小さくすぼめた真っ赤な唇の隙間から煙を吐きだすと、こう答えた。「棺のなかよ」

通りの先にある〈ハイ・ロウ〉へ場所を移し、それぞれにグラス二杯の酒（向こうはウイスキー・サワーで、こちらはシーバス・リーガル）を飲み干したあと、チェリー・ブレイズはこれまでの経緯をあきらかにしようと試みた。その結果、ひとつだけあきらかになったことがある。この女は頭がいかれているか、口からでまかせを言っているかのどちらかだということだ。いや、あるいは、真実を語っているのかもしれない。その場合は、おれのほうこそ頭がいかれかけているということになるのだろう。

チェリーの親父さんはトランペット吹きだった。通り名はジュニパー・〝ボンキー〟・ブレイズ。〝白ん坊《ホンキー》〟の愛称は、親父さんの奏でる音色と肌の色、その両方から名づけられたという。ジュニパーは一九五〇年代から六〇年代のあいだ、白人としては唯一の売れっ子トランペット奏者として活躍していた。卓越した演奏技術を誇り、えも言われぬ美しい高音を奏でることができた。ところが、チェリーがこの世に生を受けるころには、そうした栄光も遠い過去のものとなっていた。ジュニパーはドラッグに溺れ、博打にのめりこみ、幼い娘を連れて住まいを転々とするようになった。かつての四十二番街で暮らせば、誰でも大人びた子供に育つ。チェリーもその例外ではなかった。だから十八歳のとき、ドラッグの過剰摂取で父親が急逝しても、チェリーは涙を流さなかった。その後はストリップ・クラブのポール・ダンサーとして生計を立ててきた。そうしていまでは二十八歳になった。傍目には、なおも気丈な女に見える。こうして、その目をまじまじと見つめるまでは。

「単刀直入に聞こう。どうしておれのところへ？」次の煙草に火をつけてやりながら、おれは訊いた。

「父の夢を見たから」

「夢？」日中、おれの耳には多くの話が入ってくる。夜にはさらに多くの話が耳に届く。だが、夢の話をされたのははじめてだった。おれは声をあげて笑った。「いいだろう。まずは話を聞こうじゃないか。話してくれ」おれはそう言うと、追加の酒を注文した。

チェリーは笑いもしなければ、腹を立てもしなかった。無表情にグラスを傾けていた。煙草を吹かしていた。おれの目をまっすぐ見つめかえしていた。それから、おもむろに語りだした。

「一カ月くらいまえになるかしら。ある夢を見たの。父がわたしの部屋で《グッドバイ・ポークパイ・ハット》を吹いている。父のお気にいりの曲よ。だけど、父はトランペットを手にしていない。聞こえているのはたしかに父のトランペットの音色なのだけれど、その音は、キスをするときみたいにすぼめた唇の隙間からじかに出ているの。やがて、父はわたしの手を取って、クロゼットのなかへ導いた。わたしがいま暮らしている部屋のクロゼットのなかへ。扉の向こうには長い廊下が伸びていた。その先はホテルの一室に通じていた。昔、父と住んでいた、タイムズ・スクエアの先にあるホテルだった。そのとき、とつぜん父が猛り狂うように甲高い音を吹き鳴らしながら、ベッドの下を指さした。覗きこんでみると、そこには、血にまみれた父のトランペット・ケースが押しこんであった。父は悲鳴をあげはじめた。トランペットの音色の悲鳴を。わたしは血まみれのケースを引き寄せて、蓋を開けた。なかにはナイフが一本、転がっていた。その瞬間、目が覚めたわ」

「気味の悪い夢だ。おれもゆうべ、いかれた夢を見た。ブロードウェイで祖母が象にまたがってる夢だ。真夜中過ぎにポパイズのフライドチキンを食うと、かならずその夢を見る」

「わかってるわ」煙を手で払いながら、チェリーは言った。「おかしな夢くらい、誰だって見る。大騒ぎするほどのことじゃない。でも、わたしはその夢を毎晩見つづけているの。そして気づくと、あの曲を口ずさんでいる。あの夢が頭を離れない。シャワーを浴びていても。

列車に乗っていても。仕事をしていても。このままじゃ、おかしくなってしまうわ」

「それでおれのところに来たってわけか。だがやはり、あんたに必要なのは探偵じゃない。ビーチですごす一週間の休暇だと思うがね」

「わたしもそう思っていたわ」

「そいつはよかった」おれは言って、財布に手を伸ばした。

「父からのEメールが届くようになるまでは」

「メール？」そのときはじめて、何かを感じた。猟犬が空気中に何かのにおいを嗅ぎとったときのように、耳がぴくりと引き攣《つ》り、鼻孔が広がった。

「そう、メールよ。ごく短いメールが何通も送られてきた。そこには、父しか知りようのないことが書いてあった。父の仕事がはけたあと、ハワード・ジョンソン・ホテルの喫茶室でホット・ファッジ・サンデーを食べさせてもらったときのこと。通学用の靴を買うために、トランペットを質に入れたときのこと。ダンスはあんなに上手なのに、どうしてこんなに歌が下手なんだってからかわれたときのこと」チェリーはそこで言葉を切り、グラスの中身を飲み干した。「さて、ご感想は？　やっぱり、わたしに探偵は必要ないかしら？」

おれはチェリーのパックから勝手に煙草を一本抜きとり、フィルターをむしりとった。

「それで、あんたの雇った探偵に、どこから取りかかってもらいたいんだ？」

チェリーはマッチを拾いあげ、おれのくわえた煙草に火をつけながら答えた。「もちろん、父の眠る墓地からよ」

36

次にダリアン・クレイのもとを訪れたとき、空気はひんやりと澄みきっていた。視界はすっきりと晴れわたり、遥か遠方の尾根を覆う木々の輪郭まで、一本一本はっきりと見てとれた。だが、当然のことながら、面会室のなかは天候に左右されない。時刻にも左右されない。むきだしの蛍光灯から放たれる均一な光のもとでは、昼も夜も関係はない。ぼくはボルトで固定された椅子に腰をおろし、ボルトで固定されたテーブルに向かった。コンクリートの床は清掃を終えたばかりらしく、松脂のにおいが鼻を突いた。

「よかったぞ。あの話はかなりよくできていた」ダリアンは満面の笑みを浮かべながら、マリー・フォンテインを主人公としたポルノ小説の論評を加えはじめた。「あのアマっ子の性格を、じつにうまくとらえてた。ほんの些細なところまで。たとえば、焼き印を押されるシーンで、おれに噛みついてくるところとか」

「それはどうも」ぼくは卑屈な思いで礼を言った。それと同時に、くしゃみが出た。

「気をつけたほうがいい。この時期は体調を崩しやすい。おれは毎日ビタミンを摂ってるぞ」

「いや、だいじょうぶ。ありがとうございます」

ダリアンは背もたれに寄りかかると、何ごとかを考えこむように顎を撫ではじめた。今朝は剃刀をあてなかったらしい。ぼくと同じく、白髪まじりの無精髭がその顎を覆っていた。

「なあ、それにしても、あのマリーってアマっ子はちょいと肥えすぎだとは思わんか？」

「さあ、どうでしょう……それほどではないかと……」ぼくは小さく肩をすくめた。

「遠慮なく言ってみろ」

「いや、かわいらしい女性でしたよ……」言いながら、マリーの姿を思い浮かべた。あの嘲るような笑い声が耳に蘇った。その記憶を悟られまいとするかのように、慌ててノートをめくり、テープレコーダーの録音ボタンを押しながら言った。「たしか、今回は学校に通っていたころの話をしたいとのことでしたが？」

「ああ、アートスクールの話だ。だが、そこに通ってはいなかった」

「それはまたどうして？」

ダリアンはくつくつと笑い声をあげた。「向こうに拒まれたからさ。それが理由だ。さもなきゃ、いまごろどうなっていたことか。おれは間違いなく、写真家として名を馳せていただろうよ」

「なるほど。それじゃ、まずは写真の話からしましょう。写真を撮りはじめたきっかけは？カメラマンになりたいと思ったのはいつごろのことでした？」

「たしか、ミセス・グレッチェンって里親の家にいたときのことだ。ありゃあ、本当にいけ好かない婆あだった」言いながらダリアンは脚を投げだし、くつろいだ姿勢をとった。囚人用の上靴に押しこまれた、分厚い白のスポーツ・ソックスが覗いた。「正真正銘の、どえらい性悪女だった。よく、車のアンテナでぶたれたもんだ。太腿の裏をな。そりゃあもう痛いなんてもんじゃなかった。あの婆あのほうこそ、ムショにぶちこむべきだ。あの荒屋《あばらや》でのんびりテレビなんて見させておくべきじゃない。そういや、あの婆あがつきあっていた男にはよく、服をひんむかれて、冷たいシャワーを浴びせられたっけな。そのあとは、裸のままポーチに放りだされる。近所の目にさらさせるために。辱めを与えるために」

「どうしてそんなことを？」

「ベッドで寝小便をしたからだ」ダリアンはまっすぐぼくの目を見すえたまま、にこやかに微笑んでみせた。

「ああ、なるほど」

「だが、その男はカメラを持ってた。古ぼけたニコンをな。ありきたりな写真ばかりをばかみたいに撮りまくってた。庭に立つグレッチェン。自分の車。リスだのといった小動物。近所の木立。三脚に固定したあとなら、おれに接眼レンズを覗かせてくれることもあった。しかしまあ、頼まれたってシャッターを押すつもりはなかった。あんなの、フィルムの無駄ってもんだ。だから、おれは後ろで手を組んだままファインダーを覗きこんでは、頭のなかの風景にシャッターを切っていた。そういう〝まねごと〟を楽しんでいた」ダリアンは笑みをうかべると、手錠をはめられた両手をあげ、爪の嚙みすぎでぼろぼろになった指を顔の両脇にかまえて、カメラを覗きこむふりをしてみせた。「カシャッ。タイミングを見計らって……カシャッ」

ダリアンはそのまま黙りこんだ。ディナー・パーティーで気まずい沈黙が流れたときのように、なんでもいいから言葉を発したいという衝動に駆られたが、ぼくはかろうじてそれを抑えこんだ。ダリアンは両手の指を縒りあわせ、そのまま膝に載せてから、ようやくふたたび口を開いた。

「その男は地下に暗室もつくっていて、ときどきおれに現像を手伝わせた。そいつが家にいないとき、おれはこっそりそこに忍びこんだりもした。薬品のにおいや、地下室に特有の土臭いにおいがたまらなく好きでな。部屋は狭くて、暗かった。だが、そこにいるとなぜだか安心な気がした。現像液に浸けた写真を眺めるのも好きだった。そこに写されたものが、水底で息を吹きかえしていくような感じがしてな。だが、そうなりゃ当然……」ダリアンはそこでふたたび椅子にもたれ、脚を組んでから続けた。「……当然、自分のカメラがほしくなる。おれはアルバイトをしたり、釣りをごまかしたり、掻き集められるだけの小銭を掻き集めては、それをこつこつ貯金した。そうしてついに、中古のキヤノンを手に入れた。十五のときのことだ。そりゃあもう、小躍りして喜んだ。フィルム・カバーがゆるんでいたから、フィルムを入れかえるたびにテープを貼りつけなきゃならなかったが、そんなこたあどうでもよかった。ようやく、自分の写真が撮れるんだからな。ただし、まだしばらくは〝まねごと〟を続けなけりゃならなかった。フィルムを買う金《かね》がなかったからだ」

テープを再生してもらえれば、そのとき、ぼくらふたりの笑い声がきみにも聞こえたことだろう。

「だが、やがては〝まねごと〟じゃなく、本物の写真を撮れるようになった。それはもう、膨大な数の写真を撮った。あれはいったいどこに行っちまったかな。いまなら相当な値がつくと思うんだが。いわゆるコレクターズ・アイテムってやつだ」

「そのころはどんな写真を？」

「なんでもさ。木。犬。子供。近所の連中。どこへ行くにもカメラを持ち歩き、斥候兵がするみたく地べたに這いつくばった。そのうち、忍耐力が身についた。大切なのは、とにかく待つってことだ。それがカメラマンの仕事みたいなもんでな。猟師が獲物を待つように、自分の求める何かがあらわれるのをひたすらに待つってわけだ」そう言うと、ダリアンはテーブルに肘をついて、両手でライフルの形をつくり、立てた親指の照準をぼくに合わせた。ぼくは微笑んでみせた。

「しかし、大半は人物写真を撮っていたのでは？　つまり、ポーズをとらせたモデルの写真を」

「同じさ。どっちも同じことだ。カメラマンと被写体の関係性に変わりはない。ひたすら待って、いろんな微調整をしながら相手をなだめすかして、目を逸らすことなく、何かが姿をあらわすのを待つ。例の未確認なんたら物体でもなんでもいい。とにかく、いちばん難しい部分はおんなじってことだ」

「つまりは、待つこと」

「そうだ。それと、被写体をじっとさせておくことだな」ダリアンはふたたび小さくくつくつと笑いながら、爪を噛みはじめた。ぼくはボールペンのキャップをはずして、なんのためかもわからないチェックマークをノートにつけた。

「それじゃ、カメラマンになろうと決めたのはいつごろのことで？」

ダリアンは舌に張りついていた目に見えない何かを吐きだし、肩をすくめた。「そういう職業があるってことを知った瞬間から。最初は報道カメラマンになりたかった。戦争だの火災現場だのを撮影するやつだ。海外特派員とか、そういうやつだな。だが、あるとき気がついた。おい、写真なら雑誌にも載ってるぞ。ポスターにも、広告看板にも、どこにでも。写真が至るところで使われているんなら、それを撮ってるやつがいるはずだ、ってな」

「しかし、あなたは芸術性の高い写真が撮りたかったのでは？」

「ああ、そうとも。あるとき、ひとりの教師に出会ってな。バーンズワースって名前の教師だ。そいつがおれに写真集を貸してくれた。といっても、図書館で借りてきたものだったがな。とにかく、その教師は、カメラを抱えて学校近くの森のなかを歩きまわっているおれを見かけてからというもの、おれのためにいろんな写真集を探してきてくれるようになった。スティーグリッツに、ブラッサイに、ウォーカー・エヴァンスに、ダイアン・アーバス。アーバスはおれのいちばんのお気にいりだった。気づいたのはそのときだ。画家だのなんだのみたいに、カメラマンも芸術家になれるんじゃないか。写真家にだって、頭のなかのイメージを形にして生みだすことができる。ただ何かを記録するだけじゃなく、何かを表現することができる。写真には撮る者の心を写しだすことができるんじゃないかってな……」ふたたび喋るスピードが落ちはじめていた。その目は、ぼくの頭上を漂う記憶を追っていた。その瞳のなかで、蛍光灯の味気ない光を映した小さな炎が揺らめいていた。

「それで、アートスクールに願書を出したわけですね」ぼくは仕方なく先を促した。

「ああ、何校にも出した」おそらくこれがはじめてのことだと思うが、そのとき、ダリアンは知らずしらずに苛立ちをあらわにしていた。手錠の鎖が顔に擦れるのもかまわず、髪を掻きむしっていた。「だが、やつらはおれなどいらないと言った。どこの馬の骨とも知れない貧乏な小僧なんぞ願いさげだとな。ふざけた野郎どもめ。いい成績なんぞとっちゃいなかったから、奨学金ももらえなかった。受かったところで、進学なんぞできっこなかった。要するに、アートスクールってのはそういうもんなんだ。金持ちのぼんぼんどものためだけにある、ばかでかい肥溜めってやつだ。そんなもの、こっちから願いさげだ。だが、世のなかはそういう仕組みになってる。そうだろ？　アートスクールを出ていなけりゃ、画廊に出入りすることもできん。お決まりのでまかせを身につけることもできん。それこそが、あそこで教えていることだからな。くだらないうんちくの並べ方ってやつさ」

「しかし、どこかで講座を受けたと聞きましたが」

「ああ、コミュニティー・センターの市民講座だ。だが、これがとんでもないヘボ講師でな。いちおうはプロの芸術写真家ってことになってたが、ボルチモアで個展を二回開いたことがあるってだけのことだった。そいつはおれに、こんなことを抜かしやがった。知能に問題か何かがあるのか知らないが、おまえの作品は発育不全だ。水だけでつくったスープみたいに、〝味〟というものがまったくない、とな。それからというもの、おれは独学で腕を磨いた。だが、芸術ってのは本来そういうものだ。そうだろう？　誰にも口で説明することはできない。誰にも評価することはできない。それができるのは未来だけだ。おそらくあと百年もすれば、おれの写真が美術館に飾られているだろう。おれの作品は、ひと財産にも値するようになっているかもしれん。つくった人間が死んだあとのほうが、価値があがるって話だからな。どうなるかは誰にもわかりゃしない。ひょっとしたら、あんたの書いたミイラだの火星人だのの話だって、おれらの死んだあとに百万ドルの値がつくかもわからんぞ」

ダリアンはまたもや小さくひとり笑いしてから、ふと黙りこんだ。ぼくもふたたび沈黙を守った。黙っていろ、いまは向こうに喋らせるんだ、と自分に言い聞かせた。

「……そう、芸術ってのはそういうものでもある」しばらくして、ようやくダリアンは語りだした。「復讐。それに、正義。一枚の写真ってのは証拠みたいなものだ。小瓶に詰めて未来へ流すメッセージみたいなものだ。夢で見たのに、なかなか実現しない何かだ。おれはそう確信してる。だから、死ぬことを恐れちゃいない。おれが死んだあとも、百年後も、二百年後も、おれの作品は生きつづけると知ってるからだ。あんただってそうだ。誰かの記憶のなかで永遠に生きつづける。あんたの作品に心を動かされた、誰かの記憶のなかでな。おれには宗教も、どっかの誰かが崇《あが》める神も必要ない。芸術がおれの神だからだ」

37

自宅に帰りついたとき、そこにクレアの姿はなかった。カリフォルニア州パーム・スプリングスからヨーロッパまでをめぐる買い物ツアーの途中で母親がニューヨークに立ち寄っているため、娘に科せられた〝強制労役〟として、今夜は母親に会いにいくことを余儀なくされていたのだ。そこで、ぼくはひとり、メイン・ストリートにある北京ダックの店まで出かけていった。店の前にできた列に並び、順番がまわってくると、身ぶり手ぶりで注文を伝えた。湯気にかすんだガラスの向こうでは、丈の高いコック帽をかぶった男が黄金色《こがね》にきらめく北京ダックを丸形の分厚いまな板に載せ、手にした大庖丁で肉を削ぎ切りにしている。もうひとりの男がその肉片を丸い皮の上に載せ、そこにキュウリと、ネギと、茶色いソースを加えている。ぼくは一人客用の細長いテーブルに近づき、ペンキまみれのカバーオールを着た中年男の向かい側、手術着の上にレインコートを羽織った若い女の隣に腰をおろした。北京ダックを嚙みしめているあいだ、全員がテーブルの上の虚空を見つめていた。店内を飛び交う声は中国語のみだった。まわりが何を話しているのかわからないということに、ぼくは心底ほっとしていた。

食事を終えると、まっすぐ自宅に戻った。Eメールと郵便物と留守番電話をチェックし、《タイムズ》の記事に目を通した。シャワーを浴びて、爪を切り、綿棒で耳を掃除した。これ以上は好奇心が抑えきれなくなると、パソコンの前にすわった。巣の片隅で獲物を待ち受ける蜘蛛のように、ヴァンプT3がチャットルームにあらわれるのを待った。これは電脳空間におけるストーカー行為にあたるのか。ネット上で待ち伏せすることも、迷惑行為にあたるのか。ひとりの女を、いや、それどころか単なるハンドルネームを、テレサ・トリオかどうかもわからないスクリーン上の輝点をひたすら待っているうち、自分で自分が恥ずかしくなってきた。まさかここまで落ちぶれようとは。なんたる執念。そして、なんとみじめなことか！

ヴァンプT3：こんばんは……

クリムゾン1：こんばんは。

ヴァンプT3：ご機嫌いかが?

クリムゾン1：まずまずよ……そちらは?

ヴァンプT3：こちらもまずまずね……いまだに信じられないわ。本当にあなたと……シビリンと話しているなんて！

クリムゾン1：わたしも同じ……とても信じられないわ。

ヴァンプT3：信じられないって、わたしと話していることが？？？

クリムゾン1：そうではなくて、ファンの方たちとは普段お話しする機会がないものだから。特にあなたと、っていうことではないわ。

ヴァンプT3：わたしだってあなたのファンよ……lol

クリムゾン1：lol？　あなた、ロルという名前なの？

ヴァンプT3：いいえ、あれは絵文字。〝大笑い！〟って意味なの。ごめんなさい。

クリムゾン1：こちらこそごめんなさい……そういうものには不案内なの。

ヴァンプT3：それって……lol

クリムゾン1：ふふっ、そのとおりね。

ヴァンプT3：それはそうと、ひとつお尋ねしてもいいかしら……前回のチャット会でわたしが言ったことなのだけれど……気を悪くされた？

クリムゾン1：いいえ、それは……どういうことかしら？

ヴァンプT3：あなたの作品について、わたしが言ったこと……

クリムゾン1：ああ、そうだったわね。

ヴァンプT3：でも、あれは本当なの。あなたの作品を読むたび、どうしてわたしの心のなかがわかるんだろうと思わずにはいられない。

クリムゾン1：ただの偶然じゃないかしら。

ヴァンプT3：本当に？　何か不思議な力が働いているとは思わない？

クリムゾン1：だとしたら、正直にそう答えるわ。その場合、わたしには完全なる妄想癖があるということになるでしょうね。

ヴァンプT3：それならわたしもお仲間だわ。

クリムゾン1：lol

ヴァンプT3：どこかでお会いしたいと言ったら、図々しすぎるかしら？　だとしたら、ごめんなさい。

クリムゾン1：いいえ、そんなことはないわ。わたしもできればそうしたい。ただ、いまはあちこちを転々としているの。ほら、新刊を出したばかりでしょう？

ヴァンプT3：いまは街にいないということ？

クリムゾン1：ええ。

ヴァンプT3：朗読会やサイン会はしないんだと思っていたわ。隠遁生活を送っていると聞いていたから。

ヴァンプT3：……シビリン？

クリムゾン1：ああ、ごめんなさい……ふふっ……一本とられたわね……あなたが情報通だってことを忘れていたわ……ええ、そのとおりよ……〝隠遁〟という表現がふさわしいかどうかはわからないけれど、ひとに会ったり、外出したりすることはめったにない……でも、いま街にいないというのは本当よ……外界から隔絶された場所にいるの。

ヴァンプT3：余計な詮索をしてごめんなさい。

クリムゾン1：いいえ、気になさらないで……いつかここを抜けだす気になれたら、そのとき是非お会いしましょう。

ヴァンプT3：ええ、是非……だけど……ここでなら、またお話ししてもらえるのよね？

クリムゾン1：ええ、もちろん。喜んで。

ヴァンプT3：よかった。それじゃ……

ヴァンプT3：ちょっと待って！

クリムゾン1：どうかした？

ヴァンプT3：これ……気にいってもらえるかわからないけれど、もしよかったらごらんになってみて。それじゃ……おやすみなさい！

どこかのサイトアドレスをぼくに伝えて、ヴァンプT3はチャットルームをログアウトした。小さな輝点が画面から消えた。そのアドレスをクリックしてみると、ヴァンパイア信奉者たちの交流を目的とした会員制サイトにつながった。その一角に、ヴァンプT3の手による、ぼくの最新刊の書評が投稿されていた。

『真紅の夜と霧』は、これまでシビリンが生みだしたなかで最高とも言うべき傑作である。シャルロス・ヴォン・フォーブール・サンジェルマン男爵の魔手からミトラの聖剣を奪還せんとする試みを中心としたストーリーがスリルたっぷりに展開される一方で、真の読みどころは、アラムとアイヴィのあいだで揺れ動くサーシャの心にある。アラムとアイヴィはバイセクシャルのヴァンパイアにして、サーシャの恋人でもあり、その双方に対して、サーシャはひたむきながらも官能的な恋情を抱《いだ》いているのだ。そのうえ、戦場カメラマンにしてファッション・カメラマン、さらにはヴァンパイア・ハンターでもあるジャック・シルヴァーに対しても、しだいにサーシャは思いを募らせていく。より深く、より成熟した愛情を抱《いだ》くようになる。だが、それによって、状況はさらに混迷をきわめていく。なぜなら、アイヴィには、熱い一夜を交わしたのち、ジャックをヴァンパイアに生まれ変わらせようとした過去があるからだ。ところが、ジャックはアイヴィの誘いを拒むばかりか、その首を切り落とそうとまでした。以来、アイヴィはジャックを激しく憎悪するようになっていたのだ。この複雑な愛の三角／四角／台形（？）関係は、サーシャ自身の二面性のあらわれでもある。サーシャはヴァンパイアと人間の混血であり、そのふたつの血統のあいだで絶えずもがき苦しんでいるのだ。その善悪をたやすく決することはできない。その理由を、アラムはサーシャにこう説明する。

「ヴァンパイアは虎や狼と変わらない。憎しみや、執念や、強欲や、痴情のために殺人を犯すのは人間だけだ。ヴァンパイアが大量虐殺や集団リンチを行なうことなど考えられん。ライオンがそんなことをするはずもないのと同じようにな。人間は、自分たちが食物連鎖の頂点にいると思いこむことで、みずから独善に陥った。その錯覚のなかで、互いを殺しあうようになった。ジャガーやヒョウがレイヨウにしているように、ヴァンパイアが人間を間引き、その地位を貶《おとし》めることになれば、戦争や病弊は減る。かえって人類のためとなるだろう」

もしヴァンプT3がテレサ・トリオであるとするなら、テレサはこのあともさまざまな例をあげて、作品のテーマをさらに解きあかしていった。ぼくにはすべてが驚きだった。ほかの誰か（しかも、テレサのような誰か）が書いた書評が、胸に心地よく響くなんて。テレサがぼくの作品について書いた文章を読むうちに、パニックにも眩暈《めまい》にも似た未知なる昂揚感がぼくを満たしていった。とつぜん天才にでもなった気分だった。だが、ぼくにはわかっていた。ぼくは単なる無能なペテン師だ。その事実はいずれかならず暴かれる。ぼくは熱風をぱんぱんに詰めこまれた風船のようなものだった。いつ破裂するのかと怯えながら、上へ上へと浮かんでいく風船だった。だが、この書評こそ、世の名もなき二流作家が心の奥底で待ち望んでいるものではなかろうか。自分自身ではなく、作品の魅力が愛されることを、誰もが願っているのではないか。ただし、ぼくは自分の作品を嫌悪している。ぼくが小説を書くときは、ボローニャ・ソーセージのように無理やりストーリーをしぼりだして、それをページごとに薄く切り刻んでいるからだ。そして、自分が書いたものを嫌悪しながら、それを楽しんで読む読者を嫌悪しないでいるのは難しい。読者のほうがぼくのことをよく理解していて、ぼくのほうが自分を完全に誤解しているというのでないかぎり。

なにゆえぼくらは本を読むのか。子供のころ大好きだった本は、どんな理由で好きになったのだろう。おそらく、大部分の人間にとって、読書は旅なのではないかとぼくは思う。彼らにとっての小説とは、冒険の旅へといざなう翼、まるで自分のもののように思える夢へといざなう翼なのだろう。だが、一部の人間にとって、読書は現実逃避の手段ともなる。退屈や、不運や、孤独や、これ以上耐えられない場所や人間から逃げだすための翼となるのだ。少なくともぼくが小説を読むときは、そこに刻まれた言葉が頭のなかの声を掻き消し、ぼくがぼくであることを忘れさせてくれる。そのあいだは、ぼくがぼくであることを嘆かずにいられる。そして、こういう理由から本を読む人々こそが、本に取り憑かれた真の読書家となり、熱狂的ファンともなる。彼らは、ヤク中がハイになったり、恋する人間が相手を崇めたりするのと同じ理由から、小説を読み耽《ふけ》る。つまりは、さしたる理由もなくその世界にのめりこむ。

なんとも皮肉なことに、この種の読者はあらゆる批評をものともしない。客観性を欠いたその尺度には、愛の場合と同様、つけいる余地もない（〝皮肉なことに〟と言ったのは、書物の世界にのめりこむあまり、秘めたる悪癖を断ちきることもできぬまま、学者や評論家や編集者——すなわち似非《えせ》作家——としての道を歩みだしてしまうのが、まさにそうした読者であるからだ）。特定のジャンルのみを愛好する読者——ヴァンパイア信奉者や、ＳＦマニアや、ミステリ狂——の場合は、ある意味、先祖返りの種族と言える。純粋な思いを抱えたまま、突然変異を起こした集団というわけだ。彼らは大人になっても子供のように、真剣に、夢中で、本を読む。あるいはティーンエイジャーのように、何かに取り憑かれたように、果敢に本を貪《むさぼ》り読む。彼らは、読まずにいられないから本を読むのだ。

もちろん、これと同様の特徴を持つ読者は、ポルノ小説ファンだ。彼ら（あるいは、彼女ら！）は、数々の制約のもとにある肉体と、思いどおりにならない世界とに捕らわれた囚人である。その世界において、かぎりない性欲が満たされることはけっしてない。そこで彼らは、エクスタシーを追求せんがための逃げ道を文学に見いだす。その道を進んでいけば、どこへでも行き、誰にでも触れることができる。そして、その道が尽きることはけっしてない。最も低俗にして最も愚劣なエロ小説が、深夜の孤独な魂にどれほどの救いをもたらしてきたことか。どんな愛の詩に、どんなマニフェストに、どんな芸術の発する崇高な声に、果たしてそれだけのことができるだろう。

だからこそ、ぼくら作家（にして、最悪の読者）は、小説を書きつづけるのではないか。けっして顔を合わせることのない見知らぬ人々の心に触れるために、ぼくらの本に顔をうずめている誰かとひそかな接触を果たすために、秘密のメッセージを送りつづけているのではないか。ぼくら作家は、そういう人々のために小説を書いているのではないか。テレサ・トリオのような人間のために。そして、ダリアン・クレイのような人間のために。

書斎を出て、キッチンを横切っているとき、調理台の上で携帯電話のランプが光っていることに気づいた。チャットに没頭するあまり、そのかすかなうなり声を聞き逃してしまったらしい。届いていたのは、ダニエラからのメールだった。〝このあいだは、店に来てくれてありがとう！　気が進まないのであれば、無理に本を書く必要はないわ。その気持ちはわたしにもわかるもの。もしよかったら、電話して〟

電話はかけなかった。もう夜も更けすぎていたから。

38

ダリアン・クレイのリストにあげられた三人目の女は、サンドラ・ドーソンといった。住まいはブルックリンのブッシュウィック・ストリートのはずれにあるという。地下鉄のL線に乗ってモントローズ駅で下車し、そこから数ブロックの距離を歩いた。自動車修理店、マットレスの卸売店、メキシコ料理やドミニカ料理やエクアドル料理の看板を掲げるレストランが軒《のき》を連ねる区域だった。サンドラの住まいは三階建ての煉瓦造りの建物にあった。最上階のアパートメントを賃借りしているという。一階には食料雑貨店があり、通りに面した表玄関には鉄格子が備えつけられていた。

手紙の内容から、サンドラが二十代半ばで、ルームメイトと暮らしていることは知っていた。そのルームメイトがサンドラの〝本性〟についてはは何も知らないということも。大学で図書館学を学びながら、金融街で〝ワードプロセッサー〟として働いていることも。職場の同僚たちにも〝本性〟は知られていないということも。ダリアンからあずかった写真のなかのサンドラは、歳のわりに幼く、どこかおどおどとして見えた。ぺったりとしたブロンドの髪と、痩せこけた青白い腕をしていた。そばかすの散った肌はなめらかで、産毛《うぶげ》の一本も見あたらなかった。身体つきは少年のようだった。肋骨の数まで数えられそうだった。

えっちらおっちら階段をのぼって、アパートメントの扉を叩いた。眼鏡をかけ、髪をポニーテールに結い、コットンのプリント・ワンピースを着てサンダルを履いた娘が戸口にあらわれた。いざ目の前にしてみると、その姿は予想以上に平凡で、味気なく見えた。その日、ルームメイトは外出しているとのことだったが、つかのま考えこんだのち、やっぱり自分の寝室で話すほうがいいとサンドラは言った。

その他の共有スペースとちがい、サンドラの寝室は子供じみた少女趣味をとどめていた。ベッドの足もとを覆う襞飾り。純白のキルトの掛け布団。丸いミラーのついた、猫脚のドレッサー。壁にテープで貼りつけられた雑誌の切りぬき。たしかに、黒を基調とした妖艶さを漂わせるスペースも、部屋の一角に設けられてはいる。赤い薔薇や、三日月に切り裂かれた闇夜。レースの下着姿で水辺や崩れかけた石壁の前にむっつりと佇む、なまめかしい女たち。だが、マリー・フォンテインの部屋に比べたら、醸しだす空気は遥かになまぬるいものだった。

「じつを言うと、わたし、正式なアバズレじゃないんです」アバズレになるのには資格がいるとでもいうかのように、自分は風邪を引いて休んでいる本職のアバズレの代理にすぎないとでもいうかのように、サンドラは言った。

「というと?」

「生まれつきのマゾヒストってだけなの。男のひとにあれこれ命令されるのが好き。痛めつけられたり、辱められたりするのが好き。罵られるのが好き」

「ほう、それは興味深い」冷静で思慮深い人間をイメージした表情を顔に張りつけて、ぼくは言った。サンドラは脚を組んでベッドにすわっていたのだが、その姿からは微塵の色気も感じなかった。ぼくのほうは白い籐椅子にすわり、硬い座面の上で尻をもぞもぞさせていた。

「そうした性癖を自覚したのはいつごろのことで？」

「気づいたときにはそうだったわ。子供のころから、ひとに痛い思いをさせてもらうのが好きだった。いとこに思いきり指を嚙んでもらったり、友だちに身体を縛ってもらったり」

「どうやって頼むんです？　遊びのなかに組みこむわけですか？」

「ええ、そうよ。罰ゲームで木に縛りつけてもらったり、ごっこ遊びをしているときなら、かならず囚われの身になって、後ろ手に手首を縛ってもらったり、目隠しをしてもらったりするの。ほとんどの子は上手に縄を縛ることなんてできなかったし、わたしはひどく痩せこけていたから、そうしようと思えばすぐに縄をすりぬけることができた。でも、そのなかにひとりだけ、とってもきつく縄を縛ってくれる女の子がいたの。一心不乱に、渾身の力を込めて、身じろぎもできないほどにわたしを縛ってくれたわ。そのとき使っていたのは縄跳び用のロープだった。ほら、あの白いやつ。あのロープはすごく身体に食いこむの。だから、縛られて少しすると、太腿のあいだにそのロープが食いこんできた。あれほどの興奮を覚えたのははじめてだったわ。わざともぞもぞ腰を動かして、ロープにクリトリスを夢中でこすりつけた」

「ほう、それは興味深い」プロに徹した発言に聞こえることを祈りながら、ぼくは繰りかえした。無意識に脚を組んでから気がついた。これでは股間を庇《かば》おうとしているように見えてしまう。ぼくはすぐさま脚を戻した。

「それ以来、わたしたちはしょっちゅう一緒に遊ぶようになった。わたしとその子と、ふたりきりで。その子の名前はクラリッサといったわ。わたしはいつも、奴隷とか捕虜の役をした。クラリッサの飼い犬を演じることもあった。うちで飼っていた犬の首輪と水入れを持ちだして、わたしに首輪をつけてもらうの。それで、クラリッサがものを投げてわたしに取ってこいと命じたり、水入れから水を飲ませたりする。そのあと、引き綱を引いてわたしを裏庭まで連れていき、そこでオシッコをさせる。でも、あるとき、それを母さんに見られてしまったの」サンドラはけらけらと笑いながら、手の平で口を覆った。ぼくも一緒に笑い声をあげた。

「それで、どうなったんです？」

「それはもう、大騒ぎよ。母さんが父さんに告げ口して、父さんはわたしを引っぱたいた。もうそんなことはしないと、固く誓わせた」

「クラリッサのほうは？」

「いつのまにか疎遠になったわ。彼女、べつの学校に移ったから。それに、噂に聞いたかぎりではノンケだったみたい。レズビアンじゃなく、普通に男のひとが好きだってこと。たぶん、もう結婚してるんじゃないかしら」

「きみは？　結婚願望はないのかい？」

　サンドラは尻の下に脚を入れてから、膝の上に肘をつくと、秘密を打ちあけようとするかのようにぐっと身を乗りだした。「わたしの究極の夢ってなんだと思う？」

「なんです？」

「白人奴隷市場で売買されることよ」

「そんなものが存在するんですか？」喜劇俳優ジェリー・ルイスの出演する極彩色のハーレム映画を思い浮かべながら、ぼくは訊いた。

「噂で聞いたことはある」

「つまりは、どこかの誰かに奴隷として買いとられるなり、売春宿に売り払われるなりしたいということですか」

「たいていはその両方が組みあわさっているわね」

「本当に？　本当にそんなことに耐えられるんですか？」

「ええ。ご主人さまの命令なら、なんだってするわ」

「ご主人さま？」

「ダリアンさまよ」サンドラは柔らかく微笑んでみせた。

「ダリアンがあなたのご主人さま？」

「ええ。そういう契約を交わしたの。だから、わたしはあの方のもの。インターネットにも、あの方の奴隷として登録されているわ。だからこそ、いまあなたの取材を受けてもいる」

「ぼくに話をしろと命じられたんですか?」

「ええ。じつを言うと、それ以上のことを」

「それ以上?」

サンドラは少しためらってから、こう答えた。「あの方は、わたしをあなたに貸し与えたいとおっしゃったの」

「いま、なんて?」ぼくはよく聞こえなかったふりをした。

「あなたに贈り物をしたいんですって。あなたの書いたものが気にいったから」

「本当に? なんてこった。ぼくにはそんなこと何も言ってなかった。それで、きみの言う〝贈り物〟というのはどういうことなんだろう?」顔をあげると、サンドラが両手をさしのべながらこちらに近づいてきていた。頬が赤らむのを感じた。いい歳の男がして、さまになる顔ではない。

「奴隷として、あなたの望むままに使役していただきたいということよ」

「いや、そ、そういうわけには……」

「お願い」サンドラは声をうわずらせた。「もし命令にそむいたら、あの方がどんなにお怒りになるか。あの方は、あなたにも、奴隷に仕えられる気分を味わっていただきたがっているの。どんな心地がするものかを、あなたに知っていただきたいのよ。それを小説に活かせるように」

「ああ、いや、それはその、お申し出はじつにありがたい。本当に。し、し、しかしですね……」不安を表現するための斬新な手法を見いだそうとでもするかのように、ぼくは激しく口ごもりはじめた。「そ、そういうことなら、い、いま伺ったお話だけで充分……その、あとは家に戻ってから、そ、想像をふくらませますから。つ、つまり、それが作家の仕事なわけでして。そ、そ……」ぼくはいったん喉をごくりと鳴らし、「そういうことを、実際に体験する必要はないんです」となんとか告げた。

「でも、わたしはそうしたいの。どうぞわたしを罵ってくださいませ、ブロックさま」言いながら、サンドラはぼくの前にひざまずいた。床に平伏してから目だけを上向け、哀願する子犬のポーズでぼくを見あげた。その鼻がぼくの靴に触れた。

「ちょ、ちょっと！」くすぐられでもしたかのように引き攣った笑い声をあげながら、ぼくは弾かれたように足を引いた。その拍子に、つま先でサンドラの鼻を蹴りあげてしまった。サンドラは痛みに悲鳴をあげた。

「ああ、すまない！　悪かった。本当にすまない」ぼくは慌てて謝った。

「気にしないで。すごくすてきだったわ」サンドラは鼻を押さえたまま、もごもごとつぶやいた。

「ああ……なるほど」とぼくは言った。もう言葉がつかえることはなかったが、どういうわけか、今度はアクセントの位置がおぼつかなくなっていた。「いや、べつに嬉しくないってわけじゃないんです。お申し出はじつにありがたく思っている。それはもう、本当に」それだけまくしたてると、ぼくは荷物を鞄に詰めこんで立ちあがった。サンドラは涙ながらに両腕をさしだし、床の上を膝で這いながら、ぼくににじり寄ろうとした。

「すみません。いまはちょっと都合が悪くて。ご主人さまには礼を言っておいてください。きみも、今日はありがとう。それじゃ」汗ばんだ手の平でサンドラのひんやりとした手を一瞬だけ握りしめると、ぼくはあたふたとその場から逃げだした。だが、心の片隅では、未知の体験に一歩を踏みだす勇気のない自分を罵倒してもいた。まったく、なんという堅物の作家だろう。

煩悩《ぼんのう》と自己憐憫《れんびん》の狭間で揺れながら、階段を駆けおり、通りへ飛びだした。駅に着き、改札を通りぬけたところで、テープレコーダーを忘れてきたことに気がついた。なんたる失態。こうなったら、引きかえすしかない。あそこへ戻るくらいなら、いっそレコーダーなどくれてやろうかとも考えたが、実際にそうするわけにはいかない。通りへ通じる階段をふたたびあがりはじめたとき、抜群のタイミングで、列車がホームにすべりこんできた。そこに居合わせた乗客たちは、車内に乗りこみながらぼくを指さし、マヌケなやつだと嘲笑うことだろう。

みずからを呪いながら、来た道を小走りに引きかえし、ふたたび三階まで階段をのぼった。踊り場でしばし息を整え、オーバーヒートした脳味噌のなかに花開くイメージ――ひざまずく女とすがるような目――を振り払おうとした。最後に〝さま〟をつけて呼ばれたのは、いったいいつのことだったか。

ぼくが出ていったときのまま、扉の鍵は開いていた。「サンドラ？　何度もすまない。テープレコーダーを忘れてしまって……」激しく喘ぎながら寝室の扉に近づき、こぶしで戸枠をノックした。「失礼？　サンドラ？」そう声をかけてから、部屋に入った。次の瞬間、ぴたりと足がとまった。ちがう部屋、ちがう建物、ちがう世界に、はからずも入りこんでしまったような錯覚を覚えた。

これまで世に出してきた作品のなかで、凄惨な暴力の場面をどれだけ描いたことだろう。おそらく数百にはのぼるはずだ。多くの場合は怠け心や締切りの都合から、ぼくはそうした場面を〝言語に絶する〟だの〝言葉にならない〟だのという描写で片づけてきた。だが、現実には、暴力を言いあらわす言葉はきわめてシンプルで、誰にでも簡単に見つけられるものだ。子供だって知っている言葉だ。凄惨な暴力を前にしてぼくらが感じるのは、どうにも信じがたい思い。つまり、ぼくたちは本当にあんなものからできているのか、ぼくたちのなかには本当にあれだけのものが詰まっているのか、という驚きなのだ。

およそ忘れっぽいおのれの脳味噌に最も基本的な真実を思い起こさせようと、かつて眠れない夜に、独自の芸術論を練りあげたことがある。ぼくらは水に浮き、太陽の周囲をまわっている。ぼくらは女の体内から生まれ、肉と骨とからできている。そして、いずれほどなくぼくらは死ぬ。

そんなわけで、サンドラ・ドーソンの寝室の敷居をまたいだ途端、ぼくは恐怖に言葉を失った（今回もこう言わざるをえまい）だけでなく、声も、呼吸も、思考も、すべてが完全に停止してしまった。理解不能でシンプルな一文――サンドラ・ドーソンが死んでいるという一文のみが、宙にぽっかり浮いていた。

天井から、全裸のサンドラが逆さまに吊るされていた。縛りあげられた足首が天井扇に括りつけられていた。ただし、逆さまだと気づくまでにはしばらくの時間がかかった。遺体の頭部がなくなっていたからだ。サンドラは一文字に腹を切り裂かれ、全身の皮を剝がれていた。剝がれた皮が両手首から垂れさがり、肉体の内部を披露するために広げた翼かマントのように見えた。腹に開いた穴から腸が垂れさがり、床の上で桃色のとぐろを巻いていた。切断された首の断面から、穴の開いた水道管のように、ぽたぽたと血が滴り落ちていた。

そのとき、これは小説のなかの出来事なのだと言わんばかりに、サンドラの身体がゆっくりとまわりはじめた。サーカスの曲芸師のようにまずはゆるやかに回転を始め、扇風機の動きに合わせて、徐々にスピードをあげていった。それが何を意味するのかということに、ぼくははたと気づいた。誰かが電源を入れたのだ。その途端、部屋のなかに、背後の戸口に、何者かの気配を感じた。拷問にすら感じられるスローモーションの動きで、ぼくはゆっくりと首をまわしはじめた。次の瞬間には意識が飛んでいた。

目が覚めたときには、床の上に倒れていた。おそらく十五分か二十分が経過していたろう。意識を失うまえまでは、あまりの恐怖に、恐怖を感じることさえできなかった。臆病な心がかよわきみずからを守るため、握りしめたこぶしのように固く硬直した肉体を捨てて、さっさとどこかへ逃げだしてしまったかのような放心状態にあった。それがいまでは、遅れてやってきた恐怖がぼくの心を鷲づかみにしていた。目蓋を開くやいなや、自分がどこにいるのかに気づくやいなや、ぼくは弾かれたように立ちあがり、床を蹴って駆けだした。火災現場から逃げだすかのように、部屋を飛びだし、階段を駆けおり、表玄関を駆けぬけた。

途方もないパニックに衝き動かされて、がむしゃらに通りを走りつづけた。息も絶え絶えに曲がり角までたどりついたところで、時限爆弾の仕掛けられた建物を振りかえるかのごとく、ようやく背後を振りかえった。その瞬間、いくらかの酸素が脳に送りこまれた。ぼくは携帯電話を取りだし、警察に電話をかけて、殺人事件が発生したことを伝えた。サンドラの名前と住所も告げた。自分の名前と電話番号も告げた。

だが、現場にとどまって警察の到着を待つよう命じられると、それはできないと答えた。ふたたび歩道を走りだし、右へ左へ首をまわしてタクシーを探しながら、頭のなかでむくむくと頭をもたげる新たな恐怖を可能なかぎり説明しようと試みた。いまはとにかくマンハッタンへ、ホラティオ・ストリートに建つアパートメントへ向かわなければならない。いや、そこの住所はいま手もとにない。そこにべつの女が暮らしているんだが、女の電話番号もいまはわからない。しかし、とにかく、その女の身にも危険が迫っている。理由はあまりに突拍子もなくて、複雑すぎて、いまは説明できないのだ、と。結局、タクシーは見つからなかった。駅にたどりついたときには、激しく息が弾んでいた。遠いサイレンの音が聞こえていた。電話を切り、階段を駆けおりて、都心へ向かう列車を待った。モーガン・チェイスを見つけるために。

39

電波の途絶えた携帯電話を握りしめ、L線のホームを行きつ戻りつしているとき、頭がずきずきと痛むことに気づいた。意識を取りもどしたときから頭蓋骨の内側で鳴り響いていた警報ベルは、恐怖だけが原因ではなかったらしい。痛みはかなり激しかった。恐る恐る後頭部に手をやると、思わず顔がゆがんだ。うなじの上に痛みが走った。乾いた血が髪にこびりついていた。殴られたせいで、軽い脳震盪を起こしたのかもしれない。思考回路が緩慢に、それでいてめまぐるしく回転しはじめた。線路の上に首を伸ばし、ほのかな光を探してトンネルの向こうに目を凝らしたとき、ある考えが脳裡に蘇った。殴られる直前、サンドラの遺体が回転しだしたときに浮かんだ、不合理な考え。ダリアン・クレイがやったのではないか。ダリアンがここに来たのではないか。あのときは、そう思った瞬間、原始的な恐怖にとらえられた。殴られて意識を失わなかったら、悲鳴をあげていたかもしれない。だが、ショックが薄らぎつつあるいまは、悪寒が腹と膝とを震わせていた。新たな恐怖が静かに、じわじわと胸に広がりはじめていた。あのときあの部屋にいたのが誰であれ、ひとつだけたしかなことがある。そいつがダリアン・クレイではないということだ。では、いったい何者なのか。

列車が轟音とともにホームへすべりこんできた。振動と甲高いブレーキ音が、ぼくの頭のなかに大地震を引き起こした。やはり、あのとき脳震盪を起こしたらしい。足早に車内へ乗りこみ、座席に腰をおろすと、運転手に念を送りはじめた。どれだけ急げと念じたところで、列車の速度を増すことも、停車駅をすっ飛ばすこともできないのはわかっていたが、そうしないではいられなかった。列車が動きだすと、わけもなく立ちあがっては、また座席に腰をおろした。停車駅にとまるたび、秒針を睨みつけた。やけに長く思える時間をかけて川の下を通過し終えると、列車は一番街駅に到着した。乗りこんでくる客などもういないというのに、なかなかドアは閉まらなかった。永遠にも思える時間が過ぎて、列車が動きはじめた。次の駅は三番街だった。なぜこんなところに駅をつくったのか。たった二ブロックの距離ではないか。続いてユニオン・スクエア駅に到着すると、乗り降りする人波を憤怒《ふんぬ》の形相で見守った。発車のベルとともにようやくドアが閉まりかけたとき、ひとりの男が走り寄り、腕を突っこんでそれをこじ開けた。ぼくは大きくうめいた。全員がこちらを振りかえった。ぼくはこわばった笑みを浮かべ、顔をうつむけた。窓外を流れ去る暗闇に目を凝らし、ガラスに映る青白い顔を見つめた。電波が届かないことを知りながら、携帯電話をチェックした。その直後、信じられないことが起こった。アドレナリンが尽きたのか、野性の防衛本能が働いたのか、極度の恐怖によるものか、はたまた、頭に負った打撲傷の成せる業《わざ》か、ぼくはつかのまの眠りに落ちていた。

40

一分後、列車が駅に到着したところで目が覚めた。目的地の八番街だった。ふらつく脚で立ちあがり、閉まりかけたドアをすりぬけてホームに出た。階段を駆けあがり、改札を抜けた。通りに飛びだすと同時に、携帯電話が鳴りだした。かけてきたのは警察だった。

「ぼくに何か？」

「こちらの電話から通報をいただいた記録があるんですが？」

「ええ、そのとおりです」答えた直後、割込み電話の着信を知らせる呼出し音が響いた。

「すみません、ちょっと失礼」そう言い置いてから、回線を切りかえた。こちらも警察からだった。

「ハリー・ブロック？　ミスター・ハリー・ブロックか？」

「そうですが？」信号を無視して十四丁目を渡ろうとしたが、一台のバスに縁石まで押しもどされた。

「ニューヨーク市警のブランコヴィッチ刑事だ。この電話から通報のあった犯罪現場に来ているんだが」

「ええ。サンドラ・ドーソンですね。通報したのはぼくです」

「現場を立ち去るのが法律に反することはご存じで？」刑事が言うと同時に、またも呼出し音が鳴った。

「すみません。ちょっと失礼……」ぼくは回線を切りかえた。今度はクレアからだった。

「ハリー、たいへんよ。いま、あなた宛ての郵便物をチェックしてたんだけど――」

「すまない、クレア。あとにしてくれ」

「あいつら、ゾーグ・シリーズの『淫売の女神』を槍玉にあげて、わたしたちを虚仮《こけ》にしようとしてるの。まさに緊急事態だわ」

「いまは話してる時間がない」

「ちょっと、ハリー！　わたしたちが虚仮にされようとしてるのはいま、いまなのよ。いまこうして、あなたの書斎でひとりすわっているあいだにも――」

「切るぞ」ぼくは言って、刑事からの回線に切りかえた。「もしもし？　ええと……ブランチティス刑事？」

「いまいる場所は？　ただちに話を伺わなきゃならない」刑事が言うのが聞こえた。ぼくは小走りに駆けだした。通りの配置や名前を思いだそうと、懸命に記憶を掘り起こした。たしか、伝記専門の書店があったはずだ。あれはどこだったか。まだまだ先なのか、すぐそこなのか。

「ええ、わかってます」息を切らし、きょろきょろとあたりを見まわしながら送話口に告げた。「しかし、ほかにも犠牲者が出ているかもしれないんです。だから――」

「その場所は？」

「ホラティオ・ストリート」

「もう一度」

「ホラティオ・ストリートです。ヴィレッジの」

「マンハッタン？　殺人事件の現場を離れて、マンハッタンにいるってのか？」

「だからそれは、ほかにも犠牲者がいるかもしれないと不安になって、その女性というのがこっちに住んでいるので……」

「詳しい住所は？」

「わかりません。ホラティオ・ストリートということしか。だから、いまこうして探して……くそっ」会話に気をとられて、ずんずん進みすぎたらしい。進むべき方向すらわからなくなっていた。「くそっ……くそっ！」

「どうした？　何かあったのか？」刑事のわめき声が聞こえた。

「道に迷った。くそっ、なんだってこんなに入り組んでるんだ？」言いながら、グリニッチ・ストリートを逆方向に引きかえし、ホラティオ・ストリートまで駆けもどった。受話口から怒声が響いているのはわかっていたが、息切れのせいで何も喋れず、必死にあたりを見まわしているせいで、内容も聞きとれなかった。そのとき、見つけた。あれだ。あれがモーガン・チェイスの暮らすアパートメントだ。

「あとでかけなおします」ぼくは言って、電話を切った。

建物に入りこむのは簡単だった。そこもまた、ヴィレッジ地区に特有の古い味わいを残すひずんだ建物のひとつだったから。案の定、扉の隙間にメトロカードをすべらせると、いとも素直に錠が跳ねあがった。映画ではよくクレジットカードが使われるが、実際には、硬すぎて役に立たない場合が多い。以前のぼくも、しょっちゅうどこかに押しいったり、無断で忍びこんだりする主人公にその手を使わせるつもりでいた。だが、念のため自宅の扉で試してみたところ、この結論に至ったというわけだ。ちなみに、そのあと錠前を交換する羽目となった。

モーガン・チェイスの部屋の場合、同じことを試したり、錠前を破壊したりする必要はなかった。鍵がかかっていなかったからだ。全身の血管に、喉の奥に、恐怖がふたたびこみあげた。震える手で扉を押し開けた瞬間、あのにおいが鼻を突いた。作品のなかでは、よく知りもせずにそのにおいを描写してきた。だが、いまは、おそらく誰もがそうであるように、ぼくもまた一瞬でそのにおいの正体を悟っていた。それは、死のにおいだった。

モーガン・チェイス（と推測される人間）は、ベッドに大の字に縛りつけられていた。頭と両手と両足が切り落とされ、その血まみれの切断面に、しおれた花が生けられていた。切りとられた首の先から、片方の手が伸びていた。ふたつの足は、胴体の脇にそれぞれぽつんと据えられていた。切断された頭部はどこにも見あたらなかった。マットレスは乾いた血に覆われていた。蠅の群れがあたりを飛びまわっていた。これ以上こらえきれないのはわかっていた。証拠を損なうことのないよう、階段を駆けおり、通りに飛びだした。通行人の見守るなか、側溝に反吐《へど》を吐いた。それから、ふたたび警察に電話をかけた。

41

このときばかりは現場にとどまり、警察の到着を待った。最初にやってきたのは、制服警官ふたりを乗せたパトロールカーだった。警官はどちらも若く、ラテン系の男と黒人の女という組みあわせだった。石段にすわりこんでいるぼくをその場に待たせておいて、ふたりは建物のなかへ消えた。ぼくはふたりが気の毒になった。一分後にふたりは戻ってきた。見るからに身体を震わせていた。動揺のあまり、自分たちが互いに腕を取りあっていることにも気づいていない様子だった。だが、建物の前に管理人や近隣住民が集まりだしているのを見てとると、野次馬を通りまで押しもどし、無線で応援を要請してから、現場保存用の黄色いテープを戸口に張りわたした。やがて、制服警官をふたり乗せたパトロールカーがもう一台と、ワンボックスカーが一台到着した。そこから、ウィンドブレーカーを着て機材ケースをさげた鑑識チームがおり立った。プロに徹した顔つきで、無言のままぼくの真横を通りすぎていった。新米とおぼしき顔はひとつも見あたらなかったから、数多くの凄惨な現場をくぐりぬけてきたはずではあったが、それでもやはり気の毒に思わずにはいられなかった。彼らもまた、しばらくのあいだぼくと同じ悪夢にうなされるのだろう。

やがて、所轄署の刑事がさらにふたり駆けつけるのとほぼ同時に、ブランコヴィッチ刑事が到着した。ブランコヴィッチは砂色の髪とブラシのような口髭をして、安っぽい紺色のスーツを着た、血色のいい大男だった。マンハッタン署の刑事ふたりは男女の組みあわせで、ともに黒のスーツを着ていた。刑事たちはまず三人で寄り集まって、ぼくのほうをちらちらと窺いながら、何ごとか言葉を交わしていた。それが済むと、ブランコヴィッチ刑事がこちらに近づいてきた。

「きみがブロックかね？」

「ええ」

ブランコヴィッチは警察バッジを呈示し、ぼくが片手をさしだすと、それを手荒く握りかえしてきた。手の甲は赤毛に覆われ、指には結婚指輪とスクールリングがはめられていた。

「そこから動くな。現場だけ確認したら、すぐにきみの供述をとらなきゃならん」

「わかりました」

ブランコヴィッチが石段をのぼろうと片足をあげたとき、ズボンの裾から左右ばらばらの靴下が覗いた。またしても心が痛んだ。ブランコヴィッチはいかにも屈強そうだし、刑事にしては感じもいい。だが、さほど頭が切れるようには見えない。この事件は、この刑事の力量では手に負えないのではないかと思えてならなかった。マンハッタン署の刑事については、特になんの感情も覚えなかった。

三人が建物のなかへ消えたあと、しばらくして姿をあらわしたのは、ＦＢＩのタウンズ特別捜査官だった。タウンズは声をかけてこなかった。ぼくに蹴りを浴びせないでいるにはこうすることしかできないとでもいうように、じろりとこちらを睨《ね》めつけただけで、そのまま石段をあがっていった。タウンズのことはまったく好かなかったが、いちばんの切れ者であることはあきらかだった。だから、むっつりと押し黙った一団が朽ちかけた踏み板に重い足音を響かせながら階段をおりてきて、石段の上でぼくを取り囲むと、ぼくは迷わずタウンズに向けてこう告げた。

「いやな予感がする。いますぐニュージャージーに向かったほうがいい」

「わけを話せ」とタウンズは言った。狭められた目蓋の隙間から、ブルーの瞳が鋭くぼくを見すえていた。

「もうひとり犠牲者がいるかもしれない。名前はマリー・フォンテイン。住所は自宅に戻らないとわからないが、車で周囲を流してもらえれば、家を見つけられると思う。リッジフィールド・パークのエルム・ストリートだ。理由は車内で説明するから、一刻も早く向かったほうがいい」

顔に浮かべた蔑《さげす》みの表情に変わりはなかったが、ほんの一瞬考えこんだだけで、タウンズは即座にうなずいた。

「行こう」

このまえぼくを訪ねたときと同じ捜査官がハンドルを握り、もうひとりべつの捜査官が助手席にすわった。タウンズとぼくは後部座席に乗りこんだ。ときおりサイレンを鳴らして周囲の車を蹴散らしながら、車はトンネルをめざした。ぼくはタウンズにこれまでの経緯を語った。話題がダリアンとの取引内容におよぶと、冷笑をたたえていた唇からうなり声が発せられた。

「なんたることだ。きみら作家が見さげ果てた連中であることは知っていたが、いくらきみが最低レベルの作家であるにしたって、よくもそんな下劣なことができたものだな。悪魔と契約を結ぶとは、まさにこのことだ」

「目くそ鼻くそを笑うとはまさにこのことだ。あんたがこんなことをしているのも、自分の回想録に盛りこむためなんだろうに」

タウンズは鋭くぼくを睨《ね》めつけてから、すぐに目を逸らした。

「それをどこで聞きつけた？」凄みを利かせた抑揚のない声でタウンズが訊いてきた。だが、ぼくはひるまなかった。タウンズにぼくを怯えさせることはできない。すでにこれ以上ないほど震えあがっているのだから。

「最低レベルの作家のネットワークを通して」とぼくは答えた。「あんたは遺族を食いものにするなと言ったが、どうやら自分は例外らしい」

飛んでくるこぶしは見えなかった。たぶん不意を衝かれたのだろう。いきなり右目に星が弾け、顔が左に吹っ飛んだ。窓ガラスに額をしたたか打ちつけた。隣の座席を振りかえると、タウンズは涼しい顔で両手を膝に置いていた。タウンズの部下たちはどちらも身じろぎすらしていなかった。ぼくの顔が意味もなく痛みだしたというだけで、何ひとつ起きてなどいないかのように。ただ、タウンズの左側にすわっていたのは不幸中の幸いだった。やがて、タウンズが前方を見すえたまま、さきほどと同じ抑揚のない声で喋りだした。

「二十年もの長きにわたって、きみがわたしと同じ同じだけの遺体を目にし、同じだけの憤懣《ふんまん》を抱え、同じだけの殺人犯を捕らえてきたなら、そこから何かを得ようと考えるのも無理はなかろう」

「なるほど。そちらの言うことももっともだ。さっきの暴言はすべて取り消しましょう」

「痛むか？」

「いや、だいじょうぶ。頭痛がするだけで。アレルギーのせいでしょう。春はいつもこうだから」

助手席の捜査官がGPSを駆使し、無線で逐一、指示を仰いだおかげで、目的のハイウェイ出口をすみやかに通過することができた。そこで地元警察と落ちあい、前方に一台、後方に一台のパトロールカーをしたがえると、赤色灯を光らせながら、車は通りを疾走した。見覚えのあるバス停を通りすぎた。錆びたブランコを見つけた。散らばった記憶を掻き集めて、ぼくは目的の家を探した。黒いすじの這う白い外壁を。まばらな芝生を。ハナミズキの木を。

「あった。あの右側の家だ」ぼくはタウンズに言った。

「とまれ。右側の白い家だ」タウンズが運転席の捜査官に命じた。

捜査官が車を私道へ乗りいれると同時に、助手席の捜査官が窓から手を出し、前後のパトロールカーに合図を送った。二台のパトロールカーは甲高いブレーキ音を響かせながら、フォンテイン家の前で急停止した。

「ここで待っていろ」タウンズがぼくに向かって言った。三枚のドアが叩き閉められると、ぼくは静まりかえった車内にひとり取り残された。警官たちが母屋の玄関へ足早に向かっていく。ストレッチ・パンツを穿いてピンク色のセーターを着た大柄な女が戸口にあらわれる。マリーの母親だ。あとから知ったことだが、母親とその夫は休暇をとってフロリダにいる祖母のもとを訪ねていたとかで、ここしばらく家を留守にしていたらしい。扉をノックしたのに娘の返事がなかったとしても、特に心配はしていなかった。マリーは何日も何週間も行方知れずになったり、家族とひとしきり口を利かなくなったりすることがしょっちゅうだったから。娘の部屋から異臭が漏れだしていることには気づいていたが、それにしてもよくあることだと、とりたてて気にはしていなかったという。

女性警官が母親を促し、母屋のなかへ消えた。タウンズとその部下、地元の警官たちが駆け足で家の横手へまわり、外階段をあがって、ガレージの上に位置するマリーの部屋へ向かった。閉めきられた車の後部座席からガラス一枚を隔てて眺めると、フォンテイン家の前庭はまるで、芝居が始まる直前の舞台装置のように見えた。くすんだ青空に縁どられた白い家。その前に立つふたりの警官。あたりを薔薇色に染める赤色灯。風が小さな雲を押し流す。ハナミズキの枝を揺らす。薄紅色の花びらが宙を舞い、地面をかすめて飛んでいく。ボンネットの上にはらりと着地する。ぼくの目の前の窓ガラスにぴたりと張りつく。まるでひとひらの雪のように。

一分後、口にハンカチをあてた警官がふたり踊り場にあらわれ、階段をおりはじめた。ひとりが足をすべらせると、もうひとりがその腕をつかんで助け起こした。靴のつま先が血に濡れていた。ふたりは互いの身体を支えあいながら階段をおり、芝生の上までたどりついた。ひとりがその場にくずおれ、げえげえと喉を鳴らしはじめた。もうひとりがその肩を抱いた。続いて、タウンズの部下たちが姿をあらわした。黒いレインコートをはためかせて足早に芝生を横切りながら、携帯無線機に向かって何ごとかを伝えはじめた。クルーカットの大柄な捜査官がふと立ちどまり、ミラー加工のサングラスの下と頬から涙をぬぐった。最後に、タウンズがゆっくりとした足どりで階段をおりてきて、ぼくの待つ車のドアを開けた。音と、においと、色彩とが、一気に車内へなだれこんできた。

「ついてこい。ほかの被害者も見たんだろう。もうひとりも目に焼きつけておくがいい」

すっぱいもののこみあげる口を閉ざしたまま、ぼくは車をおり、重い足を引きずってタウンズのあとを追った。芝生を半ば横切ったとき、母家の網戸の向こうで悲痛な叫び声があがった。誰かが母親に話したのだ。ぼくは片足をあげたまま、その場に凍りついた。高波に揉まれでもしたかのように、一瞬ぐらりと身体が揺れた。タウンズの視線に促されて、顔を前に向けたまま階段をのぼりはじめた。耐えがたい悪臭が鼻を刺した。反吐《へど》と、糞便と、腐った肉と、朽ちた花の入りまじった甘ったるいにおい。階段をあがりきったところで、タウンズが脇にどいて、ぼくに道を開けた。戸口の手前で、ぼくは足をとめた。タウンズに背中を押されて、よろよろと前に進みでた。息を凝らして、地獄へと足を踏みいれた。

目の前にあるのは、このまえ訪れたのと同じ部屋だった。ポスター。ベッド。簡易キッチン。連続殺人鬼の写真を貼りつけた鏡。唯一ちがっているのは、そのすべてが真っ赤な血で塗りかえられていることだった。暗がりに目が慣れてくると、眼前を浮遊する視界に焦点が合いはじめた。黒いスポンジのようなマットレス。飛びまわる蠅。ぐっしょりと湿ったカーペット。壁を這う血痕。そして、ベッド。皮を剝がれた蛇のように、腸が絡まるヘッドボード。何者かの手によってつくりだされた奇怪な曼荼羅《まんだら》。骨盤の両脇から張りだした肩甲骨が、二本の脚と二本の腕とに丸く縁どられている。その中央に、心臓が据えられている。

ぼくは大きく喘いだ。息を吸いこんだ瞬間、そのあやまちに気づいた。室内にこもった空気が体内にどっと流れこみ、濃密な毒気が脳を満たす。四方の壁が血まみれの渦を描いて旋回しはじめる。視界が暗転する。言い知れぬ恐怖に駆られ、出口を求めて扉にこぶしを打ちつけた。この部屋のなかで一瞬たりとも意識を失えば、永遠にここから抜けだせない気がした。ついに意識が途切れた瞬間、倒れこむ身体をタウンズが受けとめた。

42

警察は続く八時間のあいだぼくの身柄を拘束した。三人目の被害者によって事件が州境を越えたため、FBIのタウンズ特別捜査官が正式に事件を担当することにはなったものの、所轄署の刑事たち——ブルックリン署のブランコヴィッチ刑事に、マンハッタン署の二人組に、ニュージャージーからやってきた痩せこけたアジア系の刑事まで——にもぼくの聴取を行なう機会が与えられたのだ。刑事たちはぼくに指一本触れなかった。だが、単に殴ってくれたほうが、よっぽど話が早かったかもしれない。ぼくはまず五分ほどをかけて、自分の知るすべてをありのままに話した。そのあとは一日が終わるまで、相手がどうにか納得してくれることを願いつつ、取調室の椅子にすわりつづけなければならなかった。彼らが採用したのは、チーム一丸となって進める〝タッグ方式〟だった。最初にひとりの刑事が取調室に入ってきて、ぼくにすべてを語らせる。それからぼくを部屋にひとり残して、マジック・ミラーと睨めっこさせる。しばらくすると、べつの刑事がやってきて、やや異なるアングルから似たような質問を浴びせてくる。ひとによって、状況によって、怒ってみせたり、親切にしてみせたり、しかつめらしくしてみせたり、疑り深くなってみせたりする。ぼくとしては、まるで適性のない役のオーディションに応募してきた大根役者の一団を眺めている気分だった。

ぼくも作家のはしくれとして、こうした場面を数多く書いてきた。それこそ、数えあげる気にもなれないほどの数を。たとえば、人種差別主義者の刑事にテーザー銃で撃たれたときのモルデカイ。南部出身の粗暴なギャングによって、密造酒の大樽へ突き落とされたときのモルデカイ。ヴァンパイア・ハンターらの手によって磔《はりつけ》の刑に処され、じわじわと炎に炙《あぶ》られていたときのサーシャ。ぼくの作品に登場する人物は、つねに凛々《りり》しい態度を保ち、どんな危機的状況においてもかならず気の利いたことを言おうとした。どれほど震え慄《おのの》こうとも、けっして口を割ることはなかった。胸に秘めた情報をあかそうとはしなかった。ところが、現実にはそうはいかない。その日一日の出来事にすっかり打ちひしがれていたぼくは、腹の内を洗いざらいぶちまけた（こんなことを書くだけで、またも吐き気に見舞われそうだ）。とはいえ、捜査の役に立ちそうな情報は何ひとつ知りもしなかった。

ついにぼくを――というより堪忍袋の緒を――ブチ切れさせたのは、マンハッタン署の女刑事だった。たしか、名前はハウザーといったと思う。はじめのうち、ぼくはハウザーのことを気の毒に思っていた。自分が女刑事であるというだけで、〝下種野郎〟にならなければならないと信じこんでいるらしいことがありありと窺えたからだ。

「あんた、なんだってあんなことをしたのさ、ハリー？　女と一発ヤリたかったのに、拒まれたから？　それとも、拒まれはしなかったものの、ムスコが勃たなかったとか？　それともただ単に、あんたもあんたの英雄みたいになりたかったとか？」

「ぼくの英雄？」

「ダリアン・クレイさ」

「どういうことだ？　いったいなんの理由を訊いているんです？　執筆の依頼を引き受けた理由ってことですか」

「どうして女たちを殺したのかと訊いてるんだよ」

「気はたしかですか？」サンドラとモーガンとマリーのイメージが頭のなかで炸裂した。どうにも抑えようがなかった。口のなかに胆汁の味が広がった。だが、机に反吐《へど》を吐き散らす心配はなかった。胃のなかはすでにからっぽだったから。「いいですか、あなたがたにはぼくの話を聞く必要があるってことくらいわかってます。まずは疑ってかからなきゃならないってことも。しかし、こういうやり方は我慢ならない。話せることはすべて話しました。これ以上続けるなら、弁護士を呼ばせてください」

ハウザーは顔をしかめた。マジック・ミラーの向こうにいる誰か——おそらくは上司——をちらりと見やってから、ぼくにぐっと顔を近づけた。「ああ、好きにすればいい。ただし、そんなまねをすれば、罪を犯したと認めるようなもんだがね」

「すでにぼくを疑っているんでしょうに」

「そうとはかぎらない」

「さっきそう言ったばかりじゃないですか。とにかく、弁護士を呼ばせてくれ」

「少し冷静に話をしようじゃないか」

「いますぐぼくを釈放するか、弁護士に電話をかけさせてくれ。いますぐだ」ぼくは椅子の背にもたれかかって、腕を組んだ。ハウザーの顔が不安に曇った。自分のヘマで芝居が台無しになってしまったことに気づき、終幕後の楽屋でタオルを投げつけられることを恐れる役者のように。ただし、じつを言うなら、ぼくには弁護士の当てなどなかった。電話はクレアにかけるつもりだったのだ。

ハウザーはパンツスーツのウエストをぐいとひきあげながら立ちあがった。「いいかい、ハリー。あんたの聴取はあともう少しで終わるんだ。いま弁護士を呼んだら、一から仕切りなおすことになるんだよ」

声に出さずに、ぼくは〝弁護士〟と唇を動かした。ハウザーはひとつ毒づいてから、部屋を出ていった。ぼくはマジック・ミラーに手をひと振りした。脚を組んで椅子に背をあずけ、組みあわせた両手を膝に載せた。次の瞬間には、タウンズが扉を開けていた。ハウザーとのやりとりを鏡越しに見ていたのだろう。

「いいぞ。もう帰っていい。ただし、ひとつだけはっきり言っておく。現時点では、きみが第一容疑者だ。唯一の容疑者でもある。サンドラ・ドーソンが殺されたとき、きみは現場にいたわけだからな」

「いいや、殺害現場には居合わせちゃいない。遺体を発見しただけだ。犯人に殴られて気絶しただけだ。ぼくだって殺されていたかもしれないんだ」

「そうかね」

「頭の瘤を見せましょうか？」

「残る二件の現場からも、きみのＤＮＡが発見されたら？」

「だから、まえに訪れたことがあると言ったでしょう。ついさっきも、あなたに言われてなかに入ったばかりだ」

「ほかに何が見つかるだろうな。精液はどうだ？」

「ふざけるな。ぼくにあの現場を見せたのは、そのためだったのか？　ぼくをはめるためだったのか？」

「ふざけるな。こちらがきみをはめる必要などない。すでにどっぷり泥沼にはまりこんでいるのだから」

「なんとでも言え。もう帰らせてもらう」言いながら、ぼくは立ちあがった。

「それから、もうひとつ。こちらはどう言い逃れするつもりかね。女たちにあんなことができる人間はダリアン・クレイだけだが、やつには完璧なアリバイがある。となれば、残るは、女たちの話をやつから聞かされた人間のみ。つまりは、きみしかいない。ほかには誰も知りようがなかったわけだからな」

「いいや、看守と警察がいる」とぼくは言った。言ったそばから後悔した。殴られるよりも先に。ぼくは背中から机に倒れこんだ。

「訴えたければ、訴えるがいい」そう捨てゼリフを残して、タウンズは取調室を出ていった。

「そいつはどうも」とぼくは言った。少なくとも、そう言おうとはした。下唇が完全に麻痺していた。

第三部　二〇〇九年五月五日～十七日

43

午前四時ごろ、自宅に帰りついた。身体は疲れ果て、頭のあちこちが痛みを訴えていたが、もう二度と、ぼくに眠りが訪れることはない気がした。目を閉じるたび、あの光景が蘇った。殺された女たち。かつて女だったものたちの残骸。夜明け近くになって、ようやくうつらうつらと眠りに落ち、その日一日の大半を途切れ途切れに眠りながらすごした。悪夢にうなされ目を覚ましては寝返りを打つうちに、また意識が飛んだ。正午ごろ、クレアから電話があった。まだ睡眠中だと告げて、ぼくは電話を切った。午後六時ごろ、もう一度電話があった。テレビや夕刊ですでに事件が報じられていた。ぼくは昨日の出来事をかいつまんで説明した。おぞましい細部はもちろん省略した。クレアはこちらに来たがったが、ぼくはそれを押しとどめ、いまは身体を休めたいから明日にしてくれと告げた。調理台の前に立ったままピーナッツバターとジャムのサンドイッチを食べたあと、ベッドに戻った。午後十時ごろ、クレアがまた電話をかけてきた。

「頼むよ、クレア。少し放っておいてくれないか」

「テレビをつけて。九チャンネルよ」

「ニュースなんて見たくない。ただでさえ、あの光景が頭を離れないんだ」

「いいから、早く」

ため息まじりにソファーに腰をおろし、リモコンを拾いあげた。ボタンを押して、地元テレビ局のニュース番組をつけた。林立するマイクに向かってまくしたてるキャロル・フロスキー弁護士の姿が映しだされた。

「こちらが申しあげたいのは、今回の事件が重大な疑問を提起しているということです。よって、明日には関係各局を訪問し、可能なかぎりの支援を要請するつもりでおります。本日、面会しましたところ、依頼人は被害者遺族に対する深い弔意をあらわしたのち、一刻も早く犯人が捕まること、正義がまっとうされることを心から願うと語っておりました。このたび発生した事件はもちろん、みずからが誤った嫌疑を受けている事件につきましても——」

「わかってるとは思うけど……ダリアンが電気椅子を免れることにでもなったら、あなたの懐には十セントたりとも入ってこなくなっちゃうわ」受話口からクレアの声がした。向こうで同じ番組を見ているらしい。

「そういうひねくれた見方をするな。まだそんな歳でもないだろうに」言った直後に考えなおした。若いからこそ、そういう見方ができるのかもしれない。歳を経るごとに、ダリアン・クレイのような連中の闊歩《かっぽ》する世のなかで生きていくことが、少しずつつらくなっていくのかもしれない。

「ごめんなさい」クレアが謝るのが聞こえた。

「いずれにしても、ダリアンが電気椅子にすわることはない。薬物注射を打たれるんだ」

「ああ、そうそう。注射だったわね」

「それに、目下のところ、警察はぼくを容疑者と見なしている」

「何よ、それ。ばかばかしい」

「向こうに言ってくれ」

「やっぱり、そっちに行こうかな。タクシーに乗れば、すぐ着くわ」

「いや、けっこう。ぼくならだいじょうぶだ」

「そう。でも、最後にひとつだけ。もし警察に尋問されても、お母さまのコスプレをしたってことだけは絶対に白状しちゃだめよ」それだけ言うと、クレアは受話器を置いた。

もうベッドには戻らなかった。繰りかえし流されるいくつかの映像を延々と眺めた。訪れたばかりの場所や出会ったばかりの人々をこうしてテレビで目にするというのは、どうにも異様な気分だった。画面を通して、悪夢を眺めているようだった。サンドラのアパートメントと顔写真。モーガンの自宅前の通りと顔写真。マリーの家と泣き叫ぶ母親。部下ふたりをしたがえて、記者の取材に応じるタウンズ。三度目にキャロル・フロスキーの映像が流れはじめると、ぼくはテレビを消して、シャワーの栓を開いた。熱い湯が出るのを待って、服を脱ごうとしたとき、電話が鳴った。かけてきたのはダニエラだった。たったいまニュースを知ったらしい。ぼくはまた、昨日一日の出来事とその後の出来事とをダニエラに話して聞かせた。むごたらしい詳細はやはり省いた。ただし、すでにニュースであれこれ報じられていたから、最悪の部分もおおよその想像はついたにちがいない。

「しばらく悪夢にうなされることになりそう」すべてを聞き終えると、ダニエラは言った。

「だろうね。ぼくも、しきりに目が覚めた。それからまたすぐ眠りに引きずりこまれての繰りかえしだ。どっちも満足にできやしない」

「その感じ、わかるわ。わたしも昔、姉の夢ばかり見ていたから。わたしの頭を見つけてと泣きながらすがりつかれるの」

「それはうなされても仕方ないな」

「いまからそっちに行きましょうか？」とつぜん急《せ》きこむようにダニエラは言った。

「いま、なんて？」とぼくは訊きかえした。受話口の向こうを、ジェット機が通りすぎたらしい。けたたましいエンジン音に掻き消されて、声がよく聞きとれなかった。

「あなたがいやでなかったらだけど。本当はまだ仕事中なの。でも、どうせ早退けするつもりだったから。楽屋のテレビでニュースを見て、あなたに電話しようと外に出てきたけど、もうなかへ戻る気にはなれない。いま、駐車場にとめた車のなかにいるわ。だから、そうしてもいい？　それとも、いや？」

「いやって、何が？」

「わたしがそっちへ行くことが」

「まさか。もちろん。きみがそうしたいのなら」ぼくはそうまくしたてた。

44

この章は、小説で言うなら、探偵が女と寝る場面にあたる。そうなることは避けられない。ぼくはそう思う。そんな気がする。そうする必要性に迫られたという以外に、ぼくとダニエラが身体を重ねた理由もなかったから。

ダニエラはひどいありさまだった。最高と呼ぶにはほど遠い状態にあった。舞台化粧と高く結いあげたヘアスタイルはそのままに、楽屋を出るときに着替えたというスウェットの上下とぶかぶかのコートを着ていた。涙で流れ落ちたマスカラが、ファンデーションの上に黒いすじを残していた。どんよりと虚ろな目をしていた。ぼくの最高と最低の状態のあいだにはダニエラほどの落差こそないものの、こちらもまたひどいありさまだった。唇は腫れあがり、右の頬と左のこめかみには痣ができ、後頭部には大きな瘤がふくれあがっていた。睡眠不足と過剰な睡眠と悪夢とが一緒くたになったとき、人体におよぼすであろう影響も色濃くあらわれていた。さらに言うなら、鼻の奥からどうしても消えてくれない、あの悪臭に苛《さいな》まれてもいた。だが、それが不幸中の幸いだった。ダニエラの好みのタイプは、憐れを誘う男であるらしかった。

「なんてひどい……」戸口を抜けるなり、ダニエラは言った。たじろぐぼくを無視して首を抱きしめながら、後頭部の瘤をそっと撫でた。「氷で冷やしたほうがいいわ」「それより、水を張ったバケツに頭ごと突っこんだほうがよさそうだ」「ほんとね」くすくすと笑いながら、ダニエラは続けた。「本当にひどい顔」「ありがとう。いまの言葉にはじつに慰められた」「あら、失礼」ダニエラはいっそう大きな笑い声をあげた。「でも、ほかに言いようがないでしょ。こんなに巨大な唇は見たこともない」「鏡を見てみるといい。きみの顔だって、泣き化粧のピエロみたいになってる」ダニエラは手の平で目もとをぬぐってから、バスルームの鏡を覗きこんだ。「やだ、ひどい！　まるで魔女《ウィッチ》みたい。ブロンドの魔女ね」「いや、痴女《ビッチ》の間違いだろう！」ぼくがからかうと、ダニエラはまたくすくすと笑いながら、鏡に映る自分とぼくの顔とをためつすがめつしはじめた。「負け犬がふたり」そう言って、小さく鼻を鳴らした。「わたしたち、同じ穴のむじななのかもね」そうしてぼくに微笑みかけながら、そっと唇を重ねてきた。

いつものぼくなら、こんな誘いに乗りはしなかったろう。いや、いまのは見栄を張りすぎたかもしれない。ジェインと別れて以来、ぼくは誰の唇にも触れたことがなかった。ぼくに誘いをかけてくる者などひとりもいなかったのだ。それはともかくとして、このときのぼくはたしかにいつもとちがっていた。呆れた言いわけをするようだが、おそらく昨日の何かが影響していたのだろう。ぼくはいつになく大胆に、あるいは向こう見ずになっていた。あるいはただ単に、こらえようもなく発情していた。ぼくはダニエラにキスを返した。ダニエラもまた、貪るようなキスを返してきた。ぼくの胸にしがみつき、強く唇を押しつけてきた。

「くそっ……唇と顔が……」ぼくは痛みにうめき声をあげた。

「やだ、ごめんなさい」ダニエラは詫びながら身体を離した。それから不意に、げらげらと腹を抱えて笑いだした。「あなたって、本当に繊細なひとね。自分でもそう思わない？」

ぼくも笑いながらうなずいた。「たしかに。おかげで、千載一遇のチャンスを台無しにしようとしてる」

「まったくだわ。本当に不器用なひと。でも、わたしの身にもなって。男に誘いをかけて、それを拒まれたのよ」

「もっと優しくしてくれればいいんだ」ぼくは言って、ダニエラにそっと唇を重ねた。ダニエラも優しくキスを返してきた。ぼくはダニエラの腰を引き寄せ、さらに激しく唇を吸った。唇に痛みが走った。血の味がした。だが、もう気にはならなかった。ふたりで絡みあったまま寝室へなだれこみ、ベッドの上に倒れこんだ。その瞬間、ヘッドボードに頭をしたたか打ちつけた。ダニエラはそのまま動きをとめ、ぼくの反応を窺った。

「ううっ……」ぼくは小さくうめいた。

ダニエラはまたもや狂ったように笑いだした。そのとき気づいた。ダニエラは笑っているのではなかった。声をあげて泣いていたのだ。

「いいんだ。わかってる」ダニエラの背中を撫でながら、ぼくはささやいた。何をわかっているのかもわからぬままに。それから、すすり泣くダニエラを胸に抱き寄せ、黙りこくったまま天井を見つめた。涙がじわじわとあふれだし、耳のなかに流れ落ちた。そのまま眠りに落ち、暗闇のなかで目が覚めた。服を脱ぎ捨てる気配が隣から伝わってきた。ぼくもそれに倣った。すべてを脱ぎ捨てたダニエラが手探りでぼくの腕のなかへ戻り、その柔肌をぼくの胸に押しつけてきた。それは、これまでに経験したどんなセックスともちがっていた。愛しあうふたりが睦《むつ》みあうたぐいのセックスでもない。酔いに任せて快楽を貪るたぐいのセックスでもない。ぼくらはときに荒々しく、ときに優しく、われを忘れて互いを求めた。それは悲しみに彩られたセックスだった。怒りに彩られたセックスだった。そして、夢のようなセックスだった。

45

『四十二番街の裏切り』第二章より

チェリー・ブレイズとおれはクイーンズへ向けて車を駆った。生粋《きっすい》のニューヨークっ子はみな、クイーンズの墓地に埋葬されるのが習わしだ。空港へ向かうハイウェイからでも、何エーカーにもおよぶ墓地の様子を眺めることができるだろう。天空に聳える永遠の都、鉄筋コンクリートの古墳群を背景にして、無数の墓碑が描きだすまがい物のスカイライン。少なくとも、そのときのおれにはそんなふうに見えた。胃袋を締めつける痛みが、何かがおかしいと告げていた。あるいはただ単に、おんぼろのシボレー・インパラSSが例によって激しく振動しながら、ガス欠の警告ランプを点滅させていたせいだったのかもしれない。いずれにせよ、その声に耳を貸すべきだったことだけはたしかだ。

墓地の前で車をとめると、おれはトランクからシャベルを取りだし、それを毛布でくるんだ。グラブコンパートメントから、ライ・ウイスキーの一パイント瓶と懐中電灯も取りだした。墓地に入り、いくらか進んだところで、チェリーが父親の墓を指さした。少し離れたところに立つ大木まで歩いていって、おれたちは木陰に毛布を広げ、そこに腰をおろした。死の気配が漂うなかで、ささやかなピクニックに興じながら、閉門の時刻を待った。

夜の訪れはゆるやかだった。街並の向こうを流れる川に太陽が沈みゆくあいだ、おれたちは大いに語らい、大いに酒を酌み交わした。そして、沈黙が訪れた。しばらく黙りこくったまま、毛布の上に横たわり、移ろいゆく空の色を眺めた。やがてついに夜の帳《とばり》がおり、守衛小屋の最後の光が姿を消した。誰がつけたのか、終夜灯の明かりがぼんやりと灯った。オレンジ色に光る吸いさしを暗闇のなかへ弾き飛ばしてから、おれはチェリーに顔を向けた。

「よし、行こう」

「待って」チェリーが小声でささやき、小さな手の平でおれの手首をつかんだ。「お願い」

「どうかしたか？」おれがマッチを擦ってその顔を照らそうとすると、チェリーは炎を吹き消した。

「やっぱりだめ。やめましょう」チェリーは手首をつかむ手にいっそうの力を込めた。「いざとなったら、父に会うのが怖くなってしまったの」手の平を通して、チェリーが芯から震えているのが伝わってきた。カタカタと歯の鳴る音も聞こえた。「モルデカイ？」小さくささやく声がした。

「なんだ？」おれも小声でささやきかえした。

「お願い、抱いて。寒くて凍えてしまいそう」

おれに何が言えるだろう。おれの体内にはユダヤ系黒人とネイティブ・アメリカンの血が流れているが、いずれの先祖も、白人の女とはとんと縁がない。だが、おそらくは過剰なアルコールと、過剰な語らいと、過剰な静寂と、過剰な星々とが相乗効果をもたらしたせいで、頭がどうかしていたのだろう。おれはチェリーを抱き寄せた。暗闇のなかで、チェリーの唇がおれの唇を探りあてた。気づいたときには服を脱ぎ捨て、地べたに転がり、淫らな行為におよんでいた。おれがなかに押しいっていくと、チェリーは亡霊のようなうめき声を漏らした。月明かりに照らしだされた肌が、亡霊のように白く透けて見えた。だが、目を閉じて肌を重ねると、熱く火照ったぬくもりと、みなぎる生気を感じた。

「叩いて。お願い、わたしを叩いて」懇願する声が聞こえた。野生の獣を押さえこもうとするかのように、チェリーの硬く引きしまった尻に平手打ちを食らわせ、髪をつかんで首をのけぞらせた。チェリーもまた、全力でそれに応え、野良猫のようにおれを引っ掻いては噛みついた。そうしておれたちはついに果て、地面に仰向けに倒れこんだ。チェリーが煙草に火をつけた。おれは腕時計を覗きこんだ。午前〇時。仕事にとりかかる時間だ。

チェリーの父親の墓標を見つけて、その足もとを掘りかえしはじめた。いまは、恐れも闘志もチェリーのなかから消え去ってしまったようだった。おれたちはともに黙りこくっていた。言うべき言葉は何も残されていなかった。雲間から月が顔を出し、淡い光で墓地を満たした。一時間ほど経ったころ、シャベルの先端が木の感触にぶちあたった。

「よし」息を整えながら、おれは言った。「これで充分だろう。覚悟はいいか？」

「ええ」静かな声で答えると、チェリーは棺の上に懐中電灯の光を向けた。「開けて」

長い歳月を経て、棺はぼろぼろに朽ちていた。蓋の隙間にシャベルを押しこむのはわけもなかった。シャベルの柄に体重をかけて下に動かすと、弾かれたように蓋が開いた。そして、暴かれた墓のなかにいとも安らかに横たわっていたのは、降りそそぐ月光を受けてほのかに輝くトランペットだった。

チェリーがはっと息を呑んだ。懐中電灯の光が消えた。男の笑い声があたりにこだました。どこかで聞いたことのある笑い声。おれは穴から這いあがろうとした。その途端、何者かに顔を蹴られ、棺のなかに倒れこんだ。真横にトランペットが転がっていた。懐中電灯がふたたび灯された。光はまっすぐこちらに向けられていた。だが、たとえかすかな月明かりのもとであろうと、おれがそいつを見まがうはずはなかった。

「よう、ファッツ。こんなところへなんの用だ？　デートの相手を送りにきたのか？」

しわがれた笑い声がふたたびあたりに響きわたった。男の名は〝ファッツ〟ことファット・ダディ・スリムズ。女と、麻薬と、裏取引と、ごく最近では分譲アパートメントまで手広く扱う闇の実業家だ。おれはこれまでに一度、やつを刑務所送りにし、二度、その身体に銃弾を撃ちこんだことがある。だが、体重三百ポンドの肉体は簡単にはくたばってくれないらしかった。

「よう、ジョーンズ先生《ラビ》」とファッツは言った。「てめえにもおんなじ質問をぶつけてやろう。ユダ公の墓場は隣だぜ。ほんじゃ、ゆっくりと立って、そのトランペットをこっちに渡してもらおうか」

おれはトランペットをつかんで立ちあがり、頭上のファッツにそれを手渡した。ファッツは例のごとくのけばけばしい形《なり》をしていた。スリーピースのスーツ、帽子、毛皮のロングコート、両手と口中の光り物。だが、ファッツが身につけているもののなかでひときわ目を引いたのは、おれの眉間に狙いを定めた三五七マグナムだった。

「おい、ファッツ。おれになんの用があるのか知らんが、チェリーをそれに巻きこむな」

「チェリー？　そりゃあいったい、どこのどいつだ？　ああ、ここにいるイカしたアマのことか？」言いながら、ファッツはチェリーの手首をつかんだ。「このアマなら、おれのもんだ。それに、こいつが処女《チェリー》でいられた時期はそう長くはねえ。そうだな、ハニー？」

ファッツが手首をひねりあげると、チェリーは恍惚と悲鳴をあげてから、こう答えた。

「ええ、そのとおりよ、ダディ」

「なあに、心配はいらねえぜ、先生《ラビ》。チェリーの身に危険がおよぶことはねえ。そいつに見せてやりな、ベイビー」

チェリーが懐中電灯の光を横へすべらせると、〈ジュニパー・〝ホンキー〟・ブレイズ〉と刻まれた墓石の隣に立つ瓜二つの墓石が浮かびあがった。そこには、〈チェリー・ブレイズ、最愛の娘ここに眠る、一九八〇～二〇〇八年〉との文字が刻まれていた。そのとき、ふたたび光が消えた。シャベルの先端が頭に叩きつけられた。

しばらくして目を覚まし、墓のなかに仰向けに伸びていたことを知った。なんたるざまだ、とひとりごちた。ひと晩五ドルの商売女じゃあるまいし、地べたに仰向けにおねんねするとは。いいや、ちがう。この場所こそ、すべての人間の行き着く先ではないのか。賢い人間も、屈強な人間も、大物も、色男も、誰もがいずれはこの足もとで眠りにつく。どんな賭け師も、遅かれ早かれ運を使い果たすものだ。そこまで考えたところで、おれは狂ったように笑いだした。その瞬間、シャベルで掘りかえした土が口のなかに放りこまれた。

46

翌朝八時、慈悲深き昏々たる眠りのなかからぼくを引きずりだしたのは、扉の向こうで執拗に呼び鈴を鳴らすタウンズ特別捜査官ほか数名だった。ぼくはベッドから起きあがり、バスローブを羽織った。ダニエラがシーツの下で丸くなっていることをたしかめてから、よろよろと玄関まで歩いていって、覗き穴に目をすがめた。

「こんな朝っぱらからなんの用だ？」

「ＦＢＩと警察だ。ここを開けなさい」紺色の制帽をかぶった警官が魚眼レンズにバッジを掲げた。

「まだ服も着てないんだ。支度を済ませて、こちらから署のほうへ出向くよ」

「ここを開けなさい。こちらには令状があります。扉を破ってもいいんですよ」

「待ってくれ」ぼくは慌てて鍵を開けた。さきほどの警官が数枚の書類をさしだしてきた。残る面々が室内へなだれこんできた。タウンズが最後に敷居をまたぎながら、ぼくに言った。

「おはよう」

「こんなことをする必要が本当にあるんですか？　手に入れたいものを言えば済む話でしょ

うに」

「その答えについては、令状に書いてある」

「起きぬけに読書なんてしたくない」

「ダリアン・クレイに関する資料はすべて押収する。何ひとつ例外はない。覚書き、テープ原稿、テープ、写真、ノート……」

ダニエラが寝室から姿をあらわした。乱れ髪のまま、職場から穿いてきたスウェットパンツの上に、ぼくの着古したラモーンズのTシャツを着ていた。タウンズに気づくと、驚きに目を見張った。

「これはこれは、ミズ・ジャンカルロ」タウンズは言って、にこやかに笑ってみせた。ダニエラは徹底した蔑みのまなざしをタウンズに投げつけてから、ぼくに顔を向けて言った。

「行きましょ、ハリー。コーヒーでも飲みながら、クソッタレ捜査官とそのお仲間たちが狼藉を終えるのを待ちましょう」

タウンズはくつくつと笑いながら言った。「正しくは、クソッタレ特別捜査官だがね」

けたたましく執拗な呼び鈴の音がふたたび耳をつんざいた。そして、誰ひとり玄関へたどりつきもしないうちに、扉の錠がくるりと回転した。開け放たれた扉の向こうから、クレアが部屋に飛びこんできた。そのあとから、白くなりかけた髪に濃紺のピンストライプ・スーツを着た男が戸口をくぐりぬけた。クレアは高校の制服の上にブレザーを羽織り、ニーソックスを履いていた。髪を二つ分けのおさげに結っていた。室内の状況を見てとるなり、こぶしを腰にあてて、怒りを爆発させた。

「ちょっと！　いったいこれはどういうこと？」クレアはまなじりを吊りあげた。どうやら、タウンズとダニエラとぼくの三人を、一様に非難しているようだ。

「この子、あなたの娘さん？」ダニエラがぼくに訊いた。

「まさか！　笑わせないで！」とクレアは吠えた。

「FBIと警察が家宅捜索を行なっているんだ。告白本のための資料をすべて押収するつもりらしい」ぼくはクレアに説明した。

「正真正銘のボンクラどもね。責任者はどこ？」

ぼくはタウンズを指さした。タウンズはいきりたつティーンエイジャーに眉をひそめてから、ぼくに顔を向けて言った。

「この娘はいったいなんなんだね？」

「ぼくのビジネス・パートナーですよ」

「そういうこと」クレアが言って、タウンズにつかつかと歩み寄った。「それと、こちらはわたしたちの顧問弁護士」

「おはようございます、みなさん」この場で最も高価なスーツを着ている人間の威厳を漂わせながら、弁護士と紹介された男が前に進みでて、一枚の名刺を取りだした。「まずは自己紹介を――」

「あなたのことは存じあげている」さしだされた名刺を無視して、タウンズが言った。

「ぼくは知らない」とぼくは言った。

弁護士は品よく微笑みながら、こちらに名刺をさしだした。「ご心配なく。この件で報酬はいただきません。こちらには、身内の友人として参ったわけですから。さて、令状を拝見できますかな？」握りしめていた書類を手渡すと、弁護士はそれにざっと目を通した。「あぁ、フランクリン判事でしたか。でしたら、明日、昼食をご一緒する予定になっています」

ぼくは名刺に視線を落とした。そこには〝ターナー・C・ロバートソン弁護士、モスク・ポーター・ロバートソン・アンド・リーン法律事務所〟とあった。盛りあがったインクで印刷されたクリーム色の紙は上質で分厚く、曲げたらパキッと音がしそうだった。名刺をバスローブのポケットにしまって顔をあげると、ロバートソン弁護士とタウンズが額を寄せあい、ぼそぼそと何ごとかを話しあいはじめていた。その隙を狙って、クレアはぼくにそっと近づいた。

「で、あれは誰なわけ？」小声で尋ねながら、ダニエラのほうへ視線を投げた。

ぼくの説明を聞くと、口からため息を吐きだし、「ふうん。あれが例のストリッパーってわけね」とひとりごちた。それからダニエラを振りかえり、にっこり微笑みながら言った。

「そのTシャツ、よくお似合いよ」

「ありがとう」ダニエラは穏やかな口調でそれに応じた。

「それって、本当に寝心地がいいのよね。わたしもすごく気にいってるの」

ダニエラは何も答えなかったが、若さあふれるクレアの肉体にさっと視線を走らせてから、ぼくのほうへ向けた。

「クレアはいろんな問題の処理に手を貸してくれてるんだ」とぼくは説明した。

「そんな言い方でごまかすつもり？」ダニエラは声を尖らせた。クレアがぐっと目を細め、肩をそびやかすのが目の端に映った。

「それじゃ、あなたは自分の職業をどう説明してるの？　ダンサーとか？」

ぼくはごくりと唾を呑んだ。「もういいだろう。いまは、ぼくが刑務所送りにならないための方策を話しあおうじゃないか」

そのとき、タウンズの部下（昨日マリーの家で涙を流していたほうの捜査官）が書斎から出てきた。今日もまた、なぜか顔色を失っていた。

「ここには何もありません」と捜査官は言った。

タウンズがそちらに顔を振り向けた。「どういうことだ？」

「そうとも、どういうことなんだ？」ぼくも会話に割りこんだ。

「ダリアン・クレイに関する資料がいっさい見あたりません。覚書きも、取材ノートも、何ひとつない。あるのは、がらくたみたいな資料ばかりで……ヴァンパイアだの、なんたら惑星だの……それと、大昔のポルノ雑誌がひと塊あるだけです」

「どういうことかね？」タウンズはぼくを振りかえった。だが、誰より驚いていたのは、このぼくだった。

「そっちこそ、どういうつもりだ？　ぼくの資料をどこに隠した？」

「それを訊きたいのはこちらのほうだ。証拠品の引渡しを拒めば、侮辱罪で訴えられることはわかっているだろう」

「ぼくが知るもんか。あんたたちが隠したんじゃないのか？　いますぐ全員の身体検査をしろ」自分がこの場を統率する人間であるかのように、ぼくは間の抜けた指示を飛ばした。

「心配はご無用よ」クレアが得意げに前へ進みでた。「資料はみ～んな、わたしがあずかってる。あなたが警察の取調べを受けていると聞いたあと、すぐにここから運びだして、安全な場所に移しておいたの」

タウンズがため息を吐きだした。「いいかね、お嬢さん。きみにどれだけの力を持った友人がいるのか知らんが、殺人事件に関する証拠の引渡しを拒んだり、秘匿したりするのは違法行為にあたるんだ」

「失礼、特別捜査官」今度はロバートソン弁護士が進みでた。「しかしながら、この令状によれば、貴殿にはこのアパートメントを捜索する権限しか与えられておらず、また、目的の証拠品を引きわたす義務はミスター・ブロックにしか課せられておりません。したがって、ミズ・クレア・ナッシュに対してはいかなる行為も強いることはできないはずです。さらに言わせていただくなら、未成年者に対する脅迫や強要といった行為は慎んでいただきたく存じます」

タウンズは小さく肩をすくめた。「いいですか、ロバートソン弁護士。ご自分のしていることがすべて時間の無駄だということくらい、重々おわかりのはずだ。新しい令状をとれば済むだけの話なんですから」

「いかにも。しかしながら、その場合にはわたくしもその場に同席し、異議を差し挟ませていただくこととなるでしょう。憲法修正第一条が保障する言論の自由がおびやかされようとしているわけですからな。わたくしの依頼人は、徹底的にみずからの権利を主張する覚悟でおります」

「刑務所に入る覚悟もできているんですかな？」とタウンズは皮肉った。

「もちろん、覚悟はできてるわ」おさげに結った髪を後ろに払いながら、クレアがさらに一歩、前へ踏みだした。「わたしも、ハリーもね」

「勝手に決めるな」とぼくは言った。

「あなたは黙ってて」クレアはぼくを制して続けた。「わたしたちはどこにも逃げ隠れしない。今後は、何かあったら、うちの弁護士を通してちょうだい」

「そうよ、あなたは黙ってなさいな、ハリー」ダニエラまでクレアに同調しはじめた。

ぼくはバスローブの腰紐を結びなおし、ソファーにすわりこんだ。ダニエラとクレアがぼくの両脇に腰をおろした。ロバートソン弁護士とタウンズはふたたび顔を寄せあうと、いくつか言葉を交わしただけで、すみやかに合意に達した。昨日ぼくから取りあげた品々を含むすべての押収品は、そのコピーをとったのち、ただちに返却すること。事件の捜査が終了したのち、そこに記された内容を出版したり流布したりする権利はぼくだけが有すること。

ふたりがソファーに近づいてきて、合意の内容を伝えると、クレアは満足げにうなずいた。

「それで問題はなさそうね」

「ええ、文句なしだわ」ダニエラが相槌を打った。

ぼくは力なく両手を持ちあげてみせた。「だったら、それでいい」

「ただし、これには条件がある。きみが殺人事件の容疑者として逮捕されたり、起訴されたりした場合には、すべての権利が剝奪されることとなる」タウンズが付け加えた。

「当然の条件だわ」クレアが言った。

「そうね。妥当な条件だわ」ダニエラも言った。

「ちょっと待った。それのどこが妥当なんだ?」ぼくは抗議の声をあげた。

「もう、心配いらないったら、ハリー」なだめるようにクレアは言った。「あなたは気楽にかまえてればいいの。誰も殺しちゃいないんだから」何を想像してか、クレアはくすくすとひとり笑いした。

「あなたも頭の瘤を見せてもらったら?」ダニエラがクレアに向かって言った。

「さてと。あとはみなさんにお任せするわ」クレアはソファーから立ちあがった。タウンズと握手を交わし、ロバートソンの頰に軽くキスをしてから、ぼくに向かって鍵束を振った。

「郵便物はわたしがチェックしておくわね。急がなくちゃ、学校に遅れちゃう」

「あの子、合鍵まで持ってるの?」扉が閉まると同時に、ダニエラがぼくに鋭いまなざしを向けた。

「だいいち、その学校とやらはどこにあるんだね。もう十時をまわってるが」タウンズまでロを挟んだ。

「どうぞご心配なく」そう答えたのはロバートソン弁護士だった。「ミズ・ナッシュは今学期もオールAの成績をおさめられるはずです。そうですね、ミスター・ブロック？」ぼくがうなずくのをたしかめてから、ロバートソンはほかの面々に向かって説明を加えた。「ミスター・ブロックはミズ・ナッシュの家庭教師を務めておいでなのです」

ダニエラは片眉を吊りあげ、タウンズとロバートソンが押収作業を監督するため別室へ移動していくのを見届けてから、ぼくに向きなおった。「この件については、あとで話しあいましょう」

「べつに話しあうようなことなんてない。クレアとはビジネス上の関係なんだから」とぼくはつっぱねた。少しなりとも男の意地を示したかった。

「それこそよっぽどおかしいじゃない。あなたがごく普通の性倒錯者だというなら、理解もできる。でも、あの子との関係は……なんと表現すればいいのかもわからないわ」

「〝パートナー〟というのはどうだろう」

ダニエラは鼻に皺を寄せた。「それはちょっとちがうわね」

「〝同僚〟は？」

そのときとつぜん扉が開き、クレアが部屋に飛びこんできた。クレアは郵便物の束を握りしめたまま寝室に駆けこみ、扉を叩き閉めた。

「どうしたのかしら」ダニエラは首を傾げた。

る。

「さあ。ちょっとここで待っていてくれ」

寝室の扉をノックしたが、返事はなかった。ゆっくりと扉を開け、なかに入って、後ろ手に閉じた。クレアは皺くちゃのシーツに突っ伏していた。傍らの床に、郵便物が散乱している。

「クレア？　どうかしたのか？」ぼくは静かに語りかけた。

クレアは小さく肩をすくめただけで、ダニエラの香りが残っているはずの枕に顔をうずめたまま、それ以上動こうとしなかった。部屋じゅうにセックスの残り香が立ちこめていた。

「どうしたんだ、クレア。話してくれないか」言いながら、ベッドの端に腰をおろした。クレアの背中を優しくさすりながら、ダニエラのことなら気にするなと声をかけるつもりだった。あるいは、いつもながらにぼくを擁護し、すべての問題を鮮やかに解決してくれたことに感謝の言葉を述べるつもりだった。ところが、口を開きかけた瞬間、それが目に飛びこんできた。

ごく普通のマニラ封筒の口から、何枚かの写真がはみだしていた。封筒の表にはぼくの名前がタイプされているだけで、切手も、差出人住所も見あたらない。封筒の上部は、クレアの手で破りとられていた。写真はカラーで、周囲に白枠の入った八×十インチサイズの印画紙が使われていた。そして、その一枚目に写しだされていたのは、サンドラ・ドーソンだった。ひと目でそれがわかったのは、背景に写しだされた部屋に見覚えがあったからだ。純白の掛け布団に覆われたベッド。白いドレッサー。壁に貼られた雑誌の切りぬき。レースのベールに包まれたスリップ姿の女。理由はもうひとつあった。遺体が逆さまに吊られていたからだ。遺体は首を切り落とされていた。桃色と白色の蔓を垂らす満開の鉢植えさながらに、切り裂かれた腹から腸《はらわた》がぶらさがっていた。床の上には、咲き誇る花のように真っ赤な血溜まりが広がっていた。

写真に手を伸ばしかけて、指紋のことを思いだした。「これが郵便受けに入っていたのか？」ぼくはクレアに問いかけた。その首が縦に振られるのをたしかめてから、ポケットに入れておいたロバートソン弁護士の分厚い名刺を取りだし、その角を使って、重なった写真を扇状に広げた。写真は全部で三枚あった。被害者ひとりにつき、一枚ずつ。殺害現場を正面から写した、フルカラーのプリント写真。計算しつくされた構図と角度。そのとき不意に、サンドラのアパートメントで昏倒する直前に覚えた、あの感覚が蘇った。誰かが真後ろにいるような気配を感じた。ぼくがどこに行こうと、そいつはかならずそこにいた。ぼくが今後誰を訪ねようと、そいつもかならずその人間のもとを訪れる。この写真を送りつけることで、そいつはぼくに思い知らせようとしている。自分もそこにいたということを。

ぼくはクレアの肩に手を置いた。「すぐに戻る。いいね？」クレアは枕に向かってうなずいた。ぼくはふたたび名刺の角を使って写真を封筒に戻し、バスローブの袖口越しに封筒を拾いあげた。居間を横切り、キッチンに入ると、ダニエラとタウンズとロバートソン弁護士が壁の凹面に設えられた小テーブルを囲んでいた。茶色地に黄色いデイジーの模様が入った、母の遺品のマグカップでコーヒーをすすっていた。ぼくは封筒をタウンズの前に置きながら言った。

「これが郵便受けに入れられていた」それからダニエラの肩を握りしめ、「きみは見ないほうがいい」とだけ告げて、寝室へ戻った。クレアは枕に顔をうずめたままだった。

「抱きしめてもいいかい？」傍らに膝をつきながら問いかけた。クレアがうなずくのを待って、その身体を抱き寄せた。

47

いったい誰なんだ。これは、ぼくがみずからに繰りかえしている問いかけだ。食事をしているときも、シャワーを浴びているときも、服を着替えているときも、散歩をしているときも、まったく関係のない話題について語りあっているときも、絶え間なく繰りかえされている問いかけだ。あんなことをしたのは、いったい誰なのか。女たちを殺害した動機がなんであれ、ダリアンに接触できる人間、ダリアンの手紙や電話の内容を知ることができる人間にしか、女の素性や、ダリアンとの関係を知ることはできなかったはずだ。では、それができたのは誰なのか。ダリアンの協力者。あるいは、模倣犯。警察官かもしれないし、看守かもしれない。なんらかの方法で情報を手に入れたどこかの異常者かもしれないし、狂気に取り憑かれた刑務所員かもしれない。あるいは、ある種のストーカー。嫉妬に駆られたダリアン信者のひとりかもしれないし、ダリアンの名声や人気を妬《ねた》む者かもしれない。だとすれば、その人物はぼくのあとを尾《つ》けまわして、ぼくが立ち去ったあとに女たちを殺したことになる。堂々めぐりにこのスタート地点へ戻ってくるたび、新たな恐怖の一撃が胃袋を焦がし、喉を締めつける。逆さまに吊るされて回転するサンドラの姿が目蓋に浮かび、後頭部に受けた衝撃がぶりかえす。そして、またも自分に問いかける。いったい誰なんだ、と。

だいいち、そいつはぼくをどうしたいのか。ぼくの役まわりは、ジム・トンプスンの犯罪小説のなかで殺人狂に翻弄される犠牲者なのか。ヒッチコックの映画のなかで犯人に仕立てあげられるおひとよしのカモなのか。それとも、ぼくの作品を含めた多くの推理小説に登場する、たまたま犯人に殺されかけた一目撃者にすぎないのか。血のめぐりが悪すぎて真相にたどりつくことも叶わず、次の章では溺死体となって浜に打ちあげられる運命なのか。次の瞬間、ある疑念が脳裡をよぎる。つい昨日まではばかばかしいとしか思えなかった、ある疑念。はっきり口にするのはもちろん、ちょっと考えてみるだけでも自分が許せなかった、ある疑念。ひょっとして、ダリアンは無実なのか。真犯人が街に舞いもどってきたということなのか。

ひとつだけたしかなことがある。タウンズの援護はあてにできないということだ。タウンズはこの部屋から立ち去るまえに、ぼくの靴に唾を吐きかける以外のすべてをしていった。ぼくの弁護士であるはずのロバートソン弁護士でさえ、別れ際に握手を交わしたとき、こう断言した。「身のまわりを少し整理しておいたほうがいいでしょう。こうなってしまっては、いつ逮捕されてもおかしくない」

「心配しないで」とクレアは言った。「かならずわたしが、あなたを保釈させるから。たとえ逮捕されたとしても、形だけのことだもの。そうでしょ?」クレアに問われると、ロバートソンは肩をすくめた。

それにしても、クレアはたいしたものだった。涙の跡が乾くやいなや、ホラー映画を鑑賞したせいで悪夢を見ただけだとでもいうかのごとく、さっさと恐怖心を払いのけた。メディアに氾濫する有害情報（ぼくにも責任の一端はある）に鍛えられた免疫力と、若さゆえの回復力をもって、ものの見事に立ちなおってみせた。そして、早くも翌日には職場への復帰まで果たした。いまはソファーに寝転がって、呑気にトゥイズラーズの棒キャンディーなんぞをしゃぶっている。フィールド・ホッケーの練習のあとそのままここへ寄ったため、真っ青な柄入りスニーカーに赤いニーソックス、ミニのプリーツ・スカートにスウェットパーカーといういでたちをしている。足もとにスティックを転がして、ブロンドの髪を高い位置でポニーテールに結っている。その姿は、アニメに登場する金色の兜をかぶった少女戦士を思わせた。

「たしかに、彼女たちの身に降りかかった出来事はまったくの悲劇だわ」棒キャンディーを齧ったり、真っ赤に染まった舌を披露したりしながら、クレアは言った。「でも、そのぶん、告白本の市場価値は三倍に跳ねあがる。こんなことになるまえから市場は歴史的な興味を示していたけど、率直に言って、新鮮な死体ほど恐怖心を煽ってくれるものはないんだもの」

「ああ、その感じならぼくにもわかる。それを払拭するために、まるまる二日も胃薬のタムズを舐めつづけているんだからな。ぼくは名前を変えて、カンザスに引っ越すことにする。そのソファーはきみにやるよ」

「何を大袈裟なこと言ってるの。だいいち、あなたにはもう六つも名前があるじゃない。ねえ、ウォーターゲート事件を思いだしてみて。ウッドスティーンだとか、バーンズだとかっていう記者たちなら、こんなときどうする？　ニクソンが彼らを消そうとしたとき、すたこらさっさと逃げだした？」

「ニクソンは彼らの頭を大庖丁でちょん切ったりしない。ＤＶＤを借りてきて見てみろ」

「ねえ、あなたは作家でしょ」葉巻を手にしたタブロイド紙の熟練編集長さながらに、クレアは棒キャンディーを突きだした。「こういうときこそ、仕事をしなきゃ。なんでもいいから手がかりを追うのよ。あなたがいちばん得意としていることをするの」

「勘弁してくれ」

クレアは肩をすくめた。「せめて、明日の面会だけはすっぽかさないで。刑務所のなかのほうがよっぽど快適で安心なんだし」

それはたしかに一理あった。明日、ダリアンと会う約束になっているのも事実だった。サンドラの話を聞いたあと、完成したポルノ小説を届けがてら、いつものようにインタビューを行なう予定になっていたのだ。むろん、あんなことがあったあとで、小説など一語たりとも書けるわけがない。最も過激で不穏な妄想ですら、新聞の記事に比べればおとぎ話に思えてくる。では、ダリアン・クレイの本はどうなるのか。この状況で、告白本の出版は実現できるのか。いまは、目処《めど》がつかないとだけ言っておこう。この時点でぼくに考えられるのは、そのなかの登場人物にはなりたくないということだけだった。とはいえ、面会の予定はなおもカレンダーに刻まれていた。取りやめの連絡は入っていなかった。となれば、鉄格子と武装した看守の庇護のもとで、ぼくの頭を殴りつけていないことだけはたしかな人間、誰がそれをやったのかを知っているかもしれない人間と話をするのも悪くないように思われた。かくしてその日、ぼくは鞄に荷物を詰めこむと、夜行列車に乗りこんで、侘しい安ホテルにチェックインした。ダニエラに連絡をとろうとしたが、電話は通じなかった。おそらく仕事中なのだろう。半裸でポールからぶらさがっている最中なのだろう。

刑務所のなかは、期待していたほど暖かくもなければ、居心地がよくもなかった。いくつものゲートを通過するのは近所のデリカテッセンまで歩いていくより遥かに気が楽だったが、ひと目にさらされている気分に変わりはなかった。誰も彼もがぼくのことを知っているようだった。ぼくは〝例の男〟だった。みんながぼくをじろじろと眺めては、何ごとかをぼそぼそとつぶやいたあと、不意に目を逸らした。ぼくはダリアンの〝選ばれし人間〟になった気分だった。けれど、自分が恥ずかしくてならなかった。ぼくは〝病原菌〟に感染した人間だった。身体検査を受けるときも、係官がしぶしぶぼくに触れている気がした。それが済むと、ナイトクラブにやってきたスキャンダルまみれのVIP客みたいに、いともすみやかに待合室へ通された。そこにテレサ・トリオがいた。へこみだらけの自動販売機の傍らにすわって、つま先をこつこつと床に打ちつけていた。ぼくに気づくと、テレサは椅子から立ちあがった。

「よかった。来てくださったのね。おふたりがお待ちよ」

「おふたり？」

「キャロル……いいえ、ミズ・フロスキーもあなたにお目にかかりたいんですって」テレサは何かに興奮しているらしかった。いつになく無邪気にはしゃいでいた。きらきらと目を輝かせながら、こう続けた。「わたしたち……いいえ、ミズ・フロスキーがこのあと、判事や、知事の首席法律顧問に会うことになっているんです。急に事態が好転しはじめたわ」

「三人の女性が内臓を抜かれたことがきみたちに事態の〝好転〟をもたらしたとは、じつに喜ばしいことだ」

テレサは傷ついた表情を浮かべると、顔をうつむけ、テーブルの天板についた傷をいじりはじめた。「そういうつもりで言ったんじゃありません。被害に遭った女性たちのことは、本当にお気の毒に思っています。でも、今度こそ、警察が真犯人を捕まえてくれるかもしれない」

「警察が？　ご冗談を。第一容疑者が誰だと思っているんだ。このぼくだぞ」

テレサは両眉をあげて目をむいた。ぼくは思わず吹きだした。

「もっと恐ろしいのは、真犯人が被害者の情報を知りつくしてたってことだ。ぼくがいつ彼女たちに会うかも、住所も、何もかもを」ぼくはぐっと顔を寄せて、テレサの目を覗きこんだ。「では、そうした情報をすべて知っていたのは誰か。答えはダリアン・クレイだ。きみが言うところの、潔白なる犠牲者だ」

テレサは毅然とぼくを見つめかえした。「その程度の情報なら、手に入れられる人間は大勢いる。わたしも含めて」

なるほど、〝きみも含めて〟か。襟ぐりから覗いていた刺青《いれずみ》のことが頭に浮かんだ。ネットを介して語りあった、あのヴァンプT3のことも。ねじけた快感にどっぷり浸かった、めくるめくひとときのことも。その内に秘められた空想世界のことも。ぼくのファンたち。ヴァンパイアをこよなく愛する奇人たち。ぼくはみずからに問いかけた。テレサはぼくの正体に気づいているだろうか。そして、みずからに答えた。だったらどうだというのか。眩暈《めまい》がした。あの胆汁の苦味を舌に感じた。恐ろしい恐怖の味が舌を刺した。吐き気と、アドレナリンと、列車のなかで食べたホットドッグの入りまじった味。そのとき、看守が戸口にあらわれ、ぼくの名を呼んだ。

「またあとで」ぼくはテレサに言った。その顔に謎めいた笑みを見たような気がした。テレサは鞄のなかに手を入れると、ぼくの小説を取りだした。

48

「よう、ハリー」ダリアンが微笑みながら首を振ってみせた。テーブルを挟んだ椅子にフロスキー弁護士がすわっていた。プラスチック製の椅子がもう一脚、ぼくのために用意されていた。「おいおい、どうした。くそみたいな顔をしてるじゃないか。まあ、無理もないか。あんたが経験したことを考えればな」

フロスキーが煙草を吹かしながら、煙越しにじっとぼくを見つめていた。ぼくの運勢だか性格だかを読みとろうとでもするかのように。その視線を浴びながら、ぼくは椅子に腰をおろした。吐きだされた煙に顔を撫でられ、鼻がむずむずとした。

「ええ、まあ。怒濤の数日間でしたね」ぼくはダリアンに答えた。

「だろうな。ニュースを見てたから、おおよそのところは知ってる。なあ、おれがいまどんな気分かわかるだろ」そう言って、ダリアンは笑みを広げた。フロスキーは無表情にぼくを見つめていた。ぼくはふたりを交互に見やりながら、こう答えた。

「さあ、どうでしょう。よくわからないな」

フロスキーは傷だらけのリノリウムに吸いさしを落とし、靴底でそれを踏みつぶした。

「ダリアンはこう言っているんだよ。マスコミから責めたてられ、警察から非人間的な扱いを受け、自分がやってもいない恐ろしい罪を着せられた人間の気持ちくらいは、あんたにもわかるだろうってね」

「あんたにも腕っこきの弁護士が見つかるといいんだがな」ダリアンは言って、くつくつと笑いだした。だが、フロスキーの鋭い一瞥を受けると、途端に笑いを引っこめた。「いや、悪かった」ダリアンはそう詫びてから、指を口に突っこんだ。爪を嚙みながら、ぼくににやりと笑ってみせた。大きな真っ白い前歯が、まるで歯茎に食いこんでいるかのように見えた。「神経が張りつめすぎると笑いが出ちまう。ブラックユーモアってやつだ。わかるだろ？なんと言えばいいのかね。そりゃあ、あの女どもとは顔を合わせたこともないが、手紙のやりとりをしたり、写真を眺めたりするうち、本当に会ったことがあるような気になっていてな。そうなりゃ、それなりに親しみは覚えるものだ。女どもの家族や友人も、もちろん悲しみに暮れてるだろう。だが、おれは、そいつらがけっして目にすることのなかった側面を知っていた。殺された女どもがおれだけに打ちあけてくれた秘密をな。おれたちの結びつきがどんなに強かったかは、ほかの誰にもわかりゃしない。だが、あんたにならわかるはずだ。あんたもあの女どものすべてを知っていたんだから」そう言うと、ダリアンは椅子から身を乗りだした。喉仏の上あたりに残るカミソリ傷が見えた。差し歯に挟まった食べかすが見えた。「そりゃそうと、例の小説、今日は忘れちまったようだな。ほら、サンドラのぶんの小説だ」

まるで唇を奪われかけでもしたかのように、ぼくははっと身を引いた。「そんなもの書けるわけがない」

「はいはい、もうけっこう」フロスキーが声を張りあげた。「ふたりとも、いいかげんにしな。そんな与太話を聞いてる暇はないんだ。もちろん、あんたはそんなもの書かなくていい。それから……」そこでいったん言葉を切ると、フロスキーはダリアンに指を突きつけた。「あんたは少しその口を閉じて、こっちの話を聞くんだよ」

「悪かったよ、キャロル」ダリアンはそう詫びてから、ぼくに顔を戻して言った。「心配するな、相棒。契約違反で訴えたりはしない」

「ダリアン……」食いしばった歯の隙間から、フロスキーが声をしぼりだした。

「すまない。始めてくれ」

心のなかで十まで数えるときのような間をとってから、フロスキーはぼくに顔を向けた。

「告白本の出版にあたしがはじめから反対だったことは知ってるね。あたしが危惧していたのとはずいぶんちがったが、結局はこの事態だ。ただし、あたしがあんたを見くびってたかもしれないってことだけは認めよう。いずれにせよ、いまのあたしらに選択の余地はない。今後は互いを信用しあわなきゃならない。さらに三人の女が命を奪われた。加えて、あんたの身の安全までおびやかされてる」

「ぼくを信用するって、どういうことです？　いったい何を言いだそうというんだ？」

「本当ならあんたには言っちゃならないこと。弁護士と依頼人のあいだだけで話しあうたぐいのこと。だが、いまのあんたはまったくの部外者ってわけでもない。だから話すけど……情報開示って言葉は知ってるね？　法的に使われる場合の意味は」

「まあ、多少は」

「被告人側には、すべての証拠を目にする権利がある。検察側が握ってる資料や情報のすべてを知る権利がある。つまりあたしらは、一般にはけっして公表されないネタに通じている。警察しか知らないネタ。そして、犯人しか知らないネタ」

「それがなんだっていうんです？」

「つまり、あたしは十二年まえの殺人事件の写真も見たし、捜査報告書も読んだ。昨日は、判事の命令を受けたタウンズから、今回の事件の報告書も見せてもらった。ふたつの事件の特徴は厳密に一致してる」

「厳密にって、どんなふうにです？」

「まるで肉筆の文字のようにさ。タウンズがやけにかっかしているのはなぜだと思う？　あいつがいまの地位を得たのは、ダリアンを逮捕したおかげだからさ。だが、こうなったからには、こっちはこう訴えさせてもらう。今回の事件と、ダリアンが犯人とされている事件の特徴はあまりに酷似している。よって、同一犯による犯行であるにちがいない。少なくとも、再審を認めるに足るだけの疑問を呈している」

「そういう見方もできるかもしれません」苦りきった表情でぼくは言った。そうした可能性がすでに頭をよぎっていたことは、不本意ながらも認めざるをえなかった。テーブルの向こうにいるおぞましい殺人鬼が、本当のところは単におぞましいだけの下種野郎であったとしたら、どういうことになるのだろう。

フロスキーは次の煙草をくわえて火をつけた。それから、しつこい蚊でも追い払うかのように、ぶんぶんとマッチを振って火を消した。「なんとでも言うがいい。あたしの立場だの務めだのをここで論じるつもりはない。あんたに言っておかなきゃならないのはこれだけだ。あたしは〝フォト・キラー〟が街に戻ってきたと信じている。正真正銘の真犯人がね。そして、そいつが戻ってきたのは、死刑執行を取り巻く報道のせいだろうと考えている。さらに言うなら、そいつが活動を再開したのは、あんたの告白本のせいだろうとも考えている」

「なんだって？」

「ああいう人間ども、ああいう異常者どもってのは、たいがい桁はずれのエゴの持ち主だ。そいつは警察に捕まりたがっているのかって？　いいや。そいつもばかじゃあない。ダリアンが逮捕されたとき、そいつは嬉々として姿をくらませた。女殺しから足を洗った。あるいは単に、手口を変えた。余所《よそ》の土地へ移りもしたかもしれない。そうすることで、まんまと他人に罪をなすりつけた。ところが、自分以外の人間が世間の話題をさらっていくことには我慢がならなかった。一冊の本のなかで、自分のあげた手柄が他人に横どりされ、他人の名前が歴史に刻まれることにも我慢がならなかった。そのことを考えるだけで、激しい怒りがこみあげた。やがて我慢は限界を迎えた。ふたたび女を殺しはじめた。自分が何者であるのか、自分に何ができるのかを、世のなかに知らしめるために。さっきも言ったように、そいつもばかじゃあない。ただし、頭は完全にいかれてる。だから、あんたにはいちおう警告を与えておかなきゃならないだろう。そいつがあんたも仕留めようとする可能性は充分にあるわけだからね」

「ぼくを仕留める?」ぼくは椅子に背をあずけ、その可能性について思案をめぐらせはじめた。ふたりはぼくを見つめていた。フロスキーはむっつりとした面持ちで煙草を吹かしながら。ダリアンは憐れみの入りまじった嘲笑を浮かべながら。あるいは、嘲りの入りまじった憐れみの微笑を浮かべながら。ぼくはふたたびの驚きを覚えた。ダリアンがいかに普通の人間に見えることか。いかに人畜無害な人間に見えることか。だが、あの歯と爪を見ろ。あれで充分ではないのか。あれこそが、残忍な獣《けだもの》のしるしではないのか。あれこそが、帰宅途中の夜道で警戒すべき特徴ではないのか。「ぼくが何をしたっていうんです?」ぼくはふたりに問いかけた。ふたりがその答えを知っているとでもいうかのように。ふたりが親身になって考えてくれるとでもいうかのように。それから、最後にひとりごちた。「ぼくはただの作家なのに」

49

「その答えは過去に眠っているわ」とクレアは言った。面会室で話した内容について、たったいま報告を終えたところだった。クレアはソファーに転がって、かぼそい足首をコーヒーテーブルの上で交差させていた。先の曲がったストローを思案顔で口に運び、ダイエット・コークを吸いこみながら、こう続けた。「わたしに言わせれば、いまあなたがすべきなのは、足を使った調査を行なって、ふたつの事件のつながりを探すこと。埋もれていた情報を掻き集めることよ」

「ネロ・ウルフみたいに、自宅で蘭に水をやりながら安全に事件が解決できるというなら、やってもいい」ぼくは肘掛け椅子にもたれて、格闘のすえにブーツを脱ぎ捨てると、クレアの向かい側からテーブルに足を載せた。

「ネロなんとかって、誰のこと？」

「推理小説の探偵。天才的頭脳を持つ太っちょさ」

「いいえ、あなたはまだその域には達していない。でも、あれだけの小説を書いてきたんだもの。探偵としてはそこそこ優秀なはずだわ。現場へ出かけていって、なんらかの手がかりを見つけることくらいはできるはず。モルデカイとおんなじことをすればいいだけよ」

「そのとおり。小説のなかの手がかりなんぞ、ぼくには難なく見つけられる。それがなぜだかわかるか?」クレアの小さなつま先をつま先で小突いてやりながら、ぼくは言った。「なぜなら、その手がかりをそこに仕込んだのがぼく自身だからさ。小説のなかで探偵を演じるのと、現実の世界で探偵を演じるのとでは、そこがちがう。小説のなかでは、ぼくが自分で犯罪をでっちあげて、ぼくが自分でそれを解決する。しかも、それしきのことですら頭が痛いんだ」

クレアはぼくの踵《かかと》を踵で蹴りかえしてきた。「でも、もしあなたが自分で事件を解決できたら、とびきりの本ができあがるわ」

ぼくはふんと鼻を鳴らした。「ぼくの身が危険にさらされているって部分を話し忘れたっけか?」

「だったらなおさら、犯人を捕まえるのが身を守る最善の方法じゃない」クレアはソファーの上に起きあがり、両手でぼくのつま先をぎゅっと握りしめた。「向こうの言うことが正しかったらどうするの? もしダリアン・クレイが無実だったら?」

「やめてくれ。くすぐったい」ぼくはクレアの手を振り払った。

「まじめに答えて、ハリー」

ぼくは肩をすくめ、クレアのきらきらと輝く瞳を真正面から見つめかえした。「もしダリアンが無実だとしたら、連続殺人鬼がなおも野放しになっていて、ぼくをつけ狙っているってことだ」

「それじゃ、誰がそいつを捕まえるの？　警察にできると思う？」

それに対する返答を考える間もなく、表玄関のインターホンが鳴った。クレアがすばやく立ちあがり、応答ボタンに手を伸ばした。

「誰が来たんだ？」とつぜんの不安に駆られて、ぼくは訊いた。

「大手雑誌の大物編集長よ。是非あなたに会いたいんですって。刑務所にいるあいだあなたの携帯がつながらなかったから、とにかくこっちへ来てくれと言っておいたの。でも、わたしはもう行かなきゃ。学校でチーム対抗の討論大会があるから」クレアはバックパックを肩にかけると、足早に玄関へ向かった。

「討論のテーマは？」ぼくは大声で問いかけた。

「不法移民についてよ！　もちろん、わたしは賛成派よ！」クレアも大声を返してきた。

扉の閉まる音がこだました。雑誌の編集長？　ぼくは急に不安になった。鏡に映る自分の顔をたしかめた。目の下には悪鬼のごとき隈《くま》ができ、口もとは無精髭に覆われていた。列車のなかで居眠りしたせいで、薄汚れた髪がぺちゃんこにつぶれていた。その隙間には、春に飛び交う花粉のような、白いフケまでひそんでいた。そのとき、玄関で呼び鈴が鳴った。

「いま！　いま行きます！　すぐに！」シャツの裾をズボンのなかにたくしこみながら玄関へ向かう途中で、靴下に大きな穴が開いていることに気づいた。朝のうちはごく小さな穴にすぎなかったのだが、いまはそこから、酸素を求めて水中から顔を出したピンク色の亀のような親指が突きだしていた。切望のまなざしで、居間に転がるブーツを振りかえった。そのとき、ふたたび呼び鈴が鳴った。こうなったら仕方ない。つま先を陰に隠すようにして、伝統に則《のっと》った第一声を発しながら、ぼくは扉を開けた。「お待たせしてすみません！」

　そこにいたのはジェインだった。

「ごめんなさい」なぜかジェインまでもが謝罪の言葉を返してきた。ふたり揃って〝謝罪の国〟の出身であるかのように。ぼくの顔に浮かんだ驚愕を見てとると、ジェインはこう続けた。「ここへ来たのはまずかったかしら」

「いや、ぼくはその、そういうわけじゃ……ただ、てっきりその……」

「ごめんなさい。いちおう連絡は入れておいたんだけど。あれはあなたのマネージャーさんかしら。たしかクレアといったと思うけど。その方から、ここへ来るよう言われたの」

「クレアがマネージャー？　あ、ああ、そうなんだ」

「いま廊下で会った子も、あなたの部屋の位置を教えてくれたわ」

「ああ、それがその子だ」

「その子って？」

「え？」その瞬間、昨日ダニエラがクレアに対して示した反応を思いだした。「いや、なんでもない。いったい何を言おうとしてたのか。すまない。忘れてくれ」

「急に訪ねてきてごめんなさい。もし迷惑だったら、このまま失礼するわ」

「いや、とんでもない。こっちこそすまなかった。どうぞなかへ。それと、靴下のことは気にしないでくれ」

さらにいくつか謝罪の言葉を述べあいながら、ジェインはコートを脱ぎ、ぼくらは玄関を抜けて廊下を進んだ。きまじめすぎるサムライがご進物のやりとりをするかのように、堅苦しい笑みをたたえ、さらに謝罪の言葉を口にしながら、カニのように横ざまに歩いて、ようやくキッチンにたどりついた。ぼくは調理台の前に立って、まずはコーヒーを淹《い》れようとした。そして、まずは調理台の上にコーヒー豆と水を撒き散らした。

「じつを言うと、今日は仕事の話がしたくて伺ったの」とジェインは切りだした。「一雑誌の編集者として」

「家々を一軒ずつまわって、雑誌を売り歩いてるのかい？」とぼくは茶化した。挽き終えた豆をフィルターにセットする作業をようやく終えて、赤いボタンを押した。コーヒーマシンがシューシュー、ゴポゴポと音を立てはじめた。

「まさか」ジェインはぎこちない笑い声をあげて、頰を赤らめた。向こうも気まずさを覚えていることがわかって、ぼくは落ちつきを取りもどした。調理台の上をスポンジでぬぐってから、エンテンマンズのコーヒー・ペストリーをテーブルに運んだ。「ただ、予約購読者リストのなかにあなたの名前がないってことには気づいてたけど」ジェインが軽口を返してきた。

「ぼくがポルノ雑誌と漫画雑誌しか読まないってことは知ってるだろ」ぼくは言いながら、デイジーの模様のマグカップを棚から取りだした。「だいいち、きみの雑誌は年に四回しか発行されないんだろう？　そんなものが雑誌と呼べるのかい？」

「季刊誌《クウォータリー》という立派な呼称があるわ」

「へえ、それはてっきり、二十五セント《クウォーター》で買えるって意味かと思ってた。以前の《ポスト》みたくさ。とすると、きみのところの雑誌は〝十ドル誌《テン・ダラリー》〟と呼ぶべきじゃないか？」

　ジェインはひときわ大きな笑い声をあげた。「昔のあなたがどんなに楽しいひとだったか、すっかり忘れてたわ」

「そりゃどうも」

「悪くとらないで。これでも褒め言葉なんだから」

「お褒めにあずかり光栄だ」ぼくはマグカップにコーヒーをそそぎいれた。牛乳の一クォート瓶をテーブルの中央に置いてから、ジェインと向かいあう椅子にすわった。

「正直言って、驚いたわ。あんなことがあったあとだから、見た目よりずっと動揺しているんじゃないかと思っていたの」

「もちろん、見た目よりずっと動揺しているとも」とぼくは言った。そう口にした途端、胃袋と額のあたりに、とつぜんの動揺を覚えた。それをごまかそうと、慌てて髪を掻きあげながら言い添えた。「とはいえ、それなりに元気ではある」そう口にすると、本当に元気がみなぎってくる気がした。

「ええ、あなたは本当に勇敢だわ。みんな、そう思ってる」とジェインは言った。みんなというのは誰のことなのだろうと疑問に思いはしたが、せっかくの賞讃を途中で遮りたくなかった。「だからこそ、ここへ伺ったの。何か力になれないかと思って。あなたが置かれている身の危険については何ができるわけでもないけれど、作家による支援部隊なら組織できるかもしれない。スペイン内戦のときみたいに」

揃いのウィンドブレーカーに身を包んだデイヴ・エガーズやジョナサン・レセムの姿が頭に浮かんだ。このアパートメントの前に車をとめて、懐中電灯と携帯無線機を握りしめたまま、ドン・デリーロ隊長からの呼出しを待っている姿。

「すばらしい。武装した神経症患者たちの一団か。全員が自分を撃つか、互いを撃ちあって終わることとだろう」

「そのとおりよ。わたしたち作家の力は、実戦ではまるで役に立たない。でも、あなたとともに、作家として、ペンを武器として闘うことならできる。警察の横暴に対して。あなたの資料を押収したＦＢＩに対して。抗議書に添付するための署名も、すでに充分な数が集まっているわ。何かできることはないかと、みんなが協力を申しでてくれてもいる」

「みんなというと？」

「もちろん、文学と出版にたずさわるひとたちよ。このあいだのパーティーであなたが顔を合わせた作家たちもそう。まずは手始めに、《タイムズ》へ公開質問状を送ってみるつもりなの。ライアンに相談したら、弁護士費用を調達するための慈善朗読会を喜んで共同主催してくれるそうよ。それから、国際ペンクラブにも電話で協力を仰いでおいたわ」

あまりのおおごとに、ぼくは思わず笑いだした。「いや、自分のことは自分でなんとかするさ。だが、心配してくれてありがとう」

「本当にだいじょうぶなの？」

「ああ。本当の本当に」

「そうね。あなたは断るだろうと思ってたわ。だけど、けっしてあいつらの横暴に屈しちゃいけない。絶対に本を仕上げなきゃだめ。それだけは約束して」

「約束する」

「それと、いまわたしが話したことについても、もう少し考えてみてくれるわね？　もしわたしで力になれることがあったら、かならず連絡してくれるわね？」

「ああ」

それだけ言うと、ジェインは椅子から立ちあがった。ぼくもそれに倣《なら》った。ジェインがテーブルの向こうから腕を伸ばして、ぼくの顔に手を触れた。ぼくは身じろぎもしなかった。手の平に蝶が舞いおりでもしたかのように、息を殺して立ちつくした。

「ねえ、ハリー。これは個人的感情をまじえずに言うことだけれど、いまのあなたはとっても魅力的だわ。一連の出来事が奇跡を呼んだのかしら」

「後頭部のセクシーな瘤にも触ってみるかい？」

「そうね、触ってみたい気もするわ」言いながら、ジェインはぼくの頬に軽く口づけた。「でも、やめておく」

ジェインが去ったあと、たったいま言われたことについて考えてみた。そうしてようやく理解した。ジェインが気づいたぼくの変化。自分ではわからなかった変化。いまのぼくはくたびれ果てていた。神経は張りつめ、頭のなかはひどく混乱していた。文無しで何も持たず、それでも必死に何かを求めていた。そして何より、とにかく怯えきっていた。だが、いまのぼくからは、ずいぶんと久しぶりに、ふさぎの虫が消えていた。ここにこそ、自己改革の秘訣がある。恐怖心ほど、ぼくらを見事に生きかえらせてくれるものはないのだ。

50

調査はそもそもの始まりから始めることにした。つまりは、ダリアン・クレイが暮らしていた家から。ダリアンが殺人を犯し、被害者たちの写真を撮ったとされている家から。ダニエラは自分が車を出すと言い張った。はじめのうち、ぼくはそれに反対した。ダニエラの心に傷を残すことにしかならないと考えたからだ。だが、ダニエラは断固として譲らなかった。本音を言うなら、ありがたかった。車という便利な足ができたことも。同行してくれる人間がいるということも。するとと今度はクレアまで、自分も行くと言いだした。ぼくがジェインの申し出を断ったと告げたとき、クレアは物も言えないほど呆れかえった。そしてそのとき、今後いっさいぼくを野放しにはすまいと心に決めたらしかった。そのうえクレアには、もっと乗り心地のいい車を提供することができた。

かくしてぼくらは、クレアの父親から借り受けた黒のＢＭＷ７５０ｉに乗りこんだ。ぼくが運転席におさまり、クレアはその隣に座を占めて、ジャクソン・ハイツに建つアパートメントの表玄関からダニエラが姿をあらわすのを待っていた。クレアは口にストローをくわえて、騒々しい音を立てながらダイエット・コークを飲み干すと、空き缶を足もとの床に投げ捨てた。なおも例の件を根に持っているらしい。

「だって、国際ペンクラブよ。国際ペンクラブを袖にするなんて！」

「グーグルで調べてみるまで、どんな団体なのかも知らなかったくせに」

「だとしても、慈善コンサートの意味くらいは知ってるわ。さぞかし壮大な会になったでしょうに」

「コンサートじゃなくて、朗読会だ。壮大になんてなりっこない。U2のボノがやってくるとでも思ったのか？　だいいち、以前の関係を考えたら、ジェインの申し出に応じることなんてできるわけないだろう」

「だからこそ応じるんじゃないの。あなたはもっとしたたかにならなくちゃ」

「ばかを言うな。そんなことできるもんか。それに、ジェインの目に映るいまのぼくは、何もできないダメ男じゃなく、勇敢な男なんだ。魅力的だとまで言われたんだぞ！」

「はいはい、やったわね。まったく、あのひとはただ、先見の明を持たなかったことを悔やんでいるだけだってのに、そんな甘言にまんまと釣られてどうするの。そんなことでストリッパーとつきあっていけるのかしら。あなたの手に負えるとは思えないけど」

「さあ、どうかな。あの晩はたまたまそうなったってだけのことだから」そこまで言ったとき、建物から通りへ出てくるダニエラの姿が目に入った。ダニエラが手を振ると、ぼくらも揃って手を振りかえした。

「とにかく、まずは慎重にね」それだけ言うと、クレアはくるりと後ろを向き、シートにちょこんと膝をついて、後部座席へ乗りこんでくるダニエラを小鳥のさえずるような声で迎えた。

「こんにちは、ダニエラ！」

ダニエラも天使のような笑みを浮かべて、それに応えた。「こんにちは、クレア。ご機嫌いかが？」

ぼくはハンドルをつかんで車を出した。

ダリアンのかつての住まいはオゾン・パーク地区にあった。ブルックリンとの境目に接していて、荒屋《あばらや》が軒《のき》を連ね、古ぼけた車が私道をふさぐ、ありふれた住宅地だった。なかには、修繕の施されたこぎれいな家々もちらほら見受けられた。移民としてやってきた新顔の住人たちが暮らす家なのだろう。十年まえのこの通りはいまよりもっと荒廃していた。みすぼらしく薄汚れた家々ばかりが立ち並ぶ、打ち捨てられた廃墟のようだった。少なくとも、インターネットから拾ってきた新聞記事の写真ではそうだった。記録にある住所にたどりついたとき、写真のキャプションが言うところの〝地獄の館〟は取り壊されてしまったのだと思った。新たに建てかえられてしまったのだと思った。だが、その家はそこにあった。外壁はペンキが塗りかえられ、家の横手には新たに部屋が増築されていた。裏手にも新たにテラスが設けられ、前庭には灌木や若木が植えられていた。おそらくは意図的に、かつての面影を消し去ろうとしたのだろう。だが、とにかくその家はいまもそこにあった。

「本当にこの家なの？」通りの向かいに車をとめると、クレアが気落ちした声で訊いてきた。

「幽霊屋敷とはとても呼べそうにないわね」そんなことを言いながら、いそいそとカメラを取りだし、ぼくの本に添えるつもりだという写真を撮りはじめた。ぼくはその家をじっと見つめた。正面に開いた二対の窓。長い庇《ひさし》をさしかけるこけら板の屋根。こぢんまりとした玄関ポーチ。ここへ来ることが当然の第一歩だと思っていたはずが、いまは、何をどうすればいいのかもわからなくなっていた。しかし、ダニエラにためらいはなかった。

「ここで待ってて」それだけ言うと、ダニエラは大股に通りを横切りはじめた。ぼくは車の脇に立って、その後ろ姿を見守った。着古したジーンズにタートルネックのセーターといういでたちが、目もくらむほどに美しかった。けれど、それを見つめながら感じていたのは、心を通じあわせた恋人というより、報われぬ想いに胸を焦がす男友だちの心境だった。あの晩以来、ダニエラに会うのは今日がはじめてだった。なのに、キスもなければ抱擁もなし。愛しあう男女がするであろうたぐいの行為は、いっさい交わされなかった。ぼくらのあいだに何があって、何がなかったのかを話題にすることすらなかった。たぶんダニエラはあの晩の出来事を後悔していて、何もなかったことにしたがっているのだろう。悲しみに酔いしれるあまりしでかしてしまったあやまちは、忘れるのがいちばんだと考えているのだろう。そう推測することしか、ぼくにはできなかった。通りを渡り終えたダニエラが玄関ポーチにあがり、呼び鈴を鳴らした。扉をノックし、しばらく待って、もう一度ノックした。それから、こちらを振りかえって手招きをした。ぼくも通りを渡って、ダニエラのもとへ向かった。クレアがカメラの液晶画面越しにあたりを見まわしながら、そのあとをついてきた。

「誰もいないみたい。勝手に周囲を覗かせてもらいましょう」ダニエラが言った。

「誰か出てきたらどうするつもりだったんだ？」とぼくは尋ねた。

ダニエラは肩をすくめて言った。「さあね。その場で何かしら思いついたんじゃないかしら」

おそらくそのとおりなのだろう。ダニエラやクレアのような女たちは、ぼくとはちがう世界に暮らしている。その世界の住人たちは、どんな困難も鮮やかな機転で切りぬけてみせる。ところが、ぼくの生きている世界では、誰ひとり一ドル札の釣り銭を持っていないし、どの店のトイレにもかならず〝故障中〟の張り紙が出ている。こうした魔法の力を持つ女たちがなにゆえぼくに同情を示すのかはわからないが、ぼくは未来永劫にありがたく思いつづけることだろう。

薄手の白いカーテンが吊るされた正面の窓から、家のなかを覗きこんだ。巨大なスクリーンのテレビが壁際に置かれているのが見えた。オフホワイトの革張りのソファーはオルデンバーグの彫刻作品みたいにばかでかくて、部屋の中央に堂々と座を占めていた。十字架やキリストの像がところどころに配されていた。棚に飾られた写真や書物の背表紙からすると、ここに暮らしているのは韓国人の一家であるらしい。そして、まず間違いなく、つい最近になってここへ越してきたのにちがいない。この家の血塗られた過去など、知るよしもないのにちがいない。ぼくは窓から顔を離し、後ろを振りかえった。網戸に押しつけたせいだろう、ダニエラの鼻の頭が黒く汚れていた。

「ちょっと待った」ぼくは言って、指先を舌で湿らせた。鼻の頭をぬぐっているあいだ、ダニエラは身じろぎもせずにぼくの目を見つめていた。

「とれた？」

「ああ、もうだいじょうぶだ」

その瞬間、パチリとシャッターを切りながらクレアが言った。「最高に微笑ましい光景が撮れたわ」

次の手立てを話しあうまでもなく、ポーチをおりるとそのまま家の横手へ向かった。掘りかえされたばかりの土のなかに力なく根をおろしている花々を踏み荒らさないよう気をつけながら、慎重に歩を進めた。家の裏手には小さな庭があって、芝生の隅に数本の薔薇が植えられており、白い錬鉄製のテーブルと椅子、白い石でできた小鳥の水飲みが置いてあった。ぼくらは横一列に並んで地面に膝をつき、足もとに開いた窓を覗きこんだ。

そこに地下室はあった。十二年まえは暗幕か何かで覆い隠されていたのであろうふたつの窓のうち、ひとつは暗室として使われていた部屋に通じていた。もうひとつは、ダリアンが構図を組み立て、その後、ばらばらに解体する作業を行なっていた〝スタジオ〟に通じていた。かつてこの部屋には、鎖や、鞭や、ナイフや、鋸が散乱していた。低い天井や壁には金属の鉤が打ちこまれ、コンクリートの床を排水溝が這い、水道からは血を洗い流すためのホースが伸びていた。さまざまな小道具や衣装、鬘、化粧品、照明器具など、安っぽいフォトスタジオばりの備品も取り揃えられていた。だが、もちろんいまでは、それらすべてが取り払われていた。

そのとき、気づいた。ぼくの隣に腰を落とし、両手を目の上にかざしているダニエラがぼくと同じ光景を見つめていることに。同じ思いを抱いているのだろうということに。姉の最期に思いをめぐらせているのだろうということに。ダニエラの息遣いが聞こえた。その髪が頬を撫でた。息を吸いこむと、シャンプーの香りがした。

「ここって……」クレアが言いかけた。ぼくが膝をつかむと、クレアは意を察して口を閉ざした。カメラをかまえて何度かシャッターを切ると、ふたたび窓の向こうに目を凝らしはじめた。だが、見るべきものは何もなかった。四方の壁や床はペンキが塗りかえられたばかりらしく、地下室にしては妙に清潔な印象を受ける。一方の壁際には、卓球台と、冷蔵庫と、古いステレオが据えられ、壁にアニメのヒーローのポスターが貼られている。反対側の壁際には、段ボール箱が積みあげられ、洗濯機と乾燥機が置かれている。かつての暗室の名残《なごり》だろう、掃除用の流しがつくりつけられている。冷凍庫も一台置かれていたが、そこに被害者の頭部が保存されているはずもない。ここで何があったのかを思い起こさせる唯一の痕跡は、古びた作業台だけだった。粗削りの天板は傷にまみれ、あちこちにペンキが飛び散っていた。その脇から、錆の浮いた大きな万力がふたつ、まるで鋼鉄の顎のようにぶらさがっていた。

51

T・R・L・パングストローム著、『惑星ゾーグ――さまよえる愛奴船』第二章より

タイムトラベルには、きみが思うよりもことのほか時間がかかる。銀河を飛び越えるには時空のひずみや裂け目を利用するため、空間の移動や時間の経過という観念は存在しない。凍てついた暗闇に浮かぶ宇宙船のなかにじっと佇んでいるだけで、気づけば一光年が過ぎ去っている。だが、肉体を欺くことはできない。脳は周囲の変化に追いつこうとする。さまざまな調整を繰りかえし、失われた時を取りもどそうとする。要は、ゾーグの幼稚園児が物理学の授業（アインシュタインの理論や、後期量子論や、プルースト論や、ドワーフ魔術の理論）で学ぶ、相対論の基礎問題のようなものだ。〝きみの素粒子がグレーター・マイラー・ステーションを精霊の暁に発って、秒速五百キロメートルの速度で進み、五分後にブラブドック・ステーションへ到着したとき、五時間が経過したように感じるのはなぜなのか〟。タイムトラベルにおいても、同じことが言える。何十年もの歳月を数分で旅することはできるが、人間の脳にはその数分が拷問のように長く感じられる。永遠に等しく感じられるのであ

る。すると、ひとはわけもなく落ちつきを失ったり、怯えたり、激しい怒りを覚えたりするようになる。胃がきりきりと痛みだすこともあれば、耐えがたいほどの空腹を覚えているのに、何も食べたくなくなることもある。わずか数百万年を旅するあいだに、自分の寿命が尽きていくような錯覚に陥ってしまうのだ。

こうしたストレスにさらされつづけたタイムトラベラーは、宇宙酔い、ブラックホール抑鬱症、足首のむくみなどの症状を呈するようになる。さらに重症化が進むと、精神の溶解により、宇宙船の乗組員や乗客が一斉に凶暴化することもある。その最たる例が、五三二一年に発生したサイラス六号大虐殺（ただし、時差の関係で遺体は四四四〇年に発見されている）だ。そこで、そうした悲劇を避けるのみならず、無重力空間における胃酸の逆流（おれ自身もかつてはよく苦しんだ）などの苦痛をも軽減するため、時空レベル五以上（あるいは、時空レベル六以下）で飛行するゾーグ船籍の宇宙船には、交替制仮死睡眠の措置が義務づけられるようになった。高純度睡眠薬と冷凍睡眠のテクノロジーを融合させれば、同時に複数の乗組員を最長百年まで仮死睡眠させることができるのだ。その間の勤務にあたる乗組員たちは、リアルタイムを〝生きる〟よう努める。〝日中〟の勤務をこなし、〝日に三度〟の食事をとり、〝一日〟の終わりには〝就寝〟する。すると、交替の時間がやってくるころ、勤務組の心と身体とは、〝昨日〟から一日しか経っていないと錯覚するようになっている。だが実際には、〝昨日〟が千年まえである場合もあれば、〝今日〟がほんの一時間後に終わっている可能性もあるというわけだ。

いとも単純な話だ。理論的にも単純きわまりない。しかしながら、高性能なセクサロイドたちから成る六名の乗組員を乗せた愛奴船、ファルス十二号の船長にして司令官であるおれにとって、〝生きる〟ということはとうてい単純なものではなかった。とりわけ、銀河系星間戦争が勃発して、母星の基地本部が壊滅状態に陥り、安全な寄港先となる時代を求めて、深宇宙を漂流しなければならない場合には。漂流が長期化する可能性もあると認識したおれは、仮死睡眠の交替サイクルに変更を加えた。六名の乗組員は百年交替でひとりずつ勤務にあたり、一度に五百年の睡眠をとる。ただし、司令官であるおれは百年のサイクルで睡眠と覚醒を繰りかえし、船の状態と進路とに目を光らせるのだ。

はじめのうちは、それでうまくいくかのように思われた。頼れる相棒ファルス号の進路を〝太古〟と定めたのち、青色の甘美なる錠剤を呑みこんでから、専用スリープ・ポッドのなかで眠りについた。百年後に目覚めたとき、かぐわしいベーコンの香りが鼻腔をくすぐった。

調理室でポリフォニーがパンケーキとベーコンと卵を焼いていた。ポリフォニーはフル装備型のタイプAセクサロイドで、仮死睡眠から目覚めると同時に、過剰な食欲を覚えるのがつねだった。暖房の効いた船室のなかで楽しげに鼻歌を歌いながら、全裸のまま調理台に向かっていた。永遠の若さをとどめる肉体は、タイムトラベルの影響を受けることもほとんどない。エアシャワーを浴びたばかりらしく、ブロンドの髪がまっすぐ腰まで垂れている。身につけているのは、愛奴の証である首輪のみ。規定により、首から下の体毛はいっさい生えていない。つんと上を向いたたわわな乳房には、スパイス諸星から取り寄せた香油がすりこまれている。死に絶えた恒星の土を砕いたスターパウダーをまぶした唇と陰唇が、きらきらとまばゆい輝きを放っている。ポリフォニーは優れた性の奴隷でありながら、料理の腕も一流だった。ファルス号に搭載されたコンピューターの点検整備を一手にあずかる、システム・エキスパートでもあった。

「おはよう、ポリフォニー。何やらいいにおいがするな」声をかけながら調理室に入り、ふくよかながらも引きしまった尻に軽く鞭を打ちつけてやった。厳格な司令官であるおれは、たとえポリフォニーとふたりきりであろうと、気を抜くことはない。このときもすでに制服を着こみ、ユーティリティ・ベルト、ブーツ、手袋、マント、ヘッドピースに至るまで、すべてをきちんと身につけていた。

「おはようございます、司令官。朝食の用意ができております」調理台から振りかえって、ポリフォニーが答えた。

食事をしながら、ポリフォニーの報告を聞いた。宇宙船の機能はすべて正常であるが、安全な寄港地はまだ見つからないという。そこでおれたちは、寄港地の発見に最善を尽くしつつ、いまは目の前の百年を楽しくすごすことにした。まず取りかかったのは入浴だ。ポリフォニーはおれの全身を頭の先からつま先までくまなく泡まみれにしてから、使用済みの水素燃料電池と仮死睡眠中の乗務員の尿を利用して再生処理した合成水で、その泡を丁寧に洗い流した。バスルームを出ると、健康促進規定に従って、ハードワーク・セックスに取り組んだ。第一ラウンドは〈雲の間《ま》〉で空中を浮遊したまま、ときおり笑い声をあげながら身を絡めあった。さらなる鍛錬のため、今度はセクサゴン・プログラムを起動して、レベル一の律動運動、レベル二の突き運動、最後にポリフォニーのお気にいりであるレベル三のコンビネーション運動を行なった。ことを終えると、エンジンを点検してから、軽い昼食をとった。午後には四次元単語並べ《スクラブル》ゲームに興じたあと、夕食用のトリュフを採りながら、水栽培の森を散策した。歩くあいだは手をつなぎ、冗談を笑いあった。模造芝生の上でアナログ・セックスまで楽しんだ。ところが、いざ夕食の席につくと、ポリフォニーは料理にほとんど手をつけようとしなかった。

「どうした、ポリフォニー。推奨カロリー摂取量にほとんど達していないじゃないか」とおれは問いかけた。

「なんでもありません。少し考えごとをしていただけです」ポリフォニーはため息まじりに答えた。だが、それが嘘であることはわかりきっていた。なんでもないわけがない。何かがあるのは間違いない。ひとつのスリープ・ポッドにふたり並んで横たわったとき、ポリフォニーの目が涙に潤んでいることに気づいた。

「どうしたんだ、ポリフォニー。何があった。話してくれ」

「あなたに会えなくなることを考えて、悲しくなっただけです、司令官。いま眠ったら、あと五百年もお会いできない」

おれは微笑んで、頬を濡らす涙をぬぐってやった。「しかし、おまえにはほんのひと晩のように感じられるはずだ。しかも、それが済めば、また百年のときをともにすごせるんだぞ」

「愚かな考えなのはわかっています。でも、どんなにすばらしい一日をともにすごせても、その一日もまた、しだいに一日ずつ減っていくのだということ、そして、その一日が過ぎれば、また離れ離れになるのだということを、考えずにいられないんです」

長い時間をかけて、そんな不安を抱える必要はないと説き伏せてやると、ポリフォニーはおれの腕のなかで眠りについた。だが、今度はおれのほうが、むくむくと首をもたげる不安に頭を抱えていた。ポリフォニーのようなセクサロイドには天才的な知能が備わっているものだが、それにしても、さきほど示した反応は感情プログラムのレベルを遥かに超えていた。ポリフォニーは性的快楽を追求するために生みだされたアンドロイドであり、感情プログラムは〝喜〟と〝楽〟しか設定されていないはずだ。ところが、今夜のポリフォニーは〝過去〟に対する惜別と、〝未来〟に対する恐怖まで示した。そのうえ、刻一刻と訪れては失われていく〝現在〟の喪失まで嘆いてみせたのだ。おれは静かにメディカル・キットを取りだし、ポリフォニーを起こさぬよう気をつけながら、バイタル・サインをチェックした。なるほど、何かがおかしかった。スリープ・ポッドの緩衝装置に不具合があるのか、薬の副作用なのか、プログラム設計時の構造に欠陥があったのか、原因まではわからないが、ポリフォニーの脳にはたしかになんらかの異常がある。ポリフォニーに備わっている時間の感覚はあまりに鋭い。われわれ人間が〝いま〟について語るとき、その言葉はおおよその〝いま〟をさしている。あるいは、記憶のなかの〝いま〟をさす場合すらある。〝いま〟という時は一瞬にして過ぎ去ってしまうため、自転しているはずの惑星が静止して見えるのと同様に、植物の成長が目に見えないのと同様に、われわれ人間の脳では知覚することができないからである。だが、ポリフォニーはちがう。ポリフォニーにとっては、流れゆく時の一瞬一瞬が、ぽつぽつと滴り落ちる雫のようにばらばらにやってきては、去っていく。ゆえに、一瞬の時とその喪失とは同時に発生するものであり、けっして切り離すことができない。喜びと悲しみとがひとつに絡まりあっているのだ。

どうすべきかはわかっている。司令官として、おれのとるべき行動はひとつしかない。ポリフォニーの脳回路を切断して、そのボディを破棄することだ。だが、おれはためらってい た。それはいったいなぜなのか。おれはみずからにその答えを言い聞かせた。なぜなら、おれたちはいま、目的地も定まらない長期の任務飛行についているからだ。この任務を遂行するにはポリフォニーの能力が必要であり、予備のボディ・パーツも尽きかけているからだ。だが、本当の理由はそんなことではなかったのかもしれない。ポリフォニーがおれの身体を洗ってくれるときの、あのなまめかしい手つき。セクサゴン・プログラムを最高レベルにあげたときに見せる、あの恍惚とした表情。いま耳もとに響いている、かすかな寝息。おれにはリセット・ボタンを押すことができなかった。こうしておれは、苦難の道への第一歩を踏みだした。司令官にしてファルス十二号船長でもあるジュリアス・ドッグスターは、いまこのとき、おのれのバイタル・サインもチェックすべきだった。みずからの脈拍をもはかるべきだった。顕微鏡でしか見ることのできない微小なる暗黒星が目にもとまらぬ速さで血管を駆けめぐり、心臓めがけて突き進んでいることに、いまここで気づくべきだったのだ。

52

クイーンズのアパートメントに帰りついたあと、ぼくらはデリバリーのピザを注文した。発案したのはぼくだった。ダリアンがかつて暮らしていた家への実りなき訪問を終えて、ぼくが率いるささやかなる調査隊の空気は重く沈みこんでいた。そこでまずは気分転換が必要だと考えたのだ。ぼくらは三人でLサイズのピザ（プレーンとペパロニのハーフ＆ハーフ）を平らげた。こんなに大きなピザが注文できたのは、ひとえにダニエラのおかげだった。ぼくとクレアのふたりでは、一ホールのパイですら食べきれた例《ためし》がない。ぼくは自己ベストの四切れをなんとか胃袋におさめた。クレアは一、二切れ食べただけで力尽きた。柳腰のダニエラが三切れ目に手を伸ばすと、クレアの目に新たな敬意の色が宿った。

「本当に三切れもいけるの？　だって、そんなに痩せてるのに」クレアは感嘆の声をあげた。

ダニエラは肩をすくめた。「ダンスのおかげかしら。踊っているあいだにカロリーが消費されてしまうのね。それから、ヨガとピラティスのおかげでもある」

「ヨガならわたしも習ってるわ。でも、ピラティスはまだ試してない。体幹に効くって本当なの？」

「本当よ」

そのやりとりを聞きながら、ぼくはしきりにうなずいてみせた。〝体幹〟なるものがなんなのかも、女だけでなく男にもそれが備わっているのかどうかもわからなかったが、女性陣が共通の話題で盛りあがっていることが嬉しくてならなかったのだ。

「ぼくも一度だけ、ヨガを習いにいったことがある」

「あなたがヨガを？」ダニエラが笑いながら首を振った。

「本当よ」とクレアが応じた。「でも、最悪の生徒だった。右と左もわからないんだもの」

「あれはちょっと慌てただけだ。バランス感覚が少し足りないことは認めるが」

「少しどころじゃないでしょ。妊婦さんを張り倒しかけたくせに」

「そのうえ、丸太みたいに身体が硬い。ストレッチ運動をするだけで、マジックテープを折り曲げたみたいな音がするでしょうね」

「そのとおり。インストラクターの先生は、ハリーが逆立ちをすることさえ許してくれなかった。きっと、訴訟に発展することを恐れたんだわ」

腹を抱えて大笑いするふたりを前に、ぼくは反論を試みた。「でも、〝胎児のポーズ〟はべた褒めしてくれたぞ」

「でしょうね。それから、〝棺のポーズ〟もね」とダニエラが茶化した。このひとことがツボに入ったらしい。ストローをくわえていたクレアがたまらず吹きだし、缶の口からサイダーの泡があふれだした。ついにふたりは共通の趣味を見いだしたらしい。つまりは、ぼくの弱点をあげつらうこと、というわけだ。やがて、チーズでぱんぱんに胃袋のふくれたぼくらは椅子の背にぐったりともたれ、油まみれの指で二缶目のサイダーのプルトップを開けていた。調査隊のリーダーとして、今日一日で得た教訓を振りかえるべく、ぼくはおもむろに切りだした。

「やっぱりぼくは、優秀な探偵にはなれそうもない。あの家でいったい何を探すつもりだったのやら。血まみれの足跡が見つかるとでも思っていたのかね」

「でも、探偵の仕事っていうのはそういうものなんでしょう？」ダニエラが小首をかしげた。

ぼくは肩をすくめた。「さあ、ぼくに訊かれてもね」

「探偵っていうのは、現場を訪れて、あたりを見てまわって、そこから手がかりを探すものでしょ。何かを見つけるまで、自分が何を探しているかなんてわかるはずもないわ」

「コロンボには最初からわかってるみたいだ」

「わたしもコロンボ刑事は大好きよ」ピザの箱にこびりついたチーズを剝がしとって、口に放りこみながらダニエラは言った。

「まだ食い足りないのか？」とぼくはからかった。

「コロンボって誰？」クレアが不意に声をあげた。

「あなたが生まれるまえに放送してた刑事ドラマの主人公よ。ちなみに、わたしも生まれてなかったけど」ダニエラはそう説明してから、ぼくに向かってにやりと笑った。

「コロンボはどんなに些細な手がかりもけっして見逃さないんだ。たとえば、被害者の車のキーがどこへ消えたのか。女が窓から飛びおりるまえに、どうしてわざわざ服をたたんだのか」ぼくも説明を付け加えた。

「それで？　どうして服をたたんだの？」クレアがさらに訊いてきた。

「そこから飛びおりるよう、催眠術をかけられてたからさ」とぼくは答えた。

「名探偵モンクにもそういうところがあるわ。彼のことも大好きなの」ダニエラが言った。

「それから、シャーロック・ホームズにも。現場に残された煙草の灰ひとつで、あれだけの推理を働かせられるんだからな」

「そう、それよ。わたしたちが求めているのは、そういうものなんじゃない？」クレアが言いだした。「ほら、《CSI：科学捜査班》に出てくるみたいな証拠よ。排水管のなかに引っかかってる体毛とか、折れた歯の欠片《かけら》とか」

「無茶を言うなよ。ぼくに何をしろっていうんだ？　古い顕微鏡でも持ちだせってのか？　そういうことならFBIが全部やりつくしてるさ」

「公共放送のドラマに出てくるイギリス人の刑事たちもすてきよね。モース警部とか、リンリー警部とか。すごく洗練されていて、粋な感じがするの」

「ぼくはフロスト警部のほうが好きだ」

「わたしも好きよ。だけど、彼って粋なタイプとは言えないでしょ。いかにも、古きよき時代の刑事って感じだもの。頼みの綱は経験と勘のみ。でも、彼ならあなたのお手本にできるかしら」

「いいや、無理だね。エド・マクベインが作品のなかで言ってるように、警察の捜査ってのはそんなになまやさしいものじゃない」

「そうそう、《第一容疑者》もいいわよね。あの女優の名前、なんといったかしら」

「ヘレン・ミレンだろ」

「その点、彼女はかなり腕利きの刑事だわ」

「わたしもそう思う」クレアがダニエラに同調した。「それって、ハンサムな黒人の相棒と事件を解決するドラマでしょ？」

「心理面から事件を解決するタイプもいるな」とぼくは言った。

「プロファイラーね」ダニエラがうなずいた。「《ワイヤー・イン・ザ・ブラッド》とか、ハンニバル・レクターとか」

「ぼくとしては、メグレ警視が真っ先に浮かぶな。それか、エルキュール・ポアロだ。その場の空気や人々の心情を鋭く感じとって、そこから解決の糸口を得るタイプ。ある意味、彼らは作家みたいなものだな。謎解きの際の、あの鮮やかな語り口ときたら……」

「ほら、ごらんなさい！」とつぜんクレアが息巻いた。「だったら、あなたにだってやれるはずよ。あなたの小説に出てくる探偵とおんなじことが。鮮やかな語り口かどうかはべつにしても」

「リュウ・アーチャーやフィリップ・マーロウみたいなことにならなきゃいいが」

「どういうこと？」ダニエラが訊いてきた。

「誰かに拉致されるか叩きのめされるまで、悪党どものまわりをひたすらにうろちょろするってことさ。ダシール・ハメットの小説に出てくるサム・スペードも同じタイプだな。しょっちゅう頭を殴られてる。マーロウの場合は、毎回と言っていいほど薬を盛られるくせに、まったく懲りない。悪党どもに煙草をさしだされると、すぐに火をつけちまうんだ」

「きっと、いつも酔っぱらってるからよ」とダニエラは言った。

「このことには気づいてたか？　ああいう探偵は絶対にシャワーを浴びることも眠ることもないくせに、しょっちゅう髭を剃ってるんだ。〝家というのは髭を剃ってシャツを着替えるためだけに寄るものだ〟と言わんばかりにさ」

「でも、着こなしはすてきだわ。あのスーツに帽子。悪党側の女たちですら、彼らにはつれなくできない」ダニエラは目を輝かせた。

「それから、何かにつけて、ハンフリー・ボガートみたいな大口を叩かずにいられないのよね。虚仮《こけ》にされることにも耐えられないし」とクレアが言った。

「それに、かならずフィルターなしの煙草を吸って、机の引出しにはウイスキーを常備しておかなきゃならない」とダニエラは続けた。

「あと、最後にはかならず女にふられて、すっからかんになる」さらにクレアも続けた。その言葉が途切れるやいなや、あたりに沈黙が垂れこめた。どうやら、ぼくらの棚にあった本はすべて出しつくされてしまったらしい。クレアが椅子を引いて立ちあがり、小さくげっぷをしてから、ソファーに寝転がった。ダニエラも席を立って、テーブルの上を片づけはじめた。ぼくも空き缶を集めて、ダニエラのあとからキッチンへ向かった。

「ふと思いだしたんだが……あれは、ぼくが子供のころのことだ。何歳だったかまでは覚えてないが、小学校に通っていたころ、この界隈で強姦事件が多発していてね。電柱に容疑者の似顔絵が貼ってあったんだ。そいつが眼鏡をかけて、口髭を生やし、分け目のくっきりした髪型をしていたことを、いまでも覚えてる。とにかく、その張り紙には、こういう風貌の男を見かけたらどんな情報でも手がかりでもいいから知らせてほしいということが書いてあった。ぼくはそれを文字どおりに受けとった。下校中でもなんでも、外に出ればあたりにきょろきょろ目を配って、その男を探すようになった。手がかりまで探し歩いた。家から虫眼鏡まで持ちだして」

ダニエラは流しで皿をすすぎながら、柔らかな笑い声をあげた。クレアはソファーに仰向けになって手足を広げ、うたた寝を始めていた。

「これが手がかりだと思いこんでは、愚にもつかないものを拾い集めもした。勝手に金製だと信じこんでいた真鍮製の小さなメダル。小さなプラスチックの先からワイヤーが突きだした電子部品。そして、葉巻のにおいが染みこんだ個包装のアルミ・チューブ。紫の地色に金色の模様が入っていて、子供の目にはひどく高級なものに映った。そうして拾い集めたものを、ぼくは靴の空き箱に保管していた。紫色のチューブのにおいを嗅ぎながら、葉巻を吸っているつもりになっては、集めたがらくたを仔細に眺めていた。そこからなんらかの答えが導きだされる瞬間を待っていた。そして、ある日のことだ。一本の路地の前を通りかかったとき、その先から悲鳴が聞こえた。もちろん、ぼくは震えあがった。その路地の奥で、レイプ魔が女を襲っているにちがいないと考えたから。本当は逃げだしてしまいたかったけれど、意を決して、路地へと足を踏みいれた。路地の突きあたりは三叉路になっていて、三方をビルの背に囲まれていた。ぼくは壁にぴたりと背中を押しつけた。背すじにぞくぞくと悪寒が走り、心臓が激しく脈打っていた。あらんかぎりの勇気を奮い起こして、ぼくは壁から首を伸ばし、曲がり角の向こうを覗きこんだ」

そこまで言って言葉を切ると、ダニエラはこちらを振りかえった。「それで？　何があったの？　本当にレイプ魔がいたの？」

「いいや、まさか。何もありはしなかった。地下へと伸びる階段が見えただけだった。悲鳴がどこから聞こえたかなんて、誰にわかる？　ことによると、悲鳴ですらなかったのかもしれない。誰かが言い争いをしていただけかもしれないし、テレビの音声かもしれない。子供の笑い声だったのかもしれない。だが、あの曲がり角から首を伸ばしたとき、恐怖と不安に縮みあがったぼくの目に、あるものが飛びこんできた。目の前の地面に、葉巻の吸いさしが転がっていたんだ。しかも、その吸いさしには、例のチューブと同じ紫と金色の帯が巻きつけられていた」

「それで？　ほかにも何かあったの？」

「いいや、何も。ぼくはその吸いさしこそが証拠品だと思った。だから、それをつかみあげると、一目散に逃げ去った。脇目も振らずに家まで走った。吸いさしをチューブに突っこんでから、靴箱にしまいこんだ。だが、葉巻のにおいを母さんに嗅ぎつけられて、靴箱ごと没収されてしまった。ちゃんと警察に届けるからと言い聞かされたが、いくら待っても、なぜだか警察からの連絡はなかった」

ダニエラはくすくすと笑い声をあげた。

「それはともかくとして、ぼくが何が言いたかったのかというと――」

「そうよ、わたしもそれが聞きたかったの」

「当然ながら、ぼくが拾い集めたがらくたも、悲鳴も、レイプ魔とはいっさい関係がなかった」

「まあ、そうでしょうね」

「すべては子供の思いこみにすぎなかった。葉巻の件にしても、単なる偶然にすぎなかった」

「不思議な偶然ね」

「いいや、不思議というほどのものでもない。葉巻や個包装のチューブなんて、さほど珍しいものじゃない。あれはたぶん安物の銘柄で、そこらじゅうの店で売られていたんだろう。ほかの銘柄のものだって、きっといくらでも道に落ちていたんだろう。だが、ぼくはたまたま、あの紫色の葉巻を探していた。だから、それに気づいた。何かが自分にとってなんらかの意味を持ったとき、ぼくら人間ははじめてその何かに目を向ける。それはダイエット・コークの空き缶かもしれないし、靴紐の切れ端かもしれないし、青い靴下を履いた赤毛の男かもしれない。あの路地にだって、ほかにも何かしらが落ちていたはずだ。だが、ぼくの目には入らなかった。もしぼくが、たとえばニューポートの煙草パックだの、六という数字の入った宝くじの切れ端だのを探してあの路地に入っていたなら、そっちを持ち帰っていたことだろう。ぼくらを永遠の謎へと引きこむ手がかりよりも、すべてのものがとつぜん手がかりに思えてしまうことのほうが、よっぽどの謎だと思うことがある」

「言いたいことはわかるわ」水道の蛇口を締め、両手を布巾でぬぐいながら、ダニエラは言った。「姉のドーラが死んだあと、わたしも似たような経験をしたから。姉が死んだとき、わたしと姉はもう何年も顔を合わせていなかった。なのに、姉が死んだ途端、見るもの聞くものすべてが姉を思いださせるようになった。ペーパータオルのコマーシャル。昔流行《はや》った歌。どこを見まわしても、そこに姉が見えた。角を曲がったときや、車を走らせているとき、ほんの一瞬、本当に姉の姿が見えたような気がすることもあった。姉が生きていたとき、わたしのなかに姉は存在していなかった。なのに、姉がこの世を去った瞬間から、姉はどこにでも存在するようになった……」

ぼくは腕を伸ばして、ダニエラの手に触れた。ダニエラはぼくの手首を強く握りしめてからすぐに手を放し、ハンドバッグのなかを掻きまわして煙草を取りだした。ぼくはソファーに目をやった。クレアは完全に目を覚ましていた。仰向けに横たわったまま、ぼくらの声に耳を澄ませていた。

「もう家に戻って、仕事に出る支度をしないと」開け放った窓のそばで煙草を吸いながら、ダニエラが言った。その陰にひそむ何者かがいまにも跳びだそうとしているかのように、カーテンがゆらゆらと揺れていた。

ぼくはクレアの車のキーをつかんで、ダニエラとともに部屋を出た。ようやくダニエラとふたりきりになれた。だが、エレベーターのなかでも、車まで歩いていくあいだも、ぶりかえした気まずさのなかで、かけるべき言葉を探すことしかできなかった。昨日クレアから投げかけられた疑問が、ふたたび頭のなかにこだました。ダリアン・クレイが無実だとしたら、どうなるのか。フロスキー弁護士やテレサ・トリオの主張をご都合主義と一蹴《いっしゅう》することはたやすい。しかし、目の前に厳然と存在する事実を無視していいものなのか。そのほうがむしろ、自分の都合を優先することになるのではないか。ダリアンの無実が証明されれば、タウンズは苦境に立たされる。ダリアンが無実かもしれないという可能性をほのめかすだけでも、トナーをはじめとする被害者遺族はさぞや憤慨することだろう。ぼくにしたって、ダニエラの隣でそんな可能性を考えている自分が忌々しくてならないのだ。ダニエラのために助手席のロックを解除してから運転席へまわりこみ、ドアを閉めながら、意を決して呼びかけた。

「ダニエラ?」

「何も言わないで」ダニエラは続く言葉を遮った。「ただ抱いてくれればいい」

ぼくはうなずいて、エンジンをかけた。アクセルを踏んで車を出し、二つ先の角を曲がって、静まりかえった通りに入った。路上駐車のトラックの後ろに木陰を見つけ、そこに車をとめた。ふとサイドミラーに目をやったとき、最新型の黒いシボレー・インパラが背後の曲がり角にそっと身をひそめるのが見えたような気がした。誰かに尾《つ》けられていたのだ。ぼくはそう確信した。そのとき、ダニエラに腕をつかまれた。その手に導かれるまま、後部座席へもぐりこんだ。ダニエラがセーターを脱ぎ捨て、ジーンズのボタンをはずしているあいだに、バックミラーへ目をやった。黒のインパラはもう見えなかった。次の瞬間、ダニエラに身体を押しつけられて、ぼくはそのまま目を閉じた。

53

続く数日をかけて、ダリアン・クレイの足どりをたどった。年齢の差に多少の無理はあるし、めざす目的地もおぞましいかぎりではあったが、一台の車に乗りこんだぼくらの姿はまるで、望まぬ休暇旅行に出発した平凡な一家のようだった。ぼくは運転席でハンドルを握り、ダニエラは助手席で地図を読みちがえ、クレアは後部座席でだらしなくくつろぎながら、しょっちゅう野次や文句を飛ばしては、吐き気がするだの、腹が減っただの、昼食を食わせたら食わせたで、また吐き気がするだのと不平を並べたてる。このころになると、クレアとダニエラの仲も落ちつきを見せ、世の親戚同士ほどいがみあうこともなくなっていた。たとえかりそめのものであれ、平穏な日常の感覚にひたっていると、つかのまの安堵を覚えることができた。真っ昼間にのろのろと車を走らせながら、不平不満をぶつけあっているごく普通の人々に、いったい何が起こりうるだろう。日が暮れて家に帰りつくと、デリバリーの中華料理や日本料理やマレーシア料理を注文し、有益なヒントが得られることに一縷《いちる》の望みをつなぎながら、《ロー・アンド・オーダー：犯罪心理捜査班》の再放送を鑑賞した。しかし、そこからぼくが得た収穫はと言えば、容疑者が自宅から誰に電話をかけたのか知りたいなら令状をとって通話記録を調べればいいという情報だけだった。番組が終わると、ダニエラはクレアにヨガとピラティスの手ほどきをした。驚きに目を丸くするぼくの前で、基本的な〝ダンス〟の動きをレクチャーすることもあった。その結果、クレアのストリッパーに対する偏見はいくぶんやわらぎつつあった。

「仕方ないじゃない。わたしなら、ああいう職業を進んで選ぼうとは思わないもの」朝食のコーンフレークを食べながら、ある朝、クレアはぼくに言った。

「よくぞ言った」ぼくは手にしたスプーンを大きくひと振りしてみせた。「だったら、課題は自分でやらなきゃな」

「でも、少なくともダニエラは愉快なひとだし、面白い話もたくさん知ってるわ。ねえ、ハリー、プレパレーションHっていう痔の薬が目の下のたるみも解消できるって知ってた？」

「そいつはさっそく試してみないと」

「あなたよりも、パパが入れこんでるストリッパーたちにお勧めしなきゃ。ミニスカートのスーツで若づくりした、いんちきキャリアウーマンたちにもね。あのひとたち、やたらとわたしを抱きしめようとするの。気色悪いったらありゃしない」

ある日、ぼくらはジャレル夫妻の自宅を訪れるため、アストリア地区まで車を走らせた。娘のナンシーが殺されたとき、両親と暮らしていたという家だ。その道中、あたりに目を配りつづけたが、黒のインパラはどこにも見あたらなかった。単なる被害妄想なのだろうと、ぼくは自分に言い聞かせた。

ところが、目的の住所にたどりつきはしたものの、その番地に建つはずの家がどこにも見あたらない。何度か通りを行き来したすえ、ジャレル家のかつての住まいは、その区画にあった一世帯あるいは二世帯用の住宅もろとも打ち壊されて、ガラスと鉄鋼から成る十階建てのビルに建てかえられてしまったらしいとの結論に達した。ぼくらは道端に車をとめて、新築のオフィス・ビルの入口まで歩いていった。ビジネス・スーツを着て、首からIDカードをぶらさげた人々がその周囲に立って煙草を吹かしていた。その光景を眺めていると、ジャレル夫妻の胸中を思わずにはいられなかった。娘が無惨な死を遂げ、見世物のような裁判がようやく終わりを告げたあと、夫妻は住み慣れた家を売り払い、どこか地方へ居を移したのだろう。自分たちにとっては悲しみの象徴でしかないもの——娘の形見となり果ててしまったわが家——を消し去ってくれるという買い手が見つかったときには、おそらく胸を撫でおろしたのにちがいない。だが、ぼくにはそれが悲しかった。ダリアン・クレイはナンシー・ジャレルの未来を奪った。そしていま、この場所では、ナンシーの過去までもが消し去られ、がらんどうの箱に置きかえられていた。その箱を前にしても、ぼくらには、ガラスに映る自分の影しか目にすることができなかった。

　ヒックス家の住まいは田舎にあった。ただし、ぼくの尺度から見た〝田舎〟である。ヒックス夫妻はペンシルヴェニア州のどこかに暮らしており、娘のジャネットはワシントン・ハイツに部屋を借りて、女優になるための勉強をしながら、ダウンタウンのレストランでウェイトレスをしていたという。ぼくらはその店を訪れ、冷たい風に震えながら、テラス席で昼食をとることにした。とはいえ、たまたま昼どきだったという以外に、これといった理由や目的があるわけではなかった。そのレストランは、フライドポテトを〝渦巻きかりかりポテト〟、ダニエラの注文したベーコン・チーズバーガーを〝欲張りバーガー〟などと称するたぐいの店だった。ぼくらのテーブルを担当してくれたウェイトレスは、ぺらぺらのポリエステルの制服と大仰な笑みとをまとっていた。〝舌がとろける極上ペッパー・ジャック・ナチョス〟なる料理の説明をしながら、引き攣った忍び笑いを漏らしつづけていた。ぼくは彼女が気の毒でならなかった。

クレアは少しさげたサングラスの上から、きわめて〝クレア的〟なまなざしをウェイトレスにそそぎながら言った。「本当に〝極上〟かどうかは怪しいものね。わたしはこの〝チージー・ウィージー・ケサディーヤ〟だけにしとく。これには、余計なものなんてついていないでしょうね？」

「ええ、もちろんです」憐れなウェイトレスはうわずった声で応じながら、またもや引き攣った笑い声をあげた。ぼくには、そこにジャネット・ヒックスの姿が重なって見えた。金《かね》に餓え、名声に餓え、何かをつかもうと目をぎらつかせている娘。スターになれないことを恐れるあまり、ダリアン・クレイを恐れることを忘れ、破滅の淵へみずから身を投じてしまった娘。それが、ぼくの見たジャネット・ヒックスの姿だった。食事を終えたあとは、ジャネットが通っていたという演劇学校へ向かった。その学校はまだ同じ場所――ミッドタウンのオフィス・ビルのなかにあった。そこの掲示板に、ダリアンがモデル募集の張り紙を出していたのだという。ビルの前をゆっくりと通過したあとは、ワシントン・ハイツへ車を向けた。ブロードウェイを走っているとき、信号を無視する黒のインパラをふたたび見かけた気がした。

ジャネット・ヒックスは生前、ルームメイトふたりとともに、リバーサイド・ドライヴの近くに建つアパートメントの十階に暮らしていた。毎朝、川べりをジョギングし、ドミニカ人が営むパン屋でジュースを買い、午後には即興演劇のクラスに通っていた。夜には、高いだけで美味《うま》くもなんともないハンバーガーを給仕していた。

ぼくらは車をおりて、アパートメントの前の通りを歩き、角を曲がって公園に入った。コロンビア大学や分譲アパートメントの侵攻により、地元住民の多くが余所《よそ》の土地へ追いやられはしたものの、市内の大半に比べれば、ワシントン・ハイツには昔ながらの面影がいまも色濃く残されていた。商店ではスペイン語が飛び交い、民家の窓からは老女たちが顔を覗かせ、家の前の石段に腰かけた母親たちが、路上で遊ぶ子供たちを見守っている。夕方になると、古色蒼然たる建物の屋並みが日の暮れかけた空に浮かびあがり、川へ乗りださんとする大型船のような影をぬっくと聳えさせた。じきに夜の帳がおりれば、家々の窓や車のカーステレオから、大音量のサルサが流れだすのだろう。やがて夏が訪れれば、誰かが消火栓を開け放って、子供たちに水浴びをさせてやるのだろう。

そうしてぼくらは、被害者の足跡をたどる遺跡めぐりをただ粛々と繰りかえした。夜になると、ぼくとダニエラは静まりかえった駐車場や裏通りに車をとめて、ふたりだけの儀式を執り行なった。後部座席で無言のまま身を絡ませあい、互いの胸にすがりついた。

54

トナー夫妻がかつて暮らしていたグレート・ネックに建つ家は、幾度もの転売を繰りかえされたにもかかわらず、ぼくの手もとにある写真のとおりの外観をとどめていた。白い円柱も、大きな門の向こうに延々と伸びる芝生の庭も、かつての様子となんら変わりはなかった。現在、ジョン・トナーは再婚した妻とともに居を移し、もっと高級な住宅街の、もっと大きな屋敷で暮らしているらしい。しかしながら、ぼくらが何より興味を引かれていたのは、トナーの経営する工場のほうだった。殺された妻の父親からトナーが引き継いだその工場は、ダリアンがつかのま働いていた場所でもあったからだ。横長の形状をした建物にはいっさい窓がなく、まわりを取り囲むフェンスには有刺鉄線が張りめぐらされていた。タウンズ特別捜査官に聞いていたから、そこでビニール袋が製造されていることはわかっていたが、あのなかでなら、どんなことが行なわれていてもおかしくはないように思えた。ぼくらは敷地の周囲を何度かぐるぐるまわってから、正門の向かいに車をとめて、何台かのトラックが出たり入ったりするさまを眺めた。そろそろ日も暮れようとしており、ぼくらの疲労はピークに達していた。揃って携帯電話に視線を落としていたとき、助手席の窓を誰かがノックした。

不意を衝かれたダニエラは、跳びあがって驚いた。

「何よ、もう！」

窓の向こうに立っていたのは、工場の警備員だった。ダニエラは助手席の窓をおろして、警備員に尋ねた。

「何かご用？」

「失礼ですが、どなたかをお探しで？」

「いいえ。ここで休んでいるだけよ。いけないかしら？」

「いえ、ただ、この車が何度もこの道を通りすぎるのをお見かけしましたもので」

「見たって、どこから？」

「監視カメラを通してです」言いながら、警備員は上方を指さした。見あげると、フェンスの支柱のてっぺんに点々とカメラが設置されていた。

「ちょっと待って」クレアが携帯電話の送話口に告げてから、運転席と助手席のあいだに身を乗りだし、警備員に顔を向けた。「でも、あの標識によると、〝木曜日は駐車禁止〟なんでしょう？　今日は金曜だもの。何も問題はないはずだけど？」

「もちろんですよ、お嬢さん」警備員は口もとをゆがめて硬い笑みを浮かべると、敬礼でもするかのように制帽へ手をやった。「念のため、確認に伺っただけです。では、よい夜を」

警備員が通りを横切り、敷地に入って門扉を閉めるまで、ぼくらはその姿を無言で見守った。

「妙に警戒が厳しいのね」しばらくして、クレアがつぶやいた。

「もう行きましょう。あの警備員、なんだかすごくいやな感じだった」ダニエラが言った。

「もうひとつ妙なことがあるんだが」アクセルを踏みこみながら、ぼくは思いきって切りだした。「落ちついて聞いてくれよ。あの黒い車がずっとぼくらのあとを尾《つ》けてきている。たぶん警察か、さもなけりゃＦＢＩだろうが」

「ええ、わたしもずっとまえから気づいていたわ」ダニエラが言った。

「わたしもよ」後部座席でクレアも言った。

あえて口には出さなかったが、ぼくのなかにはもうひとつ、どうにも気がかりなことがあった。翌日の調査対象が、ダニエラの姉、ドーラ・ジャンカルロであるということだ。事件の爪痕をめぐるツアーを始めたときから、いずれこの日が来ることはわかっていた。ツアーに同行するとダニエラが言い張ったのが、この日のためであることもわかっていた。にもかかわらず、その件について話しあうことをぼくらは避けつづけていた。工場からの帰り道でも、それについて言葉が交わされることはなかった。ダニエラの自宅前で車をとめたとき、一緒に夕食をとらないかと誘ってみたが、ダニエラは首を振った。ぼくがおやすみのキスをしようとすると、すかさず頬をさしだしてきた。

「今夜はおあずけってことみたいね？」クレアが言いながら、助手席に跳び移ってきた。シートベルトを締めるのを待って、ぼくは車を出した。

「気づいていたのか」

「まあね。後部座席の隙間にストッキングが挟まっていることにも気づいてたわ」

「ごめん。すまなかった」ぼくはみずからを呪いながら、クレアに詫びた。

「つまり、ゆうべはそこまでつれなくなかったってことでしょ。少なくとも、服を脱ぐのを拒むほどではなかった」

「いや、厳密に言うと、ゆうべも服は脱いでない。さっきのはたぶん、きみがいる手前、気恥ずかしかっただけだろう」

「気恥ずかしい？　ばか言わないで。ダニエラはポールダンサーなのよ。問題はそういうことじゃないでしょ」

ハンバーガー・チェーン店の〈ホワイト・キャッスル〉へ向けて、ぼくは車を走らせた。クレアがそこで夕食をとりたいと言いだしたのだ。これもまた、ダニエラが誘いを断った理由のひとつかもしれない。沈黙が刻々と車内を流れていった。クレアの視線を痛いほどに感じた。

「わかったよ。何が言いたいんだ？」たまりかねて、ぼくは訊いた。

「こんなこと言いたくないけど、あなたって、ちょっと勘が鈍すぎるでしょ。だから……」

「だから？」

「ねえ、ハリー。ダニエラはけっして悪いひとじゃないけど、亡くなったお姉さんや事件のことにあまりに執着しすぎてる。あのひとの心を惹きつけているのはあなたじゃない。お姉さんを殺した犯人よ」

55

ダニエラの姉ドーラ・ジャンカルロの生前の住まいはロウアー・イースト・サイドにあった。ドーラは奨学金をもらって芝居と歌の勉強をしながら、モデルのアルバイトで小遣い稼ぎをしていたという。ぼくらはクリントン・ストリートに建つアパートメントの前を通りすぎてから、ニューヨーク大学の構内へ車を乗りいれた。ニューヨーク大学は、かつての無法地帯であったこの地域への入植を果たすと、蟻の巣のように野放図にキャンパスを広げながら、どら息子どもを街にあふれさせていった。ドーラが暮らしていた十二年まえにはすでに、この地域からは大半の脅威が排斥されていた。一九九〇年代に押し寄せた高級化の波が、貧乏人や芸術家や少数民族のみならず、麻薬密売人や盗人までもを一掃したからだ。したがって、ニューヨークの歴史のなかのどんな時代より、当時のドーラは安全な生活を送っているはずだった。おそらくドーラは、単に運が悪かったのだろう。もしくは、夢に燃える若者の流入と氾濫とが、より狡猾な捕食者を引き寄せる結果となったのかもしれない。

ドーラがモデル募集のビラを目にしたのは、学生用ラウンジのひとつであると考えられていた。そのビラには、法外な報酬に加えて、売りこみ用写真の撮影にも無料で応じるとの謳《うた》い文句が添えられていたという。ドーラは自宅アパートメントからビラにある番号に電話をかけ、一九九七年二月九日にダリアン・クレイと会う約束を取りつけた。

「少なくとも、警察はそう考えているわ」助手席のダニエラが説明を続けていた。後部座席のクレアはそ知らぬ顔を決めこんでいた。「でも、それもこれも、ドーラが両親に語った内容から推測したにすぎない。ドーラは、相手の名前だとか具体的なことは何も口にしなかったの。明日、あるカメラマンのモデルを務める約束になっているってことと、たいしたお金にはならないけれど、ポートフォリオに添えるためのちゃんとした写真を撮ってもらえるんだってことだけ打ちあけたらしいわ。もしビラを見たのでなければ、コーヒーショップかキャンパス内で声をかけられたのではないかと、警察は考えているみたい。ドーラに声をかけてくる人間は大勢いた。ほら、あれだけの美人だったから」そこでダニエラは口をつぐみ、きまり悪そうに顔をしかめた。いまの言葉が自画自賛に聞こえることに気づいたのだろう。

「ドーラはわたしよりも遥かに社交的だった。ひとを惹きつける魅力を持っていた。みんなの人気者だった。才能に満ちてもいた。ともかく、犯人はなんらかの方法でドーラを誘いだし、カメラの前でポーズをとらせて、例の写真を撮ったってわけ」

「写真を見たの？」クレアがむっくりと身体を起こした。ダニエラは後部座席へ首をまわし、小さく微笑んでみせた。

「いいえ、むごたらしいものは一枚も。でも、そうじゃないほうの写真なら……ダリアンの地下室から押収されたほうの写真なら見たわ。モデルたちがみずから進んで撮影に応じたんだと、ダリアンが主張しているほうの写真よ。身元確認のために、警察に見せられたの。本当にごく普通の写真だったわ。なのに、何かが引っかかった。なぜだか、悲しくてやりきれなかった。あたりまえよね。あんな事件があったあとなんだもの。じつを言うと、そのときわたしはサンフランシスコに住んでいて、ドーラにも、両親にも、もう何年も会っていなかった。ドーラが亡くなったと聞いてこっちへ駆けつけはしたものの、落ちついたらまた向こうへ戻るつもりでもいた。なのに、あの写真を見た途端、ドーラがかわいそうでならなくなった。不意に、生まれ育った家のことを思いだした。ドーラの写真が至るところに飾られていたこと。ドーラを撮影したビデオテープが、すべて大切に保管されていたこと。歌やダンスのレッスン風景。練習のためだと、夕食の席で無理やり聞かされたセリフの暗誦。お化粧をして、髪型も整えて、はじめて撮った顔写真。はじめてモデルの仕事をしたときの写真。通販カタログに掲載された、パジャマ姿で微笑む写真。どんなに小さな写真でも、母はひとつ残らず切りぬいて、だいじに保管していたわ。母の死後、そうした写真を父がどこへやったのかはわからない。とにかく、以前のわたしは、ドーラを妬んだり、腹立たしく思ったり、ドーラと自分を比べて卑屈になることもあった。けれど、警察にあの写真を見せられたとき、わたしはただただ、ドーラのことが悲しくてならなかった。ドーラがしてきたことのすべてが。そんな生き方をしなければならなかったことが。何もかもが悲しかった。ドーラの最期にかぎったことじゃない。もちろん、あなたの言ったとおりだとは思うわ。のちの悲劇があるからこそ、過去までもが悲しく思えてしまう。その悲劇が、運命で定められていたことのように思えてしまうから。その先に待ち受ける悲劇が、すでにそこにひそんでいたように思えてしまうから。そこに悲しみを見いだすのは残された者たちだから。わたしたちはいまも生きていて、何が起きたのかを知っているから。わかってはいるけど、それでもやっぱり、あのころの写真を見ると、カメラに向かって作り笑いをしているドーラの写真を見ると、どうしても憐れに思えてしまう。なんて憐れな子なんだろうと思わずにはいられないの」

56

『惑星ゾーグ——さまよえる愛奴船』第七章より

無重力空間における就寝の勧め。『タイムトラベラーの健康促進ガイド』によれば、スリープ・ポッドのビュースクリーンは近接する天体には向けず、遠い星々を臨むべきであるという。暗黒の円蓋に小さく開いた、明滅する光の点を眺めるべきだというわけだ。さらには、就寝まえの習慣として、昔語りを聞くことも推奨されている。これは、体内時計の調節に役立つのみならず、何世紀にもおよぶレム睡眠に備えて良質な夢の材料を提供し、悪夢を抑制する効果もあるらしい。仮死睡眠下にある人間が見る壮大な悪夢——スペース・メアは、睡眠時の脳を混乱に陥れ、疲弊させ、ときには狂気に駆りたてる。精神の崩壊にまで至ることはめったにないが、スリープ・ポッドのなかで目覚めたとき、涙で濡れた枕や掻きむしられた皮膚に驚く者はけっして少なくない。死者や怪物が跋扈《ばっこ》する世界の夢を何十年間にもわたって見つづけたあとは、何が現実で何が夢のなかの出来事なのかを認識するまでに数時間から数日もの時間を要することもある。そのため、民間の宇宙船で旅をする商人などは、自分が何者であるのかを思いだすための道具として、みずからの映像をおさめたチップまで持ち歩いているという。

現在、ファルス号は、宇宙チャートに〝ゾル星〟の名で記されている惑星をめざし、時空の海を渡っていた。ポリフォニーはおれの頭を膝に載せると、櫛で丁寧にポニーテールを梳かし、鬚と耳の毛の手入れをしながら、甘く柔らかな声でおなじみの昔話を語りだした。
「昔むかし、惑星ゾーグに、ルーファス・カミリウスという名の職人がおりました。ルーファスはマイラーの中心部、旧快楽広場にかまえた小さな工房でセクサロイドをつくりながら、愛らしい娘クリオとふたり、工房の奥に暮らしておりました。セクサロイド職人としてのルーファスの腕前は比類なきもので、とりわけ、彼のつくりだす人工皮膚の美しさといったら、それはもう見事なものであったといいます。かの有名なドラーゴ公などは、ルーファスの手による尻の皮膚の切れ端を護符として持ち歩いていたとか、僻地《へきち》スワンプランドへの行軍やドーク戦争のあいだには、その切れ端を撫でることでなぐさめを得ていたとの逸話までささやかれるほどでした。しかし、時は流れ、時代は移り変わります。ふと気づいたとき、精巧なアンドロイドは世にもてはやされなくなっておりました。遺伝子工学の台頭により、大量生産のクローン人間が巷に出まわるようになったのです。科学は未来でした。昔かたぎな職人のつくる高尚な作品になど、誰ひとり目もくれなくなりました。憐れなクリオは、日に一杯の薄粥をすするのがやっとの生活を強いられておりました。父ルーファスは、かつて名匠の逸品と称された人工皮膚の切れ端を噛むことで、空腹をまぎらわせておりました。若く見目麗しいクリオを買いとりたいとの申しいれは方々から舞いこんでおりましたが、娘を愛するルーファスはそうした申しいれをすべて断りつづけておりました。しかし、このような苦境にあっては、いずれ選択の余地がなくなることは目に見えていたのです。そんな折、ルーファスの脳裡にあるアイデアがひらめきました。昔ながらのアンドロイド製造技術と、新時代のクローン技術とを融合してみてはどうだろう。ルーファスは最後の望みをそこに託して、思いきった挑戦に打ってでました。工房に残るすべての皮膚素材を融解し、みずからの義足から電子回路を取りはずし、眠っている娘の頭から黄金色に輝く髪をそっと一本抜きとりました。昼夜をおかず、寝食も忘れて、制作に没頭しました。そうしてついに、クリオⅡの初期モデルが誕生したのです。

クリオⅡはたいへんな人気を博し、つくるそばから売れてゆきました。ある程度の富と評判を得たところで、ルーファスは次の計画に着手しました。各界の著名人、〈サテライト・カジノ〉や〈ホロ・チューブ〉局で活躍するエンタテイナーらに商談を持ちかけ、その遺伝子の使用許可を獲得したのです。それにより、相応の富を持つ者なら誰でも、気にいった役者や歌手や政治家を愛奴として手もとに置くことができるようになったわけです。ルーファスは大きな成功をおさめました。立派な屋敷を建て、娘のクリオに美しいドレスを買い与えました。毎晩のように、子羊のステーキや新鮮な宇宙黴のチーズが食卓を飾るようになりました。

そして、ある日の深夜のこと。なんの変哲もない水素動力馬車が一台、ルーファスの屋敷に乗りつけました。そこにおわしましたのは、黒の頭巾とマントで身分を隠した、かのマローダー大公でした。大公は悲嘆の淵に沈んでおりました。最愛の妻、レディ・プラムがみまかられてからというもの、悲しみで気がふれそうだとのこと。そして、もしもある頼みを聞いてくれるなら、ルーファスをみずからの威光と庇護のもとに置くのはもちろん、報酬に糸目はつけないとおっしゃるのです。そうしてさしだしたビロードの箱のなかには、レディ・プラムの毛髪がおさめられておりました。

ほかに何ができたでしょう。マローダー大公に逆らうことは、死を意味します。ルーファスは即刻、工房へ向かい、大公夫人に生き写しのレプリカを完成させると、けっして城の外へ出してはならぬと言い含めて、それを大公に引きわたしました。大公は万謝の意を表し、ルーファスに富と恩寵とを惜しみなく与えました。しかし、そんなものが何になるでしょう。賽《さい》は投げられてしまった。これより、ルーファスの苦悩の日々が始まるのです。ほんの数日もしないうちに、ふたたび自宅の扉をノックする者がありました。この夜、石段に立っていたのは、皇太子そのひとでした。皇太子は、最愛の美しき恋人がドラゴンからの落下事故で絶命したことをルーファスにあかし、その娘の唯一の亡骸《なきがら》である可憐な右手を載せた繻子《しゅす》織のクッションをさしだしました。その願いを叶える以外、ルーファスに何ができたでしょう。それからまたほどなくすると、今度ははるばるプレイアデス星団より、ひとりの香味料商人がルーファスを訪ねてまいりました。商人が目をかけていたボノという名の少年奴隷が、旅の吟遊詩人と恋に落ち、駆け落ちしてしまったというのです。商人は、もし自分の依頼を断れば、ルーファスのしていることを世間にばらすと脅します。仕方なく、ルーファスはその依頼も引き受けます。次から次へと、客はやってきました。その流れは跡を絶ちません。愛する者に先立たれ、悲しみに打ちひしがれる者。愛する者に去られた者や、裏切られた者や、想いの通じなかった者。そうしてついに、ある日の夜明け、箱いっぱいの宝石をたずさえてルーファスの屋敷を訪れたのは、高名なる騎士にしてリュート作曲家でもあるスターク伯爵でありました。

『どういったご用でしょう』すっかりやつれきったルーファスが伯爵に尋ねます。『奥方が亡くなられたのですか。それとも、あなたさまのもとを去られたのですか』

『そうではない』スターク伯爵は悲しげに首を振りました。『妻なら、いまも屋敷にいる。わたしのベッドで眠っている。しかし、いまの妻は出会ったころの妻ではなくなってしまった。妻は変わってしまったのだ……』

57

翌日、ダニエラとクレアとぼくの三人は、調査プランを〝第二段階〟(ちなみに、〝第一段階〟はこれまでのところいかなる成果ももたらしていない)へ進めることにした。つまりは、新たに生みだされた被害者、ぼくが取材のために訪れた女たちの家々を再訪し、なんらかのパターンなり、過去の事件とのつながりなりを探しだそうというわけである。ただし、ちょっとした問題がひとつあった。殺された女たちの住まいはなおも犯罪現場と見なされており、また、ぼく自身がその犯罪の容疑者であることもあって、例の尾行者も今回ばかりは控えめな傍観者でいてはくれないかもしれないということだ。

かくして、明るく晴れわたった空のもと、冷たい風がなおも身を切る春の日の朝、マダム・シビリン・ロリンドーゴールドがいまふたたびのお目見えとなったわけである。今日にかぎっては、母の衣装もフル装備した。黒のドレスも、ストッキングも。あまりに小さすぎる靴以外のものはすべて身につけた。クレアはパンプスも履けと言い張ったが、骨を削りでもしないかぎり、それだけはとうてい不可能だ。そこでぼくは、自分の持っている唯一の黒くて踵の高い靴——コンバット・ブーツ——を履くことにした。本来の顔は、漆喰みたいに塗り固められた分厚いファンデーションと、チェリーレッドの口紅と、アイライナーと、頬紅の下に隠されていた。目蓋にはミッドナイトブルーのアイシャドーが塗りたくられていた。

ぼくはダニエラの手を借りて、一泊用の小ぶりな旅行鞄に、着替えなどの必要な荷物を詰めこんだ。クレアは窓辺にひそんで、外の様子を窺っていた。

「いたわ！」カーテンに頭を突っこんだまま、クレアが声をあげた。「十時の方向に、黒のセダンを発見！」

「十時ってのは、どっちの方向だ？」

「通りの向かいの消火栓があるところよ」

「すばらしい」

ダニエラが携帯電話を取りだし、送話口に向かって指示を飛ばした。「準備完了。始めてちょうだい。目標は向かって左手、消火栓の前にとまっている黒の覆面パトカーよ」電話のフラップを閉じると、今度はぼくらに顔を向けた。「それじゃ、行きましょうか」

「幸運を祈る！」カーテンの陰からクレアが言った。スニーカーに包まれた足が、興奮気味に小刻みなリズムを刻んでいた。

「行ってくる」ぼくは言って、小さな薔薇のコサージュをあしらった黒い麦藁帽子をかぶり、ダニエラとともに部屋を出た。

一階までおりたところで、部屋から運んできた鞄をダニエラに託し、先端にゴムのついた杖を取りだした。扉の手前で立ちどまり、通りの先に耳を澄ませた。やがて、それが聞こえてきた。真下の下水道で、魚雷が連続爆発しているかのような重低音。ブルックリンを破壊しつくしたゴジラがこちらへ迫りきているかのような地響き。

「来たわ」ダニエラがささやいた。ぼくにも見えた。ワイヤー・ホイールを履かせたゴールドカラーのキャデラック・クーペが、大音量のベース音を轟かせながらこちらへ近づいてくる。RX738が加勢にやってきたのだ。RXは黒のセダンにするすると近づき、その真ん前にキャデラックをとめた。それと同時に、ぼくとダニエラも表玄関へ足を踏みだした。ダニエラが扉を押さえて、ぼくの腕を取る。ぼくは腰を屈めて杖にもたれ、関節炎を患う老女になりきる。通りの先にダニエラがとめておいたおんぼろダットサンまで、よろよろと歩いていく。ダニエラが助手席のドアを開け、手を貸してぼくを座席にすわらせると、自分も運転席へ向かう。それからぼくは、ようやくバックミラーを覗きこむ。尾行者——刑事だか捜査官だか——の顔が見えた。サングラスをかけた白人の若者が車の窓から首を突きだし、RXの車に怒号を飛ばしていた。見たことのない顔だった。

「始まったぞ」運転席へ乗りこんできたダニエラに、ぼくは言った。ダニエラもサイドミラーを覗きこんだ。

RXが車をおりる。記憶にあるより、遥かに大きい。身長六フィート三インチのがたいの上に、生け垣のようなアフロヘアまで聳えている。RXの挑発に乗って、痩せこけた白人の若者も車をおりる。路上の言い争いが一気にヒートアップするのを待って、ダニエラがイグニッション・キーをまわす。若者が腕を振りまわす。RXが男に詰め寄る。若者がバッジを振りかざすと、RXがそれを一笑に付す。若者が銃を振りまわしはじめる。

「くそっ。まずいぞ。計画を中止にしたほうがよくないか」ぼくは不安に顔を曇らせた。

「心配ないわ。RXに任せておけばだいじょうぶ」ダニエラは言って、ギアを入れた。

これといって焦ることも怯えることもなく、RXが鷹揚に両手をあげて、のんびりと後ずさりをはじめる。横を向いて、車のルーフに手をつく。ダニエラが車を動かしはじめたとき、RXのキャデラックからもうひとり男がおりてくるのが見えた。ダークブルーのピンストライプ・スーツを着た、筋骨逞しい白人の大男。男も降伏のしるしに両腕をあげてはいたものの、片手には一枚の名刺を掲げていた。

「あれは誰なんだ？」ぼくはダニエラに尋ねた。

「RXの弁護士よ」そう答えながら、ダニエラはゆっくりと車を進めた。

「弁護士万歳。もし金持ちになれたら、ぼくも絶対に弁護士を雇おう」

ダニエラは徐行運転のまま車を走らせた。背後で繰りひろげられる小競りあいが、バックミラーのなかでしだいに小さくなっていった。交差点で角を曲がって、ノーザン・ブールヴァードに入るやいなや、ダニエラはぐっとアクセルを踏みこんだ。ぼくは持参した男物の服に着替えてから、ウェットティッシュで顔をぬぐった。車は街の中心部へ向かっていた。ホラティオ・ストリートへ。モーガン・チェイスが暮らしていたアパートメントへ。

建物の前をいったん通りすぎ、それからもう一度、駐車できるスペースと、物陰にひそむ警官の姿を探して、そのまわりを一周した。見張りの姿はひとつも見あたらなかった。まるで何ごともなかったかのように、あたりの様子は平穏そのものだった。UPSの貨物トラックがのんびりと通りを流している。タクシーの運転手がハンドルにもたれかかっている。でこぼこした歩道の上で、若い母親たちが迷彩柄のベビーカーを押している。春はこの通りの一区画だけを選んで、歓迎パーティーを開催することにしたらしい。ようやく芽をつけはじめた木々がハートや蝶の形をした薄紙の花を咲かせていて、風がそよ吹くたびにひと抱えの紙吹雪が舞いあがり、道端に並ぶ車の上や、携帯電話を手にしたスーツ姿の男や、ぼくと同じような杖を二本も手にした老婦人の上に降りそそいでいた。建物の表玄関は、今回も難なく通過することができた。だが、アパートメントの扉には厳重に鍵がかけられ、現場保存用の黄色いテープが張りわたされていた。

「どうする？」髪に絡まったまがい物の白い花びらを払い落としながら、ダニエラが訊いてきた。

「換気のために窓を開け放してあるかもしれない。避難梯子から入れないか試してみよう」

屋上まであがり、建物の裏手へまわった。外壁に設置された避難梯子を可能なかぎりすばやくおりていった。運よく、その日は平日だった。ほかの部屋はすべて窓が閉ざされ、ブラインドもおろされている。これなら、誰かに姿を見咎められる恐れはない。モーガンの部屋の窓には六インチほどの隙間が開けられていた。その向こうでは、薄手のカーテンが風に揺らめいているだけだった。ぼくは窓をいっぱいに押しあげ、窓枠を乗り越えた。ダニエラもそれに続いた。

室内にはすでに清掃がなされていた。血に濡れたマットレスは寝具類もろとも運び去られ、スチール・フレームと半円形のヘッドボードの骨格がむきだしになったベッドの残骸は、まるで抽象表現主義の彫刻作品か、巨大な鼠捕り器か、古代の二輪戦車のようだった。これが人間のくつろぐべき寝床であるとは、もはやとうてい思えなかった。その足もとの床は、ニスが削げるまでこすりあげられており、周囲の床板より色あいが一段薄くなっていた。犯罪の痕跡を消し去ろうと試みたのだろうが、かえっておどろおどろしさが増すばかりだった。モーガンを主人公にして書いたポルノ小説のことを思いだした。この寝室を舞台とした、あの場面のことを。

警察がピンセットやら虫眼鏡やらを使って部屋じゅうをくまなく調べつくしていることは、もちろんわかっていた。それでも、いちおうあちこちを見てまわって、何かにつながりそうな何かを探すことにした。まえに見たときにはなんの変哲もなかったものでも、改めて目にすることでなんらかの意味を呈してくれるかもしれない。そんな何かを探し求めた。だが、そうそううまくいくはずもない。古ぼけた家族写真を集めたアルバムに夢中で見いりはじめたダニエラを尻目に、ぼくはキッチンへ向かった。棚には、同じ形をしたガラスの小瓶が何列にも並べられていた。瓶のなかには乾燥したハーブが詰めこまれ、上品な飾り文字でそれぞれの名前を記したラベルが貼られていた。モーガンはやはり、かなり几帳面な性格であったらしい。スプーンやフォークなどのカトラリーをおさめた引出しは、さながら手術器具を並べたトレーのようだった。布巾までもがきっちり同じ大きさに折りたたまれて、店頭に並べられたばかりの新聞みたいに整然と積み重なっていた。だが、こうした規律正しい生活も、モーガンの身を守るすべとはならなかった。心の奥底に開いた裂け目を通じて、災いはまんまとモーガンに忍び寄った。秘めたる欲望は何者にも従わず、法で取りしまることもできない。いや、実際にはその逆なのかもしれない。欲望は、誰にも破ることのできない究極の法律なのだ。

帰りは玄関から部屋を出た。腰を屈めて黄色いテープをくぐり、扉を閉じると、オートロックで鍵がかかった。車に乗りこんでウェスト・サイドを抜け、一路、ニュージャージー州をめざした。川を渡り、ハイウェイを走りながら窓外に目をやると、芽吹きはじめた木々の葉が、風のなかで旗をはためかせているかのように見えた。ハナミズキの鮮やかな桃色に覆いつくされたフォンテイン家の芝生への道を、ぼくらに指し示しているかのようだった。

母家の扉をノックするまではよかったが、鍵のまわる音が聞こえた瞬間、ぼくの決意は一気に揺らいだ。ノックに応える者が誰もいなければ、ふたたびの不法侵入を試みることになる。あるいは、はるばるここまでやってきたことが徒労に終わる。それでも、被害者の母親と対面することのほうが、ぼくには遥かに気が重かった。いや、気が重いなどという表現ではなまぬるい。眼前で扉が引き開けられ、マリー・フォンテインの母親を目にした瞬間、ぼくは恐怖に凍りついた。ミセス・フォンテインはかなりの肥満体を黒のストレッチ・パンツに無理やり押しこんでいた。黒と白のストライプ柄のセーターが横に伸びきって、ズボンのウエストにすら丈が達していなかった。足には白いサンダルを履き、目のまわりを黒のアイライナーで囲み、黒く染めた髪の根もとからは茶色い地毛が覗いていた。足の爪にはピンクのマニキュアが塗られていた。桃色にむくんだ手の指には指輪が食いこんでいた。背丈はわずか五フィートほどしかなかった。けれど、ぼくには目の前の女が恐ろしくてならなかった。迫りくる悲しみが恐ろしかった。その目を直視することすらできなかった。だが、視線を下に伏せながらも、本能的に感じとっていた。みずからに降りかかった悲劇により、ミセス・フォンテインが慈悲の国の王位に就くに至ったことを。一方のぼくが、いまもなおくだらない欲望に縛られ、わけもない憂鬱に取り憑かれた、しがない小作人のままであることを。自分が恥ずかしくてならなかった。なんの答えも持たないことが。なぜなのか。なぜこんなことになったのか。ミセス・フォンテインはそこに立っているだけで、世のなかにそう問いかけていた。

少なくとも、ぼくの頭のなかではそう問いかける声がこだましていた。実際に聞こえてきたのは、「何かご用?」と問いかける声だった。だが、その穏やかな声ですら、決まりきった問いかけですら、ぼくには恐ろしくてならなかった。一瞬にして声を失っていた。幸いにも、ダニエラが先に口を開いてくれた。

「はじめまして。ダニエラ・ジャンカルロと申します。ダリアン・クレイに姉を殺された、被害者遺族のひとりです」

「まあ……」ミセス・フォンテインの表情がかすかにやわらいだ。「それはお気の毒に……」

「ありがとうございます。それと、こちらはハリー・ブロック。わたしたちからも、心からのお悔みを申しあげます」とダニエラは続けた。

「ええ、本当に。娘さんのこと、本当に残念でなりません」ぼくもなんとか言葉を添えた。

「うちのマリーをご存じなの？」ミセス・フォンテインがにわかにすがるような目を向けてきた。口を開いたことを悔やみながら、ぼくはそれに答えた。

「いえ、あまりよくは……」

ダニエラがその先を引きとった。「ハリーは作家で、クレイ事件の本を書いているんです。娘さんがミスター・クレイと手紙のやりとりをしていた関係で、お話を伺ったことがありまして」

「らしいわね。そんなこと、あたしは知りもしなかった。娘はなんだってそんなやりとりをしていたの？」

「ぼくにもわかりません。若者というのは、わけもなく突飛な行動に出たり、腹を立てたりするものですから。それに、ぼくがマリーに会ったのは一度だけでして。でも、とてもいい娘さんでした。マリーには特別な何かがあった。生きてさえいてくれれば、きっと何かを成し遂げたことでしょう」

ミセス・フォンテインは小さく微笑んだ。「ええ、昔から特別な子だったわ。それこそ、赤ん坊のころからね。両手でベビーベッドの柵を握りしめては、わめき声をあげていたものよ。とにかく、どこかに閉じこめられるのが大嫌いだった。生まれながらの才能に満ちていた。大学の試験で最高点をとったこともあるのよ。全部の科目ってわけじゃないけど、専攻していた科目でね。だけど、あの子はいつも何かに怒っていた。あなたもさっき言ったみたいに。でも、いったい何に腹を立てていたのか、結局あたしにはわからずじまいだった」ミセス・フォンテインの声はしだいに小さくなっていった。その目はぼくらを素通りして、遠い木立を見つめていた。

やがて、ダニエラが切りだした。「ミセス・フォンテイン、じつはわたしたち、独自に事件を調査しているんです。できれば、マリーの部屋を拝見させてはいただけないでしょうか」

「あたしはあそこには入れないわ。いずれはそうしなきゃならないんだろうけど、いまはまだその勇気がないの」

「ええ、もちろん、お気持ちは察します。でしたら、ご一緒に来ていただかなくてもだいじょうぶです。わたしたちだけで見てきますので。もし、そうしてもかまわなければということですが」

ミセス・フォンテインは肩をすくめた。「あたしはべつにかまわないわ。警察からは、なかに入るなって言われてるけど、そんなのあたしの知ったこっちゃない」

ミセス・フォンテインから鍵を受けとって、ぼくらはガレージの外階段をあがった。扉の鍵を開け、黄色いテープをふたたびくぐって、マリーの部屋に入った。今回はいちおうの許可を得ているため、電灯をつけて、窓も開け放った。部屋のなかは、マリーが取るものもとりあえずどこかへ引っ越していったあとのように見えた。ベッドからは寝具とマットレスが取り払われ、四方の壁には、ポスターや写真の貼ってあった箇所にテープの切れ端だけが残されていた。すべて警察が押収していったのだろう。ロックバンドのポスターも。禍々しい装飾品も。連続殺人犯たちの写真も。マリリン・マンソンのブロマイドまで。引きちぎられた小さな角《かど》だけが、羽目板にひとつ貼りついていた。ダリアンの祭壇が設けられていた化粧簞笥の上には、垂れ落ちた蠟の跡だけが取り残されていた。まわりに貝殻を貼りつけて手紙をおさめていた箱の輪郭に沿って、埃のなかに空洞ができていた。

ぼくらはふたりで手分けをして、部屋じゅうの引出しをたしかめていった。ぼくは洗面台の戸棚を。ダニエラはクロゼットのなかを。これといった当てもなく、折りたたまれたTシャツのあいだを覗きこみ、積みあげられた雑誌の山をぱらぱらとめくった。だが、そんなところから手がかりが転がりでてくるはずもなかった。はじめてこの部屋を訪れたときのこと、マリーに一度だけ会ったときのことが、ふと頭をよぎった。

「なあ、ダニエラ。できればこんなことを言いたくはないが、マリーには胸くその悪くなるようなところがあった。むかむかさせられるようなところが」

「どういうこと？」ナイン・インチ・ネイルズの特大Tシャツを広げて目の前に掲げ、それをまたもとに戻しながら、ダニエラが訊いた。

「うまく言えないが、さっきおふくろさんも言ってたように、マリーにはどこか攻撃的で、ひとをやりこめたがるようなところがあった。ひどくうぬぼれたところがあった。いつかダリアンと手を組んで、誰かを殺すことを夢見ていた。そういう戯言《たわごと》には虫唾《むしず》が走る」

クッションの落ち窪んだソファーにすわるぼくの隣に、ダニエラも腰をおろした。「きっと、とても不幸せだったのね」

「ぼくの目の前で、オナニーまで始めた」

ダニエラがぐっと身を乗りだした。「え？　それ、本当なの？」

「ああ、本当だ。スカートをたくしあげて、ぼくにあそこを見せてきた。まったく、おふくろさんが憐れでならないよ。〝いい娘さん〟だなんて、さっきはよくぞ言えたものだ」

「それで、あなたはどうしたの？」

「とっととそこから……いや、ここから逃げだしたさ。マリーは後ろで、げらげら高笑いしてた」

「一発ヤっちまおうとは思わなかったの？」

「いいや、まさか」

「ほんのこれっぽっちも？　ちょいと懲らしめてやろうとも思わなかったの？」いたずらっぽい笑みを浮かべながら、ダニエラは言った。

ぼくは無言で首を振った。

「本当に？　あそこが勃ちもしなかったの？」

「覚えてない」

「やっぱり。思ったとおりだわ。それにしても、なんて呆れた小娘かしら。見も知らぬ男の前で、嬉々として股をおっぴろげるなんて」ダニエラは頬を真っ赤に紅潮させながら、やけにしゃがれた声で息巻いた。それから、じりじりとぼくにすり寄ってきた。「そういう恥知らずな雌犬にはどういうお仕置きが待っているか、本当は身をもって教えてやりたかったんでしょう?」

「いいや、まったく」とぼくは答えた。

ダニエラはジーンズのジッパーをおろしながら、ぼくの耳もとでささやいた。「教えて、ハリー。マリーがそのときどんなふうにしていたか……」それからぼくの手を取り、ジーンズのなかへ導こうとした。

ぼくは慌てて手を引っこめた。「やめてくれ、ダニエラ。下へ戻ろう」

ダニエラは腕を伸ばして、ズボンの上からぼくの股間に触れた。その顔は怒りにゆがんでいた。「ほらね、もう硬くなってる。そうだと思ってたわ。嘘なんかつかなくていい。ただ、わたしに教えてくれればいいの。そのかわいらしい売女《ばいた》とどんなふうにファックしたのかを。もしいまもここに彼女がいたら、どんなふうにしてやるのかを」

「いいかげんにしろ」そうひとこと吐き捨てて、ぼくはソファーから立ちあがり、ダニエラに背を向けた。「きみの用が済むまで、外で待ってる」

「冗談じゃないわ! いいかげんにするのはそっちでしょ!」扉を開けるぼくの背中を、ダニエラのわめき声が追ってきた。

部屋を出て踊り場に立つと、階段の下でマリーの母親が待っていた。

「ミセス・フォンテイン……」ぼくはもごもごとつぶやきながら、階段をおりた。ミセス・フォンテインはデリカテッセンの紙袋を胸に抱えて、そわそわと足を踏みかえた。上の会話が聞こえていたのだろうか。ぼくの表情から何かを感じとったのだろうか。

階上から、勢いよく扉の開く音が響いた。

「ハリー！」大声で叫ぶ声と、階段を駆けおりる音が聞こえた。ミセス・フォンテインに気づくと、ダニエラはぴたりと足をとめた。小さく「あっ」とつぶやいて、後ろに一歩、後ずさった。ぼくにはダニエラを振りかえることができなかった。ジーンズのジッパーが上まであげられていることをひたすら祈りながら、ミセス・フォンテインに微笑みかけた。

「ちょうど、そちらへお伺いしようと思っていたところなんです」

「ごめんなさいね」とミセス・フォンテインはぼくに詫びた。だが、いったい何を謝っているのかはわからなかった。「よかったら、これを」ぼくの胸もとあたりに視線をさまよわせたまま、ミセス・フォンテインは紙袋をさしだした。「このあいだ見つけて、隠しておいたの。警察に見られたくなかったから。いけないことだとはわかっているけど、マリーのことを誤解されたくなかった。でも、娘に会ったことのあるあなたたちなら……」そう言って見あげた目は、ぼくの肩越しにダニエラを見つめていた。「あなたたちなら、娘のことをわかってくれるかもしれない……」

ぼくは紙袋のなかを覗きこんだ。外側に貝殻の貼りつけられた箱が見えた。ダリアンからの手紙をおさめた箱だった。

「内容を確認したら、すぐにお返しします」

「いいえ、返さなくていいわ。中身をちらっと見ただけで、ずっとしまいこんでいたんだから。そこに書かれている内容なんて知りたくない。そんなものがわかったところで、なんの役に立つというの？」そう問いかけながら、ミセス・フォンテインはぼくの腕に手を置いた。「あなたはああ言ってくれたけど、あの子が〝いい娘さん〟なんかじゃなかったってことくらいは、あたしにもわかってる。それでも、あたしはあの子を愛してた。精一杯の愛情をそそいできたつもりだった。本当にごめんなさい……」ぼくの腕をつかんだまま、ミセス・フォンテインは謝罪の言葉を繰りかえした。ぼくは「いいんです。だいじょうぶです」とささやきながら、その手を握りしめてやった。ミセス・フォンテインを赦してやった。ぼくはいまもここにいて、彼女を赦してやることができるから。ダニエラが階段をおりてきて、ミセス・フォンテインを抱きしめた。そしてふたりも、互いに互いを赦しあった。

58

　車内には沈黙が垂れこめていた。ガソリンが尽きかけていることについて二、三の言葉を交わしただけで、あとはガソリン・スタンドにたどりつくまで、どちらも口を閉ざしつづけていた。渋滞のことを考えて、帰りはジョージ・ワシントン橋を経由することにした。そこからイースト・サイドを抜けて、ブルックリンをめざすつもりだった。マリーの部屋での出来事について、何を言うべきなのかわからなかった。ダニエラにもわからないようだった。ダニエラのなかで、悲しみとセックスとが固く結びついていることはあきらかだ。墓地や病院でたまらずことにおよんでしまったという男女の話は、これまで枚挙に暇《いとま》がない。それに、ぼくがどれだけ言いわけを並べようと、結局は向こうに分《ぶ》がある気がした。ぼくが恐ろしく孤独であることや、ダニエラに恐ろしく欲情していることや、ダニエラが恐ろしく美人であることなど、なんの言いわけにもなりはしない。それどころか、すべてが悲しみにしかつながらないような気もする。だが、どれだけダニエラに胸を焦がしていようと、どれだけ悲嘆に暮れていようと、いまのぼくはこう考えずにはいられなかった——ひょっとしてダニエラは狂気に憑かれているのではないか。ぼくの知っていることをすべて知っているのは誰か。

過去の事件と現在の事件、双方の情報を知りえた人間は誰か。ぼくの行動をこともなく把握し、ぼくを尾《つ》けまわすことのできた人間は誰か。そしてもし、ダニエラが学校に通っているはずの時間に、そこにいなかったとしたらどうなるのか。

「ところで、学校のほうはどんな具合だい。もう授業はないのか？」ハンドルを操りながら、何気ないふうを装って訊いてみた。車はハーレム・リバー・ドライヴへ向けて、橋の傾斜路をくだっているところだった。右手の丘に聳える花崗岩の塔が見えた。ぼくが子供のころ、身ぐるみを剝がされた盗難車がしょっちゅう乗り捨てられていた場所だ。金属の屍《しかばね》が丘の斜面を転がり落ちては、麓《ふもと》の木の枝に引っかかって、まるで空から降ってでもきたかのようにそのまま宙吊りになっていた場所だ。だが、それもいまは昔の話だった。

ダニエラは訝《いぶか》るような視線を投げてきた。「授業はもうないわ。来週が最終試験だから。まえにも話したけど、忘れたの？」

「ああ、そうだったな」

ダウンタウンを走りぬけているとき、青い空と灰色の川のあいだに、クイーンズの街並みが見えてきた。ゴミやがらくたを山積みにした、フットボールのグラウンドみたいにばかでかい平底船が川面《かわも》をすべるように進んでいた。

出来損ないの詩人の心、素人探偵の頭脳、中年売文作家の尻の穴――ぼくは本当に、ダニエラが犯人だと疑っているのか？　探偵の肛門、詩人の脾臓、疲弊した低俗小説家の脳下垂体――ぼくがいま感じているのは、ふたりのあいだにとつぜんぽっかりと口を開けた深い亀裂だった。ふたつの肉体のあいだ、ふたつの心のあいだに厳然と広がる、狭めようのない隔たりだった。詩人の頭蓋骨、探偵の翼、二流SF小説家の鋭い爪——ぼくと一緒にいないときのきみは、いったい何者なのか？　天使のセックス、悪魔の顔、好奇心旺盛な十四歳の少年の尻の穴——たとえひと晩じゅう語りあかしたとしても、ともに涙を流しあったとしても、きつく抱きあったまま眠りに落ちたとしても、ぼくがきみの肌にどれだけ深く牙を突き立てたとしても、この小さな亀裂はけっして消えることなく、引き裂かれるときを永遠に待ちつづけている。山の目、虎の雲、ソフト・コアな詩人の川——この先、何が起きるかはわからない。きみはぼくに嘘をつくかもしれない。ぼくを裏切るかもしれない。心変わりをしたり、死んだり、ぼくのもとを去ったりするかもしれない。怪物の手、生け贄の喉、死にゆくヴァンパイアの唇——では、なぜ犯人ではないのか？　なぜダニエラではないのか？　ダニエラの心に棲みついているのは、なぜぼくではないのか？

59

やっとのことでブルックリンに入り、サンドラ・ドーソンのアパートメントまでたどりついた。

「ここだ」ぼくが言うと、ダニエラは通りの向かいのあいたスペースに車をとめた。建物の一階に入った食料雑貨店を、ひっきりなしに客が出入りしていた。ダニエラは車のエンジンを切って、煙草に火をつけた。

「ひとりで行ってきて。わたしはここで待ってるわ」車内が煙にかすみはじめた。

「気分が乗らないのなら、もう帰ろう。今日じゅうに済ませなきゃならないってわけでもない。後日、ぼくがひとりで出なおせばいい」

「わたしのことは気にせず、あなたのなすべき務めを果たして」それだけ言うと、ダニエラは手のひと振りで会話を打ち切った。ぼくはふたたび思い知らされていた。ダニエラはぼくの恋人でもなければ、パートナーでもないのだということを。ぼくの知るどんな人間でもないのだということを。

車をおりて、通りを渡った。いつのまにやら、頭上には明るく晴れわたる午後の空が広がっていた。通りに面した窓が空の青を映して、きらきらと輝いている。そのときとつぜん、食料雑貨店の正面を覆う板ガラスが目の前で弾け飛んだ。甲高い悲鳴と、くぐもった破裂音が耳をつんざいた。ぼくはばかみたいにその場に立ちつくした。店先にいた人々が散り散りに駆けだし、店内の客たちが床に突っ伏すのが見えた。何か恐ろしいことが起ころうとしているのだということだけはわかった。とっさに頭をよぎったのは、建物が倒壊しようとしているのではないかということだった。ぼくは弾かれたように走りだした。ふたたび破裂音がこだまする。頭の上で、煉瓦の壁が砕け散る。ぼくはようやく理解した。あれは銃弾だ。誰かがぼくを撃とうとしているのだ。ぼくは慌てて地面を蹴り、道端にとめられた車のあいだに跳びこんだ。心臓がどくどくと血流を送りだす。三発目の銃声が響く。弾はぼくがひそんでいる車のタイヤにあたった。シューッという小さな音を立てて、タイヤから空気が漏れだす。そのとき、通りのほうから、エンジンの始動する音とクラクションの音が聞こえてきた。車の陰から恐る恐る音のしたほうを覗きこんだ。ダニエラの車だ。猛スピードでUターンをしたかと思うと、そのままの速度で銃とぼくのあいだに突っこんでくる。

「乗って！　早く！」そうわめきながら、ダニエラは助手席のドアを押し開けた。ぼくは車の陰を飛びだした。可能なかぎりすばやく、可能なかぎり体勢を低くして、助手席に滑りこむ。ダッシュボードに頭を打ちつけると同時に、ダニエラがアクセルを踏みこんだ。その瞬間、リア・ウィンドウが吹き飛んで、砕け散ったガラスが車内に降りそそいだ。ぼくらは座席の上でさっと身を屈めた。助手席のドアをはためかせたまま、ダニエラは大きくハンドルを切って、横すべりするタイヤの音を響かせながら、交差点を強引に曲がりきった。ぼくは座席の上から必死に手を伸ばし、なんとかドアを叩き閉めた。ダニエラは一時停止の標識をかすめながら、ふたたび大きくハンドルを切った。それからようやく、周囲の流れに乗って車を走らせはじめた。ぼくは背後に目を凝らした。そこには、何百もの普通の人々がいるだけだった。

「くそっ!」とぼくは毒づいた。誰かが本気でぼくを撃ち殺そうとした。いまさらこみあげてきた恐怖とアドレナリンが、胃袋のなかでじわじわと氷のように溶けだしはじめた。抑えようもなく全身が震えだした。「くそっ! くそっ! くそっ!」

「怪我《けが》はない? どこも撃たれなかった?」ダニエラは声を張りあげながらふたたびハンドルを切り、ひと気の絶えた裏通りに車を乗りいれた。突きあたりに駐車スペースが見えた。

「いや、だいじょうぶだ。きみは?」とぼくも訊いた。

「いいえ、わたしはだいじょうぶ」とダニエラは答えた。その瞬間、車の鼻面が何かの柱にぶちあたった。

60

車のボンネットとトランクが同時に跳ねあがった。前へ、後ろへ、ぼくらは大きく身体を揺さぶられた。

「くそっ」ぼくはふたたび毒づいた。「だいじょうぶか？」

「ええ、たぶん。あなたもだいじょうぶ？」

「ああ」

沈黙のなか、激しい息遣いだけが聞こえていた。駐車スペースを示すスチール製の柱が目の前に立ちはだかっている。恐怖に駆られてスピードを出しすぎていたために、それがダニエラの目には入らなかったらしい。ぼくはふたたび背後をたしかめた。あたりに人影はなし。とりあえず危険はなさそうだ。それでも、両手の震えはおさまらなかった。ぼくはそれを腿の下に押しこんだ。

「このまま少し様子を見ましょう。誰も外にいないと確信できるまで。わたしがもう一度運転できるくらいに落ちつきを取りもどすまで」

「ああ、そうしよう。何も焦ることはない」

ダニエラはぼくに顔を向けた。その頰は真っ赤に紅潮し、胸が激しく波打っていた。

「苦しくて息ができないわ。喘息《ぜんそく》の発作みたい」

「喘息の持病があるのか？」

「いいえ」

「なら、だいじょうぶだ。ぼくだって震えがとまらない。アドレナリンと神経のせいだ。過剰な恐怖にさらされたから。だが、時間が経てばそのうちおさまる」ぼくは言って、ダニエラの肩を握りしめた。「それにしても、きみはすごい女だ。最高の女だ。ぼくの命を救ってくれた」

「ちがうわ」ダニエラは首を振り、合間合間に大きく息を吸いこみながら言った。「わたしは、ただ、あそこから、逃げだしたかっただけ」ぼくは肩をつかむ手にいっそうの力を込めた。震える両手で、その頰を包みこんだ。

「じっとして。ガラスが絡まってる」そう声をかけてから、髪についたいくつかの破片を取り除いてやった。

「ありがとう」そうささやくと、ダニエラもぼくの髪からガラスを払いのけてくれた。

「どういたしまして。きみもありがとう」礼を返すと、ダニエラはぼくの目をじっと覗きこんできた。それから、ぼくの胸にそっと身をもたせかけた。

このときばかりは、どちらがことを仕掛けたとも言いがたい。ぼくにはまるで、自分の意志とはべつのところで、身体が勝手に何かを始めたかのように思えていた。身体がぼくらを脇に待たせておいて、必要に迫られた何かをさっさと済ませようとしているかのようだった。ダニエラを近くに感じた。ダニエラこそが、世界中の誰より強く結ばれている人間のような気がした。けれど、ぼくは自分自身から切り離されていた。ぼくらはまるで、一台の車に乗りあわせた二組の男女のようだった。彼女とぼく。そして、ぼくらと彼ら。

ことを終えると、まだ息切れもおさまらぬまま、ダニエラは煙草に火をつけた。だが、おかげで気分が落ちついてきたらしい。ぼくらはもぞもぞと服を身につけはじめた。眠くもないのに欠伸《あくび》が出た。とつぜんの疲労と、空腹と、喉の渇きを覚えた。そのすべてがいちどきに襲ってきた。

「この車、ちゃんと動くかしら」沈黙を破って、ダニエラがつぶやいた。たしかにそれが問題だった。後部座席を振りかえると、粉々に砕けたリア・ウィンドウのガラスにまみれて、扮装用の鬘と杖が転がっていた。ぼくは鬘を拾いあげ、ガラスを払い落としてから、マリーの手紙と一緒に鞄へ押しこんだ。手紙のことすら、いまのいままですっかり忘れていた。

「どんな具合か、ぼくが見てこよう」ぼくはみずから申しでた。車の知識など何ひとつなかったが、こういうのは男の役目だという気がした。車をおりて、まずはフロント部分をたしかめた。バンパーがつぶれ、ゆがんだボンネットが浮きあがっていた。隙間に手を入れ、ボンネットをいっぱいに押しあげてみた。特にダメージは見あたらないし、煙も出ていない。

「だいじょうぶそうだ」

「何か漏れだしたりしてない？」

「なるほど。調べてみよう」地面に膝をついて、車体の下を覗きこんだ。「いや、何も漏れてない。平気そうだ」

ダニエラがイグニッション・キーをまわすと、エンジンが息を吹きかえした。満足げに微笑みながら、ダニエラは親指を立ててみせた。

「トランクを閉めてくる」運転席にひと声かけて、排気管から立ちのぼる排気をよけながら、足早に車の後部へまわりこんだ。ぶつかった衝撃で掛け金がはずれて、こちらも蓋が浮きあがってしまっていた。念のためなかをたしかめようと、蓋をいっぱいに押しあげた。その途端、目に飛びこんできたのは、くるまれていた毛布からはみだして、スペア・タイヤの上に転がっていたもの——研ぎ澄まされた刃のきらめく、スチール製の大庖丁だった。それだけではなかった。ぼくはトランクのなかを見まわした。骨抜き用の細長いナイフ。柄の部分に黒い絶縁テープの巻きつけられた、錆の浮いた鉈。ネジまわし。小型の鋸。ひと束のロープ。ダクトテープ。そして、小さな麻袋。袋の口を開けるまえから、何を目にすることになるのかはわかっていた。そこには、艶消し仕上げの黒い自動拳銃がおさめられていた。

「どうかした？ 何か問題でも？」問いかける声が聞こえた。

「いや、なんでもない」ぼくは答えて、すべてを毛布のなかへ押しこんでから、トランクの蓋をおろした。だが、手を放すと同時に蓋が跳ねあがり、ふたたびトランクがぱっくりと口を開けた。ぼくはもう一度、蓋を叩き閉めた。今度はなんとか掛け金がかかった。助手席のドアへまわりこみ、ダニエラの隣に腰をおろした。シートベルトを締め、運転席に微笑みかけながら言った。

「行こう」

帰宅途中、襲撃の件を携帯電話で通報しておくと、部下の捜査官ふたりと警官数名を引き連れたタウンズ特別捜査官が建物の前で待っていた。タウンズはぼくらを無視して、通りの角にとまっている屋台からソフトクリームを買ってきた。ニューヨーク市警の警官たちがぼくの調書をとっているあいだも、無言と無表情を貫いていた。警官らの話によると、窓を撃ち砕かれた店主からの通報を受けて、すでに弾丸は発見されていたが、現場から走り去るのを目撃された車はただ一台、〝おんぼろのダットサン〟のみであるという。

「要約しよう」ソフトクリームのコーンを齧《かじ》り終えたタウンズが紙ナプキンをダニエラの車の後部座席に放りこみながら、ようやく口を開いた。「きみはFBIの尾行を撒いて、犯罪現場に不法侵入した。しかも、きみ自身が容疑者にあげられている犯罪の現場にだ。そのうえで、きみはいま、真犯人と目される人物からの銃撃を受けたと申したてている。きみが事件の真相に近づきすぎたがために、相手がきみの命を狙っているのだと」

「ええ」

「ゆえに、自分は無実なのだと。しかし、発砲した人間を目撃した者はいない」

「ぼくが自分で自分を撃ったとでも言うんですか？」

「さて、どうだろう。銃は所有しているかね？」

「いいや」

「なんらかの入手経路なり、銃を持っている人間なりに心あたりは？」

傷とへこみだらけのダットサンのボンネットに腰かけているダニエラに、横目を投げずにはいられなかった。だが、ダニエラはぼくの視線に気づきもしなかった。タウンズを睨みつけることに忙殺されていた。

「いや、それもない」ぼくはタウンズにそう答えた。

61

「ただいま！　クレア？　いないのか？」大声で呼びかけながら、玄関を抜けた。「聞いてくれ！　とんでもないことが起きたんだ！」言いながら、閉じた扉に錠をおろし、チェーンまでかけた。

「ここよ！」バスルームから声が返ってきた。「入ってきて！　起きあがれないの！」

「どうしたんだ！」軽いパニックに襲われながら、ぼくはバスルームの扉を一気に押し開けた。バスタブに横たわり、顎まで泡に浸かったクレアの顔が見えた。

「ああ、ごめん。あとにしよう」ぼくは慌てて目を逸らした。

「いいの、いますぐ聞きたいから」クレアは言って、鼻についた泡をぬぐった。「すわって」

ぼくはトイレの蓋に腰をおろし、今日の出来事を語りだした。クレアは大きく目を見開いたまま、ぼくの話に聞きいっていた。銃撃の件に話題がおよぶと、思わず身体を起こしかけて、派手に泡を撥ね散らかした。ぼくはトランクのなかで見つけたもののことも打ちあけた。

「ずっとまえから入れっ放しになっていただけかもしれない」

「ああ、なるほど。だが、なんのために？」

「だって、ダニエラはストリッパーだもの。『死を呼ぶ女狐《めぎつね》』に出てくるあのストリッパー

だって、いつも拳銃を持ち歩いてたでしょ。自分で書いたくせに、もう忘れたの？　Gスポットにすっぽりおさまるようにつくった、特別あつらえのホルスターまで持ってたじゃない」

「Gスポットじゃない。あのちっこい下着はGストリングというんだ。それと、ぼくの本の内容をいちいち持ちだすのはやめてくれ。大半はぼくが適当にひねりだしたでまかせなんだから」

「だったら、あなたはどう考えているの？」湯気と泡の向こうから、クレアがじっと見すえてきた。バスタブの縁《ふち》にあらわれたつま先が、一列に並んだ小石のように見えた。小さく肩をすくめてから、ぼくは言った。

「もう、何をどう考えればいいのかもわからない」頭のなかの曇りを晴らそうと、目を閉じた途端、欠伸が出た。吸いこんだ空気は温かく湿っていて、油のようなにおいがした。どこか懐かしい感情がゆっくりと胸にこみあげてくるのを感じた。もう一度、欠伸が出た。頭も身体もくたびれ果てていた。

「このにおいはなんだろう。その入浴剤、どこから持ってきたんだ？」

「入浴剤じゃなくて、バスソルト」クレアは言って、半透明の瓶を持ちあげてみせた。「洗面台の下にあるのを見つけたの」

母の死後、長いあいだ放置されていた、ジーン・ネイトの小瓶だった。

「母さんのにおいだ。女らしくていいにおいなんだが、嗅いでるうちに吐き気がしてくる」

「なら、わたしにぴったりじゃない。わたしほど女らしい女はいない」

その日はじめての笑みを浮かべたまま、ぼくはキッチンへ向かった。氷を入れたグラスにコーラをそそいでから、それを手に書斎へ移った。真新しい法律用箋と、真新しいユニボール・ヴィジョンの極細ボールペンを取りだし、机に向かって思案をめぐらせた。頭に浮かんでくるものは何もなかったが、それはいつものことだった。とりあえずは、一日の出来事を箇条書きにしてみることにした。それから、ページに縦線を引いていくつかの項目をつくり、思いつくままをそこに書きだしていった。だが、三ページ目まで作業を進めたところで、がっくりと肩を落とした。〝手がかり〟と記した項目には、クエスチョンマーク以外の何物も記されていなかった。グラスの中身を飲み干し、ふたたびコーラをそそぎにキッチンへ行った。早くあがってくれと、バスルームに声をかけた。膀胱が破裂しそうだった。そのとき、ミセス・フォンテインから受けとった手紙のことを思いだした。

白状すると、ぼくにはその作業を先延ばしにしていたところもあった。低能な殺人狂が近ごろ惨殺された情婦志望の女とやりとりしていた猥褻な手紙など、嬉々として目を通したいものではない。ことのほか今夜はきつかった。すでにいやというほど気が滅入っていたし、頭も混乱しきっていた。生涯消えることのなさそうな忌まわしいイメージが、脳裡をぐるぐる駆けめぐっていた。それでもとにかく、ぼくはその箱を開けてみた。手紙はふたつの山に分けて、きちんとおさめられていた。そのうちの一通を適当に選んで、封筒から中身を取りだした。ぼく宛てに送られてきた例のファンレターと同様、そこには青のボールペンで綴った手書きの文字が並んでいた。使われている便箋は、罫線の幅が広くてきめの粗い、子供が落書き帳に使うたぐいの安手の紙だった。

一時間後、ようやくバスルームを出たクレアがバスタオルにくるまって書斎へ入ってきたとき、ぼくはまだ夢中で手紙を読み耽っていた。

「おトイレ、もう使えるわよ。遅くなってごめんなさい。どうしても髪を洗いたかったの」

「なんてこった……」ぼくは顔をあげもしなかった。手にした便箋を机に叩き伏せ、次の一通を手に取りながら毒づいた。「あのくそったれめ」

「どうかしたの？」

目をあげると、不思議そうに眉根を寄せるクレアの顔が見えた。その顔に向かって、ぼくは言った。「あのくそ野郎にしてやられた」

「誰のこと？　いったい何があったの？」

「ダリアン・クレイだ」ぼくは手にした便箋を振ってみせた。

「ダリアンがなんだっていうの？」

「あの頭のいかれた変態野郎は、ぼくなんかよりよっぽど優秀な作家なんだ」

62

翌朝、ふたたびダリアン・クレイに会うため家を出た。ゆうべは切れ切れにしか眠ることができず、よく覚えていないことがありがたく思えるような悪夢にうなされては目が覚めた。おかげで、神経という神経が恐怖と憤りのあいだでぴんぴんに張りつめていた。ぼくにつきまとっている正体不明の人物は、いまぼくを殺そうとしている。ぼくの窮地を救ってくれたダニエラは、狂気に取り憑かれているのかもしれない。なのにぼくは、これっぽっちも真相に近づけていない。いま手にしている手がかりはあの手紙だけ。つまり、事件を解決するための頼みの綱はダリアンだけということになる。その考えと、朝食に飲んだコーヒーとビタミン剤とが、腹のなかで消化不良を起こしていた。大きな石でも呑みこんだかのように、胃袋がずんと沈みこんでいた。

そんなわけで、小型の旅行鞄を一方の肩に、ノートパソコンを入れたブリーフケースをもう一方の肩にさげて自宅を発ち、地下鉄の駅に向かって歩きだしたときから、かすかな悪寒がぞくぞくと全身を震わせていた。舌が首すじを這うような感覚を覚えていた。今日も誰かに尾《つ》けられている気がしてならなかった。それでもぼくは、単に神経が張りつめているせいだと、きつく自分に言い聞かせつづけた。

きっと、身を切るようなこの風のせいだ。この春はあまりに天気が移ろいやすい。ひしとつかんで放さない冬の手を断ち切ろうとしては挫折して、幾度となく季節の逆戻りを繰りかえしている。今日も今日とて、うららかな朝を迎えたかと思いきや、すでに空気がぐっと冷えこみだしていた。こういう日に、ぼくはかならず体調を崩してしまう。真冬の猛攻に耐えぬいておきながら、春の慈愛に触れた瞬間、ばったり地に伏してしまうのだ。鞄からセーターを取りだそうと、道のまんなかで足をとめた。後ろを歩いていた男――紺色のスウェット・パーカーを着て、フードをかぶっている長身の男――も一瞬その場で足をとめ、すぐにぼくの脇をすりぬけていった。少し先へ進んでから、メイシーズ百貨店に入っていった。ぼくはセーターを着終えると、ふと思いたって〈フラッシング・ヌードル・ショップ〉に立ち寄り、肉まん（四個で一ドルは街いちばんのお買い得品だ）を買ってから、地下鉄の階段をおりた。

クイーンズからマンハッタンへ移動するなら、高架鉄道を使うのがいちばんのお勧めだ。黄昏どきや、空の色が移ろいやすい日に窓から眺める景観の見事なことといったらない。深いトンネルを抜けだした列車が、ひとたび上空へ浮かびあがる。それからふたたび地下へともぐって、川の下をくぐりぬける。高架線上に設けられたプラットホームには、視界を遮る壁も鉄柵もない。給水塔や電波塔のあいだを駆けぬけながら、通りの往来を見おろすこともできる。遥か遠方の景色を見晴らすこともできる。煉瓦造りのアパートメントの窓明かり。

倉庫の壁を埋めつくす落書き。列車のねぐらのような操車場。その彼方に長々と伸びる、フラッシング・メドゥ・コロナ・パークの緑の帯。公園のシンボルである巨大な鉄の地球儀。シェイ・スタジアム（おっと、いけない。残念なことに、いまはシティフィールド・スタジアムというのだっけ）に目をとめてみるのもいい。昼のあいだは広大な駐車場と車の墓場のまんなかでひっそり眠りについていた空間が、ナイトゲームの行なわれる夜にはとつぜん息を吹きかえして、巨大な光の坩堝《るつぼ》と化すのだ。さて、列車がさらに西へと進むと、前方にあの摩天楼が姿をあらわす。古《いにしえ》よりの華やかさをとどめた、灰色と銀色の雄大な街並み。エンパイア・ステート・ビルディングに、クライスラー・ビル。河岸に並ぶ橋梁や桟橋。イースト・ハーレムに居並ぶ公営住宅団地。

　やがて列車は、ふたたび地下の暗闇へと吸いこまれていく。乗客たちがうとうととまどろみはじめたころ、列車は川を渡り終え、ふたたび地上へ顔を出す。その途端、熱に浮かされたタイムズ・スクエアの喧騒と雑踏と光の洪水とが一気に襲いかかってくるのだ。ぼくはそこで列車をおり、一番線に乗りかえた。ペンシルヴェニア駅に着くと、頭にかかったままの靄《もや》を振り払いながら、北行きの列車に乗るため、コンコースを突っ切りはじめた。

　ふたたびあの男を目にしたのは、紺色のスウェット・パーカーを着た男に気づいたのはそのときだった。ペンシルヴェニア駅に来るといつもそうであるように、ぼくは人波に揉まれながら、頭上の標示板を頼りにあたりを右往左往していた。進行方向をたしかめようと振りかえったとき、そこにあの男が見えた。だが、ぼくは内心の動揺を押し隠した。走りだしたい衝動をぐっと抑えて、ひたすら足早に歩きつづけた。雑誌店の店内を通りぬけ、エスカレーターをのぼったあとすぐにおりてから、やにわに猛スピードでホームへ走りこみ、めざす列車に飛び乗った。それからようやく、後ろを振りかえった。男はいなくなっていた。少なくとも、ぼくの目には映らなかった。本当に同一人物なのかどうかも定かではなかった。よくよく考えてみると、白人で、猫背で、ジーンズを穿いていたということ以外に、男の風貌を思いだすこともできなかった。昨日あんなことがあったせいで、神経過敏に陥っているだけかもしれなかった。こういう状況においては、ありもしないものが見えてしまうということがしばしば起こる。ゴーストライターであるぼくにつきまとうフードをかぶった亡霊《ゴースト》が見えたとしても、ありえないことではない。

座席に深く沈みこみ、広げた新聞で顔を隠した。列車が動きだしたあとも、息苦しさはなかなか消えてくれなかった。自分まで人目を避けようとするかのように、列車は立て続けにトンネルを通過し、ビルの背に挟まれた隙間ばかりを縫い進んで、ほどなく街を抜けだした。だが、そこにはもはや、見るべきものは何ひとつ存在しなかった。オシニング駅で列車をおりると、タクシーを拾って、刑務所の前まで乗りつけた。いまではすっかりお手の物となった手続きを済ませて待合室に入ると、見慣れた顔に出くわした。テレサ・トリオとキャロル・フロスキー弁護士だった。

「何しにきたんだい?」挨拶代わりにフロスキーが言った。

「聞いて驚かないでくださいよ。じつは散髪に来たんです」ぼくは軽口で応酬した。

フロスキーがにやりと笑うと、隙間から金歯が覗いた。「もうわかってるはずだと思っていたがね、告白本の出版は、法的な問題の決着がつくまで保留だよ」

「法的な問題というと？　殺人犯が捕まるまでということですか？　それとも、あなたがたにとってそんなことはどうでもいいのかな？」

「わかりきったことを訊くんじゃないよ。犯人を捕まえるのは警察の仕事だ。あたしの仕事は依頼人を救うことさ。誰ひとり殺しちゃいない依頼人をね」

「しかし、たしかに誰かが女たちを殺した。昨日はぼくまで殺そうとした」

フロスキーの顔から笑みが消えた。一瞬、そこに動揺が覗いたが、フロスキーはすぐに気をとりなおして言った。「そいつは災難だったね。だから忠告しておいたろう？　念のため、警察に知らせておくといい」

戸口にあらわれた看守に呼ばれて、フロスキーは待合室を出ていった。テレサがすまなそうに笑いかけてきたが、浮き足立った本心は隠しおおせるものではなかった。

「フロスキーは何をたくらんでるんだ？　法的な問題ってのはどういうことだ？」

「ゆうべのニュースをごらんにならなかったんですか？　昨日はわたしたち、一日じゅう裁判所に詰めていたんです」

「知らなかった。ゆうべはそれどころじゃなかったんだ。なんせ、撃ち殺されかけたものだから」

「撃ち殺されかけた？」テレサはしばし黙りこんだ。「……じつは昨日、再審請求の是非を審議するまでのあいだ、判事が刑の執行の一時停止を認めたんです。つまり、裁判を一からやりなおせる可能性が見えてきたってことです」

「そういうことか」ぼくはつぶやいて、椅子に沈みこんだ。

63

やけに長い十分が経過して、キャロル・フロスキーがようやく面会室から出てきた。フロスキーはひとつ肩をすくめてから、煙草を取りだした。看守にそれを咎められると、ふたたび肩をすくめて、長椅子に腰をおろした。どうやら、ダリアンはぼくとの面会に応じることにしたらしい。

「あたしはやめておけと言ったんだけどね。なんだか知らないが、話したいことがあるんだとさ。ただし、テープレコーダーも、メモもなし。いっさいの記録を残さないこと。それと、ここでの発言はすべてオフレコだよ」

ぼくはそれに同意した。看守に荷物を渡し、それをロッカーに押しこんでもらってから、面会室に通された。オレンジ色のつなぎを着て、足には四人用の上靴を履き、両手に手錠をはめられていても、ダリアンの顔はじつに晴れ晴れとしていた。口にくわえた爪楊枝《つまようじ》をゆらゆらと揺らめかせていた。テーブルの上には、分厚くふくれた法定サイズのフォルダーが載っていた。ダリアンの側から見れば、ここ最近の出来事すべてが吉報尽くしと言えるのだろう。

「よう、来たな。ボズウェルも顔負けの、おれの専属伝記作家殿」

口もとをゆるめもせずに乾いた笑い声をあげてから、ぼくは椅子に腰をおろした。それから、低く押し殺した抑揚のない声で言った。「あんたはとんでもないくそったれだ。ぼくを利用したんだろう?」

「なんの話だ?」そう訊きかえしたダリアンの表情は、心底驚いているように見えた。わずかに傷ついているようにすら見えた。

「告白本のことだ。あれはただの口実だったんだろ。あんたが死刑囚監房から抜けだすための計略の一部だったんだ」

「なあ、いったいおれが何をしたってんだ? ブタ箱に閉じこめられてるおれには、女どもを殺せない。目の前にいるあんたのことすら殺せやしない」ダリアンはじゃらじゃらと手錠を振ってみせた。「それに、おれがあんたを利用しただと? どういうことだ? 死に直面した無実のおれが、自分の言いぶんを世のなかへ伝えるために、作家であるあんたを利用したってことか? だとしたら、ああ、そのとおりだ」

「いいや、あんたは自分の言いぶんなんて何ひとつ語っちゃいない。これまで一度も語ろうとしなかった」

ダリアンは肩をすくめた。「なにぶん、予定が狂っちまったからな。だが、それはおれのせいじゃない」

「自分でも書けるものを、なぜわざわざぼくに書かせようとしたんだ?」

「どういう意味だ？」

「あんたの書いた手紙を読ませてもらった。マリー・フォンテインに送った手紙だ。あんたには文才がある。それに、博識でもあるらしい。ボズウェルも顔負けなのはあんたのほうだ。ぼくがこれまでここで顔を合わせてきた愚鈍なポルノ狂には、伝記作家のボズウェルと、《プレイボーイ》を発刊したヒュー・ヘフナーのちがいもわからないはずだ」

ダリアンはにやりと微笑んだ。「ほう、そいつは光栄だな。ずぶの素人のおれが、プロの作家先生に褒められるとは」

「その芝居はぼくの前だけのものなのか？　フロスキーの前ではどうなんだ。マヌケな男を演じてるのか、それとも利口な本性のほうを見せてるのか。すべては無実の男を演じる芝居の一部なのか？　こんなマヌケにひとが殺せるかというアピールなのか？」

ダリアンは爪楊枝を噛みしめるだけで、何も答えなかった。ぼくは肩をすくめてから、続けて言った。

「いまの質問に答えてくれるとは、もとより期待してない。だが、これだけは教えてくれ。どうしてぼくにポルノ小説を書かせた？　あんたはカモにできる人間を必要としていた。あんたの本のゴーストライターを務めてくれる人間を。計略に手を貸してくれる作家を。成功をつかむためならなんでもしそうな文無しの二流作家を。だとしても、なぜポルノ小説まで書かせる必要があったんだ？　あんたには自分で自分の妄想を見事な文章にすることができるじゃないか。なのに、なぜわざわざぼくにやらせる必要があったんだ？」

「なぜかだと？」ダリアンはおもむろに爪楊枝をつまみとった。「なぜなら、おれにはどこへも行くことができないからだ。おれはあの女どもに会ったこともない。無実の罪で刑務所に閉じこめられている身だ。自分では会いにいくことができない。女どものところへ。女どもの家へ。だから、おれに代わってそれを実現してくれる人間が必要だったのさ」そう言ってぐっと身を乗りだしたダリアンの目は、悪意に満ちた光を宿していた。「なのにあんたは、どこへ行こうと、何も気づこうとしない。何ひとつ知ろうとしない。女どもが笑うとき、悲鳴をあげるとき、イクとき、どんな声をあげるのか。女どもの髪や腋やオマンコはどんなにおいをさせているのか。セックスのあと、そのにおいに変化はあるのか。もっと強烈になるのか、甘ったるくなるのか。汗はたんまりかくのか。オマンコはどれくらい濡れるのか。どんな色や形をしているのか。陰唇や、クリトリスや、陰毛はどんなふうなのか。あんた、女どもの肛門がどんなふうだったか説明できるか？　部屋の様子はどんなふうだった？　昼のあいだ、光はどんなふうにさしこんできた？　夜になると、闇がどんなふうにおりた？　あたりにはどんな音が響いていた？　行き交う車の音は？　鳥のさえずりは？　隣の部屋の話し声は？　薄い壁を通して、テレビの笑い声や、死に瀕した老婆が発する喘鳴《ぜいめい》は漏れ聞こえてきたか？　女どもは何を着ていた？　息はどんなにおいがした？　譬《たと》えるなら、なんのにおいだ？　女どもはどんなものを食っていた？　ベジタリアンはいたか？　だとしたら、体臭や小便の色にはどんな影響が出ていた？　おれのために少しでも痩せようと、涙ぐましいダイエットに励んではいなかったか？　やつらの腹を切り裂いたとき、胃袋のなかには何が入ってた？　玄米と豆腐か？　チョコレートとワインか？　それとも、小便と精液か？　ベッドの上にはどんなふうに血飛沫《しぶき》が散った？　女どもは命乞いをしたのか？　涙は流したか？　命の火が消える瞬間、やつらの目には何が浮かんでいた？」

　そうまくしたててから、ダリアンはテーブルの上のフォルダーをぐいとこちらへ押しやった。開いた口から、手紙や写真の束がこぼれでた。上下逆さまになった、素っ裸のブロンドの女が見えた。「もう一度、挑戦してみるか？　女どもからのラブレターなら、あとからあとから送られてくる。あんたが二流の作家だってことは疑いようもない。だったら、生きるってのがどういうことなのかを描きだすすべを、そろそろ身につけてみちゃあどうだ？　本物の作家になりたいんだろ？　だったら、おれが本物だ。おれのことを書けばいい。本物の文学をものにしたいんだろ？　だったら、おれを題材にすればいい。そうすりゃ、いずれかならず、あんたはおれに感謝することになるだろう」

64

面会室を出たとき、テレサとフロスキーの姿はすでに待合室から消えていた。ぼくは門の前までタクシーを呼んで、近隣のモテルへ向かってもらった。その晩は客室でひとり、あれこれ悶々と考えてすごした。台にボルトでとめられたテレビ。ポールに固定されたハンガー。向こうが透けて見えるほど薄っぺらくなったタオルの山。どこを向いても、何を見ても、無性にここから逃げだしたくなった。なのに、陽が落ちてからずいぶんと時間が経っても、ぴんと張ったベッドカバーの上に横たわったまま、身じろぎひとつできなかった。このベッドの上で、この毛布の上で、これまでどれほどの恐ろしくも悲しい行為が、どれほどの悲しくも恐ろしい行為がなされてきたのだろう。ぼくの想像するこの部屋は、幼少期のダリアンとその母親がクイーンズで暮らしていたであろう部屋だった。死ぬまで飲んだくれたり、銃口をくわえたりするために、誰かが訪れるであろう部屋だった。大音量でテレビを鳴らしておけば、壁の向こうでいびきをかいたりセックスに励んだりしている宿泊客のことを気にせず、誰かを殺すこともできるであろう部屋だった。そのあと、バスタブのなかで死体を切り刻み、皺くちゃのスーツみたいにガーメント・バッグに詰めこんで、外へ運びだすこともできるであろう部屋だった。

窓の外では、カナダとの国境を往復する貨物トラックが一夜の宿を求めて、駐車場に集まりだしていた。巨大なトレーラーが鼻息を荒くしたり、左右に大きくかしいだりしながら、次々に目の前を通りすぎていく。ぼくはベッドから起きあがり、近くのコーヒーショップまで出かけていって、ぱさぱさのデラックス・チーズバーガーにかぶりついた。カウンター席にはぼくのほかに、背を丸めたトラック運転手が数人と、囚人との面会に来たとおぼしき女がひとりいた。女はフリルのついた化繊のブラウスとタイトスカートの上にウールのコートを羽織り、パンプスを履いていた。おそらく精一杯めかしこんできたのだろう。運転手たちから声をかけられても、女はそれを無視しつづけた。その目が涙に濡れていることに気づくと、ちょっかいを出そうとする者はいなくなった。身体に密着した安物の服と涙の取りあわせが、なぜだかやけに憐れを誘った。そばかすの散った乳房のあいだにステーキナイフを忍ばせている姿を想像せずにはいられなかった。奥のテーブルでは、キャリーバッグに入れた犬まで連れた大家族が、やたらとけたたましい笑い声をあげたり、やかましくわめきたてたりと、年老いたウェイトレスにひどく手を焼かせていた。ぼくは自然と頭のなかで、その一家が目の前の皿に自分の生首を載せている光景を想像していた。たとえ素人探偵としてであれ、人間がひとたび血塗られた殺戮の世界に入りこんでしまうと、こういう現象が起きるらしい。まわりにいる誰もがその犠牲者に思えてきてしまう。まだ地に倒れていない死体、歩く肉塊に思えてしまうのだ。

客室に戻って、何時間もテレビを見た。それからようやく眠りに落ちた。まだ夜も明けきらないうちに、トラックのエンジン音で目が覚めた。受付フロントのある建物まで歩いていき、無料サービスのコーヒーと粉末ミルクをもらった。部屋へ戻る途中、ふと駐車場を見やったとき、ピンヒールを履いた女たちが何台かのトラックからそろそろと地面へおり立つ姿が目にとまった。ひとりは髪をブロンドに脱色し、すじ張った身体つきをしていた。黒ずんだ白のミニスカートから伸びる脚は骨のように白かったが、膝小僧が赤く擦りむけていた。黒の縮れ毛をした巨乳の女はぴちぴちのブラック・ジーンズを穿いていて、押しやられた肉がウエストの上で盛りあがっていた。三人目の女は折れそうに細い手足をした赤毛の黒人で、やけに小さなホットパンツに、赤いロングブーツを履いていた。三人は駐車場を縄張りとする売春婦、夜の蜥蜴《とかげ》たちだった。おそらく、トラックの運転台で一夜の客をとったあとなのだろう。だが、夜の青がうっすらと残る未明の仄《ほの》明かりのなかでは、その姿に思わず見蕩《みと》れずにはいられなかった。女たちはトラックをおりると、よろよろと覚束ない足どりで、不揃いな色のドアを取りつけたビュイックのほうへ向かいはじめた。にぎやかな笑い声が聞こえてきた。黒人の女が地面の窪みに蹴つまずくと、ほかのふたりが両脇から腕を支えた。暁の最初の光が空を薔薇色に染めはじめていた。雪解けと、湿った葉と、ディーゼル燃料のにおいがした。朝陽に照り輝くアスファルトが目にまぶしかった。

シャワーを浴び、タオルを一枚残らず使いきった（たとえ三流のモテルであっても、こうすることで最高の贅沢気分を味わうことができるのだ）。服を着てから、駅へ向かった。薄いコーヒーを飲み、生焼けのドーナツみたいな味のするベーグルを噛みしめながら、何を見るでもなく、列車が動きだすのを待っていたとき、目の前にあの男があらわれた。ジーンズにスウェット・パーカーを着た、ぼくのゴースト。男は肩に小ぶりな鞄をさげて、座席のあいだの通路をこちらに向かってきていた。驚きのあまり、ぼくは一瞬、恐怖を忘れた。男もまたぼくに気づいて、一瞬、はっとした表情を浮かべた。目と目が合った。次の瞬間、なぜだかわからないが、ぼくは男に微笑みかけていた。小さく手まで振ってみせた。男は困ったような顔をして、すぐに目を逸らした。そのまま足早に通路を進んで、隣の車両へ移っていった。

ぼくは衝動的に席を立って、男のあとを追った。連結部のドアの取っ手をつかむと同時に、がくんと床が揺れて、列車が動きだした。前へつんのめるようにして、ぼくは隣の車両に飛びこんだ。目の前に男がいた。いちばん前の座席にすわって、驚愕の表情でぼくを見あげていた。

「やあ、どうも」とぼくは言った。

男はそれを無視して、窓に顔を向けた。

「なあ、いったいどういうつもりなんだ？　どうしてぼくのあとを尾《つ》けまわす？」

「なんのことだかさっぱりわかりませんね」顔をそむけたまま、男は言った。

「とぼけても無駄だ。おたくの顔はペンシルヴェニア駅でも見かけた。フラッシング駅へ向から道中でも」

ひとつため息を吐きだしてから、男はあたりを見まわしはじめた。こちらを見張っている者がほかにないかどうかたしかめているのだろう。それが済むと、コートの胸ポケットに手を入れて財布を取りだし、身分証明書を呈示した。そこには、スーツ姿の写真とともに、〝テレンス・ベイトソンＦＢＩ捜査官〟との文字が並んでいた。

しばしの交渉のすえ、ぼくはテレンスの隣に腰を落ちつけた。距離を置いて尾行するよりはずっと手間が省けるだろうし、ぼくとしても気が休まる。すぐそばにボディガードがいてくれれば、いくらか安心もできる。そう説得しても、テレンスは気が進まなそうにしていたが、尾行に気づいたことは誰にも言わないし、駅から自宅までの道のりはまたおとなしく尾行されるからと確約すると、ふたつ返事で快諾した。尾行の任務には単独であたっており、見張りを交替してくれる者もいないため、すっかりくたびれ果てていたらしい。ぼくらはしばらく他愛ない雑談を交わし、話題が尽きると、心安い沈黙のなかでそれぞれ雑誌に視線を落とした。ぼくはダリアンに関して話せる範囲のことを話して聞かせた。ダリアンの事件については ＦＢＩアカデミーで学んだことがあるとテレンスは言った。そのあと、タウンズ特別捜査官のことも話題にのぼった。タウンズはＦＢＩの伝説的人物で、そんな人間のもとで働けるなんて自分は運がいいとテレンスは言った。だが、ぼくにしつこく食いさがられると、たしかにタウンズはみんなから煙たがられていると、しぶしぶながら認めた。

最後にぼくはこう尋ねた。「本当は、ぼくがあの女たちを殺したなんて思ってないんだろう？」

「ええ、まあ」ミントの粒をひとつ口に放りこむと、テレンスはぼくにもミントのケースをさしだした。受けとったケースから、ぼくもふた粒を振りだした。この口が悪臭を放っていることは、まず間違いない。おそらくはいいカモにされているだけのことだろうけど」テレンスはそう言うと、ぼくに向かって親しげに微笑んでみせた。「だから、おたくにプレッシャーと揺さぶりをかければ、何かが転がり落ちてくるかもしれないと考えたわけです」

「たとえば、ぼくの脳味噌だの、歯だの、腎臓だのが？」

不意にテレンスは顔をしかめた。「こんなこと、本当は話しちゃいけないんだ。ひょっとすると、おたくは恐ろしく頭の切れる異常者かもしれないともタウンズは言っていた」

「やめてくれ」ぼくは言って、肩をすくめた。「いくらおだてても、何も出てこないぞ。どう考えたって、ぼくはカモにされるのがせいぜいってタイプだ」

テレンスは軽く口もとをゆるめた。ぼくらはふたたび雑誌に視線を落とした。やがてテレンスは居眠りを始めた。ゆうべは徹夜でぼくを見張っていたのにちがいない。ぼくが窓外の景色を眺めていると、肩に頭までもたせかけてきた。なんと憐れな男だろう。捜査官としてのテレンスの前途が洋々と開けているとはとうてい思えない。容疑者である男の好意を頭から信じきり、相手がこっそり姿を消したり、バッジや銃を奪ったりするかもしれないなどとは、露ほども疑っちゃいない。この男もまた、ぼくと同じ道をたどるのだろう。警察組織のなかのハリー・ブロック——愛すべき負け犬となるのだろう。テレンスがさらに体重をあずけてきたとき、ダリアンの言ったことをふと思いだした。あの男が殺人狂であろうとなかろうと、作家としてのぼくを評した言葉には一理がある。これまでぼくが生みだしてきた作品は、そのほとんどが完全なる駄作だ。いくら贔屓目《ひいきめ》に見たところで、〝中の下〟の枠を出ない。たとえそれが、大多数の人間の代表として、大多数の人間のために書いてきた小説であっても、そのおかげで最低水準の生活をかろうじて送ることができてきたのであっても、その事実は、ぼくの犯した真の失態をよりくっきりと浮かびあがらせることにしかならない。実名で売りだすに値する物語など、ぼくはこれまで何ひとつ持ちあわせていなかった。なのにいまぼくは、ぼく自身にとっても、誰にとっても、一生に一度出会えるか出会えないかの物語を与えられていながら、不覚にもそれを取り逃そうとしている。ぼくは生前の被害者に会い、犯罪現場を目撃し、正体不明の殺人鬼にも遭遇した。事件の核となる男にも会って、話を聞いた。その男の思考や発想や欲望を垣間見て、それを本にすることまで許されていた。手がかりはすべて揃っていた。なのに、何ひとつ謎は解けていない。いまぼくの手のなかに残っているのは、胸の悪くなるようなポルノ小説と、殺人鬼の戯言《たわごと》をそのまま文字にしただけの稚拙な未完の原稿のみだった。

65

自宅に戻ると、書斎にクレアがいた。ぼくの机に向かって、ぼくの電話で誰かと話をしていた。高校の制服に白いタイツというういでたちで、トゥイズラーズの棒キャンディーを齧っている。ぼくに気づくと、手ぶりですわれと伝えてきた。ぼくは鞄を床におろし、ソファーにどさっとすわりこんだ。クレアはほどなく受話器を置くと、脚を組んだまま椅子を回転させて、ぼくに向きなおった。棒キャンディーはこれっぽっちも短くなっていなかった。禁煙中の老人みたいに、端を嚙みしだいていただけのことらしい。

「だいじな話があるの。出版社と交渉して、ゾーグ・シリーズの最新作はなんとか締切りを延ばしてもらえることになった。でも、向こうはあまりいい顔をしていない。そろそろ通常の仕事に戻るべきかもしれないわ。余計なことにうつつを抜かしてる場合じゃない」

「うつつを抜かしてるだって？　冗談じゃない。ぼくは何者かに殺されかけたんだぞ。それも、二回もだ」

「いまになって考えてみると、一回目のは単なる脅しだったんじゃないかしら。向こうはあなたの頭を殴りつけただけで、そのまま立ち去ったんだもの。でも、気持ちはわかるわ。あなたが動揺するのも無理はない。ただ、ひとつだけはっきりしていることがある。こうなってしまっては、告白本を出版できる見込みはない」

「告白本なんて知ったことか。ぼくがいま直面してるのは、現実の世界だ。ノンフィクションの世界だ。このぼくが、死後の評価をあげるためなら命すら投げ打つタイプに見えるか？」

「いいわ、わかった。でも、このままだとしばらく実入りはないわよ。銀行には、一カ月ぶんの家賃がかろうじて払える程度のお金しか残っていない」

「ああ、ああ、わかってるさ。自尊心なんて、しょせんぼくには手の届かない贅沢品だ」ぼくはソファーから立ちあがり、部屋のなかを落ちつきなく歩きまわりはじめた。「だけど、ぼくはあのダリアンの野郎とタウンズの野郎に利用されていたんだぞ。まるで、釣り針の先にくっつけられたイトミミズの気分だ……いや、ちょっと待った。ぼくの預金通帳を見たのか？」

「インターネットで残高をチェックしたの」

「そんなことまでできるとは……」

「便利だと思って、まえに登録しておいてあげたの。暗証番号はわたしの誕生日よ」

「きみの誕生日って、いつなんだ？」

クレアは回転椅子から立ちあがり、スカートの皺を伸ばしながら言った。「さて、わたしは学校に行かなくちゃ」

「いったいいつなんだろうと、ずっと思ってたんだ」

「いったんここを出るけど、また夜には戻ってくるわ。もしあなたがかまわなければ。パパは今夜、ヒルトン・ヘッド・アイランド・ホテルに泊まるんですって」

「もちろん、ぼくはかまいやしないが」

「ああ、それと、ロバートソンの事務所がそれを送ってきたわ」クレアは噛みしだかれた棒キャンディーの先端を大判のマニラ封筒に向けた。それから、ぽかんと口を開けているぼくに気づいて、こう続けた。「ロバートソンはあなたの弁護士でしょ。忘れたの？　そこに入っているのは、ＦＢＩから返却されてきたあなたの資料よ」

クレアが部屋を出ていくと、ぼくはキッチンでコーヒーを淹《い》れた。それから書斎の机に向かって、『惑星ゾーグ――さまよえる愛奴船』の結末をひねりだそうと頭をしぼりはじめた。銀河系星間戦争の戦火を逃れ、禁じられた愛の避難場所を探し求めていたドッグスター司令官とポリフォニーは、宇宙船のエンジン・トラブルに見舞われ、地球への強行着陸を果たす。だが、その先をどうすればいいのか。光子《フォトン》が消滅していくさまをなすすべもなく見つめていたドッグスター司令官さながらに、ぼくもまた、パソコンの真っ白な画面を力なく見つめつづけた。時間ばかりがだらだらと流れ去っていった。クレアから聞かされて、みずからの置かれた金銭的窮境は承知していたが、頭のなかは現実の世界に埋めつくされていて、自分のつくりあげた虚構の世界――そこを去ったことが悔やまれてならない世界――に意識を集中することなどとうてい不可能だった。

少なくとも、ぼくが作品に描きだしてきたのは、いずれも純粋な虚構の世界だった。ぼくのつくりだした登場人物はいくらでも使いまわしの利くありきたりなタイプばかりかもしれないが、ダニエラや、テレサ・トリオや、ダリアンに恋い焦がれる女たちの心理を理解しているふりをしたことがないのと同様に、そうしたヴァンパイアやアンドロイドの心理をすべて把握しているふりをしたことだって一度もない。ぼくは自分の作品のなかで、昔ながらの月並みなテーマをなぞってきたにすぎない。裏切り、復讐、恐怖、逃避。そして、愛。ときとして愛は、心臓を貫く矢となることもあるのだ。

その独特な修辞法や象徴的表現の点において、ジャンル小説は神話に似ている。いや、かつての神話や古典文学に似ている、と言ったほうが厳密であるかもしれない。一、二世紀まえの時代なら、誰もが『ユリシーズ』やギリシア神話のイアソンの物語を引きあいに出すことで、読者が共有する知識の鉱脈を掘りあてることができた。それと同じように、現代のジャンル小説家は、砂漠をゆく孤独な旅人や、ロングコートに中折れ帽をかぶって銃をかまえながら廊下を突き進んでくる見知らぬ男や、夜の都会を飛びまわるコウモリを登場させることで、同様の鉱脈に触れることができるのだ。また、ジャンル小説には、内容を心髄にまで削ぎ落とし、それをさらに煮詰めることで、変転に次ぐ変転を、さながら夢のごとく鮮やかに展開することもできる。まるで、誰もが一度は見たことがあり、ともに分かちあうことのできる夢のように。いかに稚拙な内容であろうと、いかに非現実的な内容であろうと、ぼくらになんらかの真実を指し示してくれる夢のように。

かつて食卓を囲みながら、ダニエラやクレアとともにお気にいりの探偵や刑事について論じあったことを覚えておいでだろうか。あのときぼくは、最高の名探偵をあげることをうっかり忘れていた。謎と神秘の解析者にして創造者、フロイト博士そのひとである。フロイトはシャーロック・ホームズと同時代に、ホームズの助手ワトスンさながら、さまざまな事件の顚末を文章にしたためた。謎解きに至るまでの行動や手法は、不思議なほどホームズと酷似している。コカインを常用していたところまでそっくりだ。事件はかならず、書物や古物に埋めつくされた埃っぽい書斎に依頼人がやってくるところから始まる。そして依頼人は、行方不明になったものやひとについて語りだす。フロイトは毎回、相手の話に耳を傾けることから取りかかる。煙の輪を吐きだしながら、言葉の端々に手がかりを探し求める。その手がかりが導く答えを、丹念に、根気よく、大胆不敵に追いかける。答えはいつも過去にある。失われたものの王国である過去に。そして、物語の結末にはかならず、ことの発端が見いだされる。さらにはかならず、なんらかの罪が暴かれるのだ。

ぼくはマニラ封筒の封を破いて、中身を机の上にあけた。録音済みのカセットテープ。ダリアンや殺された女たちとのやりとりを文字に起こした未完の原稿。ノートにフォルダー。テープをカセットデッキに入れて再生ボタンを押し、見るともなしにぱらぱらと原稿をめくりながら、遠い過去を追想する声音に耳を澄ませた。いまとなっては、ぼくを騙すための芝居にしか思えない声で、ダリアンがとりとめのない話を繰りかえしていた。

以前、ダリアンから渡されていたフォルダーの口を開けた。女たちからダリアン宛てに送られてきたラブレター。気どり澄ました表情や、扇情的な姿態を映したポラロイド写真。淫らな願望を綴った、似たり寄ったりの文面。戦慄にも似た恍惚を覚えながら、ぼくはぱらぱらと手紙をめくっていった。思うに、これもポルノの一形態と言えるのではないだろうか。遥か過去にまで溯《さかのぼ》って、おびただしい数の女たちから送られてきた、おびただしい数の手紙。いくつもの顔、名前、そして裸体。この女たちは、いまごろどうしているのだろう。ぼくが取材した三人の女たちのような最期を迎えた者は、ほかにひとりもいないのだろうか。そんなことを考えていたとき、手紙の山の底のほうに埋もれていた一枚の便箋に目がとまった。上品な白の紙に手書きの文字がしたためられていて、日付は三年まえになっていた。

親愛なるミスター・クレイ

はじめまして。わたしの名前はダニエラ・ジャンカルロ。ドーラ・ジャンカルロの妹です。ドーラを殺したのは自分ではないと、あなたが主張しつづけていることは知っています。ドーラがみずからあなたのモデルを務めたのだということも。だから、あなたはきっとドーラに好感を覚えていたのにちがいないということも。カメラを向けるに値する人間だと考えていたのにちがいないということも。ドーラとわたしは一卵性の双生児でした。おこがましいかもしれませんが、そのせいか、わたしにもあなたに手紙を書く資格があるような気がしてならなかったのです。あなたの裁判も、もちろん傍聴しました。目が合ったとき、わたしに微笑みかけてくださったのを覚えておいでかしら。あなたのことを昔から知っているような気がするのは、同じ高校の出身だという共通点があるからかもしれません。もちろん、同じ時期に通っていたわけではなく、入学したのはわたしのほうがずっとあとになります。それに、途中でロングアイランドに引っ越してしまったから、あの高校には二年生までしかいられませんでした。でも、あなたが暮らしていた家のことはよく覚えています。高校のすぐ隣にあった、里親のおうちのことです。そんなふうに、とても他人には思えないあなたにだからこそ、折りいってお願いしたいことがあります。マスコミがあなたのことをなんと評そうと、あなたはわたしになら慈悲を垂れてくださるはずだから。どうか、いまだ発見されていないドーラの遺体の一部を見つけだすことに力を貸していただけるなら、ドーラの最期について何かご存じのことがあるなら、どんなことでもいいから教えてください。あなたにはわたしを助ける力があると信じています。

心からの敬意を込めて
ダニエラ・ジャンカルロ

手紙には、褐色の髪をしたダニエラだかドーラだかを写した（それがどちらであるかなんて、誰にわかるだろう）、パスポートに貼るような顔写真も添えられていた。やけにへりくだった言いまわしと、おもねるような内容。いずれの特徴も、反社会性人格障害者の手なずけ方を記した教科書を頼りに心理学部の一年生が書いた文章を連想させたが、それでも、胃袋のよじれを抑えこむことはできなかった。ダニエラも、ダリアンも、どうしてこの手紙のことをぼくに打ちあけなかったのか。ダリアンはダニエラに返事を出したのだろうか。ダリアンの指示で、ダニエラはぼくに近づいたのだろうか。ダリアンはぼくを弄《もてあそ》ぶために、わざとこの手がかりをひそませたのだろうか。高校や里親の家のことを、どうしてダニエラはひとことも口にしなかったのか。実際には、事件が起きる何年もまえにニューヨークを離れていたから、ダニエラが当時のダリアンと知りあいであったはずはない。だとしても、何かが引っかかる。

インタビューを文字化した原稿を頭から読みなおして、里親について触れられている箇所を探しだした。グレッチェン。それが里親の名前だった。ミセス・グレッチェン。〝あの婆あのほうこそ、ムショにぶちこむべきだ〟とダリアンは言っていた。〝あの荒屋《あばらや》でのんびりテレビなんて見させておくべきじゃない〟とも言っていた。それほど憎んでいる女の近況を、なにゆえいまも把握しているのか。グレッチェンがいまも生きていることや、同じ家に暮らしていることまで、どうして知っているのか。ひょっとして、互いに連絡をとりあっているのか。それとも、ダニエラが消息を伝えているのか。

さて、このあといよいよ、毎度かならずぼくが匙《さじ》を投げたくなってしまう場面が訪れようとしている。つまりは、ストーリーが一気に収束し、徐々に謎が解きあかされていく場面のことだ。一般にクライマックスと呼ばれる場面。芝居で言うところの第三幕。割に合わない過酷な作業。物語のすじを組み立てるのは、測鉛で穴の深さをはかる作業に似ている。錘《おもり》の動きがとまるまで、結果について考えたがる作家はいない。どんなに苦労して書きあげたところで、かならずや批評の矢が降りそそぐ。だが、ちょっと考えてみてほしい。新聞が伝える現実の事件が、いかに非現実的に思えることか。いかに作り物めいて感じられることか。隠された秘密や秘めたる動機が、いかに見え透いていることか。客観的な読者の目には、いかに黒白がはっきりして見えることか。ひとつ例をあげてみよう。まずは正直に答えてほしい。手の平を返したようなジェインのふるまいに虚を突かれたというひとは、ぼくのほかにいるだろうか。つまり、実話をもとにしたこの犯罪小説においてでさえ、さまざまな出来事をもっともらしく伝えるというのは、穴を掘ってはまたその穴を埋めるような、かなりの重労働であるということだ。サスペンスをうまく盛りあげることができるかどうかは、主として、登場人物の足跡をいかに覆い隠すかにかかっている。しかし、これまでのところを振りかえってみると、ページのあちこちに手がかりをちりばめる際、ぼくはどうやらいくつかの答えまでうっかり漏らしてしまったようだ。

66

通りの向かいのいつもの場所に、テレンスともうひとりべつの捜査官が車をとめていた。車で送ってくれないかと頼みたい誘惑に駆られたが、同僚の前で恥をかかせたくはなかったから、テレンスにはそのまま《ポスト》紙を読ませておくことにした。目的地までは、地下鉄を二本と、そのあとバスを乗り継がなくてはならなかった。地下鉄の駅から地上に出たとき、携帯電話にダニエラからの着信履歴が残っていることに気づいてはいたが、留守電に残されたメッセージはチェックすることなくそのまま放置した。

しばらくあたりをうろうろしたあと、ようやく目当ての家を見つけた。この界隈は、ダリアンやぼくが子供だったころから、住民の入れかわりの激しい地域だった。あのころ、この町は死に瀕していた。所有者の高齢化や貧困化によって打ち捨てられ、すっかり荒れ果てたアパートメントや一軒家ばかりが立ち並ぶさびれた地域だった。市の財政までもが破綻に陥るなか、中流階級の底辺にかろうじてしがみついていた地域だった。それがいまでは、あたり一帯が真新しく生まれ変わり、見るものすべてが清潔で、ぴかぴかに輝いていた。ダリアンの里親が暮らす家――ポーチの階段は傾き、基礎部分は陥没し、灌木はぼうぼうに生い茂り、昼間でもカーテンが閉じたままの家——は鼻にできた吹き出物みたいに、ひどく悪目立ちして見えた。ひとまず家の前で立ちどまり、番地を確認しているとき、通りの向かいから不審そうにぼくを見ている若い女に気づいた。女はボルボの後部座席に赤ん坊を乗せようとしているところだった。その家と私道とは花壇に縁どられ、いまはアイリスの花が満開に咲き乱れていた。ぼくのいる側の歩道は路面がひび割れ、雑草がはびこり、大昔の型のビュイックが私道で朽ちかけている始末だった。ぼくが微笑みかけると、女はすぐに目を逸らし、慌てて運転席に乗りこんだ。電動ロックのかかる音まで聞こえてきた。だが、女を咎めることはできない。ぼくだって、できればこんな家には近寄りたくもない。肩越しに背後を振りかえって、テレンスを探した。だが、どこにも姿は見あたらなかった。

門を押し開けるなり、猛り狂う犬の吠え声が聞こえてきた。ぼくはその場に凍りつき、犬の声が壁の向こうから聞こえてくることを確信してから、ようやく一歩を踏みだした。伸びすぎて枝のたわんだ林檎の木と、むきだしの土が覗くまばらな芝生の脇を通りぬけた。芝生の上にはもう一台、錆にまみれたフォルクスワーゲンが放置されていた。ずたずたに裂けた網戸を開けて、ポーチにあがった。犬の吠え声は狂乱の域に達していた。ぼくがここにいることは、同じ郵便番号を掲げるすべての家々に知れわたっているにちがいない。それでもいちおう呼び鈴を鳴らした。応答はない。扉をノックすると、犬が戸板に猛烈な体当たりを食らわせはじめた。扉に爪を立てる音も聞こえてきた。だが、ノックに応じるひとの気配はなかった。

ぼくはあきらめてポーチをおり、家の裏手へまわった。ガレージの屋根は、軽く体重をかけただけで抜け落ちてきそうだった。大昔の家庭菜園らしきものの成れの果てを、半ば倒れかけたフェンスが囲んでいた。枝が伸びすぎて重なりあった二本の木が裏庭の後ろ半分を影で覆いつくし、その下には、おそらく何年ぶんにもなるであろう落ち葉が分厚い層を成していた。

フェンスの向こうには小さな森が広がっていた。家々の背面に沿って細長い空き地が走り、一方の端をハイウェイの高架橋が横切っている。反対側に目をやると、木々の合間から、陽の光に照らされた緑の野辺がわずかに顔を覗かせている。持参した地図をたしかめた。やはりあれが、ダリアンが通っていた高校、カメラマンをめざすきっかけとなった高校であるらしい。

倒れかけたフェンスの隙間をすりぬけ、森に足を踏みいれた。頭上でもつれあう木々の葉はあまりに深く、木漏れ日すらほとんど通さない。地面に生えた草はまばらで、その大半が力なくしおれている。代わりに地表を覆っているのは、おびただしい量のゴミの山だった。紙屑、空き瓶、マットレス、古タイヤ。腐敗したり、黒焦げになったりしている、判別不可能な数々の物体。春の陽気と雪解けと雨とがあちらこちらをぬかるみに変えていて、先へ進むにはしょっちゅう跳んだり跳ねたりしなければならなかった。小さな草地のような場所で森は途切れていた。ぼうぼうに草の生い茂ったなだらかな丘があって、その先に、芝生の短く刈りこまれた校庭が見えた。

その光景には、何かしら不気味なものがあった。どこか見覚えがあるような気もした。本のなかに迷いこんでしまったような感覚、あるいは、はからずも自分の母校にさまよいでてしまったような感覚に見舞われていた。しばらくあたりを歩きまわった。ハイウェイを行き交う遠い車の音と、かすかな虫の音《ね》が聞こえた。そのとき、気づいた。ここは、カメラを片手にさまよい歩いていた若き日のダリアンをバーンズワースとかいう教師が目にとめ、写真集を勧めたり、その背中を押したりしたという場所であるにちがいない。その教師はほかにも何かと世話を焼いたのだろうか。ダリアンの生い立ちを思えば、ありえないことではない。ダリアンの人生におけるすべての人間関係は、誰かの犠牲の上で成り立っている。ただひとつ定まっていないのは、誰が捕食者で、誰がその餌食《えじき》かということだけなのだ。踵《きびす》を返して、もと来た道を引きかえそうとしたとき、携帯電話が鳴りだした。発信者の番号は非通知となっている。受話口を耳に押しあてると、途切れ途切れの音声が聞こえてきた。

「もしもし?」

「ハリー・ブロック?」

「ええ」

「ベイトソン捜査官ですが」

「誰だって?」

「ぼくです! テレンスですよ!」

「ああ、すまない。やあ、テレンス」電波を示す棒は一本も立っていなかった。呼出し音が鳴っただけでも驚きだ。

「よく聞いてください。急に捜査会議へ招集されたもので、今日は尾行を切りあげたんですが、これだけは知らせておきたくて。今朝、女の運転する車がおたくを尾《つ》けているのが目撃されています」

「いつだって？」

「今朝です」

「ダニエラか？　ダニエラなのか？」

「いや、だから、テレンスですってば」そう答える声が聞こえた瞬間、回線が途切れた。

耳が痛いほどの静けさに気づいた。犬の声もやんでいた。ハイウェイを走る車の音がかすかに耳に届くだけだった。そのとき、ぽきんと小枝の折れるような音が聞こえた。ぼくはその場に凍りついた。いまの音が空耳でなかったとするなら、その音を立てたほうの何かも動きをとめた。ぼくはそろそろと一歩、足を踏みだした。その瞬間、視界の隅で何かが動いた。木陰で人影のようなものが動いた気がした。絶対とは言いきれなかったが、そんなことはどうでもよかった。ぼくは地面を蹴って駆けだした。その途端、足がぬかるみにはまりこんだ。足首までが泥に埋もれた。無理やり足を引きぬくと、ぬかるみの底に靴が取り残された。

「くそっ！」とぼくは毒づいた。一瞬、何者かから身を隠そうとしていることを忘れていた。靴を拾いあげようと腰を屈めたとき、少し離れた場所から、ぬかるみを踏む足音が聞こえた。

「くそっ」もう一度、小さく毒づいた。告白するなら、泣きだしたい気分だった。悪臭漂うぬかるみにしゃがみこんで靴を引っぱりだすと、乾いた地面を探して跳び移った。パニックに駆りたてられるまま、全速力で走りだした。片方の靴で泥を撥ねあげ、もう片方の足は靴下のまま、胸にしっかりと靴を抱えて、がむしゃらに走りつづけた。数フィート進むごとに、びくびくと背後を振りかえった。人影は見あたらなかったが、足音や、小枝の踏みしだかれる音や、息遣いがあとを追ってきている気がしてならなかった。裏庭のフェンスまでたどりついたとき、ふたたび犬が吠えたてはじめた。心底ぎょっとさせられたが、それと同時に、ほっとさせられもした。ぼくはまっしぐらに裏庭を突っ切った。家の窓にほのかな明かりが灯っているのが見えた。

「助けてくれ！」手にした靴を振りまわしながら、窓に駆け寄った。ガラスの向こうに犬が見えた。拍子抜けするほど小さな犬。ごわごわで薄汚れた毛をした、プードルによく似た小型犬だった。吠えたり、跳びはねたりしながら、窓の下枠に前足を叩きつけていた。明かりはテレビから漏れていた。こちらに背を向けたテレビの奥に、ぼんやりと人影が見えた。暗がりのなか、年老いた人影が安楽椅子にもたれていた。

「助けてくれ！」ぼくはもう一度わめきながら、窓ガラスを叩いた。犬がひと声吠えてから、尋常ならざるうなり声をあげはじめた。それでも人影は微動だにしない。ひょっとして死んでいるのか。いや、単に眠っているだけかもしれない。泥酔しているのかもしれない。あれがダリアンの里親なのか。それとも、その恋人なのか。ここから見る輪郭だけでは、性別すらはっきりしない。ぼくはあきらめて、ふたたび走りだした。いや、厳密には、片足を引きずって歩きだした。靴を履いていないほうの足の裏がずきずきと痛んだ。息も絶え絶えになっていた。前庭を抜け、通りに出たとき、向かいの家の扉を叩こうかとも考えた。だが、あの若い母親は車で出かけてしまっているはずだ。だいいち、こんな恰好の人間を誰が家に招じいれてくれるだろう。汗と泥にまみれ、髪を振り乱し、片方の靴を手にぶらさげて幽霊屋敷からよろめきでてきた男の話など、誰が真に受けるだろう。まずはとにかく靴を履くことにした。両足の靴紐をしっかり結びなおしてから顔をあげたとき、小さな奇跡が舞いおりた。目に飛びこんできたのは、この世で最も甘美なる光景だった。一台のタクシーが角を曲がり、こちらへ近づいてきたのだ。

運転手を怯えさせないよう、焦りを抑えて静かに手をあげ、ゆっくりと後部座席に乗りこんだ。クレアによればそんな懐《ふところ》の余裕はないはずだったが、地下鉄の駅ではなく自宅まで向かってもらうことにした。春の宵闇がゆっくりとおりはじめていた。フラッシング・メドゥ・コロナ・パークの脇にさしかかると、窓外を流れ去る木立を眺めた。薄れゆく光のなかで、黒と緑とがひとつに溶けこみかけていた。窓ガラスに映る顔が、木立を背景にして、二重写しの写真みたいにぶれたりにじんだりして見える。そういえば子供のころ、母がくれたプラスチック製のカメラで、自分でもそういう写真を撮ったことがある。夏休みのあいだ子供たちを繁華街から遠ざけておくための非行防止対策として、市が主催した無料講座を受講したときのことだ。その瞬間、タクシーの後部座席にもたれながら、ぼくは気づいた。自分が事件の謎を解きあかしたということを。

きみたち読者はすでにお気づきかもしれない。クレアも言っているように、ぼくにはいさか勘の鈍いところがある。ありふれた日々の生活すらままならず、迷いとつまずきとを繰りかえしてばかりいる。どう折りたためばいいのかもわからないような古ぼけた地図ひとつを頼りに、深い森へ迷いこんだかのような気分に陥ることもしばしばある。その森のなかでは、周囲の木々がどれも同じに見える。正体不明の動物たちがつねに茂みをざわつかせている。鞄におさめたサンドイッチには、注文したものとはちがう具材が挟まっている。とはいえ、そういう人間がこの世にぼくひとりでないこともたしかだ。人生の答えが見つからないからこそ、これほど多くの人間がパズルやゲームや推理小説にのめりこむのだろう。ソファーにすわってアガサ・クリスティーの鼻っ柱を折ろうとしているとき、クレアに抜けがけされないよう火曜日の《タイムズ》のクロスワードパズルを冷蔵庫に貼りつけているとき、はたまた脳味噌の片側が長く生き別れていた双子の片割れとの再会をついに果たしでもしたかのような感覚を覚えながら、自分の作品のなかに自分でひそめておいた謎を解きあかしているとき、ぼくは深遠なる現実の表層を突きぬけ、その内側で回転する歯車を垣間見ている。自分にも理解のできる世界を夢想している。たとえ一瞬でも、天才になった気分を味わっているのだ。

だが、むろん、この世にはただひとつの世界しか存在しない。難解にして混迷をきわめるこの世界だ。その深層に目を凝らしたとき見いだされる真実は、たいがい愉快なものではない。恐れを知らぬ探究者ばかりが顔を揃える小説のなかとちがって、現実を生きるぼくらの多くは、けっして真実を直視したがらない。そんなわけで、ぼくがとつぜんに真実を悟ったとき、そこに間違いがないことを強く確信していたにもかかわらず、舌に感じる味はひどく苦々しかった。いまぼくには犯人の名前がわかっていた。すべてが理解できていた。

携帯電話を取りだした。電波の棒は立っていたが、それがなんだというのか。テレンスの電話番号も、タウンズの番号もわからない。タウンズの名刺は家のどこかに置きっ放しになっている。いや、あれはロバートソン弁護士の名刺だったかもしれない。番号案内に電話をかけて、FBIにつないでくれと頼むことはできるのだろうか。そんなことを考えているうちに、タクシーがアパートメントの前に到着した。すでにあたりは暗くなっていた。空気は澄みわたり、月が明るく輝いている。料金を払って、足早に表玄関を通りぬけた。あとを追ってくる者はない。エレベーターで階上へあがった。玄関の扉を開け、暗い廊下を進んで、書斎に向かった。その途中で思いだした。名刺がどこかにあるとしたら、バスローブのポケットのなかかもしれない。寝室の前で立ちどまり、なかに入って、電灯のスイッチを入れた。

全裸のクレアが大の字に横たわっていた。細い腕と脚とが限界まで引き伸ばされ、ぼくのネクタイでベッドフレームに括りつけられていた。ダクトテープで口をふさがれ、喉を真横に走る細い切り傷からひとすじの血が流れ落ちていた。ぼくを見つめる瞳には、罠にかかった動物のような純粋な恐怖が宿されていた。見開かれた眼窩のなかで、目玉がぎょろぎょろと左右に揺れていた。

「クレア！」ぼくが駆け寄ろうとすると、クレアは一心不乱に首を振りだした。くぐもった声を発して何かを伝えようともしていたが、ぼくには押し殺した悲鳴にしか聞こえなかった。目玉が必死に右を指さしていた。そちらへ首をまわすと同時に、振りかざされる巨大なナイフを視界がとらえた。柄を握る女の手と赤い爪が見えた。目の前にキャロル・フロスキーの顔があった。

目と目が合った瞬間、ナイフが左腕を切り裂いた。痛みが神経を走りぬけ、稲妻のような閃光が目蓋を焼いた。分厚い肉片が剝がれ落ち、血があふれだすのが見えた。ぼくは鋭い咆哮をあげた。自分の口から出たとはとても思えない、猛り狂う獣のような甲高い声だった。遥か彼方から聞こえる狼の遠吠えのようだった。床の上をのたうちまわりたかった。だが、そのとき、ふたたび振りあげられるナイフが見えた。視界にあるのはそれだけだった。ナイフの刃と、その先の腕。とっさに左手を突きだし、相手の手首をつかんだ。その反動で、フロスキーもろとも仰向けに床へ倒れこんだ。身体の下敷きになって、ぶじなほうの右腕が動かせない。ナイフの刃が喉に迫っている。フロスキーがナイフをつかんだ手に全身の体重を載せてくる。血まみれの腕でそれに抗いながら、なんとか右腕を引きぬこうとした。衝撃が胸に広がりはじめると、傷の痛みは消えうせた。それと同時に、指や腕の感覚まで薄れはじめていた。自分にどれだけの力が残されているのかもわからなかった。フロスキーの顔がわずか数インチ先にあった。その目がぼくの目を見すえていた。その目はただ一心に、ぼくを死の淵へ追いやることだけを考えていた。すべてを圧倒する、凄まじい気迫だった。唇がかすかにゆがみ、微笑みにも似た表情が浮かんだ。それを目にした瞬間、ある人物の顔が脳裡をよぎった。これまで気づかなかったことが不思議なくらいだった。ふたりがこんなにも生き写しであることに、どうしていまのいままで気づかなかったのか。

うなり声をあげながら、左腕に渾身の力を込めた。どうにか右腕を引きぬこうと、必死に身体を起こそうとした。フロスキーは全力でぼくを床に押しもどそうとしている。双方の視線がナイフに落ちた。その切っ先がぼくの皮膚に触れると同時に、ふたたび目と目が合った。その瞬間、銃声が耳をつんざいた。あまりの轟音に、一瞬、聴覚を奪われた。フロスキーが大きく目を見開き、びくりと身体を引き攣らせた。

「気をつけて、ハリー!」ダニエラの声が聞こえた。流れ落ちてくる温かな血のぬくもりを太腿に感じた。フロスキーの顔が苦悶にゆがむ。一瞬、視線がぼくを逸れる。ぼくはその隙を見逃さなかった。上からのしかかる身体を振り落とす代わりに、フロスキーの手首をつかんだまま痺れかけた左腕を横ざまに一インチほど押しやって、そのまま床に叩きつけた。ナイフの切っ先が左耳の真横の絨毯に突き刺さった。フロスキーが倒れこんでくるのと同時に、勢いをつけて首を起こした。頭蓋骨に衝撃が走った。フロスキーの身体を押しのけながら、すかさず右へ身体を転がした。ふたたび銃声が轟いた。このとき鋭い咆哮をあげたのはぼくではなかった。顔をあげると、フロスキーが床に突っ伏し、部屋の隅へと這っていく姿が見えた。腕と脚から大量の血が流れだしている。ダニエラは右手で銃をかまえ、左手で手首を支えていた。狙いを定めたまま、一瞬たりとも標的から目を逸らすことなく、ゆっくりとフロスキーに近づいていく。

「この女は誰？」通りの端と端とで会話してでもいるかのように、ダニエラは大声でぼくに問いかけた。

「弁護士だ。そいつが女たちを殺した。ダリアン・クレイの母親なんだ」答えながら、ぼくは腕の傷を握りしめた。激しい痛みがぶりかえす。肩から指先までが真っ赤に染まっている。頭上のベッドから、すすり泣くクレアの声が聞こえてくる。

「殺したほうがいい？」ダニエラが訊いてきた。床の上にうずくまった身体を激しく引き攣らせながら、フロスキーはぼくに視線を投げた。

「ああ、殺せ。撃て！」とぼくは叫んだ。

ダニエラはぼくのほうへ後ずさりを始めた。照準をフロスキーの眉間に合わせ、その目を見すえたまま言った。「姉の頭をどこに隠したの？」

そのとき、テレンス捜査官が部屋に飛びこんできた。

67

救急車がやってきて、ぼくら全員を病院へ搬送した。診断の結果、腕の傷はさほどの重傷ではないことが判明した。ナイフの刃が運よく主要な血管を逸れていたのだ。とはいえ、出血による脱力感がひどく、意識も朦朧としていたため、ひと晩入院して、さまざまな点滴を受けることとなった。その間も、病室には警官や看護師やＦＢＩの捜査官がノックひとつなくひっきりなしに出入りしていた。

キャロル・フロスキーは手術室に運びこまれた。一発目の弾は大腿骨を粉砕したあと、そのまま太腿の肉に埋もれていた。二発目の弾は肩を貫通していたが、筋肉と神経とが完全にえぐりとられていた。貫通したほうの弾は、うちの絨毯にめりこんでいるのを警察が発見した。

ダニエラは精神的な打撃を受けてはいたものの、簡単な治療を受けてから、事情聴取のため警察へ連れていかれた。ぼくの容態を気にかけてはいたが、面会までは求めなかったらしい。

クレアもまた、ぼくに会うことを望まなかった。軽い打撲傷と首の切り傷のほかは目立った外傷もなかったし、首の傷にしても、ごく軽傷であったという。ぼくが玄関の扉を開ける音に驚いて、フロスキーが手をすべらせただけのことであったらしい。だが、口をふさいでいたテープを剝がしてやったとき、クレアはいっさい口が利けなくなっていた。最後に姿を見かけたのは、処置室で腕の傷を縫ってもらうため、担架に乗せられたまま救急治療室の前を通りかかったときのことだった。看護師にさしだされたストローでジュースをすすりながら、質問にうなずいたり首を振ったりしている姿は、かなり落ちつきを取りもどしているように見えた。だが、ぼくが大声で名前を呼びかけると、クレアは不意に目を閉じて、顔をそむけてしまった。クレアの父親はノースカロライナへゴルフ旅行に出かけていたが、飛行機をチャーターして、その晩のうちに病院へ駆けつけたという。香港にいた母親も、翌日にはニューヨークに到着したとのことだった。

タウンズ特別捜査官は、テレンスを含めた部下の一団を引き連れて病室にやってきた。そして、ぼくに一から十まですべての説明を、何度も何度も繰りかえさせた。マリー・フォンテイン宛ての手紙に話がおよぶと、ぼくの自宅からそれを回収すべく、捜査官がふたり、病室から駆けだしていった。どの捜査官も、ぼくがなんらかの罪を犯したことになるのかどうかすら判断しかねているようだった。クレアに紹介された弁護士のことが頭に浮かんだ。だが、ぼくに弁護料が支払えるだろうか。それに、こうした事件はロバートソンの専門外であるような気もした。いずれにせよ、そのときのぼくはあまりに意識が朦朧としていて、そうした心配をする余裕もなかった。頭のなかはクレアのことでいっぱいだった。父親が迎えにきて自宅へ連れ帰ったと聞かされたあと、ようやくぼくは眠りに落ちた。

翌朝、パトロールカーで自宅に帰りついた。近隣の全住民がわざわざ玄関から顔を出し、あけすけな好奇のまなざしをそそぐなか、ぼくは警官に付き添われて表玄関を抜け、エレベーターで階上へあがった。部屋のなかはしっちゃかめっちゃかの状態だった。フロスキーに輪をかけて、警察とFBIとが破壊のかぎりを尽くしたらしい。ひと足遅れて、タウンズが到着した。ぼくよりもひときわやつれた顔をしていた。警官が去っていくと、ぼくはタウンズにコーヒーでもどうかと声をかけた。タウンズは素直にうなずいた。

「いい知らせと悪い知らせとがあるんだが」ため息をひとつ吐きだしながら、タウンズはキッチンのテーブルに腰をおろした。

「くそっ」とぼくは毒づいた。片手でコーヒーを淹《い》れようとして、挽き終えた豆を調理台にばらまいてしまったのだ。タウンズが椅子から立ちあがり、こぼれた粉を手の平で掻き集めてフィルターに落としてくれた。古いパン屑がいくつか紛れこんでいることに気づきはしたが、口には出さないでおいた。

「いいほうの知らせから聞かせてください」

「フロスキーが殺しを自供した。ゆうべ、供述書へのサインも済ませた」

「で、悪いほうの知らせというのは？」

「フロスキーが殺しを自供した」タウンズは同じセリフを繰りかえした。そして、コーヒーポットに滴り落ちる液体に視線を据えたまま、椅子に腰をおろしながらこう続けた。「すべての殺しを自供した。ダリアン・クレイがほどなく死刑になるはずだったほうの殺しも含めて」

「なるほど、そういうことでしたか」言いながら、ぼくも椅子に腰をおろした。「それで、フロスキーはなんと言っているんです？」

「息子との接触を絶ったことは一度もない。少なくとも、長期にわたって消息を絶ったことはない。里親のもとにいる息子を見つけだし、ひそかに密会を続けていた。息子が大きくなってからは、また一緒に暮らすようになった。母と子としてやりなおせるようになった。だが、ひとつ問題が生じた。ダリアンが女の写真を撮りはじめたことだ。自分にはそれが赦せなかった。女というのがどういう生き物であるかは知っている。自分は売春婦だったから、ああいう女たちの本性はすぐに見ぬけた。あの女たちは息子を誘惑しようとしていた。息子を奪いとろうとしていた。だから、息子が女たちをモデルに写真を撮るときは、いつも陰から目を光らせていた。そのあと、女たちを殺した。ダリアンが警察に逮捕されると、息子を救うため、法学部に入学して学位をとった。たしかに辻褄は合う。はじめのうちダリアンには官選弁護人がついていたが、五年後からフロスキーが弁護を引き継いでいる。息子を救うためだけに、死刑囚専門の弁護士への転身を果たしたというわけだ。まったく、たいした女だな。常人には思いも寄らないことをする」

「フロスキーの言いぶんを信じるんですか。十二年まえの殺しも自分がやったという言いぶんを？」

「もちろん、信じちゃいない。息子を救うための最後の悪あがきに違いない。きみはどうだ？」

「そんなもの、信じるわけがない」

「だろうな。しかし、わたしたちが信じるかどうかは問題ではない。フロスキーの狙いは、判事に疑念を抱《いだ》かせること。自分の供述が、ダリアンの裁判をやりなおすに足るだけの充分な疑いなり、新たな証拠なりを提起したと思わせることだ。その裁判でフロスキーがすべて自分の犯行だと証言することにでもなれば、息子の罪を母親がかぶろうとしているだけだということを検察が立証するのはかなりの大仕事だ。ダリアンが陪審の評決不能なりなんなりを勝ちとることなど、屁でもない。まあ、それがフロスキーのもくろみというわけだろう」

タウンズは上着のポケットから鎮痛剤のアスピリンと胃薬のザンタックの小壜を取りだし、それぞれ何錠かを手の平に振りだした。それを口に放りこむと、ミントの粒のように舌の上で転がしはじめた。

「水は？」とぼくは問いかけた。

タウンズは首を横に振り、ごくりと錠剤を呑みこんだ。「それにしても、なぜフロスキーはきみまで殺そうとしたんだ？」

「ぼくが真相に気づいたから。あるいは、それに近づきつつあったから。ダリアンがあずけられていた里親の家の裏に森がありましてね。市民講座の課題写真を、ダリアンが撮影していた場所です。ぼくにはその森に見覚えがあった。フロスキーの事務所に、その森を写した写真が飾られていたからです。それに気づいた瞬間、すべての謎が解けた。フロスキーはダリアンの母親なのだと直感した。犯行に関わっていたにちがいないとも」

タウンズはこの情報に色めきたち、「その写真はあとで部下に取りにいかせよう」と言葉を挟んだ。

「フロスキーはあの森までぼくを尾《つ》けてきたにちがいない。テレンスが警告しようとしてくれたのに、あのときはてっきり……べつの人間のことを言ってるのだと思いこんでしまった。とにかく、あの森のなかでフロスキーは、ぼくがパズルのピースをすべて手に入れた、真相を知るのは時間の問題だと気づいたんでしょう。そして急遽、ぼくを消すことに決めた。待ち伏せしようと部屋に忍びこんだら、そこにクレアがいた」

「ああ。クレアについては、不運だったとしか言いようがない。フロスキーが忍びこんできたとき、偶然そこに居合わせてしまったわけだからな。顔を見られたフロスキーは、クレアも始末しなければならなくなった。新たな犠牲者に見せかけて。ところが、予想よりも早くきみが帰宅した」

「たまたまタクシーを拾ったんです。いつもなら絶対にタクシーなんて乗らないのに」そう告げた途端、苦々しい思いが胸にこみあげた。そんな埒《らち》もない奇跡に命を救われたという事実――しみったれの貧乏人がぬかるみに足をとられ、恐怖に震えあがって、たまたまタクシー代を奮発したという事実――は、クレアにとってなおいっそうの屈辱であるような気がした。

タウンズが調理台に顎をしゃくった。「コーヒーができあがったようだが」

「ああ、そうでした」ぼくは椅子から立ちあがった。「ミルクと砂糖は？」

「両方とも頼む」

マグカップふたつにコーヒーをそそぎ、ミルクと砂糖を加えた。タウンズはそれを長々と呷《あお》ると、満足げに喉を鳴らした。タウンズからなんらかの意見を求められたのは今日がはじめてだった。その口ぶりからして、どうやらいまではぼくのことを、対等と見なすまではいかなくとも、見さげてまではいないようだった。だが、ぼく自身はいま、かつてないほどみずからを見さげ果てていた。コーヒーを飲み干すと、タウンズは椅子から立ちあがった。

「少し休むといい。明日、支局のほうへ寄って、供述書にサインをしてくれ」

「べつに今日でもかまいませんが」

「明日で充分だ。まずは睡眠をとれ。それから、コーヒーをありがとう」

「わかりました。そうしましょう」とぼくは答えた。じっとテーブルに向かったまま、タウンズが玄関を出ていく音が聞こえるのを待った。それからようやく玄関まで行って扉に錠をおろし、タウンズの助言に従って、身体を休めることにした。ただし、寝室には行かなかった。寝室に足を踏みいれることを考えるだけで、あのときのクレアの姿が脳裡に蘇った。ベッドに縛りつけられ、口をふさがれ、ぼくの前で手足を広げて、首からひとすじの血を滴らせていた姿。ぼくはテレビをつけたままソファーに横たわった。そうしてそのまま眠りに落ちた。次の日も、その次の日も、そのまた次の日も。眠りに落ちるまでには長い時間がかかった。

クレアには何度も連絡をとろうとした。携帯にも、自宅にも電話をかけた。だが、どちらにも応じる者はなかった。留守電にメッセージを残しても、折りかえしの電話すら戻ってこなかった。携帯やパソコンのメールもなしのつぶてだった。ダニエラにも、留守電にメッセージを残しておいた。こちらはすぐに折りかえしの電話がかかってきた。

「元気？　傷の具合はどう？」第一声に、ダニエラは言った。

「ああ、元気だ。たぶん。きみに礼を言わなくちゃならないな」

「ばかを言わないで。あれはたまたま運がよかったってだけのことよ」

「たまたまだって？　いいや、きみはすごい女だ。あれほどの射撃の腕をいつ身につけたんだ？」

受話器の向こうから笑い声が聞こえた。「姉が亡くなったあと、射撃練習場に通いはじめたの。いつか犯人を追いつめてやるんだって、そんな妄想ばかりをふくらませていたわ。ありとあらゆる武器も揃えた。向こうがドーラにしたことを、そっくり仕返ししてやろうと思って。ダリアンが逮捕されたあとも、その習慣を断ち切ることはできなかった。そのほうが安全というか、心が落ちつく気がしていたのね。正気の沙汰じゃないってことはわかってる。完全なる偏執病だわ」

「ぼくは心理学部の学生じゃないが、きみの不安が完全に理に適ったものであった場合、それを偏執病とは言わない気がする」ぼくはそう応じてから、ダニエラがダリアンに送った手紙の件を切りだした。その手紙のおかげで里親の家に行きついたのだということも打ちあけた。

「ええ、そうよ。その昔、たしかに手紙を出したわ。車であの家を見にもいった。しかも、何度もよ。告白すると、心理学を学びはじめたのもダリアンが原因だった。あなたに打ちあけなかったのは、自分がどんなに復讐に取り憑かれているかを知られたくなかったからだと思う。ダリアンが警察に捕まったあとも、わたしは妄想のなかであの男を追いつめつづけていた。大きな重荷を背負いつづけてきた。あの男が生きているかぎり、それをおろすことなんてできない」

ダニエラがフロスキーを仕留めたことから生じた皮肉な結果――フロスキーの自供にまつわる法的な問題のことが頭に浮かんだが、口には出さずにおいた。ぼくがダニエラに対してひそかに抱《いだ》いていたばかげた疑念のことも言わないでおくことにした。代わりに、ぼくはこう言った。「今夜、夕食を奢《おご》らせてくれないか。命を救ってくれたお礼がしたい。しかも、二回分のお礼をしないといけないな。よし、大サービスでデザートもつけよう。ずいぶんとしみったれた謝礼だが、しょせん、ぼくの命なんてその程度のものだ。命ふたつぶんとして計算したとしても」

「さあ、どうかしら」ダニエラは笑いながら言った。

「なんなら、銃をたずさえてくればいい。だが、ごらんのとおり、ぼくはいま片腕しか使えない。そこにつけこむこともできるだろう」

かすれた笑い声が聞こえた。わずかにゆがめた口もとが目に浮かぶかのような、ごく小さな笑い声だった。「いいえ、そういうことじゃないの。ただ、あなたに会うべきかどうかがわからないっていうだけ……」

「なるほど」ダニエラのためらいにようやく気づいて、ぼくは言った。「だが、なぜいけないんだろう」

「よくわからないけれど、わたしたちは、チョコレートケーキを半分こに分けあうような普通の恋人同士にはなれない気がする。でも、それはあなたのせいなんかじゃない。あなたにはなんの落ち度もない。さっきも言ったように、わたしがあまりに大きな重荷を背負っているってだけのことなの」

「重荷なら誰もが背負ってる。少なくとも、ぼくらの重荷は釣りあっている」とぼくは言った。ふたたび笑い声が聞こえた。今度は心からの笑い声だった。「それに、先のことなんて誰にもわからない。ひょっとしたら、ぼくがきみの重荷を軽くできるかもしれない」

「いいえ、それはちがうわ。自分の重荷は自分で背負っていくしかないんだもの」ダニエラは静かに言った。

ぼくはわかったと答えた。ダニエラはごめんなさいと謝った。謝らないでくれとぼくは言った。互いに相手を思いやりながら、救いようもなくぎこちないやりとりを少しばかり交わしたあと、さよならと言って電話を切った。何もかもダニエラの言うとおりであることはわかっていた。ぼくらは踏み越えるべきでない一線を踏み越えてしまった。来てしまった道のりを後戻りすることはできない。ぼくの抱える問題――情緒障害なり、不信感なり、猜疑心なり、好きなように呼んでくれてかまわない――は、ダニエラが思う以上に、ぼくらを阻む障壁となっていたらしい。それに、ついさっき電話口では否定したが、ダニエラが何かに取り憑かれていたこともまた、紛れもない事実だ。それでもなお、こう感じずにはいられなかった。ぼくは何か大きなものを、もしかしたら何よりも大きなものを、みずから手放してしまったのではないか。

その晩はどのみち寝つけそうになかった。机に向かって、ゾーグ・シリーズの結末を書きあげた。生きていくには金《かね》が必要だ。

68

『惑星ゾーグ——さまよえる愛奴船』第二十四章より

「あそこです！」ポリフォニーが叫んで、遥か彼方の緑の山腹にあらわれた白亜の塔を指さした。すぐそばに、小さく開けた空き地が見えた。弱りきったエンジンを最後にひと吹かしさせて、おれは宇宙船を降下させた。

「しっかりつかまってろ、ポリフォニー！」そう叫ぶと同時に、宇宙船が森へ突っこんだ。満身創痍のファルス号は木々を薙《な》ぎ倒し、巨岩に船首を激突させた。フロントガラスが砕け散り、制御盤の針が静止し、パイロットランプが消え去った。ポリフォニーは衝撃で半ば意識を失っていた。おれは緊急脱出用のハッチをこじ開け、すべての動力を切断してから、ずたずたに裂けた制服の腕でポリフォニーを抱えあげ、よろめく足で、噴煙をあげるファルス号から脱出した。

墜落地点は、峡谷の底に位置していた。松の枝葉の隙間から、太陽が淡い光を投げかけていた。耳に届くのは風の音だけだった。顎鬚を生やし、白衣に身を包んだ老人が岩にすわって、パイプを吹かしていた。笑みをたたえた顔で、物珍しげにこちらを見ていた。

「ようこそ、友よ」と老人は言った。「ゴア研究所へようこそ参られた。わしはビーミッシュ博士じゃ」


博士に傷の手当てをしてもらい、食事までふるまってもらったあと、おれたちはここへ至るまでの経緯を語った。愛奴船の司令官がセクサロイドを愛することの許される土地、温和な気候の惑星を求めて、地球へやってきたこと。ナビゲーション・チャートに表示された最も近い突入ポイントである二〇五八年という年号（太陰太陽暦においては五八一九年にあたる）を思いつくままに選んだこと。それが最悪の選択であったと、あとになって気づかされたこと。温暖化の進んだ地球が、洪水、旱魃《かんばつ》、飢饉、疫病などの大災害を経たのち、全世界を巻きこむ戦争に突入していたこと。水没したニューヨークの廃墟を恐怖政治で支配する海軍潜水艦隊の攻撃をからくも退け、街からの脱出をはかったこと。中部大西洋沿岸地域を拠点とする反体制派集団ジーザス・フリークの追跡を撒いて、ネイティブ・アメリカン居住区へと逃れたのち、かつてのコロラド州に存在するというゴア研究所を探して、はるばるここまでやってきたこと。そこでは、地球を救う策を導きだすべく、科学者たちが日夜研究に励んでいるとの噂を聞きつけてきたこと。

「あいにく、誤った噂を聞きつけたようじゃな」悲しげに微笑みながら、ビーミッシュ博士は言った。ゴア研究所はすでに打ち捨てられ、残る研究員はもはや自分ひとりであるという。

おれたちのいまいる施設はロッキー山脈と名づけられた山の頂にあって、正式には世界気象制御センターと呼ばれていたらしい。だがいま、その観測スクリーンに映しだされる光景は、恐怖以外の何物でもなかった。減りゆく食糧をめぐって殺戮を繰りひろげる人間たち。だが、それを手に入れたところで、人類が完全に死に絶える日が来るまで、わずかに生き長らえることができるにすぎない。そうしているあいだにも、世界中の行政機関や研究施設がひとつまたひとつと機能を失い、研究所の観測スクリーンもまた、ひとつずつ光を失っていく。そのすべてを、博士はここでひとり見守りつづけているのだという。

「しかし、あんたらが未来を求めて宇宙からここへやってきたというのも皮肉な話じゃな。いまとなっては星々だけが唯一のわしのなぐさめじゃ。ほれ、地球が暗くなればなるほど、夜空の星はより明るく、より美しく輝くのでな」

「ビーミッシュ博士、本当にもう、ひと欠片《かけら》の希望もないのでしょうか」ポリフォニーが問いかけた。

博士はパイプを吹かしながら、長い顎鬚を撫でおろした。「そうじゃのう、ひとりの気象学者として、ここは賢人カフカの言葉を引用させてもらうとするか。むろん、希望はある。無限の希望がな」そう言って、博士は肩をすくめた。「しかしそれは、わしら地球人にとっての希望ではないのかもしれん」

「おれたちにとっての希望でもないようです。大気圏を突破するには、宇宙船の損傷が激しすぎる。もはやこの惑星《ほし》と運命をともにするしかないようだ」

「すまんのう。わしら地球人の愚かしさが、あんたらまで巻き添えにしてしまおうとは。かつての地球はじつに美しい惑星《ほし》じゃった。あんたらも誤った時代を選んだものじゃ」

そう言うと、ビーミッシュ博士は部屋を出て、観測装置の計器盤をたしかめにいった。ポリフォニーとおれは展望デッキに立って、美しくも破滅的な太陽の沈みゆくさまを眺めた。その宵の気温は六十五度もあったが、おれには六十三度に感じられた。隣でポリフォニーが涙を流していた。

「申しわけありません、司令官。すべてわたしの責任です。わたしが身勝手にも、あなたとともにリアルタイムを生きたいなどと考えたせいで、あなたの命まで奪うことになってしまった」

「いいや、ポリフォニー。何も謝る必要などない。おれは何ひとつ後悔などしていないのだから。おまえとともにすごす一夜には、すべてを投げ打つ価値がある。おまえは、おれがこれまで出会ったなかで最高の女だ」

ポリフォニーがおれの胸にひしとすがりついてきた。唇を重ねようと顔をうつむけたとき、とつぜん、ポリフォニーの泣き顔が笑顔に変わった。

「わたしにはひとつだけ後悔がありますわ。どうせ思いつくままに選ぶのなら、べつの年号を選んでおけばよかった。たとえば、二〇〇九年を」

「それだ！」おれはひと声叫んで、ポリフォニーを強く抱き寄せた。「やはり、おまえは最高のセクサロイドだ、ポリフォニー！」

おれたちはビーミッシュ博士を探しだし、ファルス号の墜落地点へと向かった。おれの説明を聞くうちに、博士はぼさぼさの眉毛を高くあげ、パイプの煙をすぱすぱと吹きだしはじめた。

「タイムトラベルで地球を救うとな？　ふむ、やってみるしかあるまい」

「あいにく、冷凍睡眠用のスリープ・ポッドには二人分のスペースしかない。エンジンがもってくれるかどうかもわからない」制御装置を点検しているポリフォニーを見守りながら、おれは言った。

「でも、ごく短い移動にならどうにか耐えられそうですわ。おそらく、五十年ほどなら。二〇〇九年になら戻れるかもしれません」

「ほう、かの懐かしき二〇〇九年じゃな。あのとき、こうなることとさえわかっておったら、未来を変えられたかもしれん」

「だから知らせるんです。おれたちが過去に戻って、あなたを探しだしましょう。その当時のあなたの学び舎……ハーヴァード大学を訪れ、若き日のあなたに、いまの状況を伝える。そうすれば、未来を変えられるかもしれない。人類の未来を」

「しかし、あんたらはどうなるのじゃね？」

「二〇〇九年に取り残される。それ以上の移動を繰りかえす動力はもはや残されていない」

「それでは、死にゆく運命に身を任せることになる。いまという時を生きて、死にゆくときを待つしかないのではないかね」

「それはあなたも同じだ。誰しも同じだ」言いながら、おれはそっとポリフォニーの手を握りしめた。

「いまという時だけで充分です」ポリフォニーが言って、夜空を見あげた。その瞳は、おれたちがはるばる旅してきた美しき虚空と、いまは亡き故郷の星々とを見つめていた。「それでいいのです。ひとはみな、いまという時を生きるべきなのですから」

第四部　二〇〇九年五月十八日～二十一日

69

　もしこれが型どおりの探偵小説なり警察小説なりであるならば、物語はすでに終わっていたはずだ。殺人犯も捕まり、犯行の詳細や動機もあきらかとなり、犠牲者もすべて出揃っている。だが、ぼくは型どおりの探偵ではないし、ぼくが経験した物語にはもうひとつ、さらなる展開が待ち受けている。

　じつを言うなら、ぼくだって古典的な推理小説のほうが好きだ。そうした小説のなかでは、最後のページでかならず犯人が命を落とし、主人公の私生活にまつわるごたごたはきれいさっぱり省かれる。ときどき、シリーズ物の探偵が急に虚勢を張りだしたり、テロリストに女房をさらわれたりすることがある。ぼくはそうした現象を、作家のネタ切れかスランプのあらわれと見なすことにしている。それはプロとしてあるまじき行為だ。個人的な問題で読者を煩《わずら》わすな、とぼくは言いたい。自分のなすべき務めのみを果たせ、と。ハードボイルド小説の祖と謳《うた》われるダシール・ハメットは、その処女作のなかで探偵の名前すら省いてみせた。

語り手でもある探偵は、銃をたずさえ、帽子をかぶったずんぐりむっくりの男だということしかわからない。皺くちゃのスーツ姿で街へやってきて、事件を解決すると、次の列車に乗って街から去ってしまうのだ。

だが、このぼくは、これまで読んだり書いたりしてきた小説の登場人物とはどうやらちがうようだ。手にした本のページを折って、眠りにつこうとするたび、運命に奇襲をかけられる定めにあるらしい。ことによると、きみたち読者はとっくの昔にこの先の展開を見ぬいているかもしれない。手がかりはすでにそこにあったわけだから、それを見逃さない読者もいるだろう。だが、ぼくにはそれがまったく見えていなかった。

そんなわけで、翌朝。ぼくは供述書に署名をするため、ダウンタウンのFBI支局へ向かっていた。フェデラル・ビルディングを最後に訪れたのがいつのことだったかはっきりとは思いだせないが、同時多発テロ事件の直後であったのは間違いない。あたり一帯がコンクリートの瓦礫《がれき》にふさがれていて、やたらと警官が目についた。それでいて、なぜだかありふれた日常の感覚を覚えもした。日常生活を送るためにはやむをえないとばかりに、新たな恐怖が古い恐怖に組みこまれ、これまでにない常態が形づくられでもしたかのような感覚、すべての恐怖が完全に制圧され、人々から忘れ去られてしまったかのような感覚に陥ったのだ。

そしていまもなお、ぼくがグラウンド・ゼロのそばを通りかかったところで、工事現場だという以上の感慨を抱《いだ》くことはない。さほど遠くない昔、サン・ジェナーロ祭の紙吹雪が掃き集められているなか、リトル・イタリー（いまはノリータというらしい）を歩いたときのことをふと思いだした。その途端、特に思いあたる理由もなく、不可解な悲哀の波に呑みこまれた。目に涙があふれ、喉が詰まった。都会っ子の性《さが》だろうか、祭のあとの紙吹雪が散乱するなかを歩くときには、いつだって格別に胸が躍った。だが、もう二度と、そうした喜びにひたれる日は訪れない。あの美しく晴れわたった九月の朝以来、紙吹雪に埋めつくされた無人の街路はぼくの心を悲しみで満たすばかりだった。

金属探知器を通過し、受付デスクで入館許可証を受けとってからエレベーターの手前でしばらく待っていると、案内役のテレンスがやってきた。ぼくはテレンスと固い握手を交わし、改めて先日の礼を言った。テレンスは頬を赤らめた。ぼくらは生きてふたたび出会えたことを心から喜んだ。だが、浮かれていられたのはそのときまでだった。この直後、被害者遺族のジョン・トナーとあいまみえる羽目となるからだ。

エレベーターをおりると、目の前に受付デスクがあって、その横に、ＦＢＩの紋章を大きく掲げた仕切り壁が立ちはだかっていた。その真向かいに置かれたソファーにジョン・トナーがいた。ぼくに気づくなり、トナーは弾かれたようにソファーから立ちあがり、「貴様！」とひとこと吠えた。巨乳のわりに痩せこけたブロンドの女が腕をつかんでなだめようとしたが、トナーはその手を振り払った。女は第二のミセス・トナーだった。

「貴様というやつは！　なんてことをしてくれたんだ！　あのとき言っておいたろう！」トナーの怒声がホールに響きわたった。ヘッドセットで電話の応対をしていた受付係たちの声がやみ、資料を抱えて通りかかった捜査官たちがこちらを振りかえった。

「お久しぶりです、ミスター・トナー」ぼくは穏やかな口調で応じた。

「貴様の耳はただの飾りか！」なおもわめきたてながら、トナーはぼくに殴りかかった。ぼくは慌てて後ろに跳びのいたが、トナーのこぶしにはほとんど力がこもっていなかった。テレンスがすかさずあいだに入って、トナーの腕をつかみ、身体をそっと押しもどした。

「落ちついてください、ミスター・トナー」若々しさをとどめた声で、テレンスは必死に説きつけた。ミセス・トナーが慌てて駆け寄り、夫を引きもどそうとした。

「他人のことなどどうでもいいのか？」トナーは肩越しにぼくを振りかえって言った。「自分の行動がまわりにどんな影響をおよぼそうと、いっこうにかまわないというのか？　貴様は吸血鬼だ！　他人の痛みを食い物にする吸血鬼だ！」その頰を涙が伝った。トナーは鼻をすすりあげてから、顔が濡れていることにとつぜん気づいたかのように、手の平を頰にやった。そのまま妻に腕を引かれて、ソファーへと戻っていった。テレンスがぼくの背中を押して、ガラス張りの扉へと追いやった。

先に立って廊下を進みながら、テレンスは不意に口を開いた。「ヴァンパイアか……そういえば、ジェイムズ・ガンドルフィーニもインタビュー記事のなかで同じようなことを言っていました」

「誰だって？」

「俳優のガンドルフィーニですよ。《ザ・ソプラノズ／哀愁のマフィア》でトニー・ソプラノを演じた」

「ああ、そうだったな」

「彼も、作家はヴァンパイアだと言っていました。人々の生命を吸いとって生きる人種だと。ドラマの脚本家をさして言ったようですが」

「じつにうまい譬《たと》えだ」

「ここです」テレンスは一枚の扉の前で立ちどまり、ノックをしてからそれを開けた。

「ハリー、よく来てくれたな」机の向こうに立って、うずたかく積みあげられた書類の山を掻き分けながら、タウンズが言った。「すわってくれ。傷の具合はどうだ?」

「だいぶいいようです」そう応じながら、ぼくは椅子に腰をおろした。

「それはよかった」タウンズは顔をあげもせずに、机の上を手の平で指し示した。「病室で聴取した話をもとにした供述書だ。目を通してから、署名してくれ」

ぼくは指示に従った。その間、タウンズはぱらぱらと書類をめくりつづけていた。テレンスは戸口に立ったまま、ぼくの背中を見つめていた。

「トナーがまだ受付にいます。ミスター・ブロックに殴りかかったんです」しばらくしてから、テレンスが唐突に口を開いた。

タウンズはちらりと顔をあげて、ぼくを一瞥《いちべつ》した。

「なんでもありませんよ。もっと痛い目に遭ったことだってある」その視線を受け流して、ぼくは言った。

タウンズはにこりともしなかった。机の上に視線を戻し、ふたたび書類をめくりはじめた。

「憐れな男だ。弁護士を使って、ありとあらゆる苦情や訴えを送りつけてくる。煩わしいことこのうえないが、きみにあの男を責めることはできん。フロスキーの自供によってダリアンの裁判がやりなおされることにでもなれば、トナーは亡き妻の墓をもう一度掘りかえさねばならないわけだからな」

ぼくは空欄に署名を書きこみ、供述書をタウンズにさしだした。タウンズからそれを受けとると、テレンスは部屋を出て、静かに扉を閉めた。それを見届けてから、ようやくタウンズは椅子に腰をおろした。眼鏡をはずして背もたれに寄りかかり、指で鼻梁を揉みはじめた。「ゆうべは眠れたかね？」机の向こうからタウンズが訊いてきた。互いの顔を見て会話をするには、書類の山と山のあいだに首を伸ばさなければならなかった。

ぼくは肩をすくめてから、「ええ、少しは」と答えた。

「悪夢にうなされたか？」

「さあ、覚えてませんね」とぼくは嘘をついた。

「明かりはつけたまま？」

「いや、テレビを」

「テレビは一日じゅうつけっぱなしだろう？」タウンズは身を乗りだし、書類の山のあいだに首を突きだした。

「ええ、まあ」

タウンズはぼくを見すえたまま、何度か目をしばたたかせた。やがてひとつうなずいてから、ふたたび口を開いた。「悪夢はけっして消えてはくれない。そうなってくれたらどんなにいいかとは思うがね。ただ、それに慣れていくしかない」そう言うと、机の引出しを開いて大きなマニラ封筒を取りだし、机の上に置いた。封筒はかなり古いものらしく、紙が擦り切れていた。あちこちにコーヒーの染みが散っており、封に沿ってセロハンテープの跡が残っていた。

「こんなものをきみが見たがるかどうかはわからん。だがわたしは、それがどういうものであるかをきみに知ってほしいと思っている」

ぼくは封筒を開いた。印画紙の白い縁どりを目にするやいなや、それがなんであるかを理解した。ダリアン・クレイが撮影して、警察に送りつけてきた写真だった。

「十二年以上まえに、わたしはそこに写っている女たちを目にした。写真ではなく、実物を。女たちの遺体をだ。あとになって、その写真が送りつけられてきた。その光景は、いまもなお毎日のように脳裡に蘇る。いや、いまでは二日に一度くらいになっているかもしれん。ときには何週間も、そのことを考えずにいられることもある。だが、そのうちふと何かが目にとまる。街角の広告板であったり、通りに立つ女であったり。その途端、すべてが脳裡に蘇る。地下鉄に乗っているときや、花屋の店先を通りかかったとき、あのにおいが蘇ることもある。言いたいことはわかるな？」

ぼくはうなずいて言った。「死のにおいですね」

「死と、腐敗した肉のにおい。あのむっとするような、甘くて苦いにおいだ。あのにおいは、いまも鼻腔の奥に、頭のなかに染みついている。だからわたしはその写真をつねに手もとに置いている。ことあるごとに眺めている。家に持ち帰らないのは、家族の目に触れさせないためだ。だが、この部屋のなかでさえ、誰の目にも触れないようにしている。どうしてわたしがときおりその写真を取りだして眺めずにはいられないのかを、誰も理解できないだろうと思うからだ。だが、きみにはできるはずだ。わたしの葛藤を理解することが」タウンズはそこで口を閉ざすと、食いいるようにぼくを見つめた。そのまなざしは深い憂いをたたえ、いまにも泣きだしそうに見えた。タウンズはすがるような思いでいるのだ。ぼくは不意にそう気づいた。

「ええ、そのとおりだと思います」ぼくは言って、封筒から分厚い束を取りだした。いちばん上は、ごく普通のポートレイト写真だった。ダリアンが地下室で撮影し、逮捕後に押収された写真。やけに構図に凝ってはいるが、出来映えはあまりに平凡な写真。試し焼きのためか、一枚の印画紙に小さくコマ割りされた写真。美しく着飾って、月並みなポーズをとった女たち。そこに悲哀を感じずにいられないのは、彼女たちが成し遂げられなかった夢のことをぼくが知っているからにほかならない。ぼくはそこに死者を見ていた。女たちを殺した男の目を通して、女たちを見ていた。次々に写真をめくっていくと、束の下のほうに、その写真があらわれた。犯人によって警察に送りつけられてきたほうの写真だった。

ひと目見た瞬間は美しさに息を呑んだ。巨大な花をかたどった青白いオブジェのようなものがそこに見えた。次の瞬間、はたと気づいた。そのオブジェが、切断された遺体でつくられているのだということに。中央に頭部を据え、そこから放射状に伸びた花びらのように、腕と脚と髪とが配置された遺体。太腿のあいだから突きだした頭が、自分で自分を出産しているかのように見える遺体。縦に真っ二つに切断されたあと、腕と腕とが重なりあうように横たえられた遺体。その姿は、まるで自分自身を抱擁しているかのように、あるいは、双子の妹に口づけているかのように見えた。

70

頭に靄《もや》のかかった状態でフェデラル・ビルディングをあとにした。回転ドアを抜け、広場を横切り、地下鉄の階段がどこにあるのかを思いだそうとしていたとき、目の前に一台のタクシーがとまった。後部座席からおりてきたのは、段ボール箱とフォルダーの束を両腕に抱えたテレサ・トリオだった。ぼくを見るなり、テレサはびくっと肩を震わせ、抱えていた荷物を地面に落とした。

「いやだ、もう。あなただったの」

「すまない。そこまで怯えられるとは思ってなかったものでね」努めて陽気にぼくは言った。それから腰を屈めて、荷物を拾うのを手伝いはじめた。

「怯えたわけじゃないわ。ちょっと驚いただけ」テレサはぎこちなく笑った。

今日のテレサは膝丈の黒いタイトスカートにショート丈のジャケットという仕事用の装いに身を包んでいたが、先の剝げたマニキュアには歯形が残り、目の下には隈ができていた。慌ててつかみあげたフォルダーは上下が逆さまで、なかの書類まであたりにばらまいてしまった。

「もう！」テレサは大きなため息を吐きだした。

「ところで、ここへはなんの用で？」書類を拾い集めてやりながら、ぼくは訊いた。

「事情聴取の続きを受けに。今日ようやく事務所への立入り許可がおりたから、私物を引きあげてきたんです。でも、あのなかにいるだけでぞっとしてしまって……きっと、そのせいで神経が過敏になっているのね」そう言って、テレサは虚ろな笑い声をあげた。

「少しすわらないか？」ぼくはバス待合所を指さした。あいだに荷物の山を挟んでベンチに腰かけ、しばし無言のまま、眼前を行き交う車を見つめた。震える息遣いが聞こえてきたときには、テレサが泣きだすのではないかと思った。テレサは煙草を取りだし、ライターをつけた。異様に大きな火柱があがり、びくっと首をのけぞらせた。

「気をつけて」

「ええ、ごめんなさい」テレサは先端の焦げたマールボロ・ライトを口にくわえ、煙を吸いこんだ。

「煙草なんてやめたほうがいい。身体に悪いだけだ」

「ええ、わたしだって、特に吸いたくて吸ってるわけじゃない。ただ……」テレサは小さく肩をすくめた。勢いよく煙を吐きだすと同時に、灰の塊がスカートの上に落ちた。その光景がフロスキーを思い起こさせた。「……ただ、どれだけの時間、あのひととふたりきりですごしたんだろうと考えずにはいられなくて。深夜、事務所でふたりきりになることもあった。刑務所の近くのホテルで同じ部屋に泊まったことまであった。そう考えると恐ろしくて……

…」肩が小刻みに震えだした。「だって、あのひとはわたしと同じ歳ごろの女性たちを手にかけていたのよ。それに、あなたのことまで殺そうとした」

ぼくは無意識に、ジャケットの袖に覆われた包帯へ手をやった。「そういえば、列車のなかできみと話したことがあったろう。死刑だの、文明社会だのについて」

テレサは無言でうなずいた。

「あのときぎみはぼくの発言に気を悪くしたはずだ。だが、それでもぼくはこう言わざるをえない。もしこの手に銃を持っていたなら、一瞬のためらいもなくフロスキーを撃ち殺すだろう」テレサの横顔をちらりと窺ってから、ぼくは「すまない」と付け加えた。

指のあいだから立ちのぼる煙を見つめながら、テレサは口を開いた。聞こえてきたのはかぼそいささやき声だった。「わたしはいま、あなたがあのひとも殺してくれていたらよかったと思っているわ」テレサは煙にむせて激しく咳きこむと、吸い殻を地面に投げ捨てた。

「まったく、とんでもない偽善者ね」

「いや、それが普通だ。恐怖や怒りを感じるのが人間として当然なんだから。ただし、あのときのぼくがフロスキー個人に対してそうした感情を覚えたかというと、それはちがう。ぼくはなりゆきに身を任せたにすぎない。あのときのフロスキーはフロスキーじゃなかった。ぼくが会ったことのある人間ではなかった。あの部屋のなかに存在さえしていなかった」そこまでまくしたてたところで、テレサがまじまじとこちらを見つめていることに気づいた。

「気にしないでくれ。わけのわからないことを言ってすまない」

ぼくはベンチに背をもたせかけ、鼻息荒く通りすぎていくバスの後ろ姿を眺めた。

「わたしもずっと、同じようなことを考えていたの。すぐそばにいる人間の本性を、どうしてまったく気づかずにいられたんだろうって。じつを言うと、あなたが犯人なんじゃないかと疑ったことまであった……わたしったらばかね。何を言ってるのかしら」テレサは自分の言葉に小さく笑うと、急に頬を赤らめた。両手で顔を覆い隠し、指の隙間からそっとぼくの反応を盗み見た。ぼくは思わず吹きだした。あたりかまわず、大声でげらげらと笑った。テレサの戸惑い顔が目の端に映った。

「いや、失礼」ぼくは息を整えながら、続けて説明した。「じつは、ぼくもちょうど、きみにあることを打ちあけるべきかどうかと考えていたんだ。ただ、その秘密には、ぼくを破滅させるだけの威力がある」クレアの顔が脳裡をよぎった。こんなことを知ったら、どれほど怒り狂うだろう。だが、クレアはもういない。永遠にぼくのもとを去ったのだ。「いや、なんでもない。軽率なことを言った。忘れてくれ」

「言ってみて。軽率だっていいじゃない。わたしにだって、軽率なときくらいあるわ」

「それじゃ、打ちあけよう」強いて真顔を保ちながら、ぼくは告げた。「シビリン・ロリンドーゴールドはぼくなんだ」

「何を言っているの？」テレサの顔に曖昧な笑みが浮かんだ。

「あれはぼくなんだ。ぼくがシビリンなんだ。いや、写真の顔は母のものなんだが、文章を書いているのはこのぼくだ」

テレサはベンチにもたれかかり、ぼくのもくろみを見定めようとするかのごとく、ぎゅっと目をすがめたまま言った。「いったいぜんたい、なんの話をしているの？」

さらなる説明を聞くあいだ、テレサは怪訝そうにぼくを見つめていた。やがて段ボール箱に手を伸ばし、なかからシビリンの最新刊を取りだすと、近影写真をしげしげと眺めてから、眼鏡越しにぼくの顔をじっと凝視した。ぼくは睫毛をぱちぱちとしばたたき、自分が思うところのなまめかしい笑みを浮かべてみせた。

「まさかそんな……ああ……吐き気がしてきたわ。頭がおかしくなりそう」

「大笑いしてくれるかと思ったんだがな」

「大笑いする？　冗談でしょう？　これまで何度、この写真を眺めてきたと思うの？　なのに、自分が何を見ているかもわかっていなかったなんて……」テレサは両手で頭を抱えこんだ。「もうあなたを直視できない。シビリンの顔が浮かんできてしまうもの。こんなこと、知らなければよかった」

「深呼吸をするといい」

「黙って。いいから黙っててちょうだい」

「ひょっとして、ひとりにしたほうがいいかな」

「ええ」

「本当に？　本当にひとりで平気かい」

返事は返ってこなかった。ぼくはためらった。ベンチのできるかぎり端まで尻をずらし、バスがもう一台、目の前を走り去っていくのを眺めた。排ガスの雲が陽ざしを受けてきらきらと輝いていた。ぼくの思考は、テレサが口にした言葉をしきりに反芻していた。何度、この写真を眺めてきたことか……自分が何を見ているかもわからずに……。

「つまり、わたしが愛読しているあのヴァンパイア小説は、すべてあなたが書いたということなのね」両手で頭を抱えこんだまま、テレサがつぶやいた。

「そういうことだ」とぼくは答えた。だが、心はまるでうわのそらだった。頭のなかで何かがカチリと音を立てていた。物語の行方が不意にひらめいたときみたいに、脳味噌はすでに次の章へと筆を進めていた。

「本当に頭がおかしくなりそう。だってわたしは、あのシリーズの大ファンなのよ。あなたの書いた小説の……いいえ、シビリンのと言うべきかしら。もう誰だっていいわ」そう言うと、テレサは両手をおろし、化粧のよれた顔でぼくに微笑みかけた。そして、ぼくが生涯を通じて待ち侘びてきた言葉を口にした。「つまり、あなたはわたしのいちばん好きな作家だってことよ」

ぼくはすっくと立ちあがった。「ありがとう、テレサ。すまないが、もう行かなくちゃならない。本当にすまない」

「行くって、どこへ？　こんなときに？」テレサは驚愕に目を見開いてぼくを見ていた。やっぱりこの男が殺人鬼なのかもしれないとでも考えているかのように。

「すまない。本当に。荷物を運ぶのを手伝ったほうがいいかい？　ひとりで平気かい？」

「さあ、わからない。でも、いいわ。行くなら行ってちょうだい」

「すまない」ぼくはそう言い置くと、地面を蹴って駆けだした。

71

「どうした、ハリー。忘れ物か？」ふたたびテレンスに連れられたぼくが部屋に駆けこんでいくと、タウンズは驚きに目を見開いた。

「さっきの写真をもう一度見せてください」

タウンズはさも怪訝そうに片眉をあげてみせた。激しく息を切らしながら両手を振りまわすぼくを見て、酔っぱらっているとでも思ったのだろう。

「たしかめたいことがあるんだ。頼みます。もう一度見せてください」

タウンズはテレンスをさがらせてから、ふたたびマニラ封筒を取りだした。

「きみにこれを見せたことを後悔させないでくれたまえ」諫める声を聞きながら、ぼくは慌ただしく封筒を開いた。おぞましい写真の束を机の上にばらまき、小さくコマ割りされたポートレイト写真のみを選りわけた。ダリアンの家の地下室で撮影された、華やかな装いの女たちを写した写真。タウンズの視線を感じながら、ぼくはそこに目を凝らした。

「何を見ているんだ？」

「拡大鏡はありますか」

タウンズは机の引出しを開けて、なかを引っ掻きまわしはじめた。ぼくは卓上スタンドの明かりに写真をかざした。いちばん上の一枚は、バレエの衣装に身を包んだダニエラの姉を写したものだった。ダニエラと同じ顔を冷静に眺めることなど、いまはできそうにない。写真をめくって、次の一枚、ジャネット・ヒックスを写した写真を上にした。電球の真下に写真を据えて、必死に目を凝らしたが、いかんせん写真が小さすぎる。「拡大鏡はまだですか？」ぼくはタウンズを急きたてた。

「いま探している」タウンズは床に膝をついて、いちばん下の引出しを覗きこんでいた。

「あったぞ」そう言うなり、開けっ放しになっていた最上段の引出しに頭を打ちつけた。

「くそっ」タウンズは毒づきながら立ちあがって、ぼくに拡大鏡をさしだした。「ほら、ご所望の品だ」

「すみません」ぼくは拡大鏡を片目に押しあて、ジャネット・ヒックスの端整な顔を覗きこんだ。女優志望の女の取り澄ました顔に目を凝らした。コマ割りされた写真をひとコマずつ、一列ずつ、つぶさに眺めていった。すべてのコマを見終えると、二人目の女に取りかかった。三人目も同様にたしかめた。モデルを撮影するときのコツについてダリアンが語った言葉が頭のなかをぐるぐるとめぐっていた。被写体をじっとさせておくことがだいじだとダリアンは言った。猟師のように獲物を待つのだとも言っていた。

「いったい何をしているんだ？」タウンズが痺れを切らして訊いてきた。

「ダリアンの尻尾をつかみました。たぶん間違いない」ぼくは言って、タウンズに写真を返した。

タウンズはこれまで何百万回と眺めてきた写真に視線を落とした。それからひとつ肩をすくめて、椅子に腰をおろした。「どういうことだね」

「ぼくの輝かしい作家人生のなかには、あんたに蔑まれても仕方のない経歴がひとつある。ぼくは長年にわたって、ポルノ雑誌のライター兼エディターを務めていたんです」

「知っている。きみの記録にそうあった」

「警察にぼくの記録が？」背すじが凍りつくのと同時に、なぜだかまんざらでもない気分になった。

「言いかけていたことは？」

「ああ、そうでした。つまり、そうした仕事の一環として、ぼくはこういう写真を、こんなふうに女たちを写した写真を数えきれないほど眺めてきたわけです。ところが、ここにある写真をひと目見たとき、何かがおかしいと感じた。ただ、何がおかしいのかまではわからなかった。それがいまようやくわかったんです。おかしいのは、女たちの目だ」

「目？」タウンズはふたたび写真を見おろした。

「どの女も、どの写真も、みんな同じ目をしている。動きもぶれもない。カメラのシャッター速度がいくら速くたって、そんなことはありえない。目を閉じたり、閉じかけたりしているショットが一枚くらいはあって然るべきなんです。なのに、ここには一枚もない。まばたきしているものも、目を細めているものもない。目線を逸らしているものもない。どれもこれも、同じ一点を見すえている。それに、この写真はスタジオで撮影されている。モデルには、大型の強力な照明が煌々《こうこう》と照りつけていたはずです。なのに、誰ひとりとして瞳孔が収縮していない。部下に写真を引き伸ばさせて、検査にまわすなりなんなりしてみてください。だが、いまここで断言してもいい。その写真を撮られた時点で、女たちはすでに死んでいた。つまりこの女たちは、殺されるまえではなく、殺されたあと写真に撮られたってことです。これで、フロスキーの供述の穴を突ける。ダリアンが有罪だってことを証明できる」

タウンズは無言のまま拡大鏡を目に押しあて、机の上に置いた写真に屈みこんだ。長い時間をかけて、ひとコマずつ、一枚ずつ、順々に女たちの目をたしかめていった。やがてようやく顔をあげると、黄ばんだ下の前歯をむきだしにして、出会ってからはじめて、ぼくに微笑みかけてきた。だが、それも長くは続かなかった。ぼくが微笑みかえすやいなや、タウンズはいつもの渋面に戻って、インターコムを叩き、大声で指示を飛ばしはじめた。

72

タウンズはぼくとテレンスとを連れて祝宴に繰りだすと言いだした。ふたりがたまたま選んだ店は、下着姿の女が給仕するたぐいの紳士クラブだった。ダニエラのポールダンスをはじめて目にした、あの晩の記憶が蘇った。ダニエラのことを思いだすだけで、ぐっと気分が沈みこんだ。一杯目のグラスを飲み干すと、腕の傷を口実にして、その場を辞した。電話を入れておいてから、モーリスの住まいへ向かった。ボーイフレンドのゲイリーが腕をふるったヴェトナム料理のフォー（母さんの得意料理だった胸肉のスープに似ているが、そこに透きとおった麵とバジルと唐辛子が加わる）をごちそうになったあと、家路についた。ソファーに寝そべってテレビをつけた。

ところが、なかなか寝つけない。全部のチャンネルを二巡したあと、あきらめて書斎へ向かった。クレアからの消息はないかとEメールをチェックしたが、出版社のウェブサイトから転送されてきたヴァンパイア関連のメール（それどころではなくて読むのを忘れていた）が二通届いているだけだった。一通はダラス在住のティーンエイジャーからのファンレターだったため、あらかじめ用意してある謝礼文をそのままペーストして返信した。もう一通はニューヨーク在住のファンからで、毎週月曜にブルックリンのゴシック・クラブで催されている〝ヴァンパイア・ナイト〟に出席してもらえないかという招待状だった。たまたま今日は月曜だ。いや、厳密に言うなら、〝昨日〟は月曜だった。時刻は午前〇時をすでにまわっていた。

出席を請われているのは、もちろんシビリンだ。会の主催者はシビリンに、著書の朗読やら、質疑応答やら、コウモリの翼をつけての登場やら、誰かの首に牙を立てるパフォーマンスやらを望んでいるのにちがいない。だが、今夜は気持ちが昂ぶっていて、どうにも寝つけそうになかった。白状するなら、家にひとりでいるのが怖くもあった。さらに白状するなら、テレサも姿を見せるのではないかという淡い期待が胸を疼かせてもいた。ぼくはいそいそと服を着替えた。まわりからひどく浮くことはないだろうとおぼしき黒のオーバーコートを羽織って、襟まで立てた。

会場となっている店はダンボ地区を流れる川の近くの袋小路にあって、特に苦もなく見つけられた。空は紫色に染まり、川面《かわも》は漆黒の闇に沈み、橋や建物が白と黄色の光をちらちらとまたたかせていた。店の入っている建物は、閉鎖された古い工場のように見えた。光を漏らす窓もなく、〝穴蔵入口〟と記された小さな看板の上に裸電球がひとつ灯されている。矢印の指し示す傾斜路の先を覗きこむと、がらくたの積みあげられた暗がりの奥に、喉の奥をぼんやりと照らしだすかのような薄明かりが見えた。前につんのめらないよう後ろに重心をかけて、急勾配の傾斜路をくだりはじめた。通りを行き交う車の音が徐々に薄らぎ、自分の靴がコンクリートを叩く音だけが耳に響くようになった。傾斜路のカーブにさしかかると、行く手の見通しがきかなくなった。その途端、小さなパニックが心臓を鷲づかみにした。いますぐ踵《きびす》を返して、ここから逃げだしてしまいたかった。倒れそうになる身体を支えようと、腕を伸ばした。じっとりと冷たい壁に指先が触れるやいなや、全身がぶるぶると震えだした。これがパニック発作と呼ばれるものなのだろうか。何度も深呼吸をして、気持ちを落ちつかせようとした。こういうときには脚のあいだに頭を突っこむといいのだと、どこかで聞いた覚えがあった。だが、そんな恰好で死んでいるところを発見されるのだけはごめんだった。〈無名のゴーストライター、肛門に頭を突っこもうとして死亡〉なんて見出しが紙面を飾ってはたまらない。ぼくは意を決して足を踏みだし、傾斜路の先を覗きこんだ。

がらんどうの駐車場が見えた。駐車スペースを区切る白線と、突きあたりの壁に金属製の扉。その横に、大きな図体をした黒人の用心棒がひとり、スツールに腰かけている。男はぼくに懐中電灯の光を投げかけ、顔をたしかめてからスイッチを切った。軽快な足どりを装いながら、ぼくはそちらへ近づいていった。男は微動だにせずスツールにすわったまま、ミラーグラス越しにぼくを見すえていた。ぼくの免許証を確認したあと、カードを一枚さしだしてから、重たいスチール製の扉を引き開けた。

扉の向こうには、天井の低い縦長の空間が広がっていた。一方の壁際にカウンターがしつらえられており、中央にはテーブルが並んでいて、いちばん奥がダンスフロアになっている。赤と青の光がぼんやりと室内を照らしている。重低音のダンス・ミュージックが鼓膜と胃袋とを震わせる。音響効果はまったく考慮していないらしく、天井から跳ねかえってくるベース音まで見事に聞きとれる。天井が足もとにあるような感覚が襲ってくる。店内は半分ほどが客で埋まっていた。全員が奥のダンスフロアに密集していた。なかへ入るやいなや、ぼくの目はテレサの姿を探しはじめた。だが、暗がりのなかではひとりひとりを見わけることすら難しかった。店内の客はほぼ全員が黒ずくめの服装をしていた。アクセントに散らされた赤い血飛沫《しぶき》や、黒衣の集団のあいだをさまよい歩く純白のロングドレスもちらほら見受けられた。赤い照明に照らしだされた白のコットン・レースがピンク色に染まっていた。マリー・フォンテインの家を思いだした。回転灯の光を浴びて、母家の白い外壁や薄汚れた雪が桃色に見えたこと。ガレージの上の部屋が真っ赤な鮮血に染めあげられていたこと。

おぞましい記憶を振り払い、両手をポケットに突っこんだ。周囲の顔をたしかめながら、奥の壁まで人波を縫って歩いた。テレサは見つからなかった。いや、かえってそれでよかったのだ。そもそも、どうしてこんなところまで出かけてきたのだろう。後悔の波に襲われかけていたとき、ふと気づいた。すぐそばで踊っているふたり連れの女の様子がどこかおかしい。女たちはどちらも、ハイネックのレースの襟がついた黒のドレスを着ていた。ひとりは手袋をはめ、ひとりはベール付きの帽子をかぶっていた。どちらも黒髪を高く結いあげていた。ひとりは白粉《おしろい》を塗りたくった青白い顔に真っ赤な口紅をさし、もうひとりは浅黒い肌に真っ黒な眉を引いていて、照明に照らしだされた唇は紫色に見えた。青白いほうの女は痛々しいほどに痩せこけていて、ぼくより背が高かった。網タイツを通して、鋭く尖った膝の骨が見てとれた。もうひとりはずんぐりむっくりの体形で、ノースリーブのドレスから突きだした腕も、ぱんぱんに伸びたスカートから突きだした脚も、分厚い贅肉に覆われていた。だが、ぼくの目をとらえて放さなかったのは、何かべつのものだった。そのとき、またべつの女がふらふらと近づいてきて、女たちに合流した。三人目の女はふたりより年嵩で、ブロンドの髪をしていたが、こちらもハイネックのレースの襟がついた黒のドレスを着て、ベールがついた鍔《つば》広の帽子をかぶっていた。そう、三人はシビリンの——亡き母の——ぼくの扮装をしていたのだ。

三人は、ぼくが母のクロゼットから持ちだしたのと同じような衣装を着ていた。顔に塗りたくられた化粧は、ぼくの青髭を隠そうと躍起になっていたクレアを思い起こさせた。三人の女たちは、亡き母を騙《かた》るぼく自身の不気味な風刺画《カリカチュア》だった。正直言って、ぞっとした。ぼくの正体など誰にもわかるはずもないのに、なぜか視線が集まっている気がして、慌てて顔をうつむけた。ダンスフロアを突っ切って出口へ向かおうと顔をあげたとき、フロア全体が視界におさまった。そのとき気づいた。純白のドレス姿の女たちは、ぼくが創造した混血のヴァンパイア、サーシャだった。ステッキを手に黒いスーツを着た男たちが扮しているのは、ヴァンパイアの長《おさ》たるアラムだった。白髪《はくはつ》の鬘をかぶっている男たちは、アラムと反目するフォーブール・サンジェルマン男爵だった。ずたずたに切り裂かれた黒衣に身を包み、なまめかしい流し目を送っている女たちは、ヴァンパイア界に君臨する気高き純血種、アイヴィだった。そして、黒のロングコートを着て襟を立てている男たち（ぼくもそっくり同じではないか！）は、サーシャとの禁断の愛に苦悩するヴァンパイア・ハンター、ジャック・シルヴァーだった。店内に通されるとき、用心棒から手渡されたカードに視線を落とした。〝月曜の夜はヴァンパイア・ナイト――今週はシビリン・ロリンド－ゴールドに敬意を表し、シビリン・ナイトを開催！〟との文字が躍っていた。

その瞬間、パニック発作が現実のものとなった。香水や汗やビールのにおいを吸いこみながら、必死に深呼吸を繰りかえした。そうしているあいだも、目の前を行き交う男女の顔を食いいるように見つめつづけた。照明にきらめく汗。喧騒に負けじと張りあげられる声。流れ落ちたマスカラや、にじんだ口紅。ぶかぶかのスーツや、古着屋で調達してきたとおぼしき衣装。ニキビだらけの顔。不恰好な髪型。夜会服の脇の下にできた汗染み。青い照明に浮かびあがるフケ。この闇の集会に集う男女は、売行きすらはかばかしくないB級ホラー小説への敬意を分かちあうべく、この場所に吸い寄せられていた。寄る辺なき侘しい夜、なんの変哲もないうらぶれた酒場に群れ集まっていた。血でもなければ、永遠の命でも、悪魔崇拝でもなく、ひとが欲してやまないあの秘めたる欲望――他者とのつながりを求めて、この場所に集まっていた。

家に帰りつくと、ふたたびメールをチェックした。新着のメールは一通もなかった。チャットルームも覗いてみたが、唯一のチャット仲間であるヴァンプT3は〝不在〟となっていた。ヴァンプT3のブログを訪ねてみると、街を離れて友人宅に滞在するため、更新はしばらく休むと記されていた。

73

翌朝早くにタウンズから電話があった。写真の鑑定結果が戻ってきたが、決定打となる結論は出なかったという。鑑識の面々もみなぼくと同じ見解ではあるものの、写真に写る人間が死んでいることを科学的に立証するすべはないらしい。ただし、現状で警察が必要としているのは、法廷で通用するたしかな証拠ではない。ダリアンはいま、母親の供述を利用して再審を勝ちとろうとしているにすぎない。写真鑑定の専門家の証言があれば、正義の天秤はこちらに傾く。ダリアンの訴えには充分な信憑性がないと判事を納得させることさえできれば、それで充分だとタウンズは言った。ダリアンの再審請求が棄却され、刑の執行の一時停止命令が取りさげられたとの知らせは、その晩のうちに届いた。早晩、ダリアンはこの世を去ることとなった。

それは勝利を意味していた。なのにどういうわけか、ぼくの胸には虚しさだけが残った。ゆうべは陽気に祝杯をあげていたタウンズでさえ、電話越しに聞く声はひどく沈んでいた。ぼくはダニエラの留守電にメッセージを残して、そのニュースを伝えた。郵便物をチェックし、しばらくだらだらとすごしてから、シャワーを浴びて髭を剃った。ところが、バスルームを出るやいなや、火急の呼出しに応じるかのごとく、小型の旅行鞄にてきぱきと荷物を詰めこみはじめた。アパートメントを飛びだして、ペンシルヴェニア駅行きの地下鉄に乗り、そこから北行きの列車に乗りかえた。

　なんのためにいま一度ダリアンのもとを訪れようとしているのかは、自分でもよくわからなかった。ダリアンには告白本を出版するつもりなどもとよりなかったわけだし、いまさらぼくに会う理由もないはずだ。ぼくの利用価値はもうない。しかも、ぼくは死刑の確定に一役買った人間だ。それでも直感していた。ダリアンはかならず口を開くはずだ。その直感は正しかった。ダリアンのエゴはぼくを欲していた。みずからの冒険奇譚の心酔者にして、究極の語り手でもある自意識は、ぼくという聞き手を欲していた。もはや告白本を出版することはないにせよ、ぼくはなおもダリアンのゴーストライターであり、ただひとり残された読者でもあった。だが、ダリアンの語る物語は未完成のままだった。ぼくはその結末が知りたかった。たとえそれが、一冊の本として世に出る日を永遠に迎えなかったとしても。

　そんなわけで、その晩ぼくは、かろうじて宿泊費をまかなうことのできるむさくるしい安ホテルにふたたび宿をとった。湿気《しっけ》たクラブ・サンドイッチを胃袋におさめたあと、薄い壁の向こうを走りぬけるトラックの騒音に悩まされながら眠りについた。夜が明けると、刑務所の待合室を行きつ戻りつしながら、面会のときを待った。かつてこの部屋でフロスキーと出くわしたこともある。この先フロスキーが死刑判決を受け、ここに収監されたなら、フロスキーの弁護士もこの場所を訪れることとなるのだろう。自動販売機で干からびたスニッカーズを買った。そのあと、面会室に通された。

ダリアンの顔はぐっと老けこんでいた。まえよりも痩せて、白髪も増えていた。だが、その表情は怯えているようにも、ふさいでいるようにも見えなかった。

「よう、ハリー！」ぼくを見るなり、ダリアンは大声で呼びかけてきた。満面の笑みを浮かべ、手錠をはめられた手をあげてぼくを出迎えた。それから脚を組み、椅子にゆったりともたれかかった。あたかも、食後のコーヒーを待ってでもいるかのように。あるいは、トーク番組でコメディアンのジェイ・レノと歓談してでもいるかのように。オレンジ色のつなぎを着ているのは、気まぐれに奇抜なファッションを試みているだけだとでもいうかのように。なんとか死刑を免れようと十年以上もあがきつづけてきたくせに、母親と共謀してあんな暴挙にまで出たくせに、いまのダリアンは目前に迫った死をことさら恐れているようには見えなかった。自分のせいで母親までもが死刑に追いやられるかもしれない状況になったことを、気に病んでいるようにも見えなかった。ぼくに腹を立てているようにすら見えなかった。話し相手がやってきたことを心から喜んでいるように見えるだけだった。

ダリアンはいくつかの条件をあげた。第一に、自分の語る内容はなんであれ、どんなことにも利用してはならない。こうして交わす契約にたとえ法的効力があったとしても、そんなものに意味はなかった。ダリアンは依然としてすべての容疑を否認しつづけていたし、新任の官選弁護人を通じて、自分は無実であり、それに反する情報はすべてでっちあげだと公表してもいた。ぼくはまた、テープをまわすこともメモをとることも禁じられた。ここで耳にした情報をぼくが文章にすることがあったとしても、すべてフィクションとして世に出さなければならないとダリアンは言った。

ぼくはすべての条件に同意した。ダリアンが喋りだすと、ただ静かに耳を傾けた。看守がやってきて、退出の時間だと告げるまで、ダリアンは淀みなく喋りつづけた。

74

はじめて殺したのはスナネズミだった。いや、モルモットかもしれん。まあ、そんなことはどうでもいい。とにかく、里親の家にいたガキのひとりがそいつを飼っていた。ベッツィーって名前で、ミセス・グレッチェンのお気にいりのガキだった。グレッチェンはたいがい、女のガキをかわいがった。あいつらのほうが身ぎれいだからと言ってな。そんなわけで、ベッツィーはそのスナネズミだかなんだかを飼わせてもらっていた。いや、ハムスターか……ああ、そうだ、ハムスターだ。そいつは、下におが屑を敷いて、運動用の滑車を置いたガラスの水槽のなかで飼われていた。ちっこい糞を撒き散らしながら、ちっこい金属製の飲み口がついた容器からちびちび水を飲んでいた。ベッツィーってのはいけ好かないガキでな。歳はおれより少しだけ上だった。おれはあのころ七歳か八歳だったと思う。里親のもとで暮らすようになって、二年ほどが経っていた。どの里親にも、かならずお気にいりのガキがいた。だが、おれが里親に気にいられた例《ためし》は一度もなかった。いや、男親のなかには、そこそこかわいがってくれるやつらもいたっけな。とにかく、ベッツィーってのは意地の悪いガキだった。おれにはそのハムスターを撫でさせもしてくれなかった。遊ばせもしてくれなかった。

ただの一度も許しちゃくれなかった。

ある日の放課後、ベッツィーの帰宅が遅れた。演芸会のリハーサルがあるとかで、演目は《アニー》だったかな。グレッチェンは裏庭で酒を呷《あお》っていた。同居していた男は仕事に出ていた。おれはベッツィーの部屋に忍びこみ、ハムスターを水槽から取りだした。膝に載せて、毛を撫でた。あの柔らかな感触は、いまでも鮮やかに思いだせる。まるでミンクの手袋に手を突っこんでるみたいだった。黒い瞳がボタンみたいにきらきら輝いていた。あんなちっこい目でものが見えているってこと自体、驚きだとは思わんか？　あんなちっぽけな脳味噌でものを考え、あんなちっぽけな目玉でものを見ているなんてな？　だが、どんなにちっぽけな命でも、あんたとおんなじ命だ。どんな人間とも、どんな生き物ともおんなじ命だ。どうだ、そんなふうに考えるのは難しいか？　なら、おれの考え方を教えてやろう。命ってのは、打ち寄せた波がさっと引いたあとの浜辺みたいなものなのさ。それが洋々たる海だろうが、打ち寄せる波だろうが、砂浜に残された淀みだろうが、貝殻のなかに溜まった水滴だろうが、要はみんなおんなじものだ。おんなじ塩水だってこった。あのハムスターを、ベッツィーはたしか、ドニーと呼んでいた。ドニーをそっとつかむと、ちっこい心臓がものすごい速さで脈打っているのが手の平に伝わってきた。握りしめた手に力を込めたとき、自分がどれほどベッツィーを憎んでいるかに気づいた。ちっぽけな骨の砕ける感触が伝わってきた。その感触がなくなるまで、おれは指に力を込めつづけた。そのあと死骸を水槽に戻し、滑車の上に載せておいた。部屋を出て、ほかのガキどもと遊びはじめた。ベッツィーが帰ってきて大騒ぎを始めたが、みんなは、ハムスターが滑車を走っていて心臓発作を起こしたんだろうと考えた。おれたちはそいつの死骸を裏の森に埋めた。

すでにあんたは知っているかもしれん。あるいは、うすうす勘づいているかもしれん。おふくろとおれが接触を絶ったことは一度もない。少なくとも、長期にわたって連絡を絶ったことはない。おふくろがおれの居所を探しあてると、おれはひそかにおふくろとの密会を重ねるようになった。いわゆる、禁じられたロマンスってやつだな。放課後、アイスクリーム屋に連れていってもらうこともあった。友だちと映画を見にいくと言って、休日をおふくろとすごすこともあった。はじめて手に入れたあのカメラも、おふくろが買ってくれたものだ。あのころ、おふくろはまだ売春で生計を立てていた。道端で男を拾っては、安ホテルの部屋に連れ帰っていた。客をとっているあいだ、部屋の外で待たされることもときどきあった。小さなアパートメントを借りていたときには、キッチンで待たされることもあった。寝室の扉の隙間から、客を相手にしているおふくろを盗み見たことも何度かあった。そういう生活がしばらく続いた。ところが、おれが十六のとき……いや、十七だったかもしれん。とにかく、高校三年のときのことだ。客のひとりが、おふくろを殴りつけはじめた。正直なところ、とりたてて珍しい出来事ではなかった。服を着替えるときやシャワーから出てきたときにおふくろの裸はしょっちゅう見ていたから、身体にできた痣や傷が目にとまることもよくあった。おふくろは痛めつけられるのが好きなんだろうとも思っていた。客に殴られて興奮に喘ぐおふくろの姿をまのあたりにしたこともあった。だが、そのときばかりはあまりに度が過ぎていた。扉の向こうから、おふくろの悲鳴や罵声が聞こえた。抵抗を試みているとおぼしき物音や、何かが砕けるような音まで聞こえてきた。おれはたまらず扉を開けた。おふくろが鼻から血を流していた。男の背中が見えた。身長は六フィート、体重も二百ポンドはありそうな大男だった。そいつがおふくろの顔にこぶしを叩きつけていた。おふくろは部屋の反対側まで吹っ飛ばされて、口から血を吐きだした。おれは呆然と戸口に立ちつくしていた。何をどうすればいいのかもわからなかった。まだほんの子供だったのさ。そのとき、男がおふくろの首を両手でつかんで絞めあげはじめた。おふくろの身体が人形のようにがくがくと揺れはじめた。こいつはおふくろを殺すつもりなのだとおれは悟った。おふくろの目がおれを見ていた。喉がごぼごぼと鳴っていた。おれはキッチンへ走った。ぎざぎざの鋸歯がついた、大ぶりなパン切りナイフをつかみあげた。迷っている暇はなかった。そのまま寝室へ駆けもどり、男に跳びかかった。その背中に馬乗りになった。男は振りかえっておれを殴ろうとした。ほかの人間が部屋にいるということ自体に驚いているようだった。おれは男の髪をつかんで首を後ろにのけぞらせ、その喉をナイフで掻き切った。男はまるで雄牛のように、大量の血飛沫《しぶき》を飛び散らせた。のしかかるおれの下で、しばらく手足をばたつかせ、全身を震わせていた。倒れこんだ男の下で、おふくろが苦しげに息を喘がせていた。男は死んだ。じつに呆気ないものだった。たいへんなのは、熊みたいに大きな図体を転がして、そこからおふくろを助けだすことや、死体を始末することのほうだった。おふくろがバスルームで返り血を洗い流しているあいだ、おれは床の血溜まりをモップできれいに掃除した。そのあと、バスタブのなかで死体を切り刻み、いくつかの鞄に分けて部屋から運びだした。鞄にコンクリート・ブロックや煉瓦の重石をつけて、川に沈めた。時計と指輪とクレジットカードを売って金《かね》に変えた。

その一件は、親子の絆をさらに深めた。おれはより多くの時間をおふくろとすごすようになった。高校を卒業すると同時に里親の家を飛びだして、おふくろと一緒に暮らしはじめた。おれたちはあちこちを旅してまわった。それこそ国中をめぐり歩いた。盛り場へ繰りだしては、酒場や公園や男子便所で獲物を引っかけた。要は、二人組の釣り師みたいなものだな。ひとりが獲物を引き寄せたら、もうひとりがそいつを追いつめ、退路を断つ。まあ、なりゆき任せのその日暮らしってやつだ。おふくろが男をつかまえて、フェラチオかファックをする。もしくは、おれがホモの爺いを引っかけて、ペニスをくわえさせてやる。金《かね》をもらって、仕事を切りあげる。だが、場合によっては、獲物をいきなり殴りつけて、現金や貴金属やクレジットカードを奪うこともあった。おふくろが客をとっている部屋に忍びこんで、客の頭を殴りつけてやることもあった。だが、誰ひとり警察に通報する者はなかった。そりゃあまあ、当然だわな。そうこうするうちに、おれは殺しのコツを身につけていった。めきめきと腕をあげていった。生きた人間の心臓をはじめて取りだしたときに感じた、手の上で脈打つ鼓動。あれはいまでもはっきりと覚えている。男の見ている前で、腸を引っぱりだしてやったこともある。だが、そいつの顔は痛みに苦悶しているようにはとうてい見えなかった。言うなれば、そう、自分の腸にうっとりと魅せられているような顔をしていた。ああ、わかってる。あんたは理由が知りたいんだろ。どうしてそいつなのか。誰かべつの人間じゃなく、どうしてそいつを選んだのか。おれにそう訊きたいんだろ。だが、おれに言えるのは、それは間違った質問だってことだけだ。おれにとっちゃ、みんな同じだ。どいつもこいつも、ただの肉塊にすぎん。きょろきょろ動く目玉と、鼓動を刻む心臓と、あれこれ思い悩むちっこい脳味噌を詰めこんだ肉の塊だ。数滴の血飛沫《しぶき》も、流された血の海も、永遠に寄せては返す鮮血の波も、どれもこれもおんなじってことだ。おれがその血を海へ戻したところで、洋々たる海に、数滴の雨が降りそそぐようなものでしかない。あのスナネズミの命も然り。おれやあんたの命も然りだ。

おれが童貞を失ったのは二十歳のときのことだ。ああ、遅咲きだってことは自分でもわかってる。おれの顔立ちは整っていたが、性格はひどく内気だった。虫の食った前歯が気になって、女の前で笑うこともできなかった。少しどもる癖もあった。何をするにも不器用で、つねに金に困ってもいた。ところがある晩、酒場にいるとき、ひとりの女に声をかけられた。女はおれに酒を飲ませて、自分の部屋へ連れ帰った。歳はおれよりずっと上だった。たぶん、三十五から四十くらいのあいだだったろう。女はおれに、ありとあらゆる手ほどきをした。コンドームまでつけてくれた。もっと速くだの、ゆっくりだの、強く突けだのとあれこれ要求した。乳房を噛んでも、強く握りしめても、髪を引っぱってもかまわないとさえ言った。男どもがおふくろによくしていたように、尻を引っぱたいてもかまわないとさえ言った。女はおふくろにそっくりの悲鳴をあげた。それを聞きながら、おれは果てた。そのことを話すと、おふくろは言った。その部屋へ戻って、女を始末したほうがいい。その女が妊娠するかもしれないし、おれにつきまとうようになるかもしれない。アバズレどもは男なんかよりずっと質《たち》が悪い。けっして女を信用するな。このあたしを除いては。翌晩、おれは女の部屋を訪ねた。女はにっこり微笑んで、おれをなかへ招じいれた。ふたたびおれに股を開いた。だが、その晩、おれは女の首をつかんで、きつく、きつく、しぼりあげた。おれは女を絞め殺した。女にペニスを突きたてながら、命の息吹を感じながら、もがき苦しむ女のあそこが収縮するのを感じながら、女の息の根をとめた。後頭部を壁に叩きつけてやると、女はようやくくたばった。おふくろは車のなかで待っているはずだった。だが、ふと顔をあげると、そこにおふくろが立っていた。おれが手助けなしにひとりでやり遂げられるかどうか、たしかめにきたのだとおふくろは言った。おれたちは女の死体を毛布でくるんだ。ふたりで車に運びこみ、郊外へ車を走らせた。苛性ソーダを振りかけてから、死体を森のなかに埋めた。そうしておけば、もし警察に見つかっても、おれのＤＮＡが検出されることはないはずだとおふくろは言った。

　それからは大勢の女と寝た。正確な数は覚えちゃいないが、それこそ何百もの女とだ。徐々にそっちのほうの腕もあげた。初体験を終えたおれは、もはや内気な青年ではなくなっていた。自分が女にモテるってこともわかった。ちょっと声をかけさえすれば、すぐにたいていの女が釣れた。多くの相手は売春婦だったが、そんなことは気にならなかった。おれは売春婦の息子だ。売春婦だって食っていかなきゃならない。それから女子大生や、人妻や、ウェイトレスや、店員や、公園で子供を遊ばせている母親どもにも声をかけた。もちろん、なかにはおれを拒絶する女もいたが、たいがいの女はふたつ返事で誘いに応じた。やつらは何かに餓えていた。おれがその何かを与えてやれるということを知ってもいた。大半の女には傷ひとつつけなかった。満足するだけさせてやって、そのまま家へ帰した。おれを手ひどく拒絶したり、高飛車な態度に出たりする女もなかにはいたが、おれは悠然とかまえていた。この女は自分がどれほどの危険を冒しているかもわかっちゃいないのだと、心のなかで高笑った。それから、ただ悠然と立ち去った。もしくは、女をそのまま帰らせてやった。もちろん、そうしないこともあった。だが、おれは腹を立てたわけじゃなかった。そういう問題じゃあなかった。おれは女を憎んでなどいない。なんだっておれが女を憎まなきゃならないんだ？　おふくろのせいだってのか？　〝ばか言え、相棒！〟ああ、いまのは、ここに収監されてる黒人どもがしょっちゅう言いあってるセリフだ。何かの番組の決まり文句か何かなんだろう。とにかく、おふくろについてのあれこれは、精神科医からいやというほど聞かされてきた。ああ、たしかにおふくろはいかれてる。だが、それがなんだってんだ？　おれがこれまで自分のものにできたのはただひとつ、おれの命だけだ。それはおふくろが与えてくれたものだ。おれはこれまで一度だって、怒りに駆られて人間を殺したことはない。パン切りナイフで喉を切り裂いた、あの男を除いてはな。だが、あのときにしたって、本当に怒りを覚えていたのかどうかはわからん。覚えているのは、電気ショックを浴びたみたいに感覚が麻痺していたってことだけだ。要は、心底怯えきっていたってことかもしれんな。だが、それ以降は、恐怖も怒りも感じた例《ためし》がない。おれが感じるのは、生きているという実感だけだ。芸術家が創作にあたっているときに感じるような感覚だ。ひょっとするとあんたも、小鬼《ゴブリン》の物語を書いているときに似たような感覚を覚えたことがあるかもしれんな。そうしておれは、万物のかぎりない多様性や、肉体の無窮の美しさと複雑さとに惹きつけられるようになっていった。思索に耽《ふけ》る時間が多くなった。たとえば、完璧な肛門とはいかなるものか。丸い尻の割れ目の奥に隠された、あのひそやかな窪み。淡い桃色のものもあれば、固く閉ざされた蕾を思わせる深い薔薇色のものもある。桃のなかに押しこまれたプラムのように、紫がかったものもある。紅潮した頬みたいに、あまりに繊細で、あまりに敏感な場所。慎重に撫でてやらねばならない場所。それから、快楽のなかや苦悶のなかで肉体の発するすべての音に耳を傾けるようにもなった。ときにそれは、どちらがどちらかを聞きわけることが難しいということを知った。白目を剝く目玉もじっくり観察した。香水やシャンプーのにおいもじっくり堪能した。ぶくぶくに太った男を切り裂いたこともある。屑肉の袋みたいに腹から腸をあふれさせたあと、さまざまな道具を駆使してそいつの身体を切り進み、内臓をすっかり抜きとって、使いこまれた豚革のスーツケースみたいにしてやった。そいつが夕食に食べたとおぼしき豆だのニンジンだののもつぶさに観察した。あとは寒風に吹かれながら、満ちかけた月のもとで白い息を吐きだしつつ、うなじを汗が伝いはじめるまで地面に穴を掘りつづけ、そこに男の骸《むくろ》を埋めた。夜が明けるころには、トラックが集まるサービスエリアでステーキと目玉焼きを平らげていた。あれはたしか、ウェストヴァージニア州での出来事だったな。夜明けの山頂にかかる霧がしだいに晴れ、壁を這う蔓のようにじわじわと谷間へおりていくさまを眺めていたのを覚えてる。その日、おれはケンタッキー州まで車を走らせた。周囲の眺めが最高だった。深い緑がどこまでも広がっていた。ここニューヨークじゃけっしてお目にかかれない、本物の深い陰影がそこにはあった。ちなみにオハイオ州は、煉瓦造りの建物と、年輪を重ねた樹木と、川のイメージだ。オハイオ州では、深夜のコンビニエンス・ストアでレジ打ちのバイトをした。手っ取り早く金《かね》が入れば、仕事なんてなんでもよかった。おれが仕事に出ているあいだ、おふくろはいつも酒場で客を釣って、ホテルで身体を売っていた。ある晩、おれは翡翠《ひすい》みたいな目をした女に出会った。女の目は本物の翡翠みたいに、少し白濁した緑色をしていた。少なくとも、おれにはそんなふうに見えた。女はニューポートの煙草を一パックと、スナック菓子を買いにやってきた。菓子の種類はドリトスだったか、チーズ・ドゥードルズだったか、ファニオンだったか……覚えているのは、女の指先と唇がオレンジ色の食べかすにまみれていたってことだけだ。女の髪は赤みがかったブロンドだった。ストローをくわえて、チェリー・シロップをかけたかき氷をすすっていた。ぺちゃ鼻の周囲にはそばかすが散っていて、足首には鎖の模様の刺青《いれずみ》をぐるりと一周させていた。おれがそれに目をとめると、すばらしくしなやかな動きでスニーカーを履いた足をカウンターに載せ、そいつを近くで拝ませてくれた。女は見事な頬骨をしていた。前歯のあいだに大きな隙間が開いていて、それがおれには愛くるしく見えたが、本人はひどく恥ずかしがっていた。おれの冗談に笑うときも、手の平で口を覆い隠した。仕事が引けたあと、おれは女のトレーラーハウスに転がりこんだ。女の口とオマンコにペニスをくれてやった。いやがる女を押さえこんで、肛門も無理やり犯した。そのあと、女の首を絞めた。死体をシャワーに吊るして、あのきれいな目玉をくりぬいた。家に帰ると、白いスポーツ・ソックスを履いた豚みたいな男におふくろが組み敷かれていた。ぶよぶよの白い贅肉に、おふくろの指が第一関節まで沈みこんでいた。おれは音もなく部屋へ忍びこみ、男の財布をたしかめた。なかにはたんまり札束が詰まっていた。男はトラックの運転手らしく、積み荷を届け終えて支払いを受けたばかりのようだった。おれは金槌の先端を男の頭蓋骨に叩きつけた。そいつの後始末にはまるまるひと晩を要した。メキシコでは、ティファアナの郊外の酒場で拾った売春婦をふたり切り刻んだ。どちらも引きしまった真ん丸い尻と、小ぶりで真ん丸い乳房の持ち主だった。マヤの石碑に刻まれているような、インディアンに似た顔立ちをしていた。そのうちのひとりが緑色の瞳をしていてな。オハイオ州で出会ったあの白人女の瞳よりも濃くて、澄んだ色の緑だった。もうひとりは、前歯の一本に金がかぶせられていた。おれは女のひとりを縄で縛りあげ、目蓋を切りとって、目を閉じられないようにしてから、もうひとりがいたぶられるさまを見せつけてやった。その日はひどく暑かった。すべてを終えるころ、おれは着ていた服をすべて脱ぎ捨て、素っ裸で血にまみれていた。飛びまわる蠅が背中をかすめるなか、テキーラをごくごくと呷った。切断した死体をいくつかの袋に詰めこんで、浜辺まで運んだ。苦労しながら波間を進み、沖に出たところで手を放した。潮に押し流されていく袋を見届けてから、月の輝く夜空のもと、白波を蹴散らしながら浜へと戻った。翌朝、前夜の記憶にひたっているとき、オオカバマダラ蝶の群れが飛来した。あんた、あいつらの大移動を見たことがあるか？　橙色の花畑のような大群が死に場所を求め、カリフォルニア州の北部から遠い故国まではるばる空を飛んでくるんだ。脳味噌も持たないようなちっぽけな生き物だ。あれだけ短命なら、記憶にとどめるべき思い出も持たないはずだ。それでもあいつらは、ひとつのことだけはけっして忘れない。見たこともない故郷の土地へ、死ぬまえにかならず戻ってくるってことだ。そのとき飛来した蝶の大群は、一本の木を覆いつくした。風に揺れる葉のように、まばたきをする睫毛のように、枝の上で羽をひらつかせていた。この世のものとは思えない光景だった。ミチョアカン州の秋の海辺でそのとき目にした光景は、おれの目にいまも焼きついている。その年、ロサンゼルスでは、ある妊婦に出会った。スイカみたいにふくれた腹を、スカートの下に覆い隠していた。そんな女までもがおれをほしがるなんて、あんたにゃ信じられないか？　女の亭主は金持ちだった。おれは女を生かしておくことにした。亭主の待つ家へ帰してやることにした。おれにしてみりゃ、どっちでもよかった。女は自分のベンツに乗りこむと、去り際に投げキスを放ってよこした。おれは腹を抱えて大笑いした。アルバカーキで入ったレストランでは、焼けすぎたステーキを食わされた。おれはウェイターを家まで尾け、頭を殴って気絶させた。ウェイターが目を覚ましたとき、おれはそいつの身体を床に釘づけしているところだった。焼けすぎた肉の塊だけは、どうしても我慢がならなかったもんでな。デンバーではホームレスの爺さんを殺した。爺さんは安酒と小便のにおいをぷんぷんさせながら、高架線の下の道端で眠りこけていた。おれはふと立ちどまり、爺さんの喉を掻き切ってから、そのまま歩き去った。ミネアポリスでは、クッキーって名の売春婦を殺した。クッキーの腹には帝王切開の傷痕が残っていた。メンフィスでは、流行の最先端を気どっている夫婦を殺した。陽に焼けた肌をして、全身を脱毛していて、鍛えぬかれた身体つきをしていた。それにしても、現代人は自分の肉体に関して、あまりに神経質すぎるとは思わんか？　年齢も、人種も、体形だって関係ない。誰もがおれのように、自分たちの肉体の美しさを認めるべきだとおれは思う。それから忘れちゃならないのは、その内部の美しさだ。あんた、肝臓を見たことはあるか？　紫がかった褐色をしていて、なんとも言いがたい艶を放っている。それに、真っ赤な血飛沫《しぶき》や、ぬくもりに包まれて寄り添いあう薄桃色の臓器の美しさといったらないぞ。たいていの人間は腸《はらわた》と聞くだけで身震いし、胸をむかつかせるようだが、まあ、においがちょいと強烈だってことはおれも認める。あれに慣れるには、それなりの時間がかかる。しかし、先入観を捨て去ることさえできれば、人間の内部にはじつに美しいものが隠されているってことがあんたにもわかるはずなんだ。

あんたもおれと同じ、クイーンズの出身だったな。そいつはじつに喜ばしいことだ。ところで、クイーンズが島だってことは知ってたか？　要は、ロングアイランドの一部ってこった。そう考えると、特別な街、ひとつの王国って感じがしてくるだろ。かといって、マンハッタンほどけばけばしくはない。おれは国中を旅してまわったが、いずれはクイーンズへ戻りたいとつねづね思いつづけていた。あそこがおれの故郷《ふるさと》だから。世界中でただひとつの安息の地ってやつだな。あそこで味わうことのできる世界各国の料理も恋しかった。あんな街がほかにあるか？　アルゼンチン料理に、コロンビア料理に、中華料理に、韓国料理。マレーシア料理、インド料理、ギリシャ料理、イタリア料理。ありとあらゆる国の料理を出す店が、ところ狭しと軒を連ねている。マンハッタンに比べたら、クイーンズは田舎町みたいなもんだ。時間の流れがゆっくりで、温かみもある。それでもおれには、クイーンズこそが本物のニューヨークだという気がしてならない。おれたちの生まれ育ったあの街本来の姿をとどめているのは、クイーンズしかないって気がするのさ。不動産開発業者どもに、ヤッピーども。ヨーロッパ出身の大富豪どもに、信託基金のインテリ気どりども。あいつらがニューヨークを変えちまった。おれがもう一度人生をやりなおすとしたら、まず血祭りにあげるのはあいつらだ。おれが殺人事件を急増させることさえできりゃあ、家賃の高騰を抑えることも、金持ちどもをニューヨークから追い払うこともできたかもしれん。西洋文化を守りぬくこともできたかもしれん。アスター・プレイスにおれの銅像が立つことになったかもしれん。いや、クイーンズについてあんたにあれこれ説明する必要はなかったな。あんたはいまもあそこに暮らしてるんだ。死んだおふくろさんのアパートメントにな。そうとも、あんたのことならなんでも知ってる。あんたの書いたヴァンパイア小説も、犯罪小説も読ませてもらった。ほら、例の黒人が主人公のやつだ。たしかジェレマイア・ジョンソンとかいったか……ああ、そうそう、モルデカイ・ジョーンズだったな。ポン引きの親玉が囲う女どもを皆殺しにしようとしている連続殺人鬼がいて、モルデカイがそいつの正体を突きとめるって話だった。あれもなかなか楽しめた。ただ、おれとしちゃあ、例のSF物のほうがずっと好みだがな。愛奴だのセクサロイドだのが登場する、架空の惑星を舞台にした、あの小説だ。ありゃあ、かなり面白かった。それから、おふくろにしばらくあんたを尾《つ》けさせたこともある。あんたと事務所で正式な対面を果たすまえに。おれからあんたに例のファンレターを送るまえに。あんたはかなりの面食いだとおふくろは言ってたぞ。あんたのまわりをうろちょろしてた娘っ子がいたろう。そう、クレアだ。おふくろがその娘をあんまりこっぴどく痛めつけていなきゃいいんだがな。おふくろには女に対する偏見がある。とりわけ若くてきれいな女には容赦がない。そういやあんたは、われらが共通の友人ダニエラまで射とめたらしいじゃないか。それに関しちゃ、あんたが妬《ねた》ましいと言わざるをえない。ダニエラとはしばらく手紙のやりとりをしていてな、ずいぶん心を惹かれていたんだ。あの女にはなかなかの見込みがある。

いったいなんの話をしていたんだったか。ああ、そうか、写真の話だったな。すべての幕切れ。身の破滅。おれに死をもたらした最後の恋人たち。クイーンズの王女たち。だが、これだけは言っておく。おれを破滅の道へといざなったのは、女どもではなく芸術だ。おれがみずからの欲望を抑えこんだことはない。欲望はおれの残したすべての作品に知らず知らずの影響を与えた。あんたはこう考えているはずだ。人間個人の成長は、芸術の歴史の体現でもあると。糞便を垂れ流す赤ん坊から、果実の汁や木炭を使って洞穴に壁画を描いた未開人に至るまで。地に背を向けて宙高くを舞いながら、天井に天国を描きだしたミケランジェロに至るまで。そして、遥かに低いレベルではあるが、おれもまたその成長の過程にいる。ああして血や腸《はらわた》をいじくりまわしてきたのもそのためだ。はじめのうちはたしかに、単なる解体処理にすぎなかった。おれが興奮を覚えていたのは、ひとを殺す瞬間のほうだった。しかし、やがてはこう考えるようになった。何かを破壊するだけではなく、何かを創造したい。あるいは、破壊を通して何かを創造したい。もちろん、生みだすからには美しいものでなくてはならない。おれは人間の目や髪や手や指や足を研究しはじめた。人間の皮膚というものを理解すると、それを使って何ができるかがわかるようになった。皮膚ってのは、人間の肉体のなかで最も広い面積を占め、最も不思議な組織だということにも気づいた。胃や肺や腸やらをとっくり鑑賞することで、そのすばらしさを解するようにもなった。世の名匠が石やら木やら粘土やらを理解しつくしているように、おれもまた、肉体のすべてを知りつくすようになった。

クイーンズへ舞いもどると同時に、一生の仕事に取りかかろうと決断した。むろん、カメラマンの仕事にだ。モデルたちを殺すつもりは微塵もなかった。ただ単に、普通のポートレイト写真を……まあ、比較的普通の写真を撮るつもりでいた。そこでまずは、地元の学校、商店や企業、地元新聞なんかにモデル募集の広告を出した。二、三の仕事も舞いこんだ。だが、どれも月並みでちっぽけな仕事だった。そんなとき、あの女が連絡をよこした。そう、ナンシーなんとかって名前の、あの女だ。電話の声に、おれは好感を覚えた。そういや、新聞にはたしか、ナンシーは物静かな性格で、実家暮らしを続けている品行方正な娘だと書いてあったな。しかし、残念ながら、事実は大きく食いちがう。念のため言っておくが、当時のおれはまだ若く、なかなかの美男子だった。自分の魅力を鋭く研ぎ澄ましてもいた。生き血を求めるヴァンパイアなら、誰もがそうするものだろう？　はじめのうち、ナンシーは緊張にこわばっていた。その状態のまま、どうにも味気ない写真を何枚か撮った。ところが、ワインを一本あけたあと、ナンシーはヌード写真の撮影に応じていた。二本目のボトルをあけたあとは、おれの下で身悶えしながら喘ぎ声をあげていた。そのあとは、おれが求めればどんなことでもしてくれた。肛門に花を生けて、逆立ちまでしてみせた。そのとき、おふくろが帰宅した。さっきも言ったとおり、おふくろは女を信用しちゃいない。こういうときどんなことになるかは、まあ、知ってのとおりだ。あんたのおふくろさんだって似たようなものだったろう。おふくろはがみがみと執拗に小言をまくしたてた。見知らぬ人間をどうして家にあげたのか。ノータリンで身持ちの悪いふしだらな小娘なんぞもってのほかだ。この娘は危険だ、まずいことになる。いったいどうしてくれるのか。おふくろを黙らせるには、喉を切り裂くしかなかった。もちろん、おふくろじゃなく、ナンシーの喉をだ。しかし、どうだろうな。おれは誤った選択をしたのかもしれん。言いたいことはわかるだろう？　まあ、おかげで創作に乗りだすことはできた。その瞬間、例のテーマが頭にひらめいたのさ。おれが創作する作品のテーマがな。しかし、いったん乗りだしたなら、誰かにとめられるまで進みつづけなきゃならない。それが芸術家ってやつだからな。それから、生みだされた作品が永遠に生きつづけるようにもしなきゃならない。たとえそれが、警察署の地下資料庫のなかであってもかまわない。すべての芸術がそうであるように、どこかの倉庫に埋もれていた絵画や、出版されることのなかった小説や、売りに出されることのなかった詩がそうであるように、おれの作品もまた、いずれかならずなんらかの活路を見いだしてくれるはずだ。世に生みだされたかぎり、その作品は永遠に生きつづける。あんたもそう思うだろう？

ひとを愛したことはあるのかだと？　ばかを言うな。オハイオ州で出会った、翡翠の目をした女を忘れたか？　メキシコで殺した売春婦のことだって、おれはちゃんと愛してた。左側にいたほうの売春婦をな。これまで殺した女たち全員を、おれはおれなりのやり方で愛していたのかもしれん。だって、そうだろ。いまでもこうしてあの女たちのことを懐かしく思いかえしている人間が、ほかに誰かいるか？　いや、結局のところ、おれは自分の作品しか愛していないのかもしれないな。だが、それがおれたちの選びとる道だ。芸術家の選ぶべき道だ。そうだろ？　おれたち芸術家にとって、自分以外の人間ってのはなんだ？　答えは素材だ。作品の材料だ。女と、その女から生みだした肖像と、おれたちがどちらをより愛するか。答えはわかりきっている。芸術家には人間臭さに欠けるところがあるだろう？　おれたちは誰も愛さない。憎みもしない。ハリケーンが木々を薙《な》ぎ倒すとき、その木を憎んでいるか？　トラが獲物を引き裂くとき、その獲物を愛したり憎んだりするか？　トラがかつての俊敏さと鋭い牙とを失って、ひとり死にゆくとき、嘆き悲しむ者がいるか？　おれたち芸術家はひとりで生き、ひとりで死んでいくものなのさ。

あんなことをする権利を、誰がおれに与えたのかって？　答えはもちろん、万物を育むこの自然界さ。自然もまた、創造しては破壊する。破壊によって創造する。数々の欲望をおれに授けてくれたのも自然だ。つまりはおれも自然の一部ってこった。自然は、腐りゆく聖人のみならず、その腐肉を食らう蛆虫までをも慈《いつく》しむ。この世に限界や制限が存在するとしたら、それは人間が課したものだけだ。それはなぜか？　そうした制限ってのは、多数派の人間が必要に駆られて設けたものにすぎないからだ。強き者たちから自分の身を守るために、弱き者たちが設けたものにすぎないからだ。狼から身を守ろうと、羊の群れが団結したにすぎないからだ。だが、何者にも縛られず、知性と理性とを持ちあわせた人間が従う唯一の法は、みずからの欲望のみだ。そうした人間に課せられているのは、みずからの欲望に従って生きぬくために持ちあわせた、みずからの能力の限界のみだ。自分の犯した罪を悔やんでいるかって？　ばかを言うな。おれは自分の人生に満足している。法で裁かれることも、罰を科されることも、おれにとっちゃ屁でもない。大昔の罪人は盛装で絞首台へ向かったそうだ。まるで、自分の結婚式にでも向かうかのようにな。そして、刑を見守る野次馬はそいつに花を投げ、喝采を浴びせたという。罪を犯したという理由で死刑に処せられるのは、現代社会から賜ることのできる最高の栄誉だ。考えてもみろ。おれたち人間のなかで、いっさい殺しに手を染めていない者がいるか？　来る日も来る日も、人間は地球上のあらゆる生物を絶滅へと追いやっている。この惑星《ほし》を破壊し、資源を使いつくしている。みずからの行ないによって、みずからを抹殺しようとしている。だが、それがなんだってんだ？　人間が死に絶えたからって、すべての命が消え去るわけじゃない。この惑星《ほし》が人間を恋しがることはない。

あんたとはささやかながら分かちあえるものがある。だから、あんたには打ちあけよう。おれにも後悔はひとつある。それは、もっと作品を残したかったってことだ。これこそが唯一の限界だ。自然の摂理がおれたちに課している、唯一の限界ってわけだ。ひとつの肉体と命とでおれたちが成し遂げられるものには限度がある。空間的にも、時間的にも。あんたにならおれの苦悩が理解できるかもしれん。こんな状況を思い浮かべてみてくれ。あんたはいま女といる。愛する女と一緒にいる。あのジェインって女でもいいし、おれたちの共通の友人ダニエラでもいい。あんたはその女とのセックスを終え、疲れきった身体でぐったりと横たわっている。数人の稚児《ちご》を手籠めにしたあとのソクラテスみたいに、恍惚と物思いに耽っている。そのとき、女がベッドをおりて煙草を取りにいく。もしくは、月明かりを頼りに便所へ向かう。女が隣に戻ってきたとき、あんたの欲望も戻ってくる。ふたたび女を自分のものにしたくなる。だが、それはできない。あんたはいま精も根も尽き果てている。これこそが絶望だ。おれのような人間だけが知る、唯一の拷問だ。おれの想像力は欲望に無限の翼を与え、肉体の限界を飛び越えさせる。そうして感じた快楽もまた、想像力をさらに燃えあがらせる。そうして永遠に絶えることなく、無限の循環が続いていく。欲望から思索へ。哲学から快感へ。だが、幸いなことに、抜け道はある。もし人間が俗世の愛を超越した芸術家となるなら、いっさいの限界が消え去る。どこまでも欲望の手を伸ばすことができる。誰にでも触れることができる。誰かの心を燃えあがらせることができる。十の命を生きようともけっして果たすことはできないであろう偉業を成し遂げることができる。現世を生きる人間どもを感化することによって、時間の限界を越え、永遠にみずからの欲望を増殖させていくことができる。あんたが書いてきた小説もおんなじことだ。あんたが動かした心を、あんたが植えつけた夢を、あんたが火をつけた欲望を思い浮かべてみろ。どんな愛に、どんな罪にあんたが触発されたのか、そんなことが誰にわかる？　小説を書く理由がほかにあるか？　文学ってのは、全世界をぶち壊そうとする試み以外の何物でもない。たとえば、こんな詩はどうだ――このページが剃刀で、おまえらみんながひとつの喉しか持たなきゃいい。

75

面会室を出ると大急ぎでホテルへ戻り、記憶のみを頼りに、ダリアンの語った言葉のすべてを可能なかぎり正確に文字に起こす作業に取りかかった。ついには手が痛くなるまで、黄色い法律用箋を何枚も何枚も殴り書きの文字で埋めていった。作業を終えたときには、すでに陽が落ちていた。料金を払って部屋をチェックアウトし、最終列車に飛び乗った。

ダリアンの話が真実であるかどうかなど、誰にもわかりはしない。だが、真実である可能性はある。ダリアンは実際に、いま罪に問われている以上の人間を殺したのかもしれない。十年以上にもおよぶ殺戮の旅路のなかで、何十という人間を殺したのかもしれない。ぼくの直感はそれが事実だと告げている。たとえば、車を一台盗んだ容疑で誰かが有罪判決を受けた場合、その一台は、そいつの盗んだ多くの車のなかのほんの一部にすぎないはずだとぼくらは考える。そいつの盗んだ車が五台とされていたなら、実際には五十台から百台は盗んできたはずだと推測する。刑罰に対するぼくらの道徳意識には、そうした暗黙の了解がひそんでいる。職業的犯罪者が警察に捕まった時点で、すでにぼくらが把握できる以上の被害をおよぼしているはずだと考えるのが通例なのだ。

連続殺人鬼を対象とした場合、こうした憶測はさらに真実味を増す。プロの自動車泥棒や、銀行強盗や、麻薬常習者や、女房を殴る亭主には、いずれ尻尾をつかまれることをほぼ確実にする明確なパターンと動機と手口とがある。ところが、狂気の殺人鬼はなんの理由もなく、あるいは、ぼくらには理解できない理由で殺人を犯す。無作為に獲物を選んだり、運命に獲物を選ばせたりする。当てもなく国中を渡り歩き、行く先々で遺体を土中に埋めたり、水中に沈めたりする。そうした人間が捕らえられることがあったとしても、ただ幸運に恵まれたにすぎない。そして、本人が口を割らないかぎり、そいつにどんな容疑をかければいいのかを確定することすら難しい。

これを念頭において、国内だけでも年に数千人もの人々が行方を絶っていることを考えると、空恐ろしくなってくる。夫婦喧嘩のあと家を飛びだしていったきり、あるいは煙草を買いに出たきり戻らなかった夫や妻。妻子を捨てて蒸発した父親や、病院や教会の石段に赤ん坊を置き去りにした母親。長年にわたって勤め先と家との往復を繰りかえしていながら、ある日とつぜんハイウェイの出口をやりすごし、燃料が尽きるまで車を飛ばしつづける働き蜂。借金苦から逃げだした債務者。終わりを告げた恋を忘れようと当てのない旅に出て、都会の人込みにまぎれる男女。現実逃避に走った麻薬常習者や、アルコール依存症患者や、賭博狂いや、性倒錯者。巡礼者のようにどこからともなくやってきて、夜の街角にたむろしては、どこへともなく去っていく家出人。彼らはみな、内なる悪魔に駆りたてられ、みずからの意志で行方を絶ったのだろうとぼくらは信じこんでいる。しかし、彼らを駆りたてた悪魔が外にいたとしたらどうだろう。彼らの行方が永遠に知れることがなかったとしたらどうだろう。

いや、ひょっとすると、ダリアンは単なる大嘘つきなのかもしれない。ダリアンの語った話の詳細、具体的な場所や出来事については、可能なかぎりの裏をとった。なかには、新聞や公的記録の記述と合致するものもあった。何者かが押しいった形跡のある自宅で遺体となって発見されたメンフィス在住の夫婦。忽然と姿を消したまま行方知れずになっている、緑色の目とそばかす顔の女。しかしながら、ぼくと同様にダリアンにだって、そうした情報をたやすく入手することができたはずだ。それを巧みに盛りこんで、みずからの物語を練りあげることもできたはずだ。刑務所のなかでダリアンは時間を持て余している。その時間を利用して、誰かが犯した罪を自分の手柄にしようとしただけのことかもしれない。みずからの経歴に箔をつけるために。歴史に名を刻むために。あるいは、最後にもう一度、ぼくらを翻弄して楽しむため、不可解な虚偽情報を与えて、捜査を攪乱しようとしただけなのかもしれない。

同じことは、ダリアンが述べた(似非《えせ》)哲学的考察や屁理屈や自己分析にも言える。芸術や生と死に関して長広舌を披露した、あの壮大なる持論。だが、これについてもまた、持論を組み立て、独我論的かつ利己主義的にして胡乱《うろん》な見解を練りあげるための時間は無限にあった。殺人を犯しているあいだ、ダリアンが実際にあんなことを考えたり感じたりしていたのかどうかなど、誰にも知るすべはない。すべては、分別を欠いた狂人の蛮行に知性や審美眼という鍍金《めっき》を施すため、犯行よりずっとあとにひねりだされた虚飾でしかないのかもしれない。

思いだしてほしい。自分には深い学識と芸術的感性があると自負してはいるが、ダリアンが本を読んだり、思索に耽ったり、何かを学習したりといった時間を持つようになったのは、刑務所に入ってからのことである。犯罪に溺れはじめた当時のダリアンは、かろうじて高校を出はしたものの、読み書きもまともにできない状態にあった。周囲から受けた教育は、ダリアンの残忍性を育むことしかしなかった。ダリアンが性犯罪と殺人にのめりこみ、それに秀でていくのは当然のなりゆきだった。ダリアンは〝アメリカの狂気〟と名づけられ、温室培養された珍種のような少年だった。

だからこそ、ぼくはそうした見地から、残るすべてを考察してみようと思う。ダリアンのその他の言いぶんを。ダリアンが自任するところの、世の作家や芸術家たちとの共通点を。芸術作品や（拙作も含めた）文学作品との共通点を。だが、ダリアンが何を語ろうと、小さくも見逃すべからざる相違点がただひとつある。それは、ダリアンが完全にいかれた人間であるということだ。そして、それこそがダリアンの盲点でもある。

ダリアンは自分が邪悪であることを認めた。そのうえで、自分を邪悪な人間に仕立てあげた道徳体制を破壊せんがため、強靭にして強烈な意欲と知性とを総動員した。なのに、自分が正気であるかどうかについては、一瞬たりとも疑おうとしなかった。ダリアンはわかっていない。狂気もまた、論理性や、一貫性や、計画性や、明晰な頭脳を備えることがある。狂気が完璧な道理をなすこともある。たとえば偏執病に陥った人間は、みずからの構築した排他的な世界に閉じこもり、現実の世界や客観的な事実をいっさい認めなくなる。自分を疑う者は、自分を陥れようとたくらむ人間だと信じこむ。そのために、信頼の置ける人間以外とはいっさい口を利かなくなるのだ。

　ダリアンはたしかに、抜きんでた知性の持ち主なのだろう。ダリアンの知能指数がぼくより高いことに異議を唱えるつもりはない。それでもやはり、そこにはひとつのほころびがある。心に根ざした狂気がある。どんなにお粗末な出来であろうと、このぼくがなんとかやってのけているのに、ダリアンにはどうしてもできないでいることがある。それは、実際に作品を書きあげるという行為だ。作家としてダリアンが生みだしたのは、あの女たちに宛てた手紙のみ。芸術家としてつくりだしたのは、おぞましいばかりの写真がひと握りと、ありふれた肖像写真のみではないか。

　作家や芸術家がかならずしも狂気に取り憑かれているというわけではない。そうでないことは誰もが知っている。いや、ひょっとすると、そうした一面を持ちあわせるのが芸術家というものなのかもしれない。芸術とは、生来備わった奇矯な発想を、形あるものとして世に生みだす作業なのだから。しかし、作家がものを書くという行為にかぎって、それを司《つかさど》っているのは正気の部分であるのだとぼくは思う。作家は思いの丈《たけ》を紙にしたためることによって、忘却から世界を、死から生を救いだそうと試みているのだ。

　では、すべてを救いだしたい、善悪もへったくれもなく、ただただ読者に手をさしのべたいと願う、その思いはなんなのか。それを愛と呼ぶのではないか。だからこそ、探偵や殺人鬼、ヴァンパイアや異星人を主人公とするぼくらジャンル小説家は、飽きもせず同じような物語を綴りつづけているのではないか。ジャムの染みが粘つくお気にいりの絵本を何度も読みかえす子供のように、ひとつの物語を繰りかえしなぞることで、いずれは最良の形に仕上げようと努めているのではないか。そう、だからこそぼくらは、想像力の住まう館に新たな部屋を増築しつづけている。朝になるたび、新たな悲哀を腕いっぱいに抱えて、薄暗い森から戻ってくる。心を惑わす無数の樹木や、亡霊の跋扈《ばっこ》する玩具のような街や、みずからの妄念を紙に綴りつづけ、ひとつの物語や連続小説の形で生みだしつづけているのだ。

列車が市内に入るころには、考えごとのしすぎで意識が朦朧としはじめていた。裏通りやトンネルを走りぬける列車に合わせて、ぼくの思考も時をさかのぼり、子供時代（ぼくではなくダリアンの子供時代）へと突き進んでいった。半ば無意識に法律用箋をめくり、すべての発端——はじめて生き物を殺したときのこと——についてダリアンが語ったページを開いた。スナネズミ。ハムスター。なにがしかの小動物。はっきり何とはわからないが、とにかく何かが引っかかった。狂ったようにまわる滑車が、どこへ向かうでもなく、頭のなかで回転を続けていた。

ダリアンの指が砕いたあのちっぽけな骨が、ぼくの歯のあいだでプレッツェルのようにぽきんと折れた。ペンシルヴェニア駅で頭痛とともに目が覚めた。汗ばんだ手がもう一方の手を握りしめていた。

地下鉄に乗りかえ、川を渡り終えて地表へ顔を出したとき、窓の外は漆黒の闇に沈んでいた。携帯電話にメッセージが届いていた。電話をかけてきたのはジェインだった。夫のライアンと話しあったすえ、こうして電話をかけさせてもらった。ぼくが執筆するダリアン・クレイの告白本の抜粋を《ほころびた格子縞の外套》の来季号に是非とも掲載したい。来季号は犯罪をテーマに据えた特集号とする予定であり、ぼくの本を目玉にして、朗読会やパーティーや討論会なども計画している。ぼくには有能なマネージャーがすでにいるようだが、僭越ながら自分たちのエージェントや編集者にも話を持ちかけてみたところ、是非とも原稿を拝読してみたいとの返事が返ってきたとジェインは言った。なるほど、そんなものがあるならぼくだって読んでみたいものだ。

ひとり寝のソファーと静まりかえったアパートメントへ帰ることを思うと、気が滅入った。花屋の前を通りかかったとき、店内で掃き掃除をしているモーリスが目に入った。店先に駆け寄り、窓ガラスを叩いた。店のなかへは入れてもらえたが、是非とも一杯奢らせてくれという必死の誘いには首を振られた。

「気を悪くしないでほしいんだけど、あんたたちみたいなノンケの人間と酒を飲むと、たいていが面倒なことになる。それに、ゲイリーと約束もあるしね。いいえ、今夜はついてきちゃだめよ。代わりに、ほら、これで元気をお出しなさいな」

モーリスは満開のアイリスの花束を手に取った。

「新しく始めたプロジェクトなの。自家栽培のアイリスよ。裏庭であたしが育ててるの」微笑みながら、ぼくに花束をさしだした。

「天才だ……」とぼくはつぶやいた。

「あら、そう？」

「ああ、きみは天才だ！」ぼくはモーリスの肩をつかむと、つま先立ちになって、両の頰にキスを贈った。

「お褒めにあずかって嬉しいわ！」はしゃいだ声を背に受けつつ、紫色の花束を振りながら、ぼくは店を飛びだした。自宅へ向かって歩道を駆けながら、携帯電話を取りだし、ＦＢＩの番号を押した。タウンズは仕事を終えてすでに帰宅していた。

「急ぎの用がある。緊急の用件なんだ。一刻も早く話をしなきゃならない」

相手は少し迷ってから回線を切りかえた。しばらくして、ようやくタウンズの声が聞こえてきた。テレビの音声がかすかに漏れ聞こえてくる。夕食の最中らしく、フォークと皿の触れあう音や、グラスの鳴る音も聞こえた。

「ハリー、どうかしたか？」

「タウンズ！」電話の回線を通さずに自分の声を届かせようとするかのように、ぼくは声を張りあげた。「わかったんだ！　ダリアンがどこに遺体の頭部を埋めたのかがわかった！」

76

電話を切るやいなや、タウンズは現場確保のためのチームを招集し、目的の場所へ急行させた。夜明けまえには発掘作業が開始されていた。テレンスともうひとりの捜査官がぼくを拾い、〈ダンキン・ドーナツ〉で慌ただしくさしいれを仕入れたあと、同様に現場へと車を飛ばした。その家の前では、横ざまに駐車したパトロールカーが通りを封鎖し、赤色灯が音もなく回転していた。数台のワンボックスカーや、さらに数をうわまわるFBIの黒塗りのシボレー・インパラがあたり一帯にひしめきあい、片隅では一台の掘削機がエンジンをアイドリングさせている。大型の投光照明によって家々の前庭に光が氾濫し、森の輪郭がくっきりと浮きあがっている。近隣の住民が騒ぎに目を覚まし、町へやってきたサーカスが通りの向かいにテントを張りはじめでもしたかのように、家の外まで見物に出ている。腕を振って誘導する警官の脇をすりぬけたとき、先日の訪問で見かけたあの若い母親の姿が目にとまった。私道にとめたボルボの脇に立って、向かいの荒屋《あばらや》を食いいるように見つめていた。亡霊に取り憑かれた家であることくらい、まえからわかっていたとでもいうように。その亡霊の正体がついにあきらかとなる瞬間を、けっして見逃すまいとするかのように。

道端に停車した車をおりるなり、夜明けまえの冷気が肌を刺した。黒いコートを羽織った捜査官や、制服姿の警官や、白い紙でできた宇宙服のようなものを着た鑑識官が車の周囲にわらわらと群がってきて、ボンネットの上からコーヒーをつかみあげたり、そこにミルクや砂糖を加えたり、エンジンの熱に温められたばかでかい箱のなかからドーナツを奪いあったりしはじめた。

玄関の扉が開いて、タウンズが姿をあらわした。コーヒーのにおいに誘われるかのように、タウンズはまっすぐこちらへ近づいてきた。ぼくに無言でうなずきかけてから、まずは部下たちに低い声で指示を与えた。部下たちが方々へ散っていくと、ようやくぼくに顔を戻した。

「里親のグレッチェンに話を聞いた」それだけ言うと、厚紙製のホルダーから紙コップをつかみあげ、プラスチックの蓋をはずした。コップの口から湯気があふれだした。

「それで？」ぼくは先を促した。

タウンズは砂糖の包みを二つ破って、それをコップにそそぎ、クリームも二パック加えた。カップの縁《ふち》からゆっくり、長々と、熱々の液体をすすりあげると、蓋を戻してから、ため息を吐きだした。

「だいぶ頭は耄碌《もうろく》しているようだが、ああ、間違いない。ダリアンはときおりこの家を訪れていた。住宅ローンの支払いも手伝ってやっていたらしい」

「においますね。腹の底からグレッチェンを憎んでいたってのに、そんなことまでするなんて」

「ああ。それから、グレッチェンがかつて同棲していた男には、児童虐待の容疑による逮捕歴があった」

「現在の居所は？」

「十五年まえ、肺癌で他界している」

「グレッチェンはダリアンのもくろみをすべて承知していたんでしょうか」

タウンズは肩をすくめた。「おそらくそれはなかろう。正式な取調べはのちほど支局のほうで行なう予定だが、わたしの予想では、グレッチェンは何も知るまいとしていたのではないかという気がする。ジンを呷りながらクイズ番組の《ザ・プライス・イズ・ライト》でも眺めていたほうが、ずっと気楽だからな」そこでいったん言葉を切ると、ぼくをちらりと見やりながら、こう続けた。「それから、ダリアンが裏庭で作業をするときには、いつもブラインドをおろしっ放しにしていたそうだ」

「裏庭？　グレッチェンがそう言ったんですか？」

「ああ。裏庭の手入れを手伝ってくれていたらしい」

「ちがう。裏庭じゃない。森だ。ダリアンがスナネズミだかなんだかを埋めたのも、写真を撮ったのも、あの森だった。ダリアンにとっては、あそこが特別な場所なんだ」

「ああ、わかっている。さて、そろそろ行くとするか」

車のあいだを縫って通りを進みはじめたとき、ひとりの捜査官が駆け寄ってきて、タウンズに何ごとかを耳打ちしながら、黄色いテープの向こうでみるみるふくれあがっていくひとだかりの一角を指さした。その瞬間、不平まじりに人垣が割れ、数人の警官に先導された一団が最前列に進みでた。そこに顔を揃えていたのは、被害者の遺族たちだった。ミスター・ヒックスに、ジャレル夫妻。そして、ジョン・トナー。全員が深い眠りからとつぜん揺り起こされでもしたかのように、しきりに目をしばたたきながら、あたりに目を凝らしていた。

「ちょっと失礼」タウンズはぼくに言って、コーヒーを大きくひと口飲みこんでから、そちらへ近づいていった。遺族らと順々に握手を交わしては、男たちの手を力強く、ミセス・ジャレルの手はそっと優しく握りしめた。遺族らはタウンズを取り囲み、小声でやりとりをしながら、ちらちらとぼくのほうを盗み見ていた。ミスター・ジャレルは前回と同様の虚ろな目をぼんやりとしばたたいていた。ミセス・ジャレルはまっすぐぼくを見すえて、にっこりと微笑みかけてきた。小さく手まで振ってもみせた。なぜだか感謝の念がこみあげてきて、ぼくも微笑みかけながら手を振りかえした。ところがトナーだけは、けっしてぼくと目を合わせようとしなかった。先日ＦＢＩで遭遇した際の暴挙をきまり悪く思っているわけでもあるまいに、一心にタウンズを見つめたまま、手帳にペンを走らせつづけていた。携帯電話が鳴りだすと、慌てて背を向け、受話口を耳に押しあてた。タウンズは遺族らの輪を離れると、ぼくにひとつうなずきかけてから通りを横切りはじめた。ぼくもそのあとを追った。そのとき、人垣のはずれにぽつんと佇むダニエラの姿が目に入った。ぼくが手を振ってみせても、ダニエラはなんの反応も示さなかった。ぼくの皮膚を透かし見るかのような遠い目をして、身じろぎもせずに立ちつくしていた。

「早くしろ、ハリー。こっちだ」

タウンズの声に促され、前庭の門を抜けて、枝の伸びすぎた林檎の木と、朽ちかけたビュイックと、カーテンの閉めきられたつぶれかけた家の脇を通りすぎた。いまはそのすべてに、紺色のウィンドブレーカーを着てゴム手袋をはめた人間たちが群がって、何とは知れないものをつついたり、覗きこんだりしていた。裏庭では、倒れかけたフェンスの一部が取り除かれ、そこに赤いテープが張り渡されていた。ぼくらの姿を認めると、ひとりの警官が小さく頭をさげながら、テープを持ちあげてくれた。

森のなかはなおも暗かった。上方からの光は、密集した枝葉の隙間から木漏れ日のようにぼんやりと降りそそいでいた。投光照明の光が木々の合間をゆっくりと移動して、光の輪のなかに枝なり、石なり、汗のにじむ顔なり、手なりを浮きあがらせていった。発掘チームの面々は片手に懐中電灯を握りしめ、ヘルメットに取りつけられた小型ランプを煌々と灯らせながら、光の帯で地面につながれてでもいるかのように、黙々と作業を進めていた。空が明るくなるにつれて、そうした光がひとつまたひとつと消えていった。森や草地には碁盤目状にテープが張りわたされ、風にはためく小さな旗やプラスチック製の杭がそこかしこに立てられていた。あたりには無線の音声や雑音が飛び交っていた。

しばらくは何ごとも起こらなかった。ぼくらはひたすらに待ちつづけた。空に陽がのぼりきった。ぼくはコートを脱いで腕にかけた。捜査官たちが立て続けにタウンズのもとへやってきては、小声で何ごとかを伝えていった。無線の呼出しを受けるたび、タウンズは片方の耳の穴に指を突っこんで報告を聞き、次の指示を飛ばした。しかしおおかたはぼくと同様、その場に無言で立ちつくし、発掘の様子をじっと見守っていた。コーヒーを飲み終えると、紙コップを捨てる場所を探してしばらくあたりを見まわしたすえ、掘りだした土を運びだそうとしていた捜査官に押しつけた。さらに一時間が経過したころ、タウンズはぼくを見やって、肩をすくめた。

「どう思う？」

ぼくも肩をすくめてから、「わかりません」と答えた。あたりを見まわし、少し迷ってから、低い声でこう続けた。「あの、トイレに行きたいんですが」

タウンズは顔をしかめた。「我慢できんのかね？」

「これ以上は無理そうです」じつを言うと、森へ入ったときにはすでに尿意を催《もよお》していたのだが、FBIの面々に蹴つまずくことのない木陰をなかなか見つけられずにいたのだった。

タウンズはため息を吐きだした。「里親の家で借りてくるといい。このあたりで用を足されては困る。万が一ということもあるからな」

「はあ、なるほど。いちおう声をかけたほうがいいですかね？」

「誰にだ？　ああ、グレッチェンなら、もう支局のほうへ連れていかれたはずだ」

「わかりました。すぐに戻ります」

「まあ、ごゆっくり」

テープの張られた箇所を慎重に避けながら来た道を引きかえし、フェンスのあいだを抜けて裏庭に入った。夕闇のなかでこの幽霊屋敷を見たときには子供じみた恐怖に圧倒されたが、おどろおどろしい場所の大半がそうであるように、燦々《さんさん》と降りそそぐ陽の光のもとでは、やけに小さく、みすぼらしく感じられるだけだった。それでもやはり、いざあのなかへ入るとなると、いささかの緊張を覚えずにはいられなかった。ぼくは勝手口の手前で立ちどまり、錆の浮いたドアノブに手をかけたまま、しばらくためらった。埃の膜がかかった窓ガラスの向こうを覗きこみ、犬がいないことをたしかめようとした。

そのとき、森のほうからざわめきが起こった。けっして大きな音ではなかった。無線の声と裏庭の周囲の動きが一様にせわしなくなったというだけではあったが、何かが見つかったのだと知るにはそれで充分だった。ぼくは森へと駆けだした。フェンスを越え、木々の合間を縫って、近寄ると危ないものを遠巻きに眺める見物人のように警官や捜査官らが群がっている場所に走り寄った。人垣を肘で掻き分けると、輪の中央にタウンズがいた。

「タウンズ！」ぼくが大声で呼びかけると、タウンズは肩越しに振りかえって、手招きをよこした。割れた人垣をすりぬけて、ぼくはそちらへ近づいていった。

タウンズは深さ数フィートまで掘りかえされた溝の傍らに立っていた。宇宙服のような白いつなぎと白い長靴を身につけた捜査官らが刷毛や篩《ふるい》や小型のナイフを使って、古代遺跡を発掘するトレジャーハンターさながらに、慎重に土を掘り進めていた。

「何か見つかったんですか？」ぼくが問いかけると、タウンズは無言で地面を指さした。金色をした物体が見えた。どうやら金歯とイヤリングであるらしい。泥にまみれたまま白い布の上に載せられたその物体に向けて、カメラマンがせわしなくシャッターを切っていた。歯と顎とをつなぐ白い歯根がやけに生々しかった。イヤリングには平べったい扇形をした透かし彫りの飾りがぶらさがっていた。

「歯のほうはまだなんとも言えんが、イヤリングのほうは間違いない。あのイヤリングのことなら、女房の婚約指輪よりもよく知っている。あれはジャネット・ヒックスがつけていたものだ」

ぼくらが見守るなか、一インチ、また一インチと地面が掘り進められていった。そうして一時間が経ったころ、ついに一つめの頭蓋骨が見つかった。それはゆっくりと地表に姿をあらわした。最初に誰かが数本の髪に気づいた。刷毛を使って慎重に周囲の土を払いのけていくと、やがて頭頂部があらわれた。地中で眠っていた恐竜の卵を思わせる、ひび割れた白い円蓋が見えた。黒縁の分厚い眼鏡をかけ、着ぐるみのようにふくらんだ白いつなぎとシャワーキャップのような帽子を身につけたずんぐりむっくりの男が地面に膝をつき、黒貂《クロテン》の毛を使った刷毛で表面の土を払いはじめた。それから歯科治療用の道具を使って、周囲をさらに掘り進めた。しばらく掘ってはロを近づけ、息を吹きかけて土を飛ばした。五分後には眼窩が覗いた。がらんどうの虚ろな穴が土中からぼくらを見あげた。その傍らで何かが光を放っていた。

「対《つい》のイヤリングだ」男は言って身体を起こし、カメラマンに場所を譲った。撮影が済むと、発掘作業を再開した。頬骨から土が払われ、鼻のあった場所に小さな穴があらわれた。

「ありました！　二つめの頭蓋骨です！」数フィート離れた場所から女の声があがった。ぼくは驚いて顔をあげた。そこにしゃがみこんでいた人間を、てっきり男だと思いこんでいたのだ。白いつなぎと白い長靴と白いシャワーキャップとゴーグルに全身を覆われた姿から体形を見てとることは不可能だった。女がゴーグルをはずしてタウンズを見あげたときはじめて、そばかす顔の小柄な二十代であることを知った。

それから一時間後には、全部で三つの頭蓋骨が発見されていた。頭蓋骨は三角形に配置され、その中央に小動物の骨が埋まっていた。専門家の見立てでは、スナネズミでもハムスターでもなく、モルモットのものであるらしかった。それからもうひとつ、猫の骨も見つかった。

「ダリアンが猫について話したことは？」横に立ってその骨を見おろしながら、タウンズが訊いてきた。

「ありません」

「そうか。まあ、忘れてしまったのかもしれんな。すべてを記憶しておくには、手にかけた数が多すぎる」

「ダリアンは何ひとつ忘れたりしませんよ」

「そうだな。きみの言うとおりだ」タウンズはそのまま黙りこんだ。なぜダリアンは猫のことを黙っていたのか。ぼくらは無言のまま三つの頭蓋骨を見つめた。かつては人間だったもの。その表面には顔があり、その内側には思念があった。脳があり、血が通っていた。それがいまでは、からっぽの容器と化していた。割れてしまった陶磁器のように。ひび割れた茶碗のように。ものを見たり、においを嗅いだり、空気を吸いこんだりしていたはずの場所には、ぽっかりと穴が開いているだけだった。三つの顎がぼくらに笑いかけていた。いまにも笑い声が聞こえてきそうだった。数本の歯に金がかぶされている頭蓋骨はナンシー・ジャレルのものだろうとタウンズは言った。ナンシーの歯科治療記録をすべて記憶しているらしい。二つめの頭蓋骨は、どれだけ土にまみれていようとも、どれだけひび割れていようとも、かつては目も眩むほどに白い歯をしていたはずであることが容易に見てとれた。これはおそらくドーラ・ジャンカルロ、ダニエラの姉のものと思われた。ミス・パーフェクトのドーラには、虫歯が一本もなかったという。

静寂があたりを包みこんでいた。あたりを歩きまわる足音と、低い話し声と、シャッターを切る音だけがかすかに耳に届いた。誰もが疑問に思いながら、誰ひとりとしてそれを口にする者はなかった。四つめの頭蓋骨はいったいどこにあるのか。

「もっと深くに埋まっている可能性は?」数フィート離れた地点を指さしながら、タウンズが訊いた。例のつなぎを着たずんぐりむっくりの男が肩をすくめた。「これより下は岩盤になっています。ダイナマイトか削岩ドリルでも使わないかぎり、これ以上は掘り進められなかったはずです」

ポケットに両手を突っこんだまま、タウンズはうなずいた。さらに一時間が経過した。三つの頭蓋骨がその間ぼくらを見つめつづけていた。遥か昔に種を蒔かれた農作物がようやく収穫のときを迎えたかのように、期待の目でぼくらを見あげていた。ぼくらもこの瞬間を待ち侘びてきた。だが、虚ろな眼窩や閉ざされたままの口はいかなる答えももたらさず、疑問を投げかけてくるばかりだった。なぜわたしたちだったのか。なぜあなたたちではなかったのか。三つの頭蓋骨はそれに答えるすべを持たなかった。唯一ぼくらに伝えられるのは、ぼくらがすでに知っている事実、ばかでもわかる、明々白々たる事実だった。誰もがいずれは死ぬのだという事実だった。誰もがいずれはわたしたちのようになるのだと、頭蓋骨はぼくに告げていた。この頭蓋骨の果樹園で、白骨の菜園で、ゴミ捨て場の穴のなかで、ひと気の絶えた駐車場で、大型ゴミ容器《ダンプスター》のなかで、誰もがいずれは骨になるのだと。

77

タウンズは森を離れ、遺族らへの報告に向かった。発掘作業はなおも続いていたが、今日中に四人目の頭蓋骨を見つけることは難しいと考えたらしい。研究所へ運びだすため、発掘チームが慌ただしく証拠品をビニール袋におさめはじめていた。この先も、鑑識による検査や身元照合や復元などの長い作業が待ち受けている。知りうるかぎりの情報をおさめた正式な報告書が提出されるのは、ずっとあとのことになる。遺族らはDNA検査への協力を求められるはずだ。そして、少なくともひとりの被害者の遺族は、愛する者の頭部が発見される見込みは低いという、つらい現実に直面することとなる。ダニエラの姿が見えた。なおもひとり離れた場所にぽつんと立ちつくしていた。ぼくはタウンズを呼びとめ、彼女にはぼくから話すと伝えた。

手を振りながら近づいていくと、ぼくのことを捜査官か何かと勘ちがいしたのだろう、バリケードの前にいた警官がすぐにダニエラを通してくれた。ぼくとダニエラは顔を見あわせて微笑みあった。他人の不幸に鼻を突っこむひとでなしから、殺人事件の容疑者へ、はたまた下っ端捜査官へと至るまでのぼくの華麗な転身ぶりには、思わず口もとをゆるめずにはいられなかった。これですべてが終わったのだという安堵の気持ちもそれを手伝った。

「見つかったのね？」ダニエラが急きこむように訊いてきた。

「ああ、三人だけ。残る一人はまだ見つかっていない。どれが誰のものかを確定するにはDNA検査が必要だが、ぼくが思うに……」

「ええ」

「いや、気にしないでくれ」

「何を言おうとしたの？　お願い、言ってみて」

「妙なことを言うやつだと思わないでくれよ。それに、もしぼくの勘が間違っていたら、きみにもっとつらい思いをさせることになる。それでもあえて言うなら、きみの姉さんに会ったような気がしている」

ダニエラは微笑んで、ぼくの手を握りしめた。だが、伸ばした手をすぐに放すと、ひとつ咳払いをしてから口を開いた。その声を耳にしてはじめて、ダニエラが喉を詰まらせていることを知った。

「それで、わたしは何をすればいい？　DNA検査には何を提出すればいいのかしら」

「車で研究所のほうへ連れていってもらえるはずだ。きみが自分で向かってもいい。なんなら、ぼくが付き添おう。それに、いますぐでなくてもかまわないんだ」ぼくはダニエラの肩にそっと手を置いた。

「いいえ、だいじょうぶ。水を一杯飲めばすぐに落ちつくわ」

「家のなかに入ろう」

「だめよ、あなたにそんな面倒はかけられない」

「ばかを言うな。何が面倒なものか。正直言うと、ぼくも死ぬほどトイレに行きたかったんだ」ぼくはダニエラの肩を抱いて、前庭の門を通りぬけた。

軋《きし》みをあげるポーチにあがり、玄関の扉を開けた。扉を支えたまま道を譲ろうとすると、ダニエラは首を振った。

「あなたから入って。なんだか怖いわ」

「ぼくだって怖いんだけどな」軽口を叩きながら、先に立って戸口を抜けた。室内はどこもかしこも薄汚れ、犬の糞尿のにおいが充満していた。ダクトテープで継ぎをあてられた安楽椅子の周囲には古新聞が積みあげられ、テレビ台を薬壜が取り囲んでいた。どうやらこの部屋では、誰かが死ぬことに精を出していたらしい。この家自体がまるで墓石のようだった。部屋を横切り、キッチンへ向かった。グレッチェンがリサイクルに熱心であるわけでもなかろうに、水切り台の上にはジンの空き瓶がずらりと列をなしていた。中華料理店から無料でもらってきたとおぼしきカレンダーが、いまも四月のまま流しの上に釘で吊るされていた。

ぼくはグラスをゆすいでから水をそそぎ、それをダニエラに手渡した。

「ありがとう」ダニエラは疑《うたぐ》るように眉根を寄せてから、グラスに口をつけた。それと同時に、例の小型犬がてくてくとキッチンに入ってきた。ぼくは反射的に身を引いたが、犬のほうはいま、声をあげる気分ではないらしい。

「あら、犬がいるのね」ダニエラは床にしゃがみこんで、その頭を撫ではじめた。犬はダニエラの手をペロリと舐め、冷たい視線をぼくに投げつけてから、いずこかへと姿を消した。

「ねえ、どうにも奇妙な点がひとつあるの。なんだかわかる？」ダニエラが不意に問いかけてきた。

「何もかもだ」とぼくは答えた。

「そうね。でも、とりわけ奇妙な点がひとつある。ダリアンはどうしてひとりの頭だけ、ほかの三人と同じ場所に埋めなかったのかしら。ひとつだけ例外をつくるなんて、ダリアンらしくないわ。わたしの言いたいこと、わかる？」

「ああ、わかる」そう応じながら、ふと思った。それがそんなにも奇妙であることがわかるほど、ぼくらはダリアンという人間を知るようになったのか。こんなにも短い期間のなかで。あれからどれだけの時間が経ったのだろう。六週間にはなるだろうか。

「なあ、ダニエラ。ブルックリンで銃撃されたのはいつのことだった？」

「わたしもいま、同じことを思いだしていたわ」

「日付は覚えてるかい」

「日付？」

「ああ、正確な日付はわかるか？」

「五月の十四日よ」

「どうして即答できるんだ？」

「次の日にようやく生理が来たから。予定より遅れていて、ずっと心配していたの」

「そうだったのか」言いながら顔をあげると、ダニエラは目を逸らした。ぼくは壁のカレンダーに近づいた。訝るような視線を背中に感じつつ、指先でマス目をたどりながら、小声で日にちを数えあげた。「ちがう。ぼくを撃ち殺そうとしたのはフロスキーじゃない」

「どういうこと？」

「その日、フロスキーは街にいなかった。州北部の裁判所に一日じゅう詰めていたんだ。ダリアンの再審請求をするために」

「まさか……」

「ああ、まさかのまさかだ」

「それじゃ、いったい誰があなたを襲ったの？　あなたに消えてもらいたがっている人間がほかにもいるってこと？」

ぼくは思案をめぐらせた。「ぼくなんかのことをそこまで気にかけてくれる人間がいるとは思えないな」

ダニエラはぐるりと目玉をまわしてみせた。その仕草が一瞬、クレアを思いださせた。

「冗談を言っている場合じゃないでしょ。とにかく、事件の解決を望まない人間がほかにもいるはずだわ。わたしたちに何かを掘りかえされては困る人間が」

「そう、それだ！」ぼくは興奮にわれを忘れ、とっさにダニエラの手をつかんでいた。

「それってなんなの？」そう問いかえす顔も興奮に輝いていた。つかまれた手をふりほどくことも忘れているようだった。

「いま〝掘りかえす〟と言ったろう？　そうさ、そういうことだったんだ。ぼくらに頭蓋骨を掘りかえされては困る人間がいるってことだ。誰の頭蓋骨がないのかさえわかれば、誰がぼくを銃撃したのかも判明する」

ダニエラはつかまれた手を引っこめて、キッチンのなかを歩きまわりはじめた。「それで、あなたは誰だと思っているの？」

「おそらくはトナーだ。第四の被害者の夫、ジョン・トナー」

「頭蓋骨が見つかっていないのは、トナーの奥さんだと考えているのね？　でも、その根拠は？　トナーがあなたを嫌っているから？　意外と根に持つタイプなのね」ダニエラはくすくすと笑いだした。できることなら、もう一度その手を握りしめたかった。

「笑いたいなら笑えばいい。だが、ひょっとすると、トナーがぼくを嫌う理由はそこにあるのかもしれない。何がなんでもぼくを厄介払いしようとしていたのは、そのせいだったのかもしれない」

「でも、なんのために？　トナーが何を隠そうとしているっていうの？」脚を組んですわったテーブルの上から、ダニエラは訊いてきた。いまはぼくのほうが床の上を歩きまわっていた。

「考えてもみてくれ。ダリアンがサンディ・トナーの頭部をあの場所に埋めなかったのは、サンディを殺していないからなんじゃないのか。そういえば、サンディについて口にしたことすら一度もない。話題にあがったのは、ほかの三人のことだけだ。それから、最初はモデルを殺すつもりなどなかったともダリアンは言っていた。たまたま母親に見つかって、しつこく責めたてられたことがきっかけだったと。母親に見つかるまえにも二人ほど相手にしたと言っていた」

「もう二人殺したってこと？」

「いや、写真を撮ったってだけだ……すまない。ちょっと失礼するよ」膀胱が限界を迎えていた。トイレに駆けこみ、扉を少し開けたままジッパーをおろした。ようやく人心地がついたところで、キッチンに向かって声を張りあげた。「根拠ならもうひとつあるぞ！　サンディだけ、切り刻まれた遺体の写真が送られてこなかったのはどういうわけだ？　これまでに見つかっているのは、例のポートレイト写真だけだ。警察は最後の被害者だからだと考えているようだが、もし、サンディが最初のモデルだったとしたらどうなる？　ダリアンはトナーの工場で働いているときサンディに出会った。サンディは女優になりたがっていた。ダリアンにはモデルを殺すつもりがなかったから、モデルとの接点を気にする必要がなかった。いや、ひょっとすると、乗り気だったのはサンディのほうかもしれない。サンディの口利きでダリアンは工場の職を得た。代わりに、サンディの写真を撮ってやった。そのあと、モデルたちを次々と手にかけるようになった。トナーはニュースで事件を知った。張り紙や、人相書きを見た。〝クイーンズできれいな女に声をかけているカメラマンに用心しろ〟って、例のやつだ」言いながらトイレの水を流し、ざっと手を洗った。タオルが見あたらなかったため、濡れた手をズボンになすりつけた。「トナーは女房を始末する絶好のチャンスだと考えた。入手した情報から計画を練りあげた。女房に飽き飽きしていたのかもしれないし、最初から金目《かね》当てで結婚したのかもしれない。とにかく、トナーは女房を殺した。新聞で仕入れた犯行の手口をそっくりまねて、遺体を切り刻んだ。結果は上々。ぼくがあらわれるまで、すべてがうまくいっていた」トイレを出てキッチンへ戻りながら問いかけた。「あまりに突拍子もない推理だろうか。きみはどう思う?」

「貴様はくそ忌々しいやつだと思うがね」そう答えたのはジョン・トナーだった。トナーはダニエラの背後に立って、片手で口をふさぎ、もう一方の手で銃口をこめかみに押しあてていた。ダニエラはしきりに目をしばたたかせながら、じっとぼくを見つめていた。ふたたび戸口にあらわれた小型犬も、しばしぼくの顔を見つめてから、トナーの靴に鼻をすり寄せた。トナーはつま先で犬を追いやった。

「やめろ。もう観念したほうがいい」ぼくは言って、両手を突きだした。

「観念するのは貴様のほうだ。だから、あれだけ警告してやったろう。頭をさげたも同然だ。なのに、貴様は耳を貸さなかった。つまりは自業自得ってやつだ」

「いま、この家のまわりには警官がうようよしてる。こんなことをして逃げきれると思うのか? あんたはもうおしまいだ」

「そうとも。すべておしまいだ。貴様が事件を掘りかえしたせいでな。だが、今度はわたしが貴様を埋めてやる。もう一度すべてを終わらせるためにな」

ダニエラがすがるような目でぼくを見つめていた。あのときのクレアと同じ目で。涙に潤んだ目で。犬はリノリウムの床に腰を落ちつけて、トナーとぼくのあいだから、ぼくらのやりとりに耳を傾けていた。

「あんたの女房の頭蓋骨があそこにないことはいずれ判明する。警察がかならず突きとめるぞ」

「ああ、もちろんだ。だとしても、ダリアンがどこかべつの場所に埋めるか、それで灰皿をつくるかしたとでも思うことだろう。あれはいかれた野郎だ。そうじゃないと誰に言いきれる？　余計なくそばかり撒き散らす貴様さえ始末すれば、警察が残る頭蓋骨を探しまわる理由はなくなる。たとえ探しだそうとしたところで、発見までには何カ月もかかる。金《かね》ならたんまり用意してある。わたしは国外へ高飛びすればいい。だが、貴様だけは生かしておくわけにいかん。それから、このストリッパーもな。さて、まずはその戸を開けて、明かりをつけてもらおうか」

「なあ、聞いてくれ……」そう切りだしてはみたものの、言うべき言葉は何ひとつ思いつかなかった。

「さっさとしろ」トナーはダニエラのこめかみに銃口を食いこませた。ダニエラの頬を涙が伝い、口をふさぐ手に滴り落ちた。ぼくは命じられたとおりにした。扉を開け、手探りで電灯のスイッチをつけた。天井にぶらさげられた裸電球が、地下へとおりる階段をぼんやりと照らしだした。犬がぼくの横をすりぬけて階段を駆けおり、あたりを嗅ぎまわりはじめた。

「おりろ。ゆっくりとだ」トナーの命じる声がした。

ぼくは両手を上にあげ、跳ねまわる犬を踏んづけないよう気をつけながら、階段をおりはじめた。地下室はぼろぼろに崩れかけたコンクリートの壁にむきだしの床を取り囲まれた、小さな四角い空間になっていた。黴臭いにおいが鼻を突いた。うららかな春の日にあっても、空気はひんやりと冷たかった。部屋の隅にはボイラーがあって、さまざまなパイプが壁を這っていた。床にはがらくたが山と積みあげられていた。観察眼のある人間なら、それが暗室で用いられていた品々であることを容易に見てとることができたろう。階段の上には分厚い黒のカーテンが渡されていた。トナーはそれをぴたりと閉じると、ダニエラを前に引っ立てたまま階段をおりてきた。ダニエラは片腕を背後でねじあげられ、顔を真っ赤に紅潮させていた。ダニエラの怯えた顔を見るのは、出会ってこのかたはじめてのことだった。

「どうだ？　またとない場所だろう。ここで何をしようと、誰の耳にも物音ひとつ届かない」

そのとき、池のなかを泳ぐ銀色の魚のように、きらりと輝く閃光が見えた。気づいたときには、ダニエラの腕が背後からあらわれていた。その手に握られていたのは飛びだしナイフだった。刃が飛びだすのと同時に、ダニエラは口をふさいでいたトナーの腕を切りつけた。トナーがうめき声をあげ、弾かれたように腕を引いた。ダニエラは大声で助けを求めた。

ぼくはトナーに突進した。銃を握る手を押さえこもうとした。その瞬間、目の眩むような閃光が弾けた。四方を壁に囲まれた小さな空間のなかに銃声がこだました。犬がけたたましく吠えたてながら、階段を上下しはじめる。ダニエラがはっと息を呑み、ぼくとトナーに挟まれたまま、ふたりに抱きかかえられたような恰好のまま、ぐったりと腕を垂らす。ダニエラがどこを撃たれたのかも、銃がいまどこにあるのかもわからなかった。トナーはダニエラごとぼくを押しのけようとした。ダニエラの頭が肩にのしかかり、飛びだしナイフが手に押しつけられるのを感じた。

ふたたび銃口が火を噴いた。ボイラーに命中した弾が鋭い金属音を響かせた。ダニエラがかすかなうめき声を漏らす。眠りながらすすり泣いているかのような、かぼそい声。ぼくはナイフの柄を握りしめ、もう一方の手を使って、絡みあった腕のあいだに隙間をこじ開け、力を失ったダニエラの身体の脇からトナーめがけてナイフを突きだした。ぎゅう詰めの地下鉄で人込みを掻き分けようとするかのように、すべての動きがスローモーションに感じられた。犬の毛が足首をかすめる。トナーの胸が見える。そこをめがけて、ナイフを突き立てる。前を開いたスポーツジャケットから覗く青いワイシャツを貫いて、その下にひそむ皮膚と、肉と、骨とにナイフの刃を食いこませる。トナーが鋭い咆哮をあげ、腕をばたつかせて、ぼくとダニエラとを押しのけようとした。ぼくは渾身の力を込めて、ナイフの刃をさらに深くうずめた。噴きだした血飛沫《しぶき》が顔を打った。トナーが苦悶の声をあげながら、ぐらりと身を引いた。ダニエラの身体が床にくずおれた。首から流れだす血が見えた。犬がダニエラの上に跳び乗って、湧きでる泉をすするかのごとく、その血を舐めとりはじめた。

ぼくは一歩もひるむことなく、ダニエラを乗り越え、逃れるトナーに詰め寄った。トナーの顔が目の前にあった。ほんの一インチか二インチ先から、トナーの目がまっすぐぼくを見つめていた。その目に宿る表情は、何かを知りたがっているように見えた。何かに驚いているようにも見えた。ぼくに驚いているのか、自分が死のうとしていることに驚いているのかは定かでない。真っ赤な血がぼくの腕を伝い、ぼくとトナーの服とに染みこんでいく。血ですべる指に力を込めて、きつくナイフを握りしめた。トナーの目を見つめかえした。その瞳のなかから最後の光が消え去り、いっさいの表情を失っていくさまを眺めながら、ナイフの刃を根もとまでうずめた。まっすぐトナーの心臓を貫くように。

第五部

エピローグ：二〇〇九年七月九日

78

　ぼくらは劇場のような部屋のなかで、観覧席のように並べられた椅子にすわっていた。緑色に塗られたコンクリート・ブロックの壁に向かって、そこに開いた窓を見つめていた。窓ガラスの向こうには、チェーン系列のホテルを彷彿とさせる分厚い布地のカーテンが吊るされている。その陰ではいま、ダリアン・クレイが死刑執行の準備を整えられているはずだった。

　薬物による致死注射は四つの手順から成っている。拘束具で身体を固定し、胸部にセンサーを貼りつけ、静脈に二本の点滴針を刺す。二本のうち一本は万一の事態に備えてのバックアップ用で、針の先は長いチューブにつながっている。まずは経路の確保のため、そのチューブを通して食塩水が注入される。次に、刑務所長の合図を受けて、カーテンが開かれる。続いて、麻酔薬のチオペンタールナトリウムが投与される。ダリアンが眠りに落ちたあと、今度は筋弛緩剤が投与される。これにより、全身の筋肉が麻痺して呼吸がとまる。最後に塩化カリウムが注入され、心臓が停止する。死は麻酔薬の過剰投与と、呼吸器および心臓の機能停止によってもたらされる。死刑囚が意識を失っているあいだに、その瞬間が訪れる。一般にはそう考えられている。

最前列にはジャレル夫妻とミスター・ヒックスがすわっていた。この日はじめて顔を合わせたとき、三人はぼくに握手を求めながら、トナーの一件がいかに衝撃であったか、その感想を口々に述べた。それから、ふしだらな麻薬常用者だと以前は一蹴していたはずのダニエラの容態を気遣い、その後の様子を尋ねてきた。ダニエラはツキに恵まれたようだとぼくは答えた。トナーが絶命したあと、ぼくはダニエラを抱えあげて階段をのぼり、キッチンまで戻った。首の傷からはなおも血が流れだしていた。助けを求めて大声を張りあげながら、傷口に手の平を押しつけた。食いこんだ指の隙間から、ダニエラの命がなすすべもなくこぼれだしていくのを感じた。幸いにも、家から半径数ヤード以内には、警官や医療技術者が十名ほども残っていた。彼らはダニエラの傷に手早く応急処置を施した。小編制の自動車パレードが病院への道のりを疾走した。

ダニエラはからくも一命を取りとめた。トナーの放った弾丸は喉首を貫通したものの、ほんの数ミリの差で頸静脈を逸れていた。とはいえ、頸動脈が破れ、脊椎にも小さな傷を負っていたため、手術は長時間におよんだ。リハビリにもかなりの苦痛を伴うはずだった。極度の興奮状態にあったぼくは、手術後、ベッドに横たわるダニエラを見おろしながら、一緒に暮らさないかと訊いてみた。それの何がいけないのか。武器を持たずには外を歩けない、ふしだらで淫《みだ》らな女。それこそがぼくの必要としている人間なのだろう。そうぼくは考えていた。だが、ダニエラはぼくの提案を受け流した。知らせを受けてアリゾナから飛んできてくれた父親、継母と、ベッドサイドの和解を果たした。その際、父親のもとで暮らすことに同意した。向こうの専門施設でリハビリに励み、いずれは大学に復学する。だが、精神科医になるつもりはもうない。頭のいかれた人間を相手にするのはもうたくさんだ。そうダニエラはぼくに語った。

タウンズも処刑の立会いにやってきていた。遺族らの隣に座を占めて、記者やら地元警察のお偉方やらとせわしなく握手を交わしていた。ＦＢＩには辞表を出して、いまは、自身の体験をもとにした連続ドラマの制作にたずさわっているという。いずれぼくがタウンズのもとで脚本を書くことになるかもしれないなどと軽い冗談を交わしていたとき、ひとりの記者がタウンズの肩を叩いた。タウンズは写真撮影に応じるため、部屋の隅へと移動していった。ぼくらは最後の最後で互いに好意を抱《いだ》くようになったわけだが、事件がすべての幕をおろしたいま、語るべき言葉は何も残されていなかった。ぼくの知る誰かが新たに殺されることでもないかぎり、ぼくらがふたたび顔を合わせる日は二度と訪れないだろう。

少なくとも、その日の天気は良好だった。もしこれが嵐の晩であったなら、陳腐な描写を避けたいがためだけに、嘘をついていたことだろう。ところが、今朝起きてみると、頭上にはからりと晴れた夏の空が広がっていた。見るものすべてが生き生きと輝いていた。むせかえるほどの濃密な熱気を、降伏するまえに一瞬だけ押しかえしてくるかのような柔らかな感触を、肌で感じることができた。北行きの列車に揺られているあいだは、風に揺れる線路沿いの木々を眺めてすごした。駅前の花壇では、めいっぱいに花弁を広げた花々が、舌をだらりと垂らした風刺漫画の酔っぱらいみたいに頭をふらつかせていた。アスファルトとコンクリートと金網に囲まれた刑務所までの道中にも、荘厳なヒマワリ畑を見かけた。燃えたつほどに色鮮やかで、茎をぴんと伸ばした気高い姿は、ぼくら立会人を警護する儀仗兵が突撃の合図を待ちかまえてでもいるかのようだった。だが、こうした美しい光景を、ダリアンは金輪際目にすることができないのだ。そんなふうに言いたがる者ももちろんいるだろう。こうした美に触れる瞬間を永遠に失うことこそがダリアンに科された罰なのだと、ひとは言うだろう。しかしながら当のダリアンには、この世に別れを告げることを渋る様子はこれっぽっちも見受けられなかった。最後の食事には、レアのステーキとロブスターとチョコレートケーキをリクエストし、それを看守らにまでふるまったという。食後はしばらく雑誌を読んでから、なんの支障もなくすんなり眠りに落ちたらしい。読んでいた雑誌の名前まではわからない。ぼく個人としては、擦り切れた《ラウンチー》だったのではないかと信じている。

刑務所のゲート脇では、二十人から三十人ほどのデモ隊がそこかしこでプラカードを掲げていた。顔ぶれはじつにさまざまだった。年老いたヒッピーが数人に、修道女が一人。仏教の僧侶二人は、いずれも坊主頭の白人だった。血気にはやる長髪の若者も何人かたむろしていた。そして、そのなかにひとり、プラカードも持たず静かに佇んでいたのは、テレサ・トリオだった。あの日、バス待合所のベンチで話をして以来、テレサとは顔を合わせることもなく、消息を耳にしたこともなかった。ぼくはそちらに手を振った。だが、テレサにはぼくが見えていないようだった。その直後、轟音とともに閉じたゲートに視界を阻まれた。
ちなみに、クレアからはようやく便りがあった。おおかたの希望を失いかけていたところにEメールが届いたのは、数日まえの晩のことだ。

親愛なるシビリン
元気？　わたしのこと覚えてる？　手紙も書かず、電話すら返さずにいて、ごめんなさい。もちろん、あなたを恨んでなんかいないわ。あなたは命の恩人だもの。たぶん、わたしは怖かったんだと思う。いいえ、あなたのことがじゃない。あなたを怖いと思ったことなんてない。あなたはわたしの親友だもの!!　わたしはただ、世のなかというものが急に恐ろしくなってしまったの。だから、家に戻らなきゃならなかった。ただの子供に戻らなきゃならなかった。それが本来のわたしだと思うから。夏のあいだはパパのところですごすつもり。ロングアイランドのビーチに建つ別荘よ。ビーチなんて大嫌いだけど、仕方ないわね。休暇が終わったら、スイスの寄宿学校へ転校するの。窮屈な場所だってことはわかってるけど、覚悟はできてる。でも、やっぱりわたしには水が合わないかな。ひょっとすると、途中で嫌気がさしちゃうかも。そのときはこっそり寮を抜けだすから、あなたのところに匿《かくま》ってね。ハリー、いままでそばにいさせてくれてありがとう。あなたがしてくれたすべてのことに感謝してるわ。あなたがしないでいてくれたすべてのことにも。それから、いつも面倒を見てくれてありがとう。残念だけれど、わたしはもうあなたの世話を焼くことができない。でも、あなたにはわたしなんて必要ないわね。本当のあなたは強いひとだから。なのに、わたしが必要なふりをずっとしていてくれてありがとう。最大級の愛を込めて。

クレア

午後五時きっかりに刑務所長が合図を送り、窓ガラスのカーテンが引かれた。腕を固定するための袖がついた黒い寝台に、ダリアン・クレイが括りつけられていた。その姿は十字架にかけられているようでもあり、SM仕様のマッサージ・チェアに寝そべっているようでもあった。腕から伸びた点滴のチューブが壁の穴へと続いていた。その壁の向こうでは、専門の技術者たちが薬液の管理をしているはずだ。この壁が斬首人の顔を隠すフードの役目を果たしていることはわかっていたが、それでもなお、ぼくにはばかげた配慮に思えてならなかった。死にゆく者に、誰が自分を殺したのかを知られることがそんなに怖いのだろうか。死者が復讐を果たすため、墓から蘇って彼らに取り憑いたり、地獄で彼らを待ち受けていたりするとでも思っているのだろうか。だとしたら、壁の向こうに身をひそめる程度のことで、死者の目を本当に欺けるものだろうか。

ダリアンは寝台の上から周囲を見まわし、ぼくらに微笑みかけてから、小さく手まで振ってみせた。立会人席に不安と緊張が走った。ぼくは最前列に目をやった。ミセス・ジャレルの頭髪はさらにまばらになっていた。ミスター・ジャレルのスーツの肩にはフケが散っていた。それを目にした途端、こらえようのない悲しみが胸を突きぬけた。こんなことをしたところで、彼らが救われることはない。何をしようと、彼らの無念が晴れることはない。時の流れがしだいに悲しみをやわらげてくれるのを待ちながら、小さな喜びを積み重ねていくしかない。そして、記憶が薄れるにつれて、その薄れた記憶がさらなる悲しみをもたらすのだろう。たとえ事件が解決しようと、正義が果たされようと、真の謎があきらかにされることはない。そのことを彼らもわかりかけているのだろう。手に手を取りあって、死にゆくダリアンを見つめている、いまこのときも。何か言っておきたいことはないかと刑務所長が尋ねると、ダリアンはひとつうなずいてから、何ごとかをつぶやいた。刑務所長の表情が曇った。

「囚人の最後の言葉をお伝えします……『あんたらを恨みはしない』……『おれはあんたらを赦す』……そう囚人は申しております」刑務所長はそれだけ言うと、インターコムに向かって、早口に指示を伝えた。麻酔薬が血管に流しこまれると、ほとんど間を置かずにダリアンは反応を示した。何かに驚いたかのように頭が跳ねあがり、ゆっくりと寝台に戻っていった。身体からみるみる力が抜けていった。ところが次の瞬間、ダリアンは睡魔に抗うかのようにふたたび頭をもたげて、立会人席のほうへと首をまわした。その目がジャレル夫妻とミスター・ヒックスに向けられた。三人はすぐに目を逸らした。ダリアンの視線がタウンズに移った。真っ向からそれを受けとめたタウンズに、ダリアンは小さくうなずきかけた。次に視線を向けたのはぼくだった。ぼくもその目を見つめかえした。必死に何かを見いだそうとした。なんらかのメッセージを探りとろうとした。目にすべき何かを見つめようとした。ダリアンの顔に一瞬の笑みが浮かんだような気がしたが、じつのところはわからない。ダリアンの意識はすでに朦朧としているはずだった。次の瞬間、ダリアンは目を閉じていた。頭がことりと寝台の上に落ちた。

刑務所長が次の合図を送り、筋弛緩剤が投与された。指が痙攣を始め、ほどなく静止した。胸が大きく盛りあがって、ゆっくりとさがり、そのまま動かなくなった。最後の薬液が投与された。なおも動きつづけていた唯一のもの――心臓の鼓動がとまった。ぼくらはダリアンを見つめつづけた。数分後、医師が処刑室に姿をあらわした。午後五時十二分にダリアンの死亡が確認された。ぼくは席を立って部屋を出た。これ以上長居をしたくなかった。誰とも言葉を交わしたくなかった。振りかえった顔を見たくなかった。ぼくの顔も見られたくなかった。

79

セキュリティ・ゲートを抜け、建物の外へ出た。ダリアンの死はすでに報じられたあとらしい。デモ隊のなかの数人が一カ所に寄り集まって祈りの言葉を唱えながら、手を合わせたり、蠟燭を灯したりしていた。それ以外の者たちは、プラカードを車に積みこみはじめていた。彼らがそれぞれに苦い思いを抱《いだ》いていることはたしかだった。だが、誰ひとりとして、ダリアンが死んだことを心の底から悼《いた》んでいる者はいなかった。テレサは集団から離れた場所にひとりで立っていた。ぼくに気づくとかすかに微笑んで、小さく手を振った。

「やっぱり会ったわね。あなたも来ているんじゃないかと思っていたの」

「ダリアンに招かれた。妙な話だがね」

「わたしも最後まで見届けなくちゃいけない気がしたの」ぼくらは駐車場へ向かって、横に並んで歩きだした。

「フロスキーのときはどうするんだい。フロスキーもここで処刑されることになったら、やっぱり抗議にやってくるのか？」

「ええ」テレサは一瞬ぼくと目を合わせてから、ふたたび足もとに視線を落とした。「もし自分の信念を貫かなかったら、わたしはわたしでいられるかしら」

それでもきみはきみだ。心のなかで思いつつ、ぼくは代わりにこう言った。「立派な心がけだ」

「そっちは？　あなたはどうするの？」

「ぼくには心がけている信念なんてない。あるのは試練だけさ」

「いいえ、本があるわ。ダリアンの告白本が」そう言って、テレサは微笑んだ。

「あの計画は立ち消えだ。唯一の目玉はダリアンの自供だった。ダリアン自身の言葉で綴った回顧録ということだった。だが、すべてがあきらかになったいま、そんなものを出したところで誰も見向きはしない。念のため言っておくと、ダリアンはもう世間の注目を集めちゃいないんだ」

「驚きね」

「驚きだ。いまとなってはフロスキーの告白本を出したほうが、少しは注目を集めるかもしれない。とはいえ、ぼくもそろそろもとの生活に戻ったほうがよさそうだ。そっちはそっちで、悩みは尽きないがね」テレサの笑い声を聞きながら、ぼくはさらにこう続けた。「大急ぎで何かを一本書きあげなきゃならないことも事実だ。このぶんでいくと、また中学生に勉強を教える羽目になる」

もうひとつゲートを抜けて、駐車場に入った。刑務所で働く職員らの車がずらりと並んでいた。そうした職員のなかには、囚人よりも長い歳月をここですごす者もいるのだろう。

「そうだわ、こういうのはどうかしら」テレサが言って、にっこりと笑いながらぼくの腕に触れた。身体に触れられるのはこれがはじめてではなかろうか。「今回の事件をもとにして、ヴァンパイア小説を書くの。ヴァンパイアの連続殺人鬼を登場させるのよ。いいえ、待って。それより、連続殺人鬼を追う刑事のほうをヴァンパイアにするといいわ」

「そうだな。いけるかもしれない」

「きっとすばらしい作品になると思う。出だしの部分は決まったも同然だもの。そこがいちばん苦労する部分なんでしょう？　最初の書きだしというのが」

「そうでもない」

「それじゃ、結びの部分ね」

「それもちがう。小説も人生と一緒でね。いちばんたいへんなのはまんなかの部分なんだ」

テレサはにっこりと微笑んだ。ぼくもにやりと笑ってみせた。こんな状況でなければキスまで持っていけたのではないかと考えかけて、すぐに思いなおした。真後ろからクラクションを浴びせられ、とっさに横へ跳びのいた。理想に燃える若き慈善家たちを満載したスバルのステーションワゴンが目の前で停止した。

「乗れよ、T！」顎鬚を生やし、鼻からピアスをぶらさげた、むさくるしい形《なり》の男がわめいた。

「行かなくちゃ」テレサはぼくに顔を向けて言った。

「ああ。また偶然どこかで会えるかな？」

「ええ、もちろん。気が向いたら電話でもして。もしくは、チャットルームで会いましょう」そう言って、テレサはにやりとした。

ぼくは声をあげて笑った。「それじゃ、きみがヴァンプT3なんだね？」

テレサは肩をすくめた。「そうかもしれないし、そうじゃないかもしれない」それだけ言うと、車の後部座席に乗りこみ、ドアを閉めた。ぼくも出口へ向かおうと、車に背を向けたとき、名前を呼ぶ声が聞こえた。

「待って、ハリー！」

走りだす車を振りかえった。開いた窓からテレサが顔を突きだしていた。

「なんだい？」とぼくは尋ねた。

「あなたは小説を書きつづけて！　わたしたちにはあなたが必要なのよ！」大きく手を振るテレサを乗せて、車は走り去っていった。

80

　きみがどうかは知らないが、ぼくは推理小説が結末に近づくのが嫌いだ。きっかけは子供のころにある。ある日、ひとりで図書館に行ったとき、エドガー・アラン・ポーの小説をたまたま手に取った。ポーはぼくがはじめて虜《とりこ》になった大人向け小説の作家だった。優れたホラー小説やファンタジー小説を生みだしたのはもちろんのこと、ポーは探偵小説の生みの親でもあった。それ以降のぼくは、どんな小説を読もうとも、一般に写実的であるとか、実験的であるとか、心象的であるとか評されているどんな小説を読もうとも、結局はかならず推理小説へと立ちもどった。物書きで食っていこうと心を固めるずっとまえから、それは続いていた。ただし、ぼくはつねにひとつのジレンマを抱えていた。どうしても結末より始まりが好きだということだ。推理小説を愛すればこそ、謎が解きあかされることに漠然とした落胆を覚えてしまうのだ。

　推理小説を書くにあたっていちばん厄介なのは、虚構の世界が現実ほどの謎には満ちてはいないという点にある。人生は文学がさしだした形式を打ち破る。相手が推理小説のクライマックスであろうと、おおよその文学の三幕目に訪れる大団円であろうとおかまいなしに。

真の不安と危機感とは、次に何が起こるかをいっさい知らないことから、先の見えない〝いま〟を生きていることからこそ生じるものなのだ。〝いま〟という時は、一瞬一瞬に類がなく、二度と繰りかえされることがない。そして、ぼくらにわかっているのはただひとつ、それがいつかは終わるということだけだ。だからこそ、ぼくは大半の推理小説に落胆してしまうのだろう。そこに示される解答が、みずから蒔いた途方もない疑問に答えているとはとうてい思えないからだ。

英国の詩人オーデンの解釈によると、従来の推理小説は保守的な読者が好む読み物であるという。まずは、犯罪が体制を揺るがす。読者は慣習が覆《くつがえ》される恐怖を味わい、最後には、社会秩序の守護者である探偵が事件を解決するさまを満足げに見守る。ココアを飲み干し、毛布を顎まで引っぱりあげて、心地よい眠りに落ちる。たしかにオーデンの言うとおりだ。とはいえ、オーデンの解釈からは抜け落ちているものがある。それは、次の続篇であり、次の死体だ。ポアロや、メグレ警視や、リュウ・アーチャーや、マット・スカダーの全作品を網羅しようとするとき、きみが手に入れるのは、未知なる何かでもあり、おなじみの何かでもある。不可解にして破壊的なパワーがみなぎる世界。どんな解決法も一時凌ぎの手立てにすぎず、次の事件をまえにしてぼくら読者をひと息つかせるための小休止にすぎない世界が、そこに待ち受けているのだ。

そうとも。どれだけヘマをやらかそうと、ぼくもまたいずれ、次の事件に乗りだすだろう。高尚な理由があるわけでもなく、ジェインやテレサに何を言われたからというわけでもない。

ただ単に、ぼくには自分で自分をとめられないからだ。いまとなっては手遅れだからだ。ダリアンもぼくも、進むべき道は幼少期から定められていた。それぞれに母親と暮らした、クイーンズの小さな自宅のなかで。ダリアンの幼少期については、もう充分に語ってある。ぼくの幼少期については……もうおわかりだろう。ぼくは本に顔をうずめてばかりいる孤独な少年だった。あれから数十年が経ったいまも、ちっとも変わっちゃいない。けれどもぼくは、自分だけの内なる世界が現実に存在すると思いこむような狂人ではない。ぼくの描きだす世界が（ほぼ）何物でもないこと、単なる虚構の世界であることは潔く認めよう。そのうえでぼくは作家を続ける。どんなに素寒貧《すかんぴん》でも孤独でも、どんなに自暴自棄になっても、落ちぶれても、どんな辛酸《しんさん》を舐めても、たとえ神経症を患っても、これからも小説を書きつづける。そして、夢しか映しださない鏡のように、作品を現実の高みへと押しあげる努力を続けていく。すべての文学作品はおのれとの闘いにおける勝利でもあり、世のなかに対するささやかな抵抗でもあるのだ。

帰りの列車のなかでは、そうしたことをつらつらと考えつづけていた。その一方で、ダリアンの物語が幕を閉じたいま、自分自身の新たな物語をひねりださねばならないという問題にも直面していた。ぼくはこれから母の残したアパートメントへ戻り、ひとり寝のベッドに横たわる。朝には次の作品に着手する。ぼくのような二流の作家には、よくできた物語をみすみすふいにする余裕はない。今回の経験から可能なかぎりをかすめとり、フィクションとして形を変え、名前や細部も変えて、一篇の小説を生みだそう。ただし、ひとつだけは本物の名前を使う。ぼくの名前だけは。

ぼくらの命は一滴の雫であり、肉体はその器にすぎないのだとダリアンは言った。その器を砕くことなどなんでもないのだと。ちっぽけな雫を大海原へ返すだけのことなのだと。ぼくもいま、ダリアンの死をそんなふうに思いかえしていた。あの十字形の寝台に横たわり、自分が死んだことにも気づかぬほどの深い眠りについた姿。全身の血管を駆けめぐったあの最後の液剤に、ダリアンの命の雫も押し流されたのだろうか。

ダリアンの物語は、誰の物語であってもおかしくはない。ぼくらは闇のなかで急流に押し流されている。早瀬や滝を越え、森を抜けて、広大なる神秘の海へとそそぎこむ。ついに周囲の流れが絶えて、自由に波間を漂うようになる。そのときはじめて、ぼくらは気づく。自分がどれだけの距離を運ばれてきたか。どれほど遠くへ来てしまったか。足もとにどれほどの深みが広がっているか。だが、そのときはすでに手遅れだ。ぼくらは夜を徹して物語を追い、最後までページをめくってしまった。あとに残されたのは、真っ白いページのみなのだ。

ひょっとすると、読者諸君はもうお気づきかもしれない。ぼくが修整を加えたり、特徴を組みあわせたりした実在の人物に。ゼロからつくりあげた登場人物に。事実や日付の変更に。さらには、〝信頼できる語り手〟であるぼくの正体まで、わかったつもりになっているかもしれない。だが、ぼくは、物語を陰から操る作家、ただのゴーストにすぎない。しかし、これだけは教えておこう。ぼくは昨年のとある夏の晩、とある列車に乗っていた。列車は街へと向かっていた。木立の隙間から、森に挟まれた漆黒の川がちらちらと覗いていた。暮れゆく空に、それらすべてがゆっくりと溶けこんでいった。さて、それじゃあそろそろ本を閉じ、明かりを消してはどうだろう。

訳者あとがき

二〇一一年三月にハヤカワ・ポケット・ミステリより上梓された『二流小説家』が、このたび文庫化される運びとなった。『ミステリが読みたい！』、『このミステリーがすごい！』、「週刊文春ミステリーベスト10」のいずれも海外部門で軒並み一位を獲得するという快挙を成し遂げた本書に、より多くの読者の目に触れる機会をいただけたことは、訳者としてこのうえない喜びである。そこでまずは、この本を買おうか買うまいかと悩みつつ、とりあえずこのページを開いてみたという方々のために、簡単な内容の紹介をさせていただこう。

ニューヨーク在住のしがない中年作家、ハリー・ブロックは偽りの名や他人の顔を借りて、数多くの小説を出版してきた。とはいえ売行きはぱっとせず、家庭教師のアルバイトをしながらなんとか食いつなぐ日々を送っている。最愛の恋人には捨てられ、教え子の女子高生クレアにすら頭があがらない。

そんなある日、ハリーのもとに一通の手紙が届く。かつてポルノ雑誌でコラムを執筆していたときのペンネームに宛てて送られてきた手紙の差出人は、十二年まえに四人の女を惨殺した悪名高き連続殺人鬼、ダリアン・クレイ。死刑執行を三カ月後に控えたいま、すべてを語る告白本の執筆を大ファンであるハリーに依頼したいというのだ。ところが、真実をあかすことと引きかえに、ダリアンはハリーにひとつの条件を出す。はたしてハリーは見事、その条件をクリアすることができるのか。迫りくる魔の手を逃れ、事件の真相にたどりつくことができるのか。

物語の本筋は、もちろん、連続殺人事件の真相解明である。猟奇的な場面もちらほら登場する。流血シーンは苦手だという方々には、少々つらいものがあるかもしれない。しかしながら、本書には、それを補って余りある魅力が満載されている。『本格ミステリ・ベスト10』の海外部門でも八位に選ばれただけあって、どんでん返しも含めた純粋な謎解きも楽しめる点。〝愛すべき負け犬〟ハリーが披露する、ときに自虐的で、ときに皮肉のきいたユーモアの数々。個性的な美女たちに翻弄されっぱなしのハリーが繰りひろげる、切ない恋愛模様。鮮やかに描きだされるニューヨークの街並と生活。現実と虚構とが混沌と絡まりあう、不思議な世界観。すべてのジャンル小説をこよなく愛する著者がハリーの口を借りて語る、独自の文学論や作家論。

自称〝二流小説家〟のハリーが紡ぎだす一流の物語を、多くの方々にご堪能いただければ幸いだ。

本書『二流小説家』で華々しいデビューを飾った著者、デイヴィッド・ゴードンの次回作*Mystery Girl*は、二〇一三年七月に本国アメリカにて出版予定であるという。訳者の特権で、みなさまよりひと足早く仮原稿を拝読させてもらったので、この場を借りて、こちらの内容も少しだけ紹介させていただこう。

カリフォルニア州ロサンゼルスに暮らす小説家志望の元古書店員サムは、定職にも就かず、発表のあてすらない実験的小説を書きためる日々を送っていた。そんなある日、最愛の妻に離婚を切りだされたことから職探しに奔走しはじめたサムがありついたのは、頭脳明晰にして超肥満体の変わり種探偵ソーラー・ロンスキーの助手という仕事だった。

ロンスキーから謎の美女ラモーナの監視と尾行を命じられたサムだったが、数日後、そのラモーナが謎の死を遂げてしまう。そして、真相を突きとめるべく、ロンスキーの指示で調査に乗りだしたサムを待ちうけていたのは、妖しげなオカルト集団や前衛的カルチャーが錯綜する、めくるめく官能の世界だった。はたして、謎の美女の正体とは。サムは死の真相を突きとめることができるのか。妻の愛情を取りもどすことはできるのか。

冴えない中年男が事件解決のために奮闘するというスタイルや軽妙なユーモアは『二流小説家』そのままに、次作ではジャンル小説論や探偵小説論に代わって、純文学やオカルト小説、往年の白黒映画やカンフー映画、西部劇を題材としたさまざまな自論やうんちくが披露される。おそらくはミステリ・ファンのみならず、多くの映画通や本の虫にも楽しんでいただけるのではないだろうか。邦訳書が出版できる日を、心待ちにしたい。

二〇一二年十一月

本書は二〇一一年三月にハヤカワ・ミステリとして刊行された作品を文庫化したものです。

アーロン・エルキンズ／スケルトン探偵

古い骨
〈アメリカ探偵作家クラブ賞最優秀長篇賞受賞〉
青木久恵訳
老富豪事故死の数日後に古い人骨が……骨に潜む謎を解く、人類学教授ギデオンの名推理

呪い！
青木久恵訳
密林の奥、発掘中のマヤ遺跡で殺人が発生する。推理の冴えで事件に挑むギデオンの活躍

骨の島
青木久恵訳
骨に隠された一族の数々の秘密。円熟味を増したギデオンの推理が、難事件を解き明かす

暗い森
青木久恵訳
森林で発見された人骨から縦横無尽の推理を紡ぎ出すギデオン・オリヴァー教授の真骨頂

断崖の骨
青木久恵訳
博物館から人骨が消え、続いて殺人が……ギデオン夫妻の新婚旅行を台無しにする難事件

アーロン・エルキンズ／スケルトン探偵

水底《みなそこ》の骨
嵯峨静江訳

ごく普通の骨に思えたが、やがてその骨の異常さが明らかに……ギデオンの推理が冴える

骨の城
嵯峨静江訳

古城で発見された骨はあぐらをかく職業の人物とわかるが……ギデオンが暴く意外な真相

密林の骨
青木久惠訳

アマゾンを旅する格安ツアーでもめぐりあうのは怪事件だった。密林の闇に挑むギデオン

原始の骨
嵯峨静江訳

世紀の発見の周辺で次々と不審な事故が……物言わぬ一片の骨に語らせるギデオンの推理

騙す骨
青木久惠訳

メキシコの田舎を訪れたギデオン夫婦。だが平和なはずの村では不審な死体が二体も……

ハヤカワ文庫

ジョン・ダニング／古書店主クリフ

死の蔵書

宮脇孝雄訳

古書に関して博覧強記を誇る刑事が稀覯本取引に絡む殺人を追う。ネロ・ウルフ賞受賞作。

幻の特装本

宮脇孝雄訳

古書店を営む元刑事クリフの前に過去の連続殺人の影が……古書に関する蘊蓄満載の傑作

失われし書庫

宮脇孝雄訳

八十年前に騙し盗られたという蔵書を探し始めたクリフを待ち受ける、悲劇と歴史の真実

災いの古書

横山啓明訳

蔵書家射殺事件の調査を開始したクリフ。被害者は本をめぐる争いに巻き込まれたのか？

愛書家の死

横山啓明訳

馬主の蔵書鑑定依頼は意外な展開に……古書蘊蓄に加えて、競馬への愛も詰まった異色作

ハヤカワ文庫

サラ・パレツキー／V・I・ウォーショースキー

サマータイム・ブルース〔新版〕
山本やよい訳

たったひとりの熱き戦いが始まる。女性たちに勇気を与えてきた人気シリーズの第一作！

レディ・ハートブレイク
山本やよい訳

親友ロティの代診の医師が撲殺された！　事件を追う私立探偵ヴィクの苦くハードな闘い

バースデイ・ブルー
山本やよい訳

ボランティア女性が事務所で撲殺された。四十歳を迎えるヴィクが人生の決断を迫られる

ウィンディ・ストリート
山本やよい訳

母校のバスケット部の臨時コーチを引き受けたヴィクは、選手を巻き込んだ事件の渦中へ

ミッドナイト・ララバイ
山本やよい訳

失踪事件を追うヴィクの身辺に続発するトラブル。だがこの闘いは絶対にあきらめない！

ハヤカワ文庫

トラ猫ミセス・マーフィ

町でいちばん賢い猫
R・M・ブラウン&S・P・ブラウン／茅律子訳

人間なんかに殺人犯は捕まえられないわ。キュートな猫の名探偵ミセス・マーフィの活躍

雪のなかを走る猫
R・M・ブラウン&S・P・ブラウン／茅律子訳

相棒の犬タッカーが発見したのは人間の手！猫の名探偵マーフィが自慢の鼻で犯人を追う

かくれんぼが好きな猫
R・M・ブラウン&S・P・ブラウン／茅律子訳

発掘作業中の史跡で発見された人骨に不審な跡が。猫の探偵マーフィが歴史を掘り起こす

森で昼寝する猫
R・M・ブラウン&S・P・ブラウン／茅律子訳

コンピュータ・ウイルスと謎の死体には思わぬ繋がりが……猫探偵マーフィの推理とは？

トランプをめくる猫
R・M・ブラウン&S・P・ブラウン／茅律子訳

騎手の死体はトランプの上から心臓を一突きされていた。自慢の爪で真実を掴むマーフィ

ハヤカワ文庫

傑作サスペンス

幻の女
ウイリアム・アイリッシュ／稲葉明雄訳
死刑執行を目前にした男。唯一の証人の女はどこに？　サスペンスの詩人が放つ最高傑作

暗闇へのワルツ
ウイリアム・アイリッシュ／高橋　豊訳
花嫁が乗ったはずの船に彼女の姿はなく、代わりに見知らぬ美女が……魅惑の悪女小説！

監禁
ジェフリー・ディーヴァー／大倉貴子訳
周到な計画で少女を監禁した男の狂気に満ちた目的は？　緊迫感あふれる傑作サスペンス

静寂の叫び 上下
ジェフリー・ディーヴァー／飛田野裕子訳
ＦＢＩの人質解放交渉の知られざる実態をリアルかつ斬新な手法で描く、著者の最高傑作

誤殺
リンダ・フェアスタイン／平井イサク訳
性犯罪と闘う女性検事補アレックスの活躍を描く、コーンウェル絶賛の新シリーズ第一作

アメリカ探偵作家クラブ賞受賞作

二〇一〇年最優秀長篇賞
ラスト・チャイルド 上下
ジョン・ハート／東野さやか訳

失踪した妹と父の無事を信じ、少年は孤独な調査を続ける。ひたすら家族の再生を願って

二〇〇九年最優秀長篇賞
ブルー・ヘヴン
C・J・ボックス／真崎義博訳

殺人現場を目撃した幼い姉弟に迫る犯人の魔手。雄大な自然を背景に展開するサスペンス

二〇〇七年最優秀長篇賞
イスタンブールの群狼
ジェイソン・グッドウィン／和爾桃子訳

連続殺人事件の裏には、国家を震撼させる陰謀が！ 美しき都を舞台に描く歴史ミステリ

二〇〇二年最優秀長篇賞
サイレント・ジョー
T・ジェファーソン・パーカー／七搦理美子訳

大恩ある養父が目前で射殺された。青年は真相を追うが、その前途には試練が待っていた

二〇〇一年最優秀長篇賞
ボトムズ
ジョー・R・ランズデール／北野寿美枝訳

八十歳を過ぎた私は七十年前の夏の事件を思い出す——恐怖と闘う少年の姿を描く感動作

ロング・グッドバイ

The Long Goodbye

レイモンド・チャンドラー

村上春樹訳

私立探偵フィリップ・マーロウは、億万長者の娘シルヴィアの夫テリー・レノックスと知り合う。あり余る富に囲まれていながら、男はどこか暗い蔭を宿していた。何度か会って杯を重ねるうち、互いに友情を覚えはじめた二人。しかし、やがてレノックスは妻殺しの容疑をかけられ自殺を遂げてしまう。その裏には哀しくも奥深い真相が隠されていた。新時代の『長いお別れ』が文庫で登場

ハヤカワ文庫

さよなら、愛しい人

Farewell, My Lovely

レイモンド・チャンドラー
村上春樹訳

刑務所から出所したばかりの大男、へら鹿マロイは、八年前に別れた恋人ヴェルマを探しに黒人街の酒場にやってきた。しかしそこで激情に駆られ殺人を犯してしまう。偶然、現場に居合わせた私立探偵のマーロウは、行方をくらましたマロイと女を探して夜の酒場をさまよう。狂おしいほど一途な愛を待ち受ける哀しい結末とは？　名作『さらば愛しき女よ』を村上春樹が新訳した話題作。

ハヤカワ文庫

訳者略歴　白百合女子大学文学部卒，英米文学翻訳家　訳書『湖は餓えて煙る』グルーリー，『お行儀の悪い神々』フィリップス，『おいしいワインに殺意をそえて』スコット（以上早川書房刊）他多数

HM=Hayakawa Mystery
SF=Science Fiction
JA=Japanese Author
NV=Novel
NF=Nonfiction
FT=Fantasy

二流小説家《にりゅうしょうせつか》

〈HM㊳㊅-1〉

二〇一三年一月二十五日　発行
二〇一三年五月　十　日　五刷
（定価はカバーに表示してあります）

著者　デイヴィッド・ゴードン
訳者　青《あお》木《き》千《ち》鶴《づる》
発行者　早川　浩
発行所　株式会社　早川書房
郵便番号　一〇一－〇〇四六
東京都千代田区神田多町二ノ二
電話　〇三－三二五二－三一一一（大代表）
振替　〇〇一六〇－三－四七七九九
http://www.hayakawa-online.co.jp

乱丁・落丁本は小社制作部宛お送り下さい。
送料小社負担にてお取りかえいたします。

印刷・星野精版印刷株式会社　製本・株式会社川島製本所
Printed and bound in Japan
ISBN978-4-15-179501-5 C0197

本書は活字が大きく読みやすい〈トールサイズ〉です。